OBRAS COMPLETAS

MARIA JUDITE DE CARVALHO

IV

Título:
Obras Completas de Maria Judite de Carvalho – vol. IV
A Janela Fingida | O Homem no Arame | Além do Quadro

Autora:
Maria Judite de Carvalho

Capa: FBA
Na capa: reprodução de quadro da autoria de Maria Judite de Carvalho
Imagem de capa © Maria Isabel Tavares Rodrigues Alves Fraga
Fotografia de Sounds & Bytes

Biblioteca Nacional de Portugal – Catalogação na Publicação

CARVALHO, Maria Judite de, 1921-1998

A janela fingida; O homem no arame; Além do quadro. – (Obras completas de Maria Judite de Carvalho; 4)
3º v.: p. – ISBN 978-989-8866-47-9

CDU 821.134.3-92"19"

Depósito Legal n.º 441592/18

Paginação:
Aresta Criativa – Artes Gráficas

Impressão e acabamento:
Forma Certa Gráfica Digital

para
Minotauro
março de 2019

MINOTAURO, uma chancela de Edições Almedina, S.A.
Avenida Engenheiro Arantes e Oliveira, 11 – 3.º C – 1900-221 Lisboa/
Portugal

OBRAS COMPLETAS

MARIA JUDITE DE CARVALHO

IV

A Janela Fingida
O Homem no Arame
Além do Quadro

MINOTAURO

ÍNDICE

A JANELA FINGIDA

Todas as janelas da memória são *A Janela Fingida*. Quem poderá prever onde vai estar, onde se vai abrir? É uma memória perturbadora porque pulsa a ciência e a inocência. É uma memória de descobrir que pode ser, simultaneamente, descoberta da memória: e em ambas a frescura que não tem princípio nem fim, nem tem idade: é a infância e a juventude, incorruptíveis, é a maturidade que desde o início tudo aprendeu. Por exemplo: descobrir-se este segredo que faz palpitar toda a existência num segundo: que a memória da própria voz é não ter memória, pois não há memória do que se desconhece (e ninguém conhece a própria voz).

Mas é também memória das coisas que estão separadas dela mesma, ou seja, uma memória dos olhos, olhos que podiam ter--nos visto uma vez, (nós) desamparadamente, esquecidos de que eles existiam do lado de fora. Outras vezes é memória com ouvidos: escutam o que já se perdeu, o que está para perder-se e o que um dia soará para ser ouvido e perder-se. É ainda uma memória tão lúcida que duvida de si, mas sem sobressaltos, com a tranquilidade de voltar a ver: tem todos os rostos guardados, tem todos os tempos ao mesmo tempo. É a memória humaníssima. Não conheço outra. Podes ver isso mesmo: abre *A Janela Fingida*.

Ângelo Bravo, *Seara Nova*, agosto de 1974

A JANELA FINGIDA

(Textos publicados no *Diário de Lisboa*
e noutras publicações em 1968 e 1969)

O ANO DOS CORAÇÕES TRANSPLANTADOS

O escritor brasileiro Afonso Schmidt tem um lindo conto intitulado *Olhos Alheios,* em que nos narra a história de um banqueiro que cegou e a quem foi feita uma substituição de olhos. Uma espécie de peças de recarga, tal como nos automóveis. Como se tratava de um homem importante, cuidou-se, claro está, que eles não fossem míopes nem vesgos nem cansados. Dois olhos em bom estado, jovens, bonitos até. A operação correu bem, mas, quando retiraram os pensos ao banqueiro, este pôs-se a ver de mais e a perguntar: «Estas coisas já existiam antigamente, quando eu dispunha de dois pobres e velhos olhos que se haviam tornado secos ao longo da vida?» E ei-lo a descobrir beleza à sua volta e faltar aos conselhos de administração e às assembleias gerais, porque o luar se lhe afigurava feito de lírios ou porque havia no mundo crianças, aves e flores. Os acionistas, coitados, andavam numa roda-viva e com toda a razão, diga-se de passagem, até porque um dia veio a saber-se que acontecera de facto uma calamidade: o médico substituíra os olhos do banqueiro pelos olhos de um poeta lírico que morrera atropelado.

As substituições de olhos, que Afonso Schmidt viu com tanta poesia, são hoje, porém, história antiga. Estamos no ano dos corações transplantados – não parece mesmo que se trata de flores? O campeão de pesos e halteres, com coração de rapariga, morreu. O branco com coração de mestiço parece que vai sobreviver. Na terra do *apartheid* (esquecido pelos vistos *in articulum mortis*), um corpo branco dá-se bem com um coração negro, não é estranho?

Se quiséssemos – ou soubéssemos – glosar Afonso Schmidt, podíamos imaginar o que seria o futuro desse branco que um coração negro fizesse descer de classe. Sentir-se-ia inferiorizado? Teria raiva ao seu novo coração que o abastardara? E, se o banqueiro se tornou poeta à custa dos seus olhos novos, porque não seria possível que esse homem encarasse agora a vida como um negro, sofresse, agisse como um negro, sentisse de perto injustiças e misérias e pensasse: «Isto já aconteceria dantes, quando eu dispunha de um velho coração cansado e frio?»

Mas tudo isto é literatura. O próprio dr. Christian Barnard declarou há tempos em entrevista concedida a um jornal português: «Penso que isso não afeta o assunto do *apartheid* de qualquer maneira, e não vejo que a transplantação do coração de um homem de cor para um europeu faça deste europeu um homem de cor. Quando atingimos o ponto de vida básico ou de vida humana, não há diferença entre africanos e europeus.»

De resto, o coração, diz o Cândido de Figueiredo, é um órgão musculoso, centro da circulação do sangue. Mais nada.

O REGRESSO

Podia ser um conto mas não é, aconteceu. Ela era uma mulher – uma senhora – de muita idade. Cuidada, embora modesta. Oitenta anos, mais? Mais com certeza. Uma velha senhora de grossas meias pretas, toque de feltro e sapatos rasos. A sua cara era pálida, toda trabalhada de sulcos profundos, iluminada por um olhar grande, ansioso, talvez só o que dela restava. De meses a meses aparecia naquele primeiro andar onde há mais de vinte anos existe um escritório de advogados, perguntava à menina da máquina, logo à entrada, se a Rosa estava em casa. Que não havia ali ninguém com esse nome, diziam-lhe. Que se enganara decerto no andar, no prédio, talvez na rua. As outras empregadas acorriam, tentavam ajudá-la na medida do possível e sentiam ao mesmo tempo lágrimas de piedade nos olhos e uma quase incontrolável vontade de rir. «Pois não é o primeiro andar?», perguntava ela. Era o primeiro andar, sim. «Pois não é o número tantos?» Claro que era o número tantos. «Então quero ver a Rosa. Ela está em casa, eu sei. Lá porque um dia tivemos uma discussão qualquer, sem importância, não é motivo para me pôr de parte. Sou mãe dela. Diga-lhe que sou mãe dela, ouviu?»

«Mas não há aqui Rosa nenhuma, pode crer.» Queria entrar, ver lá dentro? Era um escritório, ali. Há vinte anos.

O olhar perdia-lhe subitamente o brilho, ficava de mata-borrão, e a velha senhora hesitava, caía parcialmente em si, perdia as forças. «Então desculpe, sim? Foi talvez confusão, enganei-me... Enganei--me outra vez.»

Mas daí a um, dois meses, ei-la de novo. «A Rosa, por favor.» E o olhar brilhava-lhe. Depois as perguntas, as respostas. Depois o encontro com o vazio, com o nada que era decerto a sua existência.

Uma inquilina do prédio, já idosa também, lembrava-se da Rosa, que morrera quarenta anos antes, ali, naquele primeiro andar. Era uma mulher bonita, um pouco extravagante, e a mãe visitava-a com frequência. Depois tinham-se zangado, ela morrera, no prédio nunca mais tinham sabido da mãe. Esta, no entanto, já senil, esquecia de vez em quando os últimos quarenta anos em que não vivera e voltava ali, ao passado daquele primeiro andar onde a filha ainda às vezes vivia. Às vezes... «Quero falar com a Rosa.»

Agora, parece que nunca mais voltou. É natural, tinha muita idade.

DISCOS VOADORES

Ao tempo que não se fala de discos voadores. Eles são, ao que parece, uma espécie de grãos de poeira cósmica, fantástica e apaixonante, que cai sobre a Terra quando esta se aborrece. Eles passam, os homens em geral não acreditam, dois ou três juram que é verdade; enfim, divertem-se. Agora, porém, com a guerra do Vietname em lugar de destaque, com outras guerras que talvez possam estalar um destes dias, com homens ressuscitados graças ao coração de outros homens, os discos dir-se-ia que recolheram por algum tempo aos seus longínquos hangares. Ou será que nós, de vez em quando, não olhamos lá para cima, não temos tempo de olhar lá para cima? É possível. Eu, por exemplo, desde o Natal que não sei se há estrelas e, embora tenha aprendido que elas são imóveis, não posso afirmar com conhecimento de causa que continuem nos seus velhos lugares celestes. Dito isto, acredito nos discos voadores e não perco uma notícia que lhes diga respeito. Mais ainda, gosto deles porque, quando aparecem, quando se dignam dar um ar da sua graça, é sinal de que os homens têm tempo para os reconhecer, para olhar qualquer outra coisa que não seja a sua eterna face num espelho. Gostaria muito de ver um desses discos, mas creio que tal coisa é reservada a alguns eleitos, a pessoas que sabem ver o que os outros não veem, a pessoas não orgulhosas, não convictas de que são, com mais uns tantos milhões de criaturas iguais a elas (desoladoramente iguais a elas), os donos e senhores de um universo à escala deste vale de lágrimas.

OS OBJETOS

Embora velho, era aparentemente um carro sem nada de especial. Um motor, pneus, bancos para nos sentarmos, um volante... Não era, porém, uma máquina como as outras, sensível e obediente, e isso tornava-a simpática, umas vezes, claro está, porque outras... Nós desconfiávamos de que ela talvez já tivesse ultrapassado o estádio de simples máquina e pensasse. Nada de cérebro eletrónico, naturalmente, era um velho carro modesto. Mas, enfim, vivera muito, vira, por assim dizer, muito. Sabia. Como podia ser de outro modo? Já pensaram o que é dirigirmo-nos para o barco que faz a travessia do Tejo, estar longo tempo numa bicha, avançando muito lentamente, e depois o carro parar mesmo na ponte? Ou no meio da Rotunda à hora de maior trânsito? Ou em plena estrada, numa curva perigosa, precisamente numa curva perigosa? Já pensaram? Não, não podia ser coincidência. De resto não acredito na matéria totalmente bruta, acho que as coisas pensam, embora pensem errado, ou, pelo menos, de um modo estranho. Nunca vos desapareceram das mãos, as coisas? A mim desapareceram. Juro que as pus ali; estão além. Tenho a certeza absoluta de ter fechado aquela gaveta; está aberta.

O carro pensava, estou certa disso. Recusava-se a continuar, nos momentos mais difíceis, talvez para mostrar que estava cansado, que já não tinha idade para aquelas folias. Queria um lugar tranquilo para sossegar. Nós não podíamos dar-lhe esse descanso e ele zangava-se, tinha uma birra como as crianças pequenas e os velhos de muita idade. Então a ponte, então a Rotunda, então a curva perigosa.

Trazíamos sempre connosco um garrafão de água porque ele era insaciável. Bebia, descansava um pouco, resolvia-se, embora relutantemente, e só quando nos via bastante aflitos, quase em pânico. Mas era um favor que nos fazia, dava-o a entender. Podia perfeitamente não andar mais, se quisesse; consentia em andar.

Não sei se ele ainda existe, mas não creio. Era velho de mais e tinha uma personalidade exagerada para sobreviver.

Penso nele, às vezes, quando as coisas se escondem.

O GRAVADOR

Eu não sabia como era a minha voz; nunca a tinha escutado a sério, com atenção... Como havia de ser se falo ao mesmo tempo?

Um dia apareceu lá em casa um gravador, e ei-la a entrar-me pelos ouvidos. Isto é a minha voz?, perguntei num espanto. E todos a dizerem que sim, pois claro, que era exatamente a minha voz, sem tirar nem pôr.

Coisa mais misteriosa! Uma pequena máquina que rasga os véus entre nós e a nossa voz, que a fixa ali, como ela é, na fitinha castanha, até à curta eternidade das fitas magnéticas. Ali está ela, a minha voz (dizem todos que sim e eu acredito) a dizer não sei o quê há três meses e tal, uma frase qualquer sem pés nem cabeça, a que me ocorreu na altura.

Coisa útil também, já pensaram? Não para gravar canções, nem conversas, nem frases sem pés nem cabeça, nada disso. Pedir às pessoas que nos são mais queridas, aos grandes amigos, àqueles que farão tudo por nós, que gravem frases tranquilizadoras que depois podemos ouvir incessantemente. Frases definitivas sobre o amor e a amizade e a lealdade e a imperecibilidade das palavras, das frases ditas num momento e logo petrificadas para todo o sempre, ali, na fitinha giratória. Hei de gostar sempre de ti. Você sabe como eu sou seu amigo (ou sua amiga). Nunca seria capaz de uma deslealdade. Longe de ti, não sou eu. Não tem ninguém tão seu amigo (ou tão sua amiga). Coisas assim.

A fitinha a voltar atrás a um simples gesto nosso, e nós tranquilos, meu Deus que tranquilidade. De olhos fechados, de sorrisos nos lábios, a ouvir, a ouvir... A acreditar, a acreditar... Na tal imperecibilidade, na tal petrificação... Hei de gostar sempre de ti. Você sabe como eu sou seu amigo (ou sua amiga). Nunca seria capaz... E adormecer assim.

A UTILIDADE DOS *WESTERNS*

Uma pessoa conhecida, já não me lembro de quem, em todo o caso uma pessoa culta e apreciadora de bom cinema, dizia há tempos que não perdia um *western*, desde que não se tratasse, claro está, de uma coboiada demasiado mal feita. Claro que preferia, disse, os bons *westerns*, como *O comboio apitou três vezes, Duelo na cidade fantasma,* etc. Mas, para aquilo que os queria, os médios serviam-lhe perfeitamente. E, como lhe perguntassem a razão dessa estranha preferência, respondeu: não veem que é preciso irmos ver uns *westerns* americanos para ainda acreditarmos que esta vida não é uma coisa imoral, para nos convencermos de que «os bons» vencem sempre e «os maus» são sempre castigados? De que os bons são altos, bonitos e têm cara de bons rapazes e os maus são feios e têm *«le physique de l'emploi»*? De que os bons casam inevitavelmente com «a rapariga» e os maus ficam a ver navios, ou melhor, grades de prisão? De que os bons são capazes de todas as abnegações e os maus de todas as iniquidades? De que os bons são protegidos por Deus e os maus abandonados a si próprios? De que há «bons» e «maus»?

A tal pessoa ainda disse que nos *westerns* havia uma série de aspetos agradáveis, entre eles a ausência de problema racial. Como os índios eram todos uns bandidos, o problema, de facto, não se punha. Outro aspeto tranquilizador eram as cenas de pancadaria e tiroteio, que não nos afligiam muito porque sabíamos que «o rapaz» levava sempre a melhor. Outro ainda, que nos fazia sair para a rua de sorriso nos lábios, era o *happy ending* com «o rapaz e a rapariga» a beijarem-se com amor e a darem-nos a absoluta certeza de que seriam sempre muito felizes, teriam muitos meninos e nunca se acusariam um ao outro de crueldade mental.

«Onde é que podemos encontrar coisas tão tranquilizadoras sobre a vida em geral senão num *western* americano?», perguntou por fim a tal pessoa.

Sim, onde?

UM LIVRO ESQUECIDO

Livros amarelados, de lombadas feridas, esfaceladas pelo tempo, como se fossem velhos inválidos e abandonados. Os donos, um pouco mais idosos do que aquelas edições manchadas e descoloridas, já leem pouco, ou até já nem leem porque a vista não ajuda. A empregada doméstica limpa-lhes de vez em quando o pó, mas maquinalmente, claro, com tal ausência de amor e de respeito, e eles às vezes ficam colocados ao contrário, por assim dizer de cabeça para baixo. Para a empregada eles não são histórias maravilhosas nem contêm em si, escondidas, pessoas mais vivas do que ela própria, pessoas imortais chamadas Emma, Bette, des Grieux, Armance, Joaninha, Simão... Para a empregada são coisas velhas e impenetráveis, porcarias boas para deitar fora. Lixo.

Há dias estive numa pequena sala junto de uma dessas estantes. Foi então que o vi por acaso, que lhe peguei, que me pus a folheá-lo. Não que fosse assim tão velho; reparei depois na data, 1931. Um livro mesmo novo para livro, o que são trinta e sete anos? Tinha, porém, o ar antiquado dos outros, a ausência de cor dos outros, a mesma lombada ferida do livro da direita e do da esquerda. Tirei-o e vi logo na capa um rosto apagado e familiar e um nome conhecido. Um título antiquado também: *As Máscaras do Destino.* Folheei-o e encontrei obsessivamente a «morte, minha senhora dona Morte», a «Iluminada», de Soror Saudade. Os contos – eram contos – chamavam-se «A morta», «Os mortos não voltam», «O sobrenatural»... Contos fantásticos onde há alguém que se ergue do caixão, onde há alguém que ouve, durante uma longa noite, leves passinhos, roçagantes sedas antigas à volta do seu leito. Não é talvez um bom livro esta obra póstuma de Florbela Espanca, que as literaturas ignoram, mas em todo o caso é pena que seja um livro esquecido.

O nome de Florbela atingiu no entanto uma tal altura que até era natural aquela posição acanhada das *Máscaras do Destino,* meio escondidas entre a *Charneca em Flor* e o *Livro de Mágoas*. Lá as deixei onde estavam.

VELHAS AGENDAS

Velhas agendas pequeninas, com o dourado das letras já escurecido, com folhas soltas ou quase soltas de tão consultadas terem sido. Naquele tempo. Depois abandonaram-nas no fundo da gaveta, nunca mais ninguém pensou em abri-las. Abri-las para quê, se aquele ano passou e outros anos passaram? Vendo bem, porque não as deitámos fora num dia cinzento de arrumar gavetas? Talvez porque não se deita fora o passado. Não o recordarmos é uma coisa; renegá-lo, outra bem diferente. Como havíamos de deitar fora as agendas, onde estão, com as suas velhas moradas que talvez já não sejam as mesmas, com os seus velhos telefones que talvez já sejam outros, com os seus velhos nomes que talvez já não existam, as pessoas que estiveram ou passaram vagamente nas nossas vidas? É um passado de 30, 20, 10 anos, menos talvez. Mas ao folhear as tais agendas, com cuidado para não se estragarem por completo, damos com nomes totalmente esquecidos que nem sequer conseguimos situar mas que estão ali, no ano tal, a olhar-nos e como que a dizer: «Aqui estou, pensa um pouco, então já não te lembras de mim? Faz um esforço, vejamos. Não foi assim há tanto tempo.» Não foi, de facto. Mas quem será aquela Teresa desta agenda de 1953 que tenho entre mãos? Teresa sem mais nada e um telefone. Uma colega do liceu que um dia encontrei? Uma modista? Uma datilógrafa? E a Bonté (Mme.)? Meu Deus, a Madame Bonté! Era uma senhora já muito idosa na altura. Vivia perto de nós e tinha uma *pension de famille* aonde íamos às vezes comer, em geral no fim do mês, porque era muito em conta. De súbito o gosto das cenouras cruas com *saussisson,* das lentilhas (que nunca mais comi), das tâmaras norte-africanas...

Há um vago aroma reencontrado, ali, naquela folha quase a separar-se, uma breve imagem da sala de jantar. Madame Bonté falando de papo sobre as vantagens da sua cozinha simples, muito saudável. Nós a sairmos logo que era possível e a precipitarmo-nos para o quarto onde guardávamos uma lata de bolachas para as emergências… E a rir perdidamente porque tínhamos fome.

A pequena agenda fechou-se. Ou fui eu que a fechei?

Não me apetece ir mais adiante.

HÁ DEZ ANOS EM PARIS

Senhoras anafadas, quase redondas nos seus bonitos casacos de peles, com brilhantes nas orelhas, com brilhantes nos dedinhos curtos e grossos que o frio encarniçava. Senhoras dessas. Assim vestidas porque estavam em Paris e não queriam fazer má figura, já que as mulheres de Paris têm fama de elegantes. Assim vestidas e enfeitadas logo às dez horas da manhã para não destoarem do ambiente que tinham laboriosamente imaginado. E, de súbito, aquele pasmo, aquela como que traição de que se julgavam um pouco vítimas. «Afinal são deselegantes, mal se pintam, vestem-se de qualquer maneira, não é? Nunca pensei… Coisas bonitas, só nas lojas.»

Depois o pedido já esperado por quem lá vivia. «Importa-se de vir connosco às Galeries Lafayette?» Não se importavam. E lá iam. Senhoras de Galeries e Samaritaine de Luxe, pois então. O resto não interessava. Museus, uma maçada, a Torre Eiffel, claro, os Campos Elísios, com certeza, para fazer uma ideia e até porque havia lá lojas boas, não havia? Ah, e a Rua de Rivoli, tinham-lhes aconselhado muito essa rua. Mais tarde diriam de passagem, durante uma conversa: «Uma tarde, na Torre Eiffel (ou nos Campos Elísios)…» Ou então: «Quando fui à Ópera…» Claro que se tratava da praça, mas a frase ficava assim um pouco dúbia, prestava-se a qualquer interpretação.

Nas Galeries era uma loucura. Ah, valia a pena vir a Paris só para aquilo. Valia também a pena tê-las acompanhado só para as observar. Primeiro a confusão do dinheiro, a laboriosa tradução dos francos para escudos, depois a escolha, as mãozinhas gorduchas perdidas por entre feltros graciosos, por entre chapéus de peninhas. «Este que tal? Ficava bem com o meu *tailleur pied-de-poule...*» E a prova, em frente do espelho, fazendo boquinhas. «Não me fica mal à cara, pois não?»

À saída toda a gente trazia sacos de papel repletos de maravilhas. Para a irmã, para a cunhada, para as filhas, para as primas, para as amigas. Uma fortuna, uma verdadeira fortuna que gastavam.

«Amanhã importa-se de ir connosco à Samaritaine?»

Não se importavam. O tempo às vezes era longo, até dava jeito. E continuava a valer a pena, só para as ouvir contar a noite da véspera, ainda excitadas porque tinham ido com os maridos às Folies Bergère. «Já lá foi alguma vez? É bonito, não digo que não, mas ao mesmo tempo... *Meu Deus!*»

Um dia partiam. Há dez anos? Ontem?

Que estranha ideia deviam levar consigo de Paris.

NA FEIRA DE S. PEDRO

Conheci-a uma tarde, há cinco ou seis anos, na Feira de S. Pedro de Sintra. Olhei-a e fiquei parada, não podia deixar de contemplá-la. Depois dei uma volta e tornei ao mesmo sítio, com medo de já não a encontrar. Lá estava entre o castiçal de bronze e a taça chinesa, mas o homem não cedia um milímetro no preço inicial. Dei outra volta. Cedeu meio milímetro. Trouxe-a comigo embrulhada num velho jornal.

Deitei fora o jornal que a embrulhava e coloquei-a sobre a cómoda, com veneração. Era linda mas estava extremamente suja.

As cores, os dourados mal se viam sob a espessa camada de sujidade. Tinha, no entanto, receio de que a água a estragasse ou a modificasse muito, e eu gostava dela assim, com o seu grande rosto pálido e balofo, aquelas pregas castanhas do vestido, as mãozinhas minúsculas postas com unção. Não era uma imagem, talvez uma simples beata imobilizada para todo o sempre, assim, de pé e a orar.

À noite, aquele ruído. Levantei-me, fui ver. Era nela. Um bicho-da-madeira, sem importância, mas que a habitava. A verdade, porém, é que o ruído era tão forte que não nos deixava dormir.

Pensei em tirá-la do quarto mas gostava de a ver, antes de adormecer, de a olhar quando acordava. Depois, durante o dia parecia extremamente tranquila, incapaz de todo aquele reboliço noturno.

Um dia peguei nela, estudei-a, risquei-a ao de leve com a unha. Deus do céu, tão suja! Resolvi lavá-la mas, quando a água já estava negra, notei que a madeira perdera a sua lisura inicial, tinha saliências e reentrâncias, parecia cortiça. Limpei-a à pressa. Estava mais linda e mais frágil. Levei-a de novo para a cómoda e nessa noite esteve silenciosa porque o bicho-da-madeira morrera.

Há cinco ou seis anos que se mantém calada e serena, de mãozinhas postas. Com o tempo deixei mesmo de a ver.

TURISTAS DE CAMIONETA

Vêm em bandos como aves migratórias, dos seus países frios, a caminho do Sul, do sol. Começam a chegar na primavera, chegam ainda pelo outono adiante. Salpicam a cidade, em especial a Baixa, de tintas claras, lavadas, de cabeças brancas, de floridos chapéus de palha. Ainda nós andamos de casaco, cheios de frio, já eles, encontrado o verão, passeiam sem meias, sem mangas. Viajam de camioneta. Estes a que me refiro, claro está, os mais modestos. Nos bandos há muitos casais, mas também muitas senhoras sós, velhas ou a caminho da velhice, cansadas da vida quotidiana e que um dia, filhos já arrumados, um pouco de dinheiro ao canto da gaveta, resolveram fazer uma vez mais ou finalmente a sua viagem organizada. Muitas delas têm cabelos daquele branco total das mulheres que foram loiras, ou então de um ruivo agressivo em desacordo com a pele envelhecida, vestem saias rodadas que a viagem amarrotou, usam sapatos de salto raso e chapéus de palha com flores. Ah, aquelas flores que as senhoras nórdicas de certa idade, principalmente as anglo-saxónicas, inventaram antes dos *hippies*, que as senhoras de uma certa idade – da idade em que é preciso ter cuidado com o ridículo ou em que o ridículo deixa por completo de ter importância – colocam calmamente nas cabecinhas brancas, sobre as caras despintadas. Ah, aquelas flores deliciosas!

Homens quase calvos, descontraídos, de camisa de meia manga por fora das calças largueironas ou dos *shorts* pelo joelho, olhos claros a observarem tudo, mesmo aquelas coisas em que nós nunca reparámos: o azul do céu, por exemplo; o rio (quem se lembra de ir olhar para o rio?); a estátua a desenhar-se numa luz avermelhada de fim da tarde. A verem coisas assim. A guardá-las para a curta eternidade de alguns anos, os que lhes resta para viver.

– *Beautiful day, isn't it?*

– *Glorious.*

E nós ainda – ou já – cheios de frio.

A NOTA

Foi há três, há quatro anos? Há mais? Perde-se tanto a noção do tempo… Há alturas em que ele parece ter-se petrificado, outras em que é como folha seca na água corrente. Apesar de tudo lembro-me da cara da rapariga. Ou não será dela mas de outra pessoa vista na rua, num elevador, noutra loja qualquer, a cara que guardei?

É possível. Vejo-a perfeitamente. Uma cara magra, ingrata. Olhos já cansados. Tristes? Talvez. Bonitos em todo o caso. Mas de que servem olhos assim numa cara «ingrata»?

Vejo portanto esse rosto sobre uma máquina registadora ou ao lado dela. Numa loja de quê? Talvez num grande armazém. Sim, creio que era num grande armazém, mas não posso ter a certeza, podia ser simplesmente numa loja importante. Entreguei-lhe o dinheiro, deu-me o troco. Nessa altura não reparei nela, só mais tarde. Quem é que repara na cara das meninas da caixa, quase sempre riscadas pela rede metálica que as separa do mundo? Saí, precisei de dinheiro, verifiquei que tinha mais vinte escudos do que devia ter, enfim, que ela me dera duas notas de vinte escudos e não uma só.

Voltei atrás. «Deu-me vinte escudos a mais», disse. E mostrei-lhe a conta. Ela corou muito, ficou atrapalhada e enquanto agradecia olhava de lado para alguém presente-ausente misturado na multidão das seis horas. E eu fui-me embora, em paz com a minha consciência.

Dias depois voltei porque precisava de mais uns centímetros de tecido. Para além da rede metálica, uma mulher gorda, de óculos. Não resisti, perguntei por ela. Que se tinha ido embora, disse.

«Despediram-na?»

«Creio que era muito distraída.»

Durante longo tempo pensei nela e não sei porquê ainda às vezes a recordo. As raparigas de cara ingrata como ela (se é de facto sua a cara que guardei comigo) não arranjam emprego com facilidade e perdem-no com frequência. É dura para elas, a vida. E eu então cheguei e entreguei-lhe vinte escudos (quem sabe se não me teriam caído na mala?, perguntei a mim própria dezenas de vezes. Como podia estar certa de que fora ela a entregar-mos? Como?).

Era muito distraída e as meninas da caixa, mesmo com caixas registadoras, mesmo que não saibam muito bem fazer contas, não podem ser distraídas. Aonde chegaríamos se o fossem? Alguém, escondido na multidão, vira-me entregar-lhe o dinheiro, e esse alguém, olhos e ouvidos do patrão, fora contar o sucedido.

Podia ter a mãe doente, podia ela própria... Era tão pálida, tão franzina... O que eu pensei nela e no seu rosto ingrato e naquela nota que poderia talvez repor (se de facto fora ela a entregar-ma). O que eu pensei no mal que todos nós fazemos involuntariamente, dia a dia, hora a hora. No mal que fazemos até só porque existimos, porque respiramos, porque não queremos prejudicar ninguém, porque voltamos atrás e lhe entregamos uma nota sem importância.

CHAUFFEURS DE DOMINGO

Há quem não goste deles, principalmente os outros condutores, os de todos os dias, os que conhecem bem o carro que guiam, as estradas que percorrem, a paisagem. A paisagem conhecem-na mesmo tão bem que já não a veem, e para eles passar ali, naquela estrada, naquela terra, naquela serra – porque não? –, é o mesmo que subir ou descer a Avenida. De resto, andam depressa, têm sempre onde estar às tantas horas, vivem em trânsito. Olham, sim, de vez em quando, mas para o relógio, e aceleram imediatamente porque vão sempre atrasados.

São encantadores, os *chauffeurs* de domingo. Eu, pelo menos, acho-os um encanto. Que não sabem guiar, há quem diga. Que transtornam o trânsito. Que são um perigo público. Que há muitos desastres porque eles andam demasiado devagar (não será porque os outros andem demasiado depressa?), porque se atrapalham, porque vão distraídos.

Claro que vão devagar, claro que vão distraídos. Fazem as curvas lentamente, como quem dança, têm nos lábios um sorriso de beatitude, olham para a paisagem e não para o relógio porque o dia é todo deles. Levam consigo a mulher, os filhos, os sobrinhos, a sogra. No *Volkswagen* já velhote há sempre lugar para mais um. E o passeio do domingo é para eles uma viagem, um acontecimento importante, que, por isso mesmo, deve ser aproveitado, saboreado lentamente como se se tratasse de um prato melhorado. Andam a 60, vão sempre pela faixa da direita, observam as árvores, as casas, porque para eles tudo é novo. Ao tempo que não passavam por ali. Estão-se nas tintas para os apressados, que buzinam furiosamente. Eles vão de passeio, não em competição, e levam muitas vezes o almoço, que comem num lugar tranquilo, à sombra das árvores. As crianças, soltas na Natureza, correm e gritam de felicidade, a mulher estende a toalha e serve a comida, a sogra aspira fundo o aroma do pinhal que é muitas vezes o aroma da sua juventude perdida.

Regressam quase à noite, cansados. Foi um passeio bonito, o almoço estava excelente, sentem-se dispostos a iniciar uma nova semana de trabalho. E as mulheres da casa limparão amanhã conscienciosamente o automóvel, porque o marido terá ido para o emprego, de metropolitano ou de autocarro, como sempre.

ECLIPSE

Noites de herdade rasgadas pelo ladrar estrídulo dos cães. Mais nenhum som. Nem um avião passa por este céu deserto, agora alto e picado de estrelas, logo tapado de nuvens. De noite os cães passeiam, brincam, lutam, ladram liricamente à Lua, reagem ao andar leve e cauteloso de qualquer vagabundo ou à sua simples sombra. De dia reúnem-se à porta do «monte» porque uma côdea de pão é sempre bem-vinda. Quando é que dormem? Este ano são oito. Cães rafeiros todos eles, com exceção de um grande perdigueiro americanizado e perigoso, que dá pelo nome de *Johnny*, e de um pequeno cão de pastor, preto e peludo, grisalho como um cavalheiro de idade – já tem, de resto, doze anos – e que mostra os dentes, risonho e atencioso, quando o festejam: o *Governa-a-Vida*.

E então o eclipse. Não o de Antonioni mas o de há algumas noites. Se os cães ladram à Lua, terão ladrado mais ainda porque ela desapareceu do céu? Deus, que loucura. Ladravam como quem mata, uivavam e ganiam como quem morre. Entre as duas e as quatro horas foi impossível dormir, tal era o barulho que faziam. Na manhã seguinte procurei-os: estavam intactos e bem-dispostos, não pareciam absolutamente nada fatigados. Sempre tive um fraco por estes cães proletários que ganham o que comem com o seu trabalho honrado, que governam a vida como este simpático *Governa-a-Vida*. São cães de caça não muito bons, cães de guarda não muito maus, cães pastores cuidadosos.

O caseiro, sr. Amílcar, não concorda comigo acerca do eclipse. Isso de eclipses... Que basta a visita noturna de outro cão, que basta o tal andar cauteloso de alguém, que basta um furão... Que os cães são assim, nada a fazer. Que isso de eclipses, minha senhora.

O sr. Amílcar sabe o que diz. Reduzo-me à minha insignificância livresca de citadina para quem o campo é passeio.

«FAMÍLIAS DE TRATAMENTO»

A classificação sempre me impressionou. Lembro-me de em criança ter perguntado, ao ouvi-la, se se tratava de uma família doente. E achar estranho aquele senhorio preferir gente em tratamento a pessoas saudáveis. Devia ser muito bondoso. A troca do *em* pelo *de* passara-me despercebida e só a palavra *tratamento* é que na verdade me causara estranheza.

Durante muito tempo não li anúncios de casas para alugar e, quando muitos anos depois tive de me mudar e voltei às colunas dos pequenos anúncios, lá encontrei as «famílias de tratamento». E então perguntei a mim própria o que seria para os senhorios uma família de tratamento, título honorífico que nos nossos dias se me afigura totalmente caduco. Para os senhorios uma família de tratamento é logicamente aquela que pode pagar uma renda de cinco contos e quinhentos, seis contos, ou mais. Portanto, uma família rica. Se a família do senhor José pedreiro ou canalizador, gente de resto honesta e digna de todo o respeito, ganhar o primeiro prémio do Totobola e resolver alugar precisamente o andar que vem indicado no jornal para «família de tratamento», não lho alugará o senhorio? Ou ele, senhorio, exigirá aos concorrentes a seus inquilinos uma árvore genealógica cheia de ramos até à oitava ou décima geração?

Porque não escrever simplesmente «Oito divisões muito amplas, madeiras exóticas, aquecimento, três casas de banho, roupeiros, muito sol, ótima vista sobre Lisboa, etc., etc., etc.»? Só vai ver a casa quem tiver dinheiro ou quem for excessivamente otimista. E se o senhorio não estiver para aturar os otimistas – e até está no seu direito – indique logo que a renda é de cinco contos e quinhentos, seis contos, etc. Ou será o caso de os senhorios terem pejo de pedir rendas tão elevadas e a família de tratamento ser um simples eufemismo?

O SENHOR SABE LER?

O céu ainda azul concentra-se todo lá em baixo, sobre os armazéns. Aqui não há céu, aqui só os velhos prédios altos e escuros que ninguém conhece para além do rés do chão porque nunca ninguém olha lá para cima, os olhares fixam-se invariavelmente nas montras coloridas das lojas. O Chiado é um grande rés do chão, às vezes uma sobreloja ou uma cave, mais nada. Claro que há exceções que até são prédios inteiros, mas são poucas e nós só conhecemos esses prédios por dentro. Os olhares fixam-se portanto nas montras coloridas. Nessas montras, tecidos cor do verão que está à porta, sapatos que este ano parecem grandes *drops* de limão, de morango, de laranja, vestidos e casacos curtinhos, muito jovens porque a moda é assim e transforma as mulheres em raparigas (as que a seguem) ou em velhas (as que se recusam a segui-la). Ou vice-versa, claro está. Cá por fora, gente de cafés e casas de chá, de livrarias, de bate-papos. De compras, naturalmente. Gente de Chiado a qualquer hora, e ainda de Chiado às seis da tarde porque é a saída dos empregos e ainda há tempo para comprar qualquer coisa, ou até porque descer o Chiado é a melhor maneira de chegar à Baixa.

E de súbito a mulher e a sua voz e as suas palavras. Primeiro ouvi-a e só depois me voltei para a ver. Era uma criatura já de idade, uma forte camponesa de blusa cinzenta e ampla saia preta, cabelos quase brancos puxados para trás, argolas nas orelhas. Tinha um papel na mão e perguntara agora mesmo: «O senhor sabe ler?» O senhor em questão, um homem elegante – um médico talvez, um advogado, porque não? Um simples homem elegante, é possível – não sorrira ao pegar no papel. «Sei, sim», disse com naturalidade. Ela estava à espera da explicação, muito séria também, extraordinariamente atenta.

Continuei a descer, passei por muita gente, por muitas montras com vestidos e tecidos e sapatos. E livros, muitos, muitos livros. «O senhor sabe ler?»

A JANELA FINGIDA

Há dias, ao passar numa aldeia ou vila do Sul, vi uma casa com uma janela fingida, debruada, tal como as outras, as verdadeiras, com uma barra de belo azul alentejano. Isso fez-me lembrar outra janela, a da casa onde nasci.

Pode ser angustiante uma janela que não existe. Lembro-me de me encostar ao troço de parede da casa de jantar onde a tal janela se desenhava exteriormente e fazer um esforço muito grande por avistar o que quer que fosse para além dela. Não via nada, claro está, só a parede e o papel da parede. Dava uns passos para a esquerda e então, sim, lá estava a janela a sério através da qual se avistavam pessoas e aquele jardim que tinha o nome mais lindo de Lisboa, com o seu lago de peixes encarnados e a sua árvore japonesa. A janela era a minha vergonha. Para quê uma coisa assim?, perguntava a mim própria em dias de perguntar coisas a mim própria. Para que haviam as pessoas de pensar que eu tinha aquela janela se na realidade ela não existia? Mas não existiria mesmo?

Uma tarde fui com a criada à mercearia e ouvi o empregado dizer, depois de tomar nota das encomendas: «Ah, já sei, é para a casa da janela fingida.» Julguei que me metia pelo chão abaixo, de aflição, mas ainda consegui dizer «Temos janelas a sério, nós. Temos cinco janelas a sério!» porque essa declaração me parecia importante e necessária. E incitei mesmo a criada a explicar, para o caso de não me terem ouvido, que tínhamos, de facto, cinco janelas.

Às vezes, quando estava sentada à mesa, acontecia-me pensar: «Estou de costas para a janela, estou a apanhar frio porque não a fecharam bem. Logo vou para a cama constipada e amanhã não posso ir à escola.» Um dia pensava isto mesmo e espirrei três vezes, foi sensacional. Na manhã seguinte estava doente, a janela afinal existia, deixara de ser a minha vergonha para se tornar o meu orgulho. As outras pessoas não sabiam, só eu, não era extraordinário? Foi uma longa semana de entusiasmo e gripe.

Depois veio a altura da limpeza, o senhorio mandou pintar tudo de alto a baixo e o prédio, que era vermelho-escuro e alegre, ficou *beige* e inexpressivo. A janela desapareceu, entre outras coisas, e nunca mais senti aquele friozinho bom e perigoso quando me sentava à mesa. Atrás de mim havia uma simples parede, uma estúpida parede lisa.

Assim se foi, vencida pela tinta antes de ser vencida pelo tempo, uma das minhas primeiras falsas certezas.

NO DIA TAL, FELIZ

Neste século XX já tão adiantado, nova época de luzes em que a ciência tudo ou quase tudo parece querer explicar, quando a psicanálise já colocara sobre os ombros do homem o fardo do seu passado esquecido, ao mesmo tempo que o libertava desse mesmo fardo, há, de súbito, um brusco regresso às falsas ciências que nada explicam, às mesas falantes, às cartas, aos horóscopos. Os astronautas viajam pelo espaço, os médicos enxertam corações de homens e de porcos prolongando a vida, foi-se lá acima buscar uma pá de lua para estudo, fala-se na chegada a Vénus daqui por uns anos, e, entretanto, há pessoas que se sentam à volta de mesas de pé-de-galo (por crença ou por simples curiosidade, mas já essa curiosidade denota interesse), vão às cartomantes, leem diariamente ou uma vez por semana os seus horóscopos.

Diga-se de passagem que as cartomantes nunca caíram por completo no esquecimento (haja em vista a França), e que os horóscopos há bastantes anos que aparecem diária ou semanalmente na Imprensa. Nos Estados Unidos há mais de trinta mil astrólogos e vinte revistas só de astrologia. Houve, no entanto, uma recrudescência de interesse por este género de coisas, pelos astros que nos ajudam ou contrariam, pelos mortos que nos enviam mensagens positivas ou negativas, pelas cartas que nos anunciam felicidade ou desgraça.

Claro que só o primeiro aspeto é que interessa, e aí mesmo é que bate o ponto. No século XX ou na Idade Média, o homem comum – especialmente a mulher comum – deseja acima de tudo saber, não se vai chegar à Lua ou a Vénus nos anos mais próximos, mas se vai ser feliz um destes dias. Leia ou não leia horóscopos, frequente ou não sessões de espiritismo, visite ou não cartomantes, o objetivo é só um: saber, acreditar numa hipotética felicidade que talvez o espere.

Então os mais influenciáveis leem que no dia tal encontrarão essa felicidade. Eis uma coisa que nenhum psicanalista, que nenhum cientista, que nenhuma religião lhes poderá dar: a esperança de que, lá porque na imensidade do universo dois astros se encontram em determinada conjunção, ele, obscura e quase invisível formiga de um formigueiro imenso, será um homem – ou uma mulher – no dia tal, feliz.

NOMES E NOMES

Como tivesse de fazer um longo percurso de táxi e àquela hora o trânsito não consentisse velocidades, fui olhando pela janela e reparei por acaso em três hotéis, cujos nomes me deixaram um tanto ou quanto pensativa, até porque me sugeriram outros nomes semelhantes. Logo que cheguei a casa peguei na lista dos telefones e procurei verificar se estaria ou não enganada. Não estava. Àqueles (aos tais por onde tinha passado) juntavam-se muitos outros que tinham – que têm –, sabe-se lá porquê, títulos nobiliárquicos, altos cargos diplomáticos ou republicanos. Estão neste caso o *Condestável,* o *Embaixador,* o *Presidente,* o *Príncipe,* o *Príncipe Real,* o *Rex,* o *Imperador.* Há outros com nomes ou cognomes de reis e príncipes, como o *D. Carlos,* o *Eduardo VII,* o *Jorge V,* o *Infante Santo,* o *D. Afonso Henriques.* Há outros ainda que se chamam *Palace* (vulgar no mundo inteiro, só aqui está para ajudar), *Palácio, Império.*

Já agora que tinha, por assim dizer, a mão na massa, procurei as *boîtes* modernas. E então deparei com um fenómeno exatamente oposto. Elas chamam-se (por mais bonitas e elegantes que sejam) *Cave, Caco, Caixote, Calhambeque, Caruncho,* etc. Curioso. Os pais gostam de se hospedar em lugares com nomes requintados, os filhos de se divertir noutros cujos nomes não lhes criem complexos de nenhuma espécie.

Nas pastelarias encontrei uma maioria senão esmagadora pelo menos apreciável de *Chiques, Elites, Mimosas, Bijous, Bom-Bons, Elegantes, Fidalguinhas, Graciosas, Paraísos, Pérolas, Primores,* e por aí fora. Enfim, doçuras, elegâncias, etc.

Nas *boutiques*, também há nomes adequados e muito «bem»: *Tara, Nixa, Técá, Xé-Xé, Pitucho, Fáfá,* sei lá.

Enfim, fico por aqui. Cada um sabe as linhas com que se cose, o que é o mesmo que dizer as preferências da respetiva clientela. E um bom hotel confortável e requintado chamado *Caco* ou *Caruncho,* e uma *boîte* divertida intitulada *Infante Santo,* decerto que caminhavam a passos largos para a falência. O mesmo se daria com a *boutique dans le vent* chamada *Chique.*

O cliente manda, mesmo quando se limita, em silêncio, com a sua simples presença monetária, a aplaudir.

SCIENCE FICTION

Fechar por umas horas os velhos e novos livros que nos falam da vida e da morte – da nossa vida e da nossa morte –, do amor e do ódio tais como os conhecemos, da solidão a sós ou em companhia. Largá-los, esquecer a sua existência, e isto porque o sr. e a sr.ª K «têm no planeta Marte, mesmo à beira de um mar vazio, uma casa com pilares de cristal e paredes também de cristal onde nascem frutos doirados». Deitar para trás das costas os pequenos aborrecimentos conhecidos, os contratempos quotidianos, os desgostos necessários ou obrigatórios. Fugir. Fechar esses livros, ou esquecê-los, mesmo abertos, naquela página em que João e Maria se encontram ou se separam, se apaixonam ou começam a cansar-se um do outro, descobrem a juventude ou a velhice, passam por coisas assim, muito pessoais e que todos nós conhecemos. Porque «o sr. e a sr.ª K vivem há mais de vinte anos à beira daquele mar morto, e os seus antepassados já moraram naquela casa que gira sobre si mesma acompanhando o sol». Sossegar pois durante algum tempo, viajando à velocidade da leitura de cada um, por esse planeta de areia azul, até porque a vida sedentária a que nos habituámos é demasiado exaustiva. Toda uma existência a sermos espelho que tudo reflete, porque sentimos como os outros, mesmo os inventados, o amor, o entusiasmo, o cansaço, a morte, deles-nossos.

Fechar os livros e abrir outros de onde João e Maria estejam ausentes, onde só haja pessoas-longe como os pequenos srs. K ou o velho da bomba de gasolina, emigrado da Terra, porque um velho precisa de coisas diferentes. «Os novos não querem conversar com os velhos e os outros velhos aborrecem-nos muitíssimo a nós. Não vim para Marte fazer fortuna, vim porque queria acabar os meus dias num sítio onde tudo fosse diferente. Se começo a ganhar demasiado mudo-me logo para outra estrada mais retirada, de modo a só conseguir o necessário para viver e continuar a sentir a diferença das coisas.»

Mas voltando à casa. É nela (como podia ser noutra) que alguém lê um livro de metal com saliências hieroglíficas, que, ao serem tocadas, libertam «uma antiga e suave voz que canta lendas do tempo em que o mar era vermelho e os homens levavam à guerra nuvens de insetos metálicos e de aranhas elétricas». É também nessa casa que outro alguém, uma pequena mulher frágil, sonha noites a fio com um homem que não pode ser, um homem de olhos incrivelmente azuis e cabelos fantasticamente pretos, quem viu tal coisa? (os marcianos, não sei se sabem, têm cabelos ruivos e olhos doirados), é pois nessa casa que podemos passar umas horas tranquilas olhando «a diferença das coisas» que nos rodeiam. E até pode acontecer que nos encontremos lá com o sr. Bradbury, pessoa que muito admiramos, que conhece Marte como os seus dedos, e que até escreveu, há anos, uma série de apaixonantes crónicas marcianas.

PESSOAS DE VERBO COMPLICADO

Até podem não ser nada complicadas a falar nem na sua maneira de ser. Até é possível que sejam pessoas extremamente simpáticas e de trato agradável. Mas aí está. Por qualquer razão que pode ser simplesmente o desempenharem um cargo importante, o usarem um nome ilustre, o terem uma fortuna considerável, as referências que lhes são feitas trazem o tal verbo complicado. E então o senhor Fulano não vai, desloca-se; o senhor Cicrano não fala, usa da palavra; o senhor Beltrano não estuda um assunto, debruça-se sobre ele.

Se observarmos com atenção estas frases podemos verificar que o «deslocar-se» uma pessoa tem, de facto, muito mais dignidade do que o «ir» puro e simples. Uma pessoa desloca-se, isto é, sai do lugar confortável onde se encontrava, e isso é um esforço, um favor que faz a alguém, é como se arrastasse atrás de si um manto, sente-se tudo isto no verbo, não é verdade? Agora «usar da palavra». Notem como é bela esta expressão. Nada de falar, qual! Falar está ao alcance de qualquer pessoa, todos nós falamos, é só abrir a boca e lá vai disto, agora de usar da palavra poucos são capazes. É necessário pegar nas palavras, escolher as melhores, as de ressonância mais perfeita, manejá-las com arte, usá-las por fim. E «debruçar-se» sobre um assunto? Estudar implica necessidade de trabalho, isto é, confessa ignorância sobre o referido assunto. Debruçar-se, inclinar-se, enfim, dar uma breve vista de olhos, que diferença! A pessoa curva um pouco a cabeça: ao de leve, claro está, e abrange tudo, recorda tudo, sente-se logo capaz de falar horas e horas sobre o caso.

Vendo bem, pensando melhor, creio que as pessoas, algumas, enfim, continuarão a deslocar-se daqui para ali, a usar da palavra, a debruçar-se sobre os assuntos. Porque não haviam de continuar? É bom não esquecer que nascemos na terra do V. Ex.ª e sua Ex.ᵐᵃ Família.

GATOS E HOMENS

Em horas de prestar atenção a gatos, já me aconteceu pensar que eles um dia talvez façam das suas e mostrem ao mundo quanto valem. É certo que há séculos e séculos, talvez há milénios, há milénios decerto, eles não fazem mais do que caçar ratos e pássaros de pequeno porte (os vagabundos) e dormir boas sonecas no colo de dona Sância (os ricos e remediados). Às vezes, porém, olho-os e eles afiguram-se-me detentores de toda a sabedoria deste mundo: aquela expressão quieta e tranquila de Budas que possuem todas as respostas, aquele ar de quem não se espanta com coisa nenhuma deste pobre mundo, de quem se está nas tintas para os nossos pequenos e grandes problemas, de quem os ignora, nos ignora. Consentem em viver na nossa casa, fazem-nos o favor da sua companhia silenciosa, dignam-se comer da nossa comida. E se algo na nossa atitude lhes desagrada e não é hora nem dia de prestar vassalagem a gatos, os narizinhos empalidecem-lhes, as orelhas ficam-lhes horizontais de furor, as caudas batem sincopadamente mostrando como estão dececionados connosco. Sim, os gatos talvez um dia se unam para as operações de despejo das suas casas, deles, gatos, casas essas que nós julgamos ingenuamente que nos pertencem. Têm expressão para isso e muito mais.

Mas as expressões enganam e nada mais fácil do que tomar a nuvem por Juno e aquele que ignora as próprias perguntas por aquele que sabe todas as respostas. Para provocar a confusão nos espíritos basta às vezes lançar ao vento uma ou outra frase sibilina que deixe as pessoas perplexas, ou compor ao espelho o tal ar misterioso e sabedor dos gatos. Uma expressão profunda, a tal frase sem pés nem cabeça dão às vezes um destes prestígios…

Os gatos sabem-na toda.

CASAS

Arregalam-se-me os olhos de espanto. O que é isto de haver aqui, na minha frente, quase junto à ponta do meu sapato e onde ontem era uma moradia ou um terreno abandonado, um prédio de seis andares? Olho em semicírculo, procuro ao longe, desenhado na tela azul, o contorno das pequenas montanhas e colinas retangulares da cidade, dos seus rochedos. E é outro, claro. Aquele arranha-céus, aquela longa cordilheira de prédios que não existiam ontem, que juro que não existiam ontem...

Claro que existiam, não estamos no reino das fadas mas no dos arquitetos, dos mestres de obras, dos «operários em construção» do Vinícius de Morais. Não há varinha de condão mas réguas e compassos e tijolos e cimento. Coisas de levar tempo, embora pouco. Só que nós andamos a olhar para dentro, a ver e a remoer as coisas das nossas vidas e a falar sozinhos, em silêncio, e às vezes tropeçamos num prédio novo que ontem não estava ali.

Foi então, ao ver esse prédio, que sonhei que era arquiteta, enfim, que voltei a sonhar porque esse foi um sonho antigo. Desta vez, porém, não sonhei acordada mas a dormir. Ah, as coisas que eu fizera e ia fazer... Os planos que eu tinha em mente... Qual Niemeyer qual coisa! Eu fazia grandes prédios brancos, algarvios, com largas varandas fechadas e terraços abertos para o céu. Casas com estrelas, percebem? Tinham espessas paredes caiadas que detinham os sons, tinham o ar de casas de cada um, casas de nascer e viver e morrer nelas, com jardins suspensos para descansar, e zonas verdes, arborizadas, com águas murmurantes de Sintra. Não sei como me arranjava mas as casas que eu sonhava, que alguém construía, não eram muito caras. Também não eram muito altas. Eram casas grandes, fortes, de pés bem assentes no chão. Não eram vilas, não eram prédios, chamavam-se mesmo casas porque esse era o nome adequado e tinha uma força especial. A casa proteção, a casa-lar, a casa mundo, a casa tranquila, a nossa casa, enfim, onde se está melhor do que em qualquer outra parte.

Acordei sobressaltada com a telefonia do vizinho e tinha perdido todos os meus planos de Portugália-cidade.

MENINAS DE *GUICHET*

Ontem vi uma. Estive mesmo a falar com ela. Não a conversar, não. A falar de um assunto que a mim me interessava muito e a ela absolutamente nada, via-se à distância. Simplesmente, era esse o seu trabalho. Ouvir e responder.

Claro que não posso dizer que ela foi muito atenciosa porque não foi. O que até era lógico. Porque, se algumas empregadas desatentas de outras lojas são irritantes, as meninas de *guichet* (meninas que podem ter dezoito, quarenta ou sessenta anos) merecem toda a nossa indulgência quando não nos ouvem à primeira, quando falam com uma certa aspereza ou então naquele tom de voz impessoal que logo nos relega para um lugar quase desprezível na escala de valores do lugar e do momento.

Aquela a quem ontem me dirigi era muito jovem. Tinha um rosto fresco, de pele de cetim, e nítida vontade de cumprir. Não que fosse muito atenciosa, já disse. Era, no entanto, conscienciosa, queria sê-lo, esforçava-se. Às vezes sorria, não a mim mas a qualquer ideia que a obcecava, talvez pensasse no namorado ou em determinado colega que, um pouco longe, a não perdia de vista. E ela então sorria enquanto ia dizendo o que tinha a dizer.

Dei comigo a pensar em quanto duraria aquele sorriso, porque as outras mulheres, na mesma fila em que ela se encontrava, para além da mesma vidraça esburacada, eram todas elas sérias e tinham, ao falar, vozes duras e gestos sacudidos. Estariam ali fazendo o mesmo trabalho maquinal e aborrecido há dez, há vinte, há trinta anos, há mais? Eram mulheres áridas e exaustas, portanto agressivas.

Vender selos, por exemplo. Fala-se mal de algumas empregadas dos correios, que entregam os selos enquanto conversam, que não estão ali enquanto os seus dedos, independentes, fazem o que há a fazer. Mas nós, lá? Mas nós uma vida inteira a vender três selos de cinco tostões, e dois de um escudo, e sete de três tostões e por aí fora, um dia, um mês, um ano, uma vida, já pensaram?

Porque falo das mulheres e não dos homens? Também há homens em *guichets*, para além das vidraças, homens nas suas gaiolas de «caixas». Sem dúvida. Mas os homens talvez suportem melhor. Ou talvez a razão seja a de eu, ontem, ter falado com uma mulher jovem e não com um homem jovem. E então pus-me a pensar nessa gradual perda de juventude, nesse fanarem-se ali, como que fechadas na tal gaiola, nessa – porque não? – irritabilidade que um dia, sem se darem conta disso, começam a provocar-lhes as pessoas cá de fora, as pessoas em trânsito, as pessoas aparentemente livres dentro das suas invisíveis gaiolas itinerantes, mas que compram selos, que compram bilhetes, que fazem perguntas.

VISITAS DO MÊS DE JUNHO

O terrível Minos, irado – e eram terríveis e incontroláveis as iras dos deuses –, fechou Ícaro e seu pai, Dédalo, no Labirinto que este último construíra. O imaginativo Dédalo, porém, resolveu fugir pela única porta possível, a do céu. Fabricou então dois pares de asas que fixou com cera às suas próprias espáduas e nas do filho, recomendando a este que não voasse muito alto nem muito baixo, a fim de fugir ao calor que poderia derreter a cera e às ondas que poderiam molhar as penas tornando-as pesadas. Ícaro, que tinha quinze anos, prometeu obedecer, mas, logo que se viu a voar, foi tomado de orgulho, pôs-se a subir cada vez mais alto, e tanto se aproximou do sol que o calor deste derreteu a frágil camada de cera, tal como Dédalo previra. Caiu então desamparado, em pleno Mediterrâneo, perto da ilha de Samos.

Esta é, em poucas palavras, a história de Ícaro, primeira vítima da aviação. Mas eis que a história se repete, ou melhor, eis que a história que nunca aconteceu porque era simples lenda, porque fazia parte de uma mitologia pagã repleta de seres fabulosos, com reações para nós inaceitáveis, podia ter acontecido. Teria mesmo ela, essa lenda, sido o simples prenúncio de uma possível realidade futura, esta a que, ao que parece, escapámos por uma unha negra? Seja como for, eis Ícaro que despiu – há quanto tempo? – a sua forma humana, para tomar outra, a do asteroide descoberto e batizado em 1949.

Há muito que os astrónomos, espreitando pelos seus grandes óculos, o viam aproximar-se, meteoro e ao mesmo tempo perigoso torpedo cósmico apontado à Terra e ameaçando-a com o seu peso de 1400 milhões de toneladas. Era como se a cera houvesse de novo derretido ao calor do seu orgulho, e ele tivesse outra vez perdido as asas. Felizmente parece que o campo de gravidade de Mercúrio o atraiu, libertando-nos da sua incómoda e perigosa visita.

*

E já agora, mais duas visitas (?) deste mês de junho, e uma pequena lembrança de Charles Fort.

Fort, americano de Bronx, jornalista sem grande talento e embalsamador de borboletas, dedicou-se no princípio deste século a um curioso *hobby*: preencheu milhares de fichas sobre acontecimentos inexplicáveis noticiados por jornais de todo o mundo, contemporâneos e antigos. Fort passava o tempo de que podia dispor em bibliotecas, folheando velhos jornais, e no seu modesto escritório, preenchendo as suas fichas, que depois guardava em caixas de sapatos. Mais tarde escreveria alguns livros, mas isso é outra história. Nessas fichas surgiam, pois, notícias de neves negras, de chuvas de rãs em cidades, de chuvas de peixes longe do mar, de chuvas de lama em terras secas, nelas contava-se o estranho desaparecimento do senhor Fulano que deu a volta a uma coluna e nunca mais foi visto por ninguém, nelas tratava-se de discos voadores e outros UFO vistos aqui e ali por esta e aquela pessoa, por este e aquele grupo de pessoas. Charles Fort não era homem que acreditasse em histórias de carochinha, mas também não duvidava aprioristicamente de factos a que muitas pessoas dignas de crédito tinham (ou julgavam ter) assistido, só porque eles eram, de momento, inexplicáveis. Aceitava-os, catalogava-os. Porque talvez um dia a explicação viesse, ou ele, pelo menos, os compreendesse.

Vem isto a propósito da «Estranha aventura de um casal argentino», noticiada a 4 deste mês, e da jovem argentina que, a 16, teria visto um marciano. O casal assegurou haver sido transportado até ao México numa estranha nuvem. O certo é que a tinta do carro onde viajava desapareceu, como que removida por maçaricos, e o automóvel foi enviado para um laboratório a fim de ser cuidadosamente analisado. Quanto à senhora, entrou numa casa de saúde com uma forte depressão nervosa.

Notícias que teriam feito as delícias de Charles Fort se ele ainda pertencesse ao número dos vivos, o que não é o caso. E um mês de junho com nuvens raptoras, marcianos de dois metros de altura (esquecia-me de dizer que o marciano visto pela jovem Maria Pretzel tinha dois metros e falava uma espécie de japonês) e um Ícaro que quase nos matou a todos não é qualquer coisa em matéria de relações com o Exterior.

PASSÁRGADA, KELEVIM E OUTRAS TERRAS

Lembrei-me dele por causa de Kelevim, que conheci ontem. Ele é o único homem feliz que me foi dado encontrar, pelo menos o único que me deu uma impressão de felicidade tão intensa que é quase anormal. E no entanto... Trabalha num escritório onde ganha pouco e não é muito considerado, tem uma mulher doente e seis filhos. Como é possível?, espantam-se as pessoas. E, no entanto, é mesmo assim.

Estou convencida de que há muitos dias na sua vida, talvez mesmo semanas, em que não vê nem ouve os filhos, embora eles por ali andem e façam bastante barulho, semanas em que igualmente se esquece da falta de dinheiro e em que não vê a mulher, ali, curvada e triste a coser para fora, em que vê somente no lugar dela a rapariga nova e bonita, com menos vinte anos, que ele conheceu em tempos. Nos seus lábios flutua um sorriso em discreta forma de barco, nos seus olhos ferve uma luzinha funda e divertida. «E todos os seus, sr. Ventura?» – «Vão indo, vão indo, muito obrigado.» Vão sempre indo, muito obrigado, mesmo que os filhos estejam todos de cama com sarampo e a mulher – que, destituída de imaginação, coitada, não inventou nenhuma terra para uso próprio – tenha aquela dor que quase a impede de trabalhar, mas não de dizer a toda a gente que «aquela alma de Deus não vê nada». Claro que não. Está ausente, pelo menos em parte. Porque ele inventou um país (país, cidade, região?) onde passa grande parte dos seus dias.

Lá, na Passárgada que inventou – que ia jurar que inventou, embora não possa, claro está, ter a certeza disso – e que se chama, por hipótese, Vália, é amigo do rei, o que lhe simplifica muitíssimo a vida. Ou talvez que Vália seja mais parecida com a tal Kelevim do outro escritor brasileiro que li ontem (ah, estes brasileiros são formidáveis a inventar Passárgadas e Kelevins, a materializar Brasílias). Segundo Samuel Rawet, Kelevim tem sobretudo uma grande vantagem para ele: lá, não é amigo de ninguém.

Terá o sr. Ventura em Vália (por hipótese) a amizade real, a sua mulher jovem, filhos saudáveis e tranquilos, dinheiro a rodos? Ou passeará sozinho e solteiro por ruas vazias, com pessoas de cristal, como ontem, aqui? Porque ontem, aqui, cruzei-me com ele na rua e o seu olhar atravessou-me, alegre e mortífero, como se eu não existisse ou tivesse dado, nesse mesmo instante, o meu último suspiro. Estive quase a chamá-lo para lhe pedir informações sobre a sua terra, mas faltou-me a coragem, até porque ele ficaria decerto espantado. Não é homem para conhecer Manuel Bandeira e menos ainda o arquiteto de Kelevim. E só um homem para ter inventado o seu país mágico e para ter até ao fim da vida uma vergonha imensa de o dizer seja a quem for.

«Pronto, sr. Ventura, não se fala mais nisso.»

A ASTROLOGIA E O FADO

Li há dias algures esta citação do grande psicólogo Jung: «Nascemos em dado momento, em dado lugar, e temos tal como os vinhos célebres as qualidades do ano e da estação que nos viu nascer.» Aqui está uma constatação pouco agradável e que me lembrou qualquer outra coisa, não sei qual, mas bem conhecida sem dúvida e absolutamente nada filosófica. Como quando encontramos na rua uma cara familiar e não sabemos se já a vimos a ela ou a qualquer outra de quem dá uns ares mesmo muito, muito vagos.

O ano e a estação, portanto. E nós, conforme fomos chegando a este mundo em janeiro, fevereiro, março ou abril, fomos sendo metidos em determinado figurino moral do qual não conseguimos sair até porque não o desejamos. É o nosso confortável-desconfortável figurino.

Segundo a astrologia os nativos do Carneiro são fogosos, os do Leão orgulhosos, os do Sagitário idealistas porque pertencem todos os três ao elemento Fogo. Um simples exemplo, claro. Há também os da Água, da Terra, do Ar. Diz ainda esta mesma astrologia que um homem e uma mulher do mesmo signo nunca se poderão entender perfeitamente porque são demasiado parecidos: os de signos de oposição porque são demasiado diferentes. Mas quem se lembra de perguntar de chofre ao homem ou à mulher dos seus sonhos, que neste momento preciso está ali ao telefone, a que signo pertence e qual é o seu elemento? Quem? E então os erros, os desencontros, os lamentos, os ais.

O fado. Era isso. O destino marcado. A triste vida que eu tenho. A pouca sorte que eu tive. As cinzas desta paixão. As lágrimas que eu chorei. O dia em que te encontrei. O meu coração magoado. Tudo isso e muito mais, mas sobretudo a boa e a má estrela, a estrela com que nasci. A tal estrela que pode ser um planeta, Marte ou Vénus, por exemplo.

Quem será capaz de fazer um dia destes um fado astrológico, um fado já não canção nacional mas universal, tomando como universo não só este vale de lágrimas mas, por exemplo, todo o sistema solar? Um fado em que se diga que tudo aconteceu porque ela era muito simplesmente Caranguejo e ele Balança (ou vice-versa) e no tempo das confidências se esqueceram de confessar isso um ao outro?

JOSÉ

A antiga criada apareceu naquela tarde e nem a reconheciam. Em tempos fora uma rapariga bonita, cuidava-se muito, ia uma vez por mês ao cabeleireiro, usava cremes e perfumes, até se riam dela no prédio por causa disso. Agora tinha o cabelo ruço puxado para a nuca e reencontrara, em pormenores do vestiário que se notavam logo à primeira vista (a blusa branca, de golinha redonda, a saia largueirona a tapar os joelhos, as meias grossas, um pouco caídas, os sapatos para durar), a aparência que tivera um dia, quinze anos antes, ao chegar da terra, lá para o nordeste. Ao seu lado, o garotinho. Os ex-patrões tinham sido os padrinhos da criança, mas ela voltara para a terra depois de casada e só agora, há meses, estava de novo na cidade porque o marido arranjara uma colocação qualquer. O garotinho, portanto. Chamava-se José e vinha mascarado de homem, com um fato completo, às riscas (que decerto fora do pai e que a mãe adaptara – mal – ao corpo dele, deixando-o grande, para crescer), camisa com punhos que desciam até meio da mão, gravata de nó largo. As mães pobres gostam de vestir os filhos de homens, pensou a senhora, talvez porque isso as tranquilize. Dentro em pouco poderão ajudar, trabalhar para a casa. Dentro em pouco já não serão um peso. Talvez eles sejam sempre um pouco homens, desde que nascem, mesmo aquele, tão baixo e tão franzino, perdido dentro do fato, que idade teria? «Que idade tens, José?»

Que fizera treze anos. «Anda, fala, não ouves a senhora? Criança mais trombuda nunca vi. Está com vergonha, é o que é.»

Agora era criança. Uma espécie de baloiço, ora isto, ora aquilo, conforme convinha. Depois toda aquela aspereza, para quê, porquê? «Estás a estudar, José?»

Então falou. Os seus grandes olhos pretos dilataram-se, a vozinha fraca ergueu-se, aos altos e baixos. «Já acabei. Fiz a quarta classe.»

«Fiz a quarta classe, minha senhora», emendou a mãe. «Quantas vezes te tenho dito… Já está a trabalhar, pois então. Tem que ser. O dono da mercearia lá da rua fez-me esse favor. Enfim, é um princípio de vida. Ele não queria, só falava em estudar. É verdade que a professora dizia que ele tinha boa cabeça, que era o melhor de todos… O seu sonho era ser médico e custou a convencê-lo de que isso era impossível. Médico... até dá vontade de rir... Coisas de criança.»

E ela a dar-lhe. Fora sempre pouco esperta, coitada, e nem via que o rapazinho corara muito, que os seus olhos estavam extremamente brilhantes. Que tinha que ser... Que até dava vontade de rir... Médico! As frases tinham ficado suspensas no ar, as palavras eram duras, não se dissolviam. Tinha que ser.

E ele, o rapazinho de olhos trágicos que desejava ser médico, seria marçano, e depois, se tivesse tato, se fosse cuidadoso e obediente, empregado de balcão. Era a vida.

«José...», disse a senhora. Depois ficou calada, sem saber como continuar. Então foi à gaveta, tirou uma nota de cem escudos e meteu-lha na mão. «É para comprares qualquer coisa», disse.

«Anda, agradece à senhora», incitou-o a mãe.

E o rapazinho disse, de olhos baixos: «Obrigado.»

UM LUGAR NO AUTOCARRO

Basta entrar num autocarro, num metropolitano ou num elétrico e olhar. É que vemos sempre coisas ou adivinhamo-las ou imaginamo-las, claro. Mas às vezes acontecem mesmo. Esta foi num autocarro – n.º 5, n.º 7, sei lá, eu e os números...

Sentada logo à entrada, uma menina de uns quinze anos muito bonita. Loiros cabelos verticais até aos ombros, nem um fora do lugar, sardas postiças e, sobre os joelhos, livros, cadernos e duas mãos cuidadas. Uma menina-mulher que talvez tivesse sido chamada e tido uma boa nota, porque nos seus olhos claros havia um brilho feliz. Não sei porquê mas pensei que ela devia ser estudiosa, muito eficiente, extraordinariamente atenta ao mundo apaixonante que a rodeava. Uma rapariguinha completa, há quem diga, como se as raparigas andassem por aí aos bocados.

A certa altura entrou um homem de uns sessenta anos, não mais, e, como todos os lugares estavam ocupados, deixou-se ficar na retaguarda. Era um homem bem conservado, bem vestido, um homem que devia ter sido interessante e que talvez ainda se julgasse capaz de interessar. Era também um homem bem-educado, viu-se depois. Depois, foi quando o olhar claro e lavado da rapariguinha se deteve nele, e ela se levantou, muito amável, para lhe oferecer o lugar. Sabia que se deve oferecer o lugar às pessoas idosas e aquele homem era para ela muito idoso, podia ser seu avô. Então...

Há muito que não vejo uma pessoa tão atrapalhada como aquele homem. Primeiro subiu-lhe ao rosto uma onda de sangue. Depois, em voz um pouco trémula, disse: «Obrigado, mas sinto-me perfeitamente de pé.» A rapariguinha, porém, queria por força levar a cabo a sua boa ação diária e insistiu. Que fizesse favor, que ela ia sair na paragem seguinte... Havia sorrisos em volta, pessoas bichanavam, o homem devia sentir-se horrivelmente infeliz. E acabou por se sentar, com um sorriso muito falso, quase esgar, para fugir aos olhares do carro inteiro.

A rapariguinha saiu, de facto, na paragem seguinte, e eu fiquei a perguntar a mim própria se ela já teria feito mais vezes bonitas ações daquelas. É possível que logo que chegasse a casa pegasse no seu diário – porque quase todas as meninas de quinze anos têm um diário – e escrevesse qualquer coisa à volta disto: «Tive um dezoito em Matemática e dei o meu lugar no autocarro a um pobre velho.» Porque o critério das idades varia conforme vamos envelhecendo. E se aquela menina não rasgasse o tal caderno e pudesse lê-lo daqui a muitos anos, e pudesse também recordar o homem a quem ofereceu o seu lugar, saberia que no dia tal às tantas horas praticara o seu pequeno crime diário.

O MENINO NO ARAME

Passei de táxi e não acreditei no que os meus olhos viam. Por isso pedi ao motorista que desse a volta e descesse de novo a rua, mas devagar. Assim fez. Deu a volta, desceu muito lentamente, e eu pude olhar para o gradeamento do jardim suspenso ou talvez fosse um simples pátio ou praça com a altura de um segundo andar. Uma praça, pátio ou jardim quase vertiginoso.

O gradeamento pintado de verde tinha um vulgar corrimão de ferro. E sobre o corrimão, quando muito da espessura de dois dedos – são assim todos, porque não o seria aquele? – caminhava um menino. Era um menino muito pequeno, seis, sete anos talvez. Um menino no arame, de grandes botifarras para durar, uma adiante da outra, e com uma vara na mão, como decerto vira fazer no circo. Se caísse para o lado direito podia partir uma perna, para o esquerdo, morria decerto. Pedi ao motorista que parasse e fiquei a olhar perdidamente. «Se disséssemos qualquer coisa?», sugeri. Mas o homem acenou negativamente. O miúdo podia assustar-se e então é que caía mesmo, disse. Mas que não estivesse preocupada. «Isto têm sete fôlegos como os gatos.»

«É que é muito pequeno.»

«Verá que não cai.»

Ele a dizer aquilo e a criança a cair. Para o lado de dentro, que alívio! «Pronto, vamos embora.» Não fomos, porém, tão depressa que não víssemos a mulher aparecer lá do fundo, fazendo um grande alarido. Esbracejava e gritava a plenos pulmões, mais furiosa do que aflita:

«Todos os dias é isto, nunca vi uma criança cair tantas vezes! Não te tens nas pernas ou quê? Amanhã ficas de castigo em casa, já sabes! Todo o dia em casa, estás a ouvir? Vá, gira!»

O menino girou, fresco como uma alface suja de terra. «Isto têm sete fôlegos como os gatos.» Ainda bem, pensei. De castigo em casa. Todo o dia longe do arame. Ótimo. Todos os dias, se possível. Pois claro. Assim é que é.

HOJE, AQUI

Hoje, aqui, é um domingo como qualquer outro. Um dia para nos levantarmos mais devagar, para ser gasto mais lentamente. Um dia para ir almoçar fora e de caminho ver o mar, para depois esquecer, para ir já esquecendo, até porque não há presente e este momento já lá vai, e este dia está a chegar ao fim. Recordar um dia, este dia, hoje, para quê se não vimos nada? No fundo eles, os domingos, são todos iguais ou quase. Recordar as duas raparigas *dans le vent* do restaurante, as que falavam de *posters* e *happenings* – uma que sabia de *happenings* melhor, e outra que era colecionadora de *posters*? O homem ruivo estilo Cristo sofisticado, com uma flor desenhada a castanho e pintada a cor-de-rosa no pulso, precisamente onde as pessoas usam relógio? Um homem com acessórios de *hippy*, como podia usá-los da casa Cardin? Aquele grito em silêncio de recusar as horas… Por acaso ainda ontem li que não há *hippies* na Europa, que eles são um fenómeno americano e, embora antirracista, branco, porque só os brancos americanos tiveram uma adolescência tão fácil, tão confortável, tão higiénica, tão sem alma, que puderam lançar tudo às urtigas, procurar outra coisa noutra coisa e mergulhar na dificuldade, no desconforto, na promiscuidade.

Mas que tenho eu a ver com o LSD e com os filhos das flores? Interessa-me é a gravata verde, nova e brilhante, com pintinhas brancas, daquele homem modesto com quem me cruzei lá fora, antes de entrar. Uma gravata que talvez tenha sido estreada hoje ou que ele guarda cuidadosamente para os domingos, dia de usar a melhor gravata, aquela que a mulher lhe ofereceu pelos anos. E depois outro, perto da mesa onde estou, esse de camisa aberta no peito porque o domingo é dia de não pôr gravata, coisa mais pirosa uma gravata ao domingo! Interessa-me é o velho cauteleiro roto que me deixou já não sei quantas dezenas (ou centenas) de contos num pedacinho de papel. E o engraxador sem rosto (estava de costas) lustrando os sapatos de um jovenzinho preopinante (sabia tudo de caça submarina), que meteu no bolso, com o ar displicente de quem guarda umas coroas, um molho de notas de cem escudos, troco dos mil que entregou ao criado para pagar o não sei quê que comeu e bebeu.

Amanhã é segunda-feira de uma nova semana. Amanhã vamos começar de novo a cansar-nos para no domingo, lentamente, descansarmos olhando em volta e verificarmos, tal como hoje, que não houve nada. Que o jovem caçador submarino com pai rico e o cauteleiro e o engraxador e o *hippy* elegante e as raparigas que sabem de *posters* (saberão muito mais?) e os homens de gravata e da ausência de gravata são simples imagens de um filme que não nos diz respeito e que talvez nem tenha sido filmado. Simples vislumbres durante uma digestão mais lenta também, de domingo. Mas não nos dirá mesmo respeito?

A CIDADE

Havia ali um grande silêncio antigo onde a atualidade não conseguia penetrar. Era como se uma grande, espessa redoma isolasse aquele campo revolvido. Os carros passavam perto, na estrada, mas o ruído que faziam não atravessava o vidro que não havia, ficava lá adiante, noutro mundo. A poucos metros de nós, o homenzinho, ressequido do sol ou do tempo, esquecera a beata no lábio inferior, porque também estava, talvez estivesse, longe de si próprio. Era possível que não compreendesse, muito simplesmente, o que estava ali a fazer, dias e dias sozinho, qual a sua utilidade na engrenagem. E nós, compreenderemos nós o que andamos a fazer nesta vida? Porque fazemos isto e não aquilo? Porque nascemos aqui e não além?

O homem, pois, na minha frente, sentado agora, com a profissão de estar sozinho a guardar montes e montes de terra peneirada e por peneirar, e dizer o seu eterno pequeno monólogo aprendido de cor, sabe Deus com que dificuldade, e que tem o preço não exigido mas sempre bem-vindo de uma moeda das boas, das que correm, não daquelas, ali, de vez em quando, na terra. Antes de se sentar falara, pois, apontara lá para diante enquanto falava. Lá para diante onde se avistavam umas magras colunas que pareciam lívidos troncos mortos.

Era um silêncio diferente, aquele. Um silêncio pesado, velho e cheio de dignidade. *Eles* tinham por ali passado, eles, os civilizados civilizadores de então. Eles tinham deixado moedas esquecidas, pedras quebradas pelo tempo ou pelas enxadas dos homens vindos depois. Um simples caco de vaso, a orelha de uma estátua perdida, tudo era precioso, como poderia compreendê-lo aquele velho camponês reformado de cavar a terra dos outros, terra-mãe ou madrasta conforme as épocas, mas nunca terra-museu até então.

«Que lhe parece, isto?»

«Isto?»

«Isto.»

Era um homem velho e calado. Depois do seu pequeno monólogo, preferia olhar para além de tudo, até de nós que ali estávamos. Um vago gesto largo, em todo o caso. «Dizem que é importante. Antigo. Os Romanos...»

Que seriam para ele os Romanos?

«... Estiveram por aí um tempo, mas nós, os Portugueses, corremos com eles.»

Os Portugueses, hã? Voltei-me, foi quando ele se sentou. Dei mais uns passos, procurando emoção. Limitei-me a ouvir durante algum tempo, a ouvir, sim, o pesado silêncio da cidade abandonada e ainda soterrada, em pleno sul ardente.

AS VINTE E QUATRO HORAS DO MANS

Temos mar, nisso somos um país privilegiado. Temos mesmo tanto mar nesta nesga de terra que os homens antigos se viram na necessidade de ir por ele fora, à aventura, em busca de outros horizontes. O que haviam eles de fazer, vendo bem, se do outro lado tinham o forte muro da Espanha a cortar-lhes o caminho?

Sinto pena dos países sem mar e acho estranhos aqueles que, por serem muito grandes, têm um mar longínquo, só acessível a uma parte ínfima da população. Claro que mesmo nesta nesga de terra (que não é tão estreita como isso) há muito boa gente que nunca viu o mar, mas em todo o caso…

Se num domingo de verão um avião, voando baixo, descesse o País por sobre os areais, à hora do banho, verificaria que uma grande percentagem dos Portugueses mergulha nas salsas ondas de uma praia qualquer e que, vendo bem, a costa de Portugal é uma longa série vertical de praias, finda a qual se volta à esquerda até Vila Real de Santo António. Muita gente sabe nadar bem, muitos sabem dar umas braçadas, muitos ainda limitam-se a apreciar aquela frescura boa, de pés no chão e água pelo peito. É um prazer gratuito e excelente para a saúde, desde que se nasce até que se morre. Enfim, mais ou menos.

Agora as Vinte e Quatro Horas do Mans, que, no caso, se reduzem a umas seis, mas entusiásticas. E de súbito as pessoas que desprevenidamente nadam um pouco, veem avançar sobre elas, passando-lhes perigosas tangentes, os carros de corrida dos navegadores do nosso tempo, dos desportivos, entenda-se.

Acho lindos estes barcos e ótimos os seus motoristas. A prova de que eles são ótimos é que, ao que me parece, ainda só mataram uma pessoa, aqui há anos. Em todo o caso, talvez não fosse mau obrigá-los a evoluir a uma maior distância das praias, e os cabos de mar (que já não medem fatos de banho) poderiam talvez medir essa distância.

É certo que só houve uma morte, mas quem nos diz... Enfim, os Fangios aquáticos continuam nas suas reviravoltas deslumbrantes (feitas para deslumbrar), passando rente a adultos e crianças que nadam porque o mar é de todos. Por este andar, tomar banho com água pelo peito será daqui a pouco tempo uma aventura perigosa que necessita de seguro de vida.

O RAPAZ E A ESTÁTUA

A bem dizer, nunca a tinha visto porque a conhecia desde sempre. É assim com as estátuas. Quem vai deter-se junto delas senão os forasteiros e os pombos, criaturas aladas?

A estátua, portanto, alguém-ninguém para ele nascido naquela cidade, ali criança, rapaz, homem um desses dias, velho não tardaria muito. A estátua hirta e inexpressiva, envolta numa rígida e espessa capa de granito. Seria mesmo granito, aquilo?, refletiu nessa tarde em que combinara encontrar-se ali com alguém, e esse alguém se fez esperar porque seguia de perto as regras do jogo, e talvez naquele caso a regra fosse para ela (tratava-se de uma rapariga, claro) fazer-se desejada, obrigar quem esperava a sentir ao mesmo tempo raiva e amor. Não contou, porém, com a presença da estátua.

O rapaz olhava de vez em quando para o relógio, depois, para aquecer os pés – era inverno –, pôs-se a andar à volta da estátua, tocou-lhe na capa e nos sapatos, descobriu a certa altura, fascinado, que o rosto de pedra, lá em cima, estava muito sério do lado esquerdo e claramente trocista do lado direito. «Diz-me coisas, homem», pediu então. A estátua tinha um nome longo e ilustre, era uma estátua do tempo em que os grandes escritores tinham estátuas, mas o rapaz preferiu chamar-lhe assim, «homem». Pensou que a estátua apreciaria. E perguntou-lhe: «Achas que ela gosta de mim? Diz o que pensas, homem. Não te acanhes.»

A sobrancelha farta, levemente franzida, ou fugidia. Uma sobrancelha que de súbito duvidava. «Gostar? Ela? Rapaz, meu querido rapaz, mas ela...»

«Achas isso, homem?»

Chegou quando lhe pareceu que era tempo – isto é, meia hora depois do combinado – e estacou a olhá-lo. O rapaz ainda estava a estudar apaixonadamente a sobrancelha de pedra, deste ângulo, depois daquele, em seguida do outro. Não a viu portanto. E a rapariga pensou que ele era decerto muito criança e também um tanto amalucado para estar tão completamente absorto por uma estátua, que nem dera pela sua presença. E que não valia a pena perder tempo com tal pessoa. Voltou-lhe pois as costas e foi-se para sempre embora. Era, como se vê, uma rapariga sensata, decidida e bem pensante.

Tinha ela dobrado a primeira esquina quando a sobrancelha se imobilizou pelos séculos dos séculos. O rapaz desinteressou-se então da estátua, troçou mesmo um pouco de si próprio pela atenção que lhe dispensara e voltou a olhar para o relógio. Ainda esperou mais vinte minutos. Depois desistiu. Num dos dias mais próximos encontraria, de resto, aquela com quem viria mais tarde a casar. Mais tarde porque nesse dia, no dia da estátua, só tinha dezassete anos.

Contaram-me esta história mas não ponho as mãos no fogo pela sua veracidade. As estátuas que conheço são inteiramente imóveis e silenciosas. E daí, que sei eu de estátuas? Não sou pombo e há muito tempo que não saio desta minha cidade.

A BOLEIA

Uma mulherzinha frágil, negra ela e negra a sua sombra na estrada luminosa, quase incandescente, das duas horas, porque era no mês de julho e era no Algarve. Caminhava devagar, arrastava-se, e levava aberto um grande guarda-sol de homem. Parámos e descobrimos um rosto encarquilhado de velha como só se vê no campo, talvez de velha muito antes de tempo. Perguntámos-lhe se ia para Silves. Que sim, que ia para Silves. Se queria uma boleia. Que queria, sim senhores, ora não havia ela de querer. Estava estafada, vinha a caminhar há mais de uma hora debaixo daquela torreira porque tinha perdido a camioneta. E como os pés lhe inchavam...

Fechou a umbela, instalou-se e, delicada, pôs-se a fazer conversa. Então íamos até Silves? Bonita cidade, diziam os estrangeiros. Que ela, como tinha nascido ali por perto, nunca dera por essas bonitezas. Ah, estávamos na Rocha. Sim, senhores, a Rocha, conhecia perfeitamente. Dantes até ia lá muitas vezes visitar a filha, que tinha estado empregada no Hotel X. Ganhava muito bem no Hotel X, mas, raparigas, não é verdade? Nunca estão contentes em parte nenhuma... Desde que ela fora para França nunca mais tinha voltado à Rocha.

«Ah, a sua filha está em França? Nós vivemos lá uns anos, voltámos há dois meses.»

«Então talvez conheçam a minha filha!»

A frase saíra como um grito de alma, sem tempo de ser pensada. Sorrimos-lhe um pouco, com simpatia. Que a França era um país muito grande, talvez quatro vezes do tamanho de Portugal. Que só Paris era um mundo, e as pessoas, mesmo as conhecidas, nunca se encontravam.

«É em Paris que ela está. Foi com uns senhores franceses, um engenheiro e a senhora dele, a "madame". Nas cartas não pode dizer melhor.»

Houve um silêncio mas a mulherzinha não desistia. «Talvez conheçam a rua onde ela mora. Tem um nome arrevesado como tudo, nomes lá deles, não é? Chama-se Sampér.»

«Rue des Saints-Pères?»

«Será isso, é. Vê que sabe?»

Lembrámo-nos ao mesmo tempo dos Guilot, que tinham uma empregada portuguesa, uma rapariga feia, já não muito nova, ao que nos haviam dito.

«Chamam-se Guilot, os patrões da sua filha?» Era uma probabilidade em mil. Porque nem sequer sabíamos se os Guilot ainda viviam na Rue des Saints-Pères. Conhecíamo-los vagamente, de casa de uns amigos comuns. Mas já a mulherzinha metia a mão numa algibeira funda, exibia um sobrescrito amarrotado, mostrava-nos o remetente: Maria da Luz, Chez M. Guilot, n.º tal, Rue des Saints-Pères, Paris 6.

«Vê, vê, eu não dizia? Eu logo pensei que conheciam a minha filha, eu logo pensei. Vinham de Paris, ela está em Paris… Era de ver.»

Até Silves dissemos-lhe tudo o que sabíamos – e que era pouco – dos Guilot. Depois ela apeou-se e nunca mais acabava de agradecer a boleia. Quando a deixámos, ficou a chorar, comovida.

Ali estava uma pessoa que ia pensar até ao fim da sua já curta vida que Paris era uma cidade decerto muito mais pequena do que Silves, até porque em Silves nem todas as pessoas se conhecem, longe disso.

MUITO GRANDE É O MAR

Estava o rapazinho a olhar para o mar com todo o seu olhar deslumbrado de primeira vez, quando «a voz» lhe perguntou quando é que iam ao banho. O rapazinho não queria dar parte de fraco – fraquezas nunca tinham sido com ele – mas estava francamente assustado e também, é certo, possesso de um deslumbramento sem limites que era quase doloroso interromper. Ele não sabia que era deslumbramento o que sentia, não sabia muitas coisas, sabia mesmo poucas, e então pensava coisas à sua medida como: «Isto é grande como tudo. Isto é maior do que todos os rios juntos. Muito grande é o mar».

O outro riu com um riso amalandrado: «Olha para aquela, ali. Olha que vale a pena.» Ele desviou o olhar para a rapariga que passava, mas o olhar não se lhe deteve muito tempo nela, ultrapassou-a, transformou-a em ser transparente, voltou a abarcar aquele mar quase rio de praia popular, mas que a ele lhe parecia terrivelmente agitado e perigoso. Havia uma onda a fazer espuma, sempre ali, no mesmo sítio, porquê?

«Aquela onda, pá.»

«E então?», riu o outro, cheio de experiência porque já estava em Lisboa havia dois anos e fora duas ou três vezes à praia.

«Porque é que ela faz aquilo, pá?»

«Sei lá. Rebenta, pronto. Quero é ir tomar banho. Estou com um destes calores. Anda daí.»

«Achas que não há perigo?»

A voz riu, troçou, rebolou-se, no gozo. «Tens cada uma! Não vês aquela gaja?»

«Sabe nadar.»

«Qual! Ali há pé. Mexe os braços a fingir, é o que eu faço. Mas um dia destes vou aprender, olá se vou. Não é só levar batatas e feijões a casa das freguesas. Uma pessoa tem que *viver.* Não achas que uma pessoa tem que *viver*?»

O rapazinho não sabia bem o que era *viver.* Então não vivia, ele? Comia, dormia, viera da terra há um mês para a loja do sr. Firmino, trabalhava portanto, sempre a subir e a descer escadas. Mas o outro dizia *viver,* como quem sabe que viver é outra coisa. Então…

«Vamos?»

«Está bem…» (Com reticências, sem grande vontade. Com um certo ou até um grande receio.) «Está bem, pá.»

*

O corpo apareceu dias depois. Ninguém o chorou verdadeiramente, porque era órfão, e ninguém já se lembra do seu rostinho melancólico, até porque isto aconteceu há já alguns anos. Quantos, não sei.

O RAPAZ E O LIVRO

«Só está contente a ler», dizia a mãe do rapazinho. «Trabalho não é com ele.» No seu espírito, leitor e mandrião identificavam-se, via-se à distância. E estava na razão, na sua razão. *Ali,* um homem não pode perder tempo com leituras. E *ali* é que ela e o filho-pastor, já sem pai, viviam e lutavam para subsistir. Isto passava-se há coisa de catorze anos.

Quando vim para Lisboa resolvi mandar-lhe livros com a indicação «para ler ao domingo». Esperava poupá-lo assim às iras familiares. Fui à estante dos «restos» e fiz uma escolha que julguei criteriosa. Uns livros «para rapazes», dois ou três de Emílio Salgari que ali tinham ancorado não sei como, alguns policiais. Ótimo. E se lhe mandasse um bom livro? À tarde passei pela livraria e comprei-lhe um volume acabado de sair e de que eu tinha gostado muito. E mandei o embrulho para o correio.

Nada de resposta, o que era natural. Quem lhes ensinou que se deve agradecer um presente, mesmo pequeno? E o caso caiu no esquecimento.

No ano seguinte voltei à quinta pelo Natal. O rapazinho ainda por lá andava a guardar ovelhas. Veio ter comigo, todo risonho, de pelico e bordão.

«Muito obrigado pelos livros», disse. «Gostei muito, então de um deles gostei mesmo muito. Já o li três vezes.»

«Ah, sim? Então de qual?»

«O nome não me lembro, mas era de um senhor Alves.»

«Alves?»

«Alves, pois. Um livro muito bonito.»

Devia ser qualquer livro que eu metera no embrulho e de que me esquecera. «Era então muito bom, dizes tu?»

«É que nunca li nada tão bonito.» E os olhos do rapazinho brilhavam. «Os outros que a senhora mandou, deve haver quem goste mas eu confesso que não gostei assim muito. Agora do livro do senhor Alves... Eram histórias, sabe a senhora... Havia uma então... Ah, agora me lembro como se chama: *Olhos de Água.*

Alves Redol, pronto. O tal livro de que eu gostara muito. Senti-me de repente envergonhada pelos outros que lhe tinha mandado como quem os deita fora, muito envergonhada. É uma estupidez pensar que um rapazinho, lá porque tem só a 4.ª classe, lá porque guarda ovelhas no fim do mundo, não pode ter já o seu gosto e esse gosto não pode ser certo.

Lembrei-me desta história sem história, há alguns dias, durante uma conversa sobre «teatro para o povo». O que deve dar-se-lhe?, havia quem perguntasse. Teatro difícil? Teatro fácil? Nem uma coisa nem outra, talvez. Teatro bom e não importa que lhe chamem bonito, é um modo de dizer.

OLHOS VERDES

A rapariguinha curvara-se lentamente, talvez com receio, mas agora demorava-se o mais que lhe era possível a encher o pequeno balde de plástico. Tinha pernitas magras, quase escanzeladas, e os pés grandes, de quem andou muito tempo descalça, estavam mergulhados na água até aos tornozelos. Lá de cima uma voz de criança gritou «Marília!», mas ela fingiu que não ouvia, ou não ouvia mesmo, tão perdidos no mar estavam os seus sentidos. Olhava, cheirava decerto, sentia aquela frescura boa da água viva. E, curvada, recebia-a também na mão que segurava o balde azul.

Pensei que ela nunca tinha visto o mar, que aquele dia era decerto para ela um dia grande, um dia de descoberta e de espanto, um dia para nunca mais ser esquecido. «Marília!» Sim, um dia para nunca mais ser esquecido.

Lembrei-me do tempo em que, criança pequena, eu ia no mês de agosto para aquela praia e das mesmas rapariguinhas que me lembrava de ter visto sempre. Eram tão eternas, tão imutáveis como aquelas poças onde encontrei as mesmas flores não-flores, os mesmos ouriços esvaziados, os peixes pequeninos, ainda transparentes, simples esboços inquietos, esquecidos pela maré. De resto, as barracas eram outras, os homens e as mulheres usavam fatos de banho diferentes, mais reduzidos, e eram também mais descontraídos e mais jovens. Só aquelas rapariguinhas de treze, catorze anos, eram terrivelmente iguais a si próprias. Magrinhas, de cabelo liso, cortado curto, a direito, pelo meio da orelha, avental branco a marcar bem a sua condição de criadas de meninos por enquanto numa praia burguesa, de mamãs bronzeadas ao sol todo o mês e papás nos fins de semana, menos bronzeados, portanto. «Marília!»

A voz irritada já não era do menino, mas da mãe. E a rapariguinha soltou-se com custo do mar que lhe agarrava os pés, e os seus olhos, quando se pôs a subir a rampa da areia, eram tão verdes como dois pequenos mares mediterrânicos e redondos.

Daí a pouco, quando chegasse a hora do banho familiar, talvez ela pudesse descer de novo até à água. Ou talvez ficasse lá em cima a tomar conta das coisas, era o mais certo. No entanto, amanhã ou talvez logo à tarde, quem sabe?, voltaria a encher o balde do menino, e poderia molhar outra vez os pés. Com muito cuidado, claro, por causa da farda.

A ESTRANGEIRA

O menino estava na interminável fila de pessoas que se encontravam ali há horas e horas, pacientemente à espera de que a sua vez chegasse. Não se encontravam naquele lugar para admirar o «Sorriso» mas para lhe cuspir, para o rasgar, para depois não pensar mais nele. O seu trabalho era portanto de destruição, mas era um trabalho necessário porque havia urgência em aviltar e logo em destruir tudo o que pertencera *àquele* tempo. Então eles ali, e o menino também, à espera.

O outro rapazinho, aqui, na minha frente, numa grande foto a uma página inteira de *magazine*, está aos ombros do pai a fim de ver melhor a desterrada, a estrangeira, e adivinho o seu olhar de deslumbramento, fixo no indiferente, belíssimo e incomparável sorriso secular de Mona Lisa. Este menino, que olha como quem sonha, não vem cuspir nem rasgar, não, mas recordou-me não sei porquê o outro, também deslumbrado, que, quando a fúria ficasse saciada, levaria consigo, às escondidas, o pedacinho de tela onde a boca continuava a sorrir. Que adormeceria com o «Sorriso» bem fechado na sua mão pequena, embora sabendo que estava a cometer um grave pecado.

No lugar que a Gioconda ocupava dantes no palácio das maravilhas onde era rainha, um palhaço de Watteau, um palhaço solitário, porque as multidões não amam quem convém que amem, mas quem melhor merece o seu amor. E as gentes continuam a desfilar perante a estrangeira relegada para um salão mais modesto do Louvre e até o fazem porque em arte não há fronteiras e Picasso não é espanhol e Rembrandt não é holandês e Leonardo não é florentino. Eles são tudo porque pertencem ao mundo inteiro.

Ray Bradbury adivinhou, no entanto – ou não escrevesse ele contos de antecipação! – a queda em desgraça, embora suave, da Gioconda. O «Sorriso» foi, de qualquer modo, apeado do seu pedestal de tantos anos.

O MOSQUITO

Há pouco, agora mesmo, neste instante (o que é o tempo quando sonhamos?), estava eu em pleno pesadelo e aos berros silenciosos. E de súbito acordo e fico à escuta. Sobressaltada? Não, não se trata de um sobressalto mas de um leve alarme. Houve um ruído qualquer, eu sei. Quando acordo assim, a meio da noite, melhor, quando a meio da noite fico assim acordada, de repente, sem transição, sem caminho percorrido do sono à vigília total, de sentidos alerta, é que houve qualquer coisa. Alguém no andar de cima que pisou uma tábua que conheço há anos embora nunca a tenha visto, mas que range como quem geme, como quem sofre, um móvel que estalou, um carro que passou mais depressa na rua, um grito na noite lá de fora. Mas não foi passo nem estalo nem carro nem grito, eu sei que não foi. Um fantasma discreto, talvez? Um fantasma que não gosta de dar nas vistas? Terão sido os seus passos, o seu quase adejar, o ar que agitou ao mover-se?

Nada disso. Ei-lo de súbito que passa, leve, levemente zumbindo, o mosquito desta noite de verão. Abro a luz, olho em redor, ainda vejo a sua breve presença, melhor, suspeito dela passando daqui para além e depois mais nada, o silêncio total. Apago a luz – que estupidez tê-la acendido por causa de um mosquito –, volto-me para o outro lado. Mas ei-lo que regressa com o seu irritante zumbido forte e depois fraco, longe e logo perto, que há pouco me trouxe à superfície. Agora voa depressa e baixo, em arco de círculo, ou porque isso é divertido para um mosquito, ou porque sabe que a reta não é a mais curta distância entre dois pontos, ou ainda porque tenta alimentar-se com o meu sangue. A sua picada é-me indiferente, enfim, quase, mas o ruído que faz enerva-me. Então acendo de novo a eletricidade, procuro-o, encontro-o, que sorte, consigo matá-lo porque se tratava de um mosquito imprevidente ou otimista que não reparou que a dobra do lençol era uma inadequada pista de aterragem. Agora posso dormir. Morreu um mosquito, que mais posso querer neste momento em que tenho sono?

Um pequenino ser alado e zumbidor, que sabe coisas que eu nunca saberei, e ao qual paguei deste modo o ter-me libertado do pesadelo onde estava. Matei-o automaticamente, nem precisei de refletir, uma pancada e a dobra do lençol ficou suja do leve pó em que de súbito se desfez. Isto de sacudir automaticamente mosquitos ou pessoas (porque o que somos nós, às vezes, para os outros, ou eles para nós, senão irritantes mosquitos zumbidores?) tem os seus perigos. Até porque o pó-recordação desfaz-se – basta soprá-lo – e ninguém se lembra mais de quem zumbia.

A LUZ NA CHAMINÉ

Hoje, agora, são duas horas da noite, não tenho sono, e a lua cheia está quase pousada sobre a chaminé do prédio em frente. Irá descer?, penso. Algum dos seus habitantes – porque digam o que disserem, seja ela de pedra-pomes, de poeira ou de gelo, para mim, neste momento, tem habitantes –, algum deles, portanto, deixá-la-á por uns instantes, irá por uns instantes conversar com os meus vizinhos adormecidos? A sua grande cara redonda e pálida está tão inexpressiva como sempre. É uma cara que perde às vezes a face, vai-a perdendo noite após noite, e é barco sem vela, e é foice sem cabo. Falta-lhe sempre qualquer coisa à pobre da Lua. Por isso gosto mais dela quando está redonda e regenerada.

Agora encostou-se à linha horizontal da chaminé. Parece-me mesmo que tombou um pouco como que acabrunhada ou simplesmente exausta daquele eterno passeio à nossa volta e que o ponto em que foi agora mesmo tangente, já não é ponto mas traço.

Amanhã, quando sair, se encontrar algum dos moradores do prédio em frente, hei de pedir-lhe notícias dos homenzinhos da Lua.

E ele (ou ela) há de olhar para mim espantado, subitamente receoso, em alarme. Talvez fuja logo ao ouvir a minha pergunta e diga já de longe: «Adeus, adeus, é tarde, estou atrasado!» E eu nunca mais me atreva a encará-lo de frente, como esta manhã, quando ainda era uma pessoa ajuizada e sem nada a ver com a Lua.

Não vou, portanto, perguntar coisa nenhuma, até porque amanhã estarei bem acordada e saberei que a Lua, está provado e mais que provado, não tem habitantes. Vou esquecer-me da Lua desta noite, ali, sobre a chaminé, e vou dizer atenciosamente ao meu vizinho ou à minha vizinha: «Como tem passado?» E depois: «Oh, não sabia, que aborrecimento. Nada de grave, espero.» E mais tarde: «Ainda ontem, falando com A, eu disse...» Coisas assim, durante dez, quinze minutos, findos os quais ninguém disse nada e ninguém ouviu coisa nenhuma.

Não, nem mesmo isso vou dizer ou ouvir porque não conheço os vizinhos do prédio em frente. É, de resto, um prédio de escritórios onde ninguém mora.

OS MAGNÍFICOS ATORES

O que eu diria se soubesse falar dos atores sem palco, dos atores não profissionais mas com uma enorme, incontrolável vocação histriónica, desses que atuam todos os dias por aí, onde calha. O palco onde se exibem é do tamanho do mundo, do nosso-deles pequeno mundo, e então os espectadores não sabem, hão de sempre ignorar que são espectadores e que eles estão a representar o seu eterno papel. Sabê-lo-ão eles próprios?

Como descrever essas pessoas? Como recordar assim do pé para a mão as suas criações inesquecíveis? Na verdade, não sei, elas tiram-me as forças, deixam-me completamente vazia, estática de pura admiração. Há dias um homem importante, e à sua volta um grupo de moscas e mosquitos zumbidores. E esse homem vestido de homem importante, com voz, sorrisos, palavras, atitudes de homem importante, afável sem exagero porque um dia não são dias mas em todo o caso... Pensei em como seria aquele homem, que voz e que gestos teria, que gravatas usaria mesmo, se não fosse importante, se, por exemplo, fosse o mais humilde dos seus empregados. Como seria ele se não tivesse criado aquele tipo tão completo? Se não tivesse tanto jeito para representar – ou tanto talento – e fosse simplesmente um homem com ar de quase-importante? Reparariam nele, as pessoas desprevenidas? Zumbir-lhe-iam aos ouvidos? Ririam tanto com as suas frases graciosas com conta peso e medida, porque um homem importante não pode dar-se ao luxo de ser vulgar diante de pessoas que não são muito íntimas?

Falo no homem importante mas os tipos criados são inúmeros. Ah, o que eu diria desses grandes atores se soubesse. Tantos à nossa volta a representarem tão bem que nem damos por eles. Tão perfeitos, tão certinhos, nem uma palavra a mais nem um esquecimento. Sorriem quando devem sorrir, avançam ou recuam quando esse movimento é indispensável. Aproximam-se da pessoa exata, afastam-se da pessoa certa. Gente magnífica que não troca, que não confunde. E quc fala, sorri, discursa. Gente digna de todos os nossos aplausos porque estudou exaustivamente o seu papel. Dos nossos aplausos de pé, com várias chamadas ao palco que não existe.

ADJETIVOS

As palavras, substantivo-adjetivo e vice-versa, adquirem por vezes, de tão repetidamente serem acasaladas, um sentido de que dificilmente conseguem libertar-se. São pequenas frases feitas, são adjetivos que muitas vezes já não sabem mudar de companhia porque foi assim, com aquela, que se tornaram conhecidos.

Se folhearmos com relativa atenção alguns jornais, sejam eles de Lisboa ou da província, encontramos em várias secções conjuntos de palavras nos quais o adjetivo adquiriu um valor especial. São notícias de que os jornais não têm geralmente a culpa. Vejamos por exemplo na necrologia. Ao ler há dias a notícia necrológica de um «abastado» proprietário, lembrei-me de outra, lida aqui há tempos, de um «abastado» comerciante. Já leram alguma notícia acerca dos abastados srs. Fulano e Cicrano, vivos? Não, claro. As pessoas abastadas só o são depois de mortas. Porquê? Mistério. Outra coisa que me dá que pensar é a razão por que não se diz abastados advogados, médicos, engenheiros, etc.? Porquê? Mas adiante. Eis a «extremosa» mãe, eis o «saudoso» extinto, eis a senhora de «excelsas» virtudes. As frases têm sido tão repetidas, tão gastas, que as excelsas e o saudoso e a extremosa e o abastado tomaram para todo o sempre um caráter quase fúnebre. Passa-se o mesmo com a «tenra» idade dos filhos porque essas crianças ficaram, por esta ou por qualquer outra razão, órfãs. «Deixa órfãos dois (ou três ou mais) filhos de tenra idade.»

Pelo contrário, na vida social – nascimentos – encontramos a «robusta» criança que acaba de nascer, quase sempre numa maternidade, e mãe e filho encontram-se bem. Para a robusta criança e seus pais tudo corre pois no melhor dos mundos. Claro que nem sempre é tão robusta como isso mas o adjetivo afasta as fadas más que às vezes se curvam sobre os berços dos recém-nascidos. Nada a fazer, más fadas, a criança é robusta. Se o não fosse, os pais sentir-se-iam um tanto ou quanto defraudados. Robusta portanto.

Nada disto é novo, nem mesmo o adjetivo «robusto». No tempo do Eça não eram os meninos que eram robustos mas os talentos. Creio que era o Gouvarinho que dizia constantemente que A ou B tinham um robusto, um robustíssimo talento.

Claro que haveria muito mais adjetivos se procurássemos bem. Mas não vale a pena. Todos sabemos que os literatos ou políticos ilustres, por exemplo, se desvalorizaram como algumas moedas. Não falemos deles, portanto, ilustre é palavra guardada para sobrescrito, e mesmo assim por pessoas idosas, do tempo em que os ilustres ainda eram ilustres e chamar-lhes assim era elogio. Onde isso vai.

DE AVIÃO

Fizera setenta anos mas parecia menos. Era magrinho e mirrado, tinha uma madeixa branca caída para a testa, a pele curtida do sol, fundos sulcos verticais na face serena e sem espanto. Vestia o fato preto das grandes ocasiões, arvorava chapéu de aba larga e na mão grosseira, de unhas ancestralmente sujas, tinha uma mala barata e um saco de plástico com alimentos. Haviam-lhe dito que não precisava de levar nada para comer, mas ele «não era parvo» e não fora nisso, achava que umas fatias de pão com chouriço e duas ou três maçãs não ocupavam grande espaço e sempre davam certa tranquilidade a uma pessoa. Lá estava ele, portanto, sério e atento, na bicha, à espera da sua vez de mostrar «os papéis».

Um velho sozinho na cidade, no aeroporto. Raramente viera a Lisboa, nunca se tinha aproximado de um aeroporto. E os aviões sempre haviam sido para ele grandes pássaros misteriosos em pleno céu. Trabalhara a vida inteira nas terras dos outros, sem amealhar o que quer que fosse. Tinha-lhe morrido a família inteira, só lhe restava o filho mais novo, que emigrara há muitos anos. Era esperto, era trabalhador, esse filho. E soubera fazer uma coisa espantosa: dinheiro. «Fez dinheiro», dizia-se na aldeia com respeito, e isso era uma coisa que ele, seu pai, não percebia bem como podia conseguir-se. Com ele, nas suas mãos, o dinheiro – pouco – nunca se demorara, mal lhe vira a cor já tinha partido. E eis que o filho, rico, o mandava chamar, lhe enviava mesmo o dinheiro para a passagem de avião, o seu sonho.

Se não tinha medo, haviam-lhe perguntado na terra. Sabia lá se tinha medo; como havia de saber? Agora, dentro do grande avião, apertava o cinto como lhe indicavam que o fizesse, depois desapertava-o com aplicação. Sorria vagamente, olhava em redor, depois lá para baixo, para a cidade desconhecida, para todo o sempre a desaparecer, para as nuvens também estranhas assim vistas de cima. A meio da viagem, quando a hospedeira ia a passar, chamou-a.

«Menina!»

«Faz favor de dizer.»

«Menina, esta geringonça... Quero dizer, "isto", é sempre assim?»

«Assim?», espantou-se ela. «Assim como?» E sorria porque uma das suas ocupações, e não a menos importante, era sorrir.

«Direitinho, sem sacudir a gente nem nada.» A hospedeira tranquilizou-o: «Espero que a viagem decorra sempre assim.»

Encolheu os ombros com desdém. «Tanta coisa para isto. Afinal não é nada de extraordinário.»

Fechou os olhos e daí a pouco dormia como um bem-aventurado.

O CORCEL

Os cuidados excessivos que os homens têm com o automóvel entraram no domínio da anedota. Eles podem esquecer tudo, um jantar importante, um encontro urgente, o aniversário da mulher, mas nunca se esquecerão de lavar ou mandar lavar o carro, verificar a pressão dos pneus, os travões, a bateria. Porque são cuidadosos e têm receio de um acidente? Por espírito de perfeição? Não creio. Alguns vestem-se de qualquer maneira e guiam perigosamente. O carro, porém, um brinco.

O carro é a única fuga do homem atual – e digo homem porque a mulher tem uma atitude diferente. O carro é para ela mais uma máquina útil, para se deslocar. Agora o homem... Dantes montava o seu cavalo e lá ia combater os infiéis num galope desenfreado. Mas, pensando bem, iria só combatê-los, propagar a fé e receber benesses, ou iria, nalguns casos pelo menos, fugir durante algum tempo, embora sem se dar conta disso, a um quotidiano absolutamente insuportável? Em suma, fazer turismo masculino, a seu modo, melhor, turismo do seu tempo?

O carro do homem dos nossos dias é o seu corcel, um corcel *robot* mais forte e veloz do que o outro, mas com parafusos que se gastam, fios que ardem, peças sempre a precisar de ser substituídas. Esse corcel leva-o a ver novas terras e novas gentes, e a velocidade embriaga o homem, dá-lhe a mesma sensação perigosa de poderio que dantes o arrastava para os campos de batalha de onde muitas vezes não voltava.

Muitos dos automobilistas estrangeiros com quem nos cruzamos nas estradas são cavaleiros teutónicos ou saxónicos ou gauleses, que fazem a sua fugazinha ao dia a dia, por estas bárbaras terras do Sul. Só o que trazem é a família com eles, vestem-se com muito mais à vontade e não vêm combater ninguém. Os lusitanos, esses, atravessam Leão, Castela e Aragão no seu *Porsche* ou no seu *Volkswagen* e dão entrada no reino dos francos. Claro que durante as jornadas cuidam amorosamente da sua montada, mandam-na lavar e alimentar com óleo e gasolina vulgar ou super, conforme as posses de cada um, e dão-lhe invisíveis pancadinhas na garupa. E vão conquistando com os olhos, com o espírito, as terras por onde passam.

PSICOLOGIA APLICADA

Fala-se muito de psicologia aplicada, sobretudo agora, na era da publicidade. Há quem a estude para melhor saber convencer os clientes de A a Z. Temo-la diariamente (ou melhor, noturnamente) na televisão, onde vemos – e ouvimos – o anúncio requintado para gente idem, o anúncio sofisticado para gente bem e até muito bem, aquela gente de olhar desdenhoso que não se digna ver o comum dos mortais, o anúncio para o tal comum e até muitíssimo comum dos referidos mortais, duzentos por cento popular, que não espera que o cliente vá até ele subindo um pouco, mas desce (com um pouco de exagero) até ao cliente, a ponto de pronunciar erradamente as palavras. Anúncios certos do ponto de vista do anunciante e do publicitário que estudou a tal psicologia aplicada e sabe a quem se dirige, embora errados de todos os outros pontos de vista, que, parece-me, não devem ser esquecidos.

Mas não se trata aqui de publicidade mas de pequenos psicólogos que se ignoram. Não estudaram, não ouviram nunca, decerto, falar de psicologia aplicada ou não. Sabem, no entanto, escolher a linguagem que convém e o local adequado. Sabem escolher o cliente.

Há meses, na Feira do Livro, um rapazinho pediu-me cinco ou dez tostões para comprar um livro. Dei-lhe a moeda, claro. Trazia livros comigo e sentir-me-ia demasiado mal com a minha consciência se não lhe desse a moeda. Há dias, à saída de uma primeira *matinée*, outro rapazinho, igual ou parecido, pedia-me outra moeda para a ajuda de um bilhete. Dei-lha, com certeza. Não tinha eu ido ao cinema? Ontem foi à saída de uma pastelaria. O miúdo queria um bolo. Eu tinha comido agora mesmo um bolo, não? Então…

Por princípio, dou sempre dinheiro às crianças. Há quem diga que não se deve dar, que é prejudicial, que é um incentivo à mendicidade. Mas o que fazem as pessoas que dizem isso, senão ficar de braços cruzados e bolsa cheia? Como dizia, dou sempre uma moeda. Dou e fico a pensar nesses pequenos psicólogos que sabem sem ter aprendido. Ou melhor, que aprenderam à sua custa, sem dar por isso. Eles não vão pedir um bolo à porta de um cinema, nem dinheiro para um livro à saída da pastelaria. Sabem que as pessoas que não derem a moeda pedida depois de terem visto o filme, comido o bolo, comprado o livro, se sentirão muito mal com a sua consciência. Isto, claro está, no caso de terem consciência. Há quem não tenha. Mas isso também o sabem estas pobres crianças cultas.

OS TERRÍVEIS GUERREIROS

De súbito há algo de estranho, o quê? Não sei mas pressinto o que quer que seja de imponderável e altamente perigoso a avançar, a aproximar-se, a chegar até mim. Mas talvez quem quer que seja, o que quer que seja, já tenha mesmo chegado porque sinto a testa a escaldar, arrepios que me fazem estremecer e uma grande vontade de fechar os olhos. Medo? Mas medo de quê? Não, não é medo o que sinto, embora acabe de os adivinhar neste mesmo instante, aos terríveis guerreiros anglos, aos terríveis guerreiros asiáticos (chineses, japoneses, vietnamitas, sei lá), a avançarem para mim em filas compactas, em exércitos. É a guerra, pronto. Mas estou tão sem forças que só me resta agitar a bandeira branca e deitar-me nela. Meço a temperatura. Trinta e nove graus, Deus do céu! Tomo duas aspirinas e fico a pensar se esta minha gripe será asiática ou será inglesa. Uma delas é, pela certa. A Inglaterra e a Ásia são, não se sabe bem porquê, os fornecedores mundiais da gripe. Ao que parece não têm concorrentes que lhes façam sombra que se veja. Um monopólio, enfim. Dantes a Espanha ainda fazia umas tentativas, mas desistiu, e hoje só serve de escala à asiática.

Como não posso ler nem escrever eis-me a pensar em coisas destas, sem pés nem cabeça, e até a imaginar microbiozinhos amarelados, de rosto lunar e olhos oblíquos, e também microbiozinhos *beatles,* cabeludos e musicais. Mas como manter uma conversa capaz com um micróbio? Impossível. Desisto e adormeço.

Acontece que no dia seguinte, hoje, estou boa. É pois de crer que a minha gripe era adulterada e nacional, uma gripezinha feita cá na terra, com toda a aparência de autêntica mas sem o selo de garantia.

BOTTICELLI NA AVENIDA

Hoje, princípio de outono, avistei na Avenida *A primavera* de Botticelli. Note-se que as flores que usava no vestido que ao longe me pareceu *hippy* eram muito mais alegres, e as pernas doiradas muito mais ousadas do que no modelo de Sandro. Esta não tinha flores no regaço e caminhava sozinha por entre a multidão anónima do fim da tarde, mas levava uma *bandolette* de malmequeres nos longos cabelos loiros e talvez se movesse com ela um aroma campestre, que devia ter o formato do seu corpo (em maior). Eis a mítica primavera, pensei. Julguei ver as flores do seu vestido caírem de súbito para lhe atapetarem os passos suaves, mas não, era desnecessário, o tapete dela eram as rendas de negro basalto que ia pisando.

Ali vinha pois sem hesitar, na minha direção, caminhando como quem voa, mal tocando no chão com os pés. Um vento leve aflorava-lhe os cabelos, agitava-lhe a saia-corola sobre os caules doirados das pernas. E conversava com a rapariga ao seu lado, tão desengraçada, essa, que nem se dava pela sua existência, quase apagada, a pobre, pela intensidade luminosa da companheira.

Mas então…

«*Há des* ser sempre uma parvalhona!», dizia, quase gritava, a primavera, numa voz horrivelmente vulgar. «*Porquéque* não dizes ao tipo que vá bugiar? Eu cá…»

Eu cá perdeu-se nos *claxons* dos automóveis, nas vozes das pessoas que iam a passar. Eu cá…

Mas sabemos por acaso como era a voz do modelo de Botticelli e se a sua fala era castigada? Quem vê caras… Que é como quem diz, quem vê formosíssimas e quase imateriais primaveras descendo a Avenida neste começo de outono…

NUMA LOJA

Estava eu encostada ao balcão à espera de qualquer coisa que alguém estava a embrulhar com laços e lacinhos, quando ela entrou. Uma mulher de uns cinquenta anos, óculos de muitas dioptrias, um rosto fanado, sem traços que o caracterizassem, esboçado por assim dizer. O desenho da boca era incerto, e ela, a boca, tinha rugazinhas concêntricas formando flor, as asas do nariz eram sem contorno definido, os olhos além-lentes, desbotados, as sobrancelhas ralas. Vestia-se como milhares de mulheres se vestem, sem nada de pessoal. Era um protótipo, o da mulher em quem não se repara e que dir-se-ia fazer tudo para passar despercebida. Teria sido sempre assim?, pensei.

«Queria saber o preço daquele colar, o preto.» O valor condicional encantou-me. Era assim mesmo. Nada de «diga-me o preço daquele colar, por (ou sem) favor», ou «quanto custa aquele colar?». Nada disso. Queria. Desejava. Gostava de. Fora sempre assim, decerto.

A empregada livre tinha os olhos egípcios debruados a *eye-liner,* era jovem, francamente bonita, e sabia que era tudo isso.

«Quinhentos escudos», disse sem se mover e sem sorriso. Devia ter estudado e adotado o estilo hierático.

Ela, a senhora «que queria saber», murmurou: «Ah, é caro. Muito bonito, na verdade, mas… Quinhentos, foi o que disse?»

A empregada, porém, já não a ouviu. Estava a atender outra cliente de ar mais decidido e prometedor. A senhora esperou com paciência que o negro olhar insolente de Nefertiti voltasse a aflorá-la, para pedir uma tesoura de unhas.

«Que seja boa!», lançou agora como um desafio. Mas ninguém apanhou a luva e ela viu-se com duas caixas diante de si, ambas repletas de tesouras pequenas e ainda mais pequenas, de bicos direitos ou aduncos.

«A melhor», insistiu.

Estenderam-lhe uma com um bonito gesto *snob* de manequim, como quem oferece uma flor, e ela, de repente, encolheu, murchou, curvou-se um pouco, pensou talvez que afinal não valia a pena comprar a melhor, que *já* não valia a pena comprar a melhor. Quanto tempo duraria uma tesoura, aquela tesoura ou outra qualquer? E ela, quanto duraria? Procurou como que esquecida, tirou outra menos reluzente.

«Não é de tão boa qualidade», dignou-se dizer Nefertiti, aborrecida. «A senhora disse que queria a melhor.»

«Serve perfeitamente. Vendo bem, serve perfeitamente.»

A empregada fez a fatura e nem lhe respondeu. O seu negro olhar atravessava-a como se ela não existisse.

INSÓNIA

Em geral não damos o devido valor a uma boa noite de insónia. Só numa dessas noites imensas e imóveis em que o relógio parece ter morrido, embora continue a palpitar, noites de armários estalando pela casa e portas a bater sabe-se lá onde, nos encontramos a nós próprios, sozinhos no grande deserto de uma cidade adormecida. Na verdade vivemos drogados, já não somos nós, quando teremos deixado de o ser? O trabalho, os contactos sociais, desejados ou não, os problemas familiares arrastam-nos como uma onda, envolvem-nos. De vez em quando é certo que lhes fugimos mas para mergulhar de cabeça na ficção (cinema, livros, televisão, teatro). Passam-se pois dias, semanas, meses, que não nos encontramos connosco. O povo diz que a noite é boa conselheira. Boa ou má mas conselheira, sem dúvida.

Os outros, os que amamos, dormem. A sua respiração tranquiliza--nos, estão ali em casa mas não nos vão incomodar, eis-nos sós, livres para pensar neles mas também em nós próprios, porque ao tempo que não nos encontrávamos assim, com a noite toda por nossa conta. «Olá, amigo, que é feito? Estás mais velho. Estás sim, não tens espelhos? E esse trabalho, vale a pena? Vendo bem, pensando bem, vale a pena? Sentes-te feliz? Realizado, como dizem agora? Sentes-te realizado, amigo? Achas importante o que fazes? Importante mesmo? Não pensas às vezes que és uma simples formiga sem jeito, igual a todas as formigas? Não pensas que fazes isso porque não sabes fazer outra coisa?» Isto no masculino ou no feminino. Isto e por aí fora, e também aquilo e aqueloutro. Olhos abertos na noite porque as pálpebras se recusam – mas então terminantemente – a descer. A conversa está no princípio. Às vezes também se faz uma descoberta. Ah, as terríveis descobertas noturnas, tão nítidas, tão indiscutíveis, tão é-assim-mesmo-não-pode-ser-de-outro-modo, que a testa se nos cobre de suores e o coração parece saltar-nos do peito.

Pela manhã estamos exaustos, mas depois, a pouco e pouco, começa a deslealdade do dia, mais um em que nos deixamos arrastar, em que pensamos em tudo menos em nós como somos, em que verificamos que a descoberta não podia ser, ou em que a esquecemos totalmente. Isto porque a droga começou o seu efeito alucinatório e nada do que vemos é assim. É uma droga discreta mas ativa, composta de imagens, de palavras, de sensações. Vai durar até à próxima noite de insónia.

A CANÇÃO

Era um homem de quarenta e muitos anos que seguia pela rua fora num dia de inverno em que o sol era uma estrela esquecida. Estaria lá, no lugar habitual enquanto o mundo dava a sua lenta cambalhota diária?, pensava o homem. Quem lho assegurava? Ele ia a pensar coisas assim, um pouco tontas, porque se sentia triste e muito só. Era um homem sem família ao fim do dia, um homem de quarto alugado e por isso sem pressa de chegar a uma casa onde ninguém o esperava.

E de súbito, muito ao longe, aquela melodia. O homem não a reconheceu logo mas soube de chofre, sentiu-o, no mais profundo do seu ser, que de repente era jovem e cheio de esperança, e caminhava por aquela rua fora – ou por outra qualquer, era sem importância – com livros debaixo do braço, e que havia no seu caminho algo que muito se assemelhava ao caminhar de um triunfador. Ia para onde? Para quem? A música aproximava-se, e ele, aquele homem, procurou ansiosamente com o olhar o outro que era de repente uma espécie de irmão, só porque assobiava uma velha melodia de Charles Trenet que falava – lembrava-se agora – de felicidade e de uma vaga flor azul.

O outro passou então. Era baixo, gordinho, um pouco calvo. «Olá!», gritou-lhe em silêncio. «Olá, irmão!» Mas o que assobiava nem deu por ele, levava o olhar perdido, em frente, talvez nem soubesse por onde ia, talvez vagueasse por «aquele tempo». A melodia foi-se afastando. E o homem olhou maquinalmente para o relógio, que tinha calendário, e que lhe disse logo ali, cortando-lhe os sonhos, as horas e o dia e o ano em que estava. Procurou então o que quer que fosse no céu, mas este continuava opaco, e o sol vagabundo sabia-se lá por onde andava.

A ESTRELA DA MANHÃ

E eis-nos neste dia de hoje que nunca mais volta a repetir-se. É um dia baço, aparentemente vulgar, igual a todos os dias em que nada por nada ser acontece. Acordámos, comemos, trabalhámos, logo deitar-nos-emos para dormir, depois de ver um pouco de televisão ou de ir ao cinema. Coisas vulgares que todos os dias se repetem. Qual! Que nunca se repetem porque cada momento é diferente e tem, por assim dizer, a sua impressão digital. Então o dia de hoje, este dia que vamos esquecer, que já começámos a esquecer, foi único.

As coisas que aconteceram neste 13 de outubro! Três africanos, por exemplo (um abexim, um tunisino e um queniano), ganharam medalhas nos Jogos Olímpicos; e o Duque chegou ao México pilotando um avião real; e uma mulher, em Lisboa, abandonou um filho; e Smith, na Rodésia, disse que na sua geração nunca!; e um sismo destruiu uma povoação não sei onde mas era longe como tudo; e o filho de Kennedy ia nascer; e... e... Meu Deus, tanta coisa num só dia aparentemente igual a todos os outros dias!

E eis ainda que, agora me recordo, três americanos constipados andaram pelo cosmos a assoar-se e a contar as estrelas. E cá em baixo, na Terra, do outro lado do mar, morreu um grande poeta que em tempos desejara ardentemente possuir a estrela da manhã e que pedira a amigos e inimigos que lha fossem buscar. «Digam que sou um homem sem orgulho / Um homem que aceita tudo / Que me importa? / Eu quero a estrela da manhã.»

Quantas estrelas terão contado Schirra e os seus companheiros, lá em cima, constipados? E a estrela da manhã estaria onde sempre morou, ou teria descido ao Rio de Janeiro a fim de velar o velho poeta morto?

OS FIGURINOS

Era muito boa senhora e trabalhava em lãs. Embora o nome seja sem interesse para o caso, sempre digo que se chamava Glicínia (ou Orquídea?), enfim, que tinha um nome de flor. Não trabalhava para ganhar a vida mas por gosto. Abandonava o corpo numa cadeira, esquecia-o, suponho, devia esquecê-lo, e só as mãos gordinhas, muito vivas, muito ativas, faziam a duas agulhas aquele eterno percurso de partida e chegada.

Foi uma precursora. Porque nesse tempo em que ninguém se tinha ainda lembrado de fazer vestidos e casacos compridos de *tricot* (não percebo porquê mas era assim mesmo) ela lembrou-se, fê-los, adotou-os e nunca mais deixou de usar valentemente os seus conjuntos de vestido-casaco comprido-gorro-luvas, tudo da mesma cor. De verão tirava o casaco e substituía as mangas compridas do vestido por mangas curtas. Mais nada. Como as saias cobriam a barriga da perna e ela era gorda e até muito gorda, devia ter o que quer que fosse de múmia anafada, mas eu nessa altura ainda não sabia o que eram múmias, devia ter uns sete anos.

Um dia, alguém que a encontrou na rua de conjunto vermelho (era inverno, portanto, gorro, luvas, vestido e casaco comprido) declarou que se sentira envergonhadíssimo porque todos olhavam para a dona Violeta – era Violeta, agora me lembro. Que tinha sido um horror.

Não era, porém, a essa senhora que eu queria referir-me em primeiro lugar, mas ao senhor Fulano, que há dias, envergonhado, atravessou a rua, só para não falar ao sobrinho, moço excêntrico e cabeludo. Porque o que iam as pessoas dizer, vendo-o a falar com semelhante indivíduo?

Em primeiro lugar, o senhor Fulano mostra um orgulho desmedido pensando que toda a gente que passa repara nele. Podem, é certo, reparar no sobrinho porque a nossa retina ainda não se habituou aos cabelos compridos. Mas o que tem o senhor Fulano a ver com o facto de o rapaz em questão, por mais seu sobrinho que seja, usar uns centímetros mais de cabelo do que o avô do senhor Fulano e uns centímetros menos do que o bisavô do bisavô do mesmo senhor Fulano?

A costureira de Maria Antonieta disse um dia, ao arranjar um chapéu da rainha: «Só é novo o que está esquecido.» Os cabeludos de hoje tiveram o seu primeiro figurino no nosso pai Adão ou no homem de Neandertal, conforme o ponto de vista, e depois disso em muitos dos grandes homens de quem nos fala a História e que o Petit Larousse nos mostra, até mil oitocentos e qualquer coisa, data em que resolveram tornar-se rebeldes e cortar o cabelo. O que terão dito os senhores Fulanos da época? Os cabeludos não nos trazem, pois, nada de novo. Não houve tempo para isso.

Agora a dona Violeta da minha infância, toda ela *tricot* manual verde-salsa, azul-pavão, vermelho-vivo e amarelo-canário, isso, sim, foi coragem. Porque, como já disse, ninguém, que eu saiba, se tinha vestido de *tricot*. Mas aí está. Ela gostava, queria lá saber dos outros, dos pobres de espírito que se envergonhavam de falar com ela na rua.

SEIS ANOS

Quando de manhã cedo saiu de casa pela mão ainda omnipotente da mãe, mal sabia ele, menino suave e vulnerável, de pasta novinha em folha e cadernos imaculados para o que desse e viesse, que ia a caminho da vida, e que a vida começava ali mesmo, passado o limiar da porta da escola. Antes, tinha vegetado, tinha sido simples menino de sua mãe. Naquele dia, porém, naquela hora, naquele momento preciso em que o cordão umbilical de novo se quebrou e ela ficou na rua com uma pedra dentro do peito, e ele sozinho no meio da multidão desconhecida e gritadora, tudo se tornou diferente. Foi um dia bom ou mau mas exaltante, e, quando à tarde a mãe o foi buscar, levou para casa um filho de seis anos mas que já começara os seus estudos – não de cópia ou de números, isso era secundário –, os seus estudos de vida. A criança contou-lhe o que se passara, falou-lhe deste e daquele colega e da professora também. Estava rosado de entusiasmo criador ou de angústia prematura, conforme os casos.

Mas nunca mais estaria ali todo inteiro; o espírito vaguear-lhe-ia pela aula e pelos novos amigos ou inimigos pessoais e intransmissíveis. Porque o menino não era – podia não ser – daquelas crianças que inspiram amor, e por isso podia ter inimigos mesmo aos seis anos, mesmo no primeiro dia de aulas.

Já não está, portanto, ao lado da mãe. Tem uma vida só dele, boa ou má, agradável ou não, e também problemas que um dia saberá – saberá mesmo? – resolver. Começou as suas aulas práticas para homem-um-dia. Vai aprender pouco a pouco a ser bom, leal, trabalhador. Vai aprender isso tudo ou exatamente o contrário porque nem reagem todos da mesma maneira às mesmas lições. Vai começar a ter qualidades e defeitos de homem.

O VIZINHO DO LADO

O homem foi-se aproximando, aproximou-se, baixou a cabeça, delicado (ou familiar, ou indiferente?), seguiu viagem, mas a sua cara larga ficou ali esquecida diante dele, flutuando. Já o corpo do homem ia longe ainda a cara por ali andava, baralhada, é certo, mas nem por isso menos presente, precedendo-o ainda que a respeitável distância. Um sorriso «bom dia» ou «que é feito?» ou «V. Ex.ª bem?». Não sabia porquê mas afigurava-se-lhe que o sorriso «que é feito?» tinha muito mais possibilidades do que os outros.

Durante o percurso pôs a si próprio todas as hipóteses possíveis. Queria libertar-se daquela cara, está visto, mas nada a fazer. Ela lá estava, sorridente e implacável. A quem pertenceria? A um antigo colega do liceu? A um companheiro de trabalho que por qualquer razão desaparecera do seu convívio? A uma simples pessoa que lhe tinham apresentado? A alguém que, em todo o caso, ele tinha esquecido porque o tempo nos coloca terrivelmente mal perante os outros. Ei-lo em busca de um ponto de referência, mas nada, nem um se lhe mostrava. Na sua frente um deserto e a cara do homem, mais forte do que todas aquelas com quem se ia cruzando.

Só dias depois, quando ela, a cara, lhe sorriu outra vez, na escada, é que percebeu que ela pertencia ao vizinho do lado, que ali morava por assim dizer paredes meias, há pelos menos dez anos, e essa constatação deixou-o perplexo e cheio de remorsos, porque lhe deu a medida da sua indiferença perante os outros ou da sua introversão ou da distração total em que vivia. Foi por isso que parou, pela primeira vez em dez anos, e atenciosamente perguntou ao vizinho do lado como estava a família. Mas foi uma pergunta errada porque o vizinho do lado há dois anos que enviuvara e vivia só.

DE CASA DE SEUS PAIS

Carinhas suaves, sérias, tristes, ou então apagadas pelo grão da fotografia do jornal. Um dia foram tirar aquele retrato porque ele era preciso para o cartão de identidade e depois sobejaram dois ou três. A mãe ficou com um, com aquele.

Vestiram camisa lavada, puseram gravata, pentearam-se melhor. Sempre me lembro de os ver, no jornal, numa das páginas do fim, por entre os anúncios, e sempre me pareceram o mesmo. Há muitos anos que eles são o mesmo e que têm a tal carinha apagada e triste. De casa de seus pais desapareceu..., disse Carlos Queiroz. Sim, de casa de seus pais. Ou então, mais abstrata, mais fria, mais burocraticamente, de casa da família. Que família?, penso. Uma tia pouco terna, uma madrasta colérica, um pai que se embriaga? Fogem como quem morre porque lhes parece ser essa a única saída. Fogem a quê? A uma repreensão porque não estudaram ou reprovaram no exame? A pancadas, talvez? A falta de amor? Ao que tomam por falta de amor e que é tantas vezes amor envergonhado, errado, mal conduzido, até pela mãe, até pelo pai, até por ambos?

Claro que há os que fogem porque a fuga lhes é necessária porque hão de fugir a vida inteira às responsabilidades, ao dia a dia cinzento, à paisagem sempre igual, às caras que não mudam. Mas não é desses que falo, até porque esses têm expressões mais fortes e vincadas, olhares mais agressivos (ou mais fugidios).

Mesmo que sejam outros os sinais... Vestem casaco de *sport*, calças de flanela ou de ganga, camisa de quadrados ou *pull-over*. Têm cabelo preto, ondulado. Têm cabelo castanho, liso. Calçam alpergatas ou sapatos de camurça. Chamam-se José ou João. São todos iguais. Só para a mãe, só para o pai, eles são o filho, o único. Aquele que é preciso a todo o preço encontrar.

Pede-se a quem souber do seu paradeiro...

UMA CENA DE RUA

A abençoada mulher de mão na cinta – é um modo de falar, claro, ela não tinha a mão na cinta, agitava-a ameaçadoramente –, a abençoada mulher, dizia eu, de pelinho na venta, pois claro, gritava a plenos pulmões chamando isto e aquilo e ainda aqueloutro ao rapaz junto dela. O rapaz tinha perdido a voz de tanto espanto e, para não perder também a face – não fosse algum transeunte ser seu amigo ou conhecido –, murmurava embora com esforço uma ou outra palavra daquelas em que o seu reportório era decerto rico. Não ganhava, porém, nada com isso, porque elas, as palavras, faziam ricochete, precipitavam-se para ele na voz gritada da mulher, e ouvia-se à distância o «isso será você» e «aquilo será a sua mãe». A mãe, o pai, etc., eram para ali chamados com frequência, e a mulher estava da cor de uma romã e muito exaltada. O rapaz nem é bom falar nisso.

Como os automóveis não paravam e eu não podia portanto atravessar a rua, e seguir o meu caminho, fui ouvindo a discussão e compreendi que tudo aquilo provinha de um «piropo» à maneira nacional, isto é, um palavrão qualquer, ou até uma série de palavrões, que o rapaz, certo da sua impunidade, dissera à mulher. Estava convencido de que ela fingiria não ouvir, como geralmente acontece. Dera, no entanto, com a pessoa errada. E ele a querer ir-se embora e ela a segurá-lo pela manga. «Vá, repita para estes senhores ouvirem, repita, seu grande... Vem uma mulher pela rua a pensar na vida e este grandessíssimo... Vá, repita!»

O rapaz só era valente com os mais fracos. De resto, talvez só dissesse aquelas frases machistas e insultuosas para à noite as repetir aos amigos, diante de uma bica, tornando-se assim interessante. Agora, porém, não sabia onde se meter, ali preso no centro da circunferência que um grupo de pessoas curiosas desenhara.

Depois os carros pararam, pude atravessar a rua e não vi nem ouvi o resto.

NUM BANCO O OUTONO

Um homem velho sentado num banco da Avenida quando a desci. Quando a subi uma hora depois, duas talvez, ainda lá estava na mesma posição, enrolado na gabardina e um pouco encolhido. Vendo bem, talvez nem fosse velho. Estava era naquela idade indefinida, resvaladiça em que as pessoas podem não ter uma idade, e isso porque o próprio tempo, seguro delas, as esqueceu um pouco, como se houvesse mais que fazer do que dar-lhes atenção. O homem, esse, não tinha decerto grandes afazeres, pelo menos assim parecia. Se uma pessoa está assim, horas e horas num banco da Avenida – ou noutro banco qualquer –, em tarde de outono, já fria, já sem sol, é porque...

Não havia sol, é verdade, só vento desabrido e já frio, e roçagantes folhas secas de um bege amarelado, que o vento soprava, ou sorvia com irritação. Havia folhas nos cabelos esvoaçantes do homem, nos seus ombros descaídos, nos seus joelhos. Ele era ali como que a estátua antecipada de si mesmo, se fosse homem de ter estátua um dia, claro está, o que não era decerto o caso. Só faltava pombo na sua cabeça. Estaria petrificado ou, pelo menos, morto?

Mas não, ei-lo a limpar lentamente, com a mão direita, os joelhos agudos, que as folhas nos cabelos não as sentia decerto. Ei-lo a limpá-los pois com atenção, com método. E logo a seguir, de novo ensimesmado, esquecido da gente que ia passando, sem a ver.

O que mais impressionava era a perfeição daquela imagem antiquíssima de calendário. O homem só, já na idade das esperanças perdidas, a gabardina coçada (é verdade, não disse que a gabardina estava coçada), o vento, as folhas secas.

Afastei-me esmagada por tamanha dose de outono, ali, naquele pequeno banco da Avenida.

ESCRITÓRIOS

Nunca mais os vi, terão morrido? Mas como há de morrer um escritório se a única doença que conheço aos móveis é o bicho-da-madeira, e esse é um mal a que eles decerto se habituam, uma espécie de reumatismo benigno, que dói mas não mata? É certo que deviam ser frágeis com todos aqueles torcidos e tremidos, aqueles arrepios de madeira não muito boa. Tinham em geral, não sei porquê, um ar lúgubre. Havia quase sempre um móvel de canto, a secretária, essa gelada secretária deserta à qual ninguém se sentava, com a pasta sempre no seu lugar, o tinteiro de prata sem tinta, uma jarrinha com flores naturais ou de papel. Se já fosse o tempo do plástico, elas seriam sem dúvida de plástico. Havia ainda a vitrina dos livros, com cortina de seda a esconder a ausência de livros, os velhos *maples* vermelhos ou azuis, os retratos dos donos da casa quando jovens, a olharem um para o outro da sua parede respetiva, já apagados, gastos de tanto se olharem.

Escritórios para quê, se ninguém na casa escrevia? Só uma carta de vez em quando, as contas no fim do dia... Hoje, pensando neles, nos escritórios – pensando neles porque dei com um muito em conta, claro, na secção dos pequenos anúncios do jornal –, imagino a senhora a limpar cuidadosamente as saliências e reentrâncias desses móveis onde o pó, o terrível, o odiado pó, esse pó que ainda não é nosso mas que vive a ameaçar-nos, se infiltrava. A limpar tudo aquilo e depois a fechar cuidadosamente a porta sobre os retratos de duas pessoas que já não recordava muito bem, embora uma tenha sido ela própria, e que iam ficar fechadas, com flores – meu Deus, com flores –, a não ser que alguém de cerimónia surgisse a quebrar o silêncio das tardes e das noites, até ao próximo dia de limpeza.

Pobres escritórios ainda vivos, quem é que hoje os quer? Atualmente as casas são para viver nelas, ninguém pode dar-se ao luxo de ter um sonho fechado e reverenciado, mesmo de torcidos e tremidos.

MODOS DE DIZER

Todos sabemos que há línguas muito mais maleáveis do que outras, muito mais ricas de intenções, que há línguas que procuram dizer de um modo gentil coisas que outras dizem secamente e que outras ainda dizem por meias-palavras ou até nem dizem.

É certo que entre nós, e creio que mesmo em França, país de muito menores limites, não existe o tipo de *magazine* preocupado ou *também* preocupado com a vida amorosa da gente conhecida, príncipes, *play-boys*, milionários ou atores. Nos outros países não sei. Na Itália há, porém, uma série de semanários muito bem feitos, que trazem artigos sérios e cheios de interesse – não se lhes pode chamar sensacionalistas – mas que não dispensam as fotos com legenda sobre a atualidade amorosa. Foi ao folhear há dias alguns desses *magazines* que encontrei as designações que se seguem (há decerto muitas mais). Trata-se, como é óbvio, de ligações mais ou menos do domínio público, mas que surgem embrulhadas no lindo papel de seda que é a língua italiana. É uma língua galante, a italiana. Por exemplo, para designar «a mulher», ela foi buscar ao latim «*domina*», o que a eleva, enquanto o francês buscou a designação sexual «*femina*» e o português e o espanhol, o termo jurídico «*mulier*». Mas vejamos os tais modos de dizer:

A atriz A, que estou a ver na fotografia acompanhada pelo marquês B, está ligada a este aristocrata por *affectuosa amicizia.* A cançonetista C está (ou é) *affectuosamente vicina* do corredor automobilístico D. Há depois o *play-boy* E e a *starlett* F que ultimamente *se frequentano assiduamente.* Surge em seguida o príncipe G e a fotomodelo H ligados por *tenera amicizia.* A prima-dona I está *legata sentimentalmente* ao milionário J. E a bailarina L tem um *legame sentimental* com o importante financeiro M. Há ainda a princesa N que nos últimos anos tem estado *molto vicina* do ator cinematográfico O. E o toureiro P que *corteggia* a herdeira Q. E por entre tudo isto multiplicam-se os *fidanzatos* e as *fidanzatas* que muitas vezes não tencionam casar (pelo menos uns com os outros).

De qualquer modo é bonito e não ofende. Afetuosamente próximo, muito próximo, terna amizade, afetuosa amizade… Tudo isto tem um ar romântico nesta época tão realista em que vivemos.

FÉRIAS DE NATAL

Ia ele a passear na aldeia dos pais, em noite de férias de Natal, quando a avistou caminhando pelo céu fora num silêncio gelado e, claro, cheio de dignidade. Da esquerda para a direita como os ponteiros do relógio, não desenhando, porém, arco de círculo, pelo menos arco de círculo que se visse àquela distância.

Largou os companheiros, ambos ocupados com assuntos que muito os interessavam – o futebol de domingo e as raparigas de todos os dias –, e pôs-se a correr atrás dela. *Ela* era naquele instante, calculem, uma estrela. Para o salvar do ridículo total, direi que era um rapazinho modesto, simples caixeiro, e um tanto ou quanto irrefletido, por isso o chamar-lhe estrela e aquele correr por uma rampa acima, rampa essa que ia dar a uma espécie de miradouro. Ei-lo pois encarrapitado numa pedra, a olhar de olhos arregalados para a sua estrela quase a esconder-se num novelo de nuvens esbranquiçadas. E pronto, bolas, a ter-se escondido.

«O que foi que te deu?», perguntaram os outros quando chegaram junto dele.

«Era uma estrela a correr pelo céu fora, pá. Enfim, a andar. Enfim a...»

Já hesitava, pois claro, quando um deles, com muito melhor memória ou mais sabedoria, desatou a rir como um perdido, disse-lhe que as estrelas eram astros quietos, então não se lembrava das constelações?

Claro. Quietos. A escola. A professora. As constelações, pois. A Ursa Maior, a Ursa Menor, a Cassiopeia, a... «Seria um satélite?»

«Mais que certo», assegurou o terceiro. «Nem podia ser outra coisa. Há montes deles. Basta olhar com atenção. Nunca olhaste com atenção para o céu, pá?»

Os outros dois tinham nascido e vivido ali, no campo, não sabiam como as luzes dos anúncios devoram todas as estrelas do céu, tiram brilho à própria Lua. Não sabiam como ele que Lisboa é uma cidade vazia de estrelas e que às vezes o que se lhe afigurava uma estrela era a luzinha que um operário noturno acendera bem no alto do último andaime de um arranha-céus em construção. Não sabiam que, para os citadinos como ele, as estrelas podiam ser coisas de livros e de férias. Coisas capazes de tudo, mesmo de correr assim pelo céu fora.

O AROMA DO TEMPO

Vinha de longe e tinha o que quer que fosse de fantástico, era aroma como um sonho pode ser sonho. Uma garotinha de seis anos, eu – mas seria eu, de facto? –, enfim, uma garotinha de seis anos, fosse ela quem fosse, levada por uma nuvem-comboio até ao país das maravilhas discretas embora inesperadas, perigosas talvez, vendo bem, quem sabe? À distância de tantos anos perde-se por completo a sequência dos acontecimentos e até o seu valor de então, e só de vez em quando um deles, aparentemente maior, mais belo ou detestável (mas terá havido então algum acontecimento detestável?), se mantém intacto como talvez fosse, serve de ponto de referência. A torre de ferro desenhada a tinta preta no céu branco e baço, por exemplo, e o pai a dizer que ele – ele quem? – também fizera um elevador de Lisboa, depois logo outra vez a nuvem vertiginosa até ao palácio dos seus sonhos e receios, 11, rue des Capucines, onde a esperava a mãe pela primeira vez, a mãe ignorada e desejada apesar disso, a mãe que fora linda e nunca seria a mãe na sua totalidade, só talvez depois, não muito depois em todo o caso, quando a tuberculose galopante a levasse e a morte a tornasse viva e amada como as outras mães. De vez em quando um quadro móvel, bem nítido, intacto, indiferente ao tempo que passou. A neve a cair, dias e semanas a cair, e alguém a varrê-la da soleira da porta porque se acumulava dificultando entradas e saídas. Depois a neve a parar, e um vago, leve sol amarelado, e o grande parque onde fadas e elfos dançavam. Era um belo parque com árvores frondosas e nele o lago (quem falou em lago gelado? Quem disse: «Sabias que os lagos gelam no inverno e as pessoas podem dançar sobre eles?»), o lago, portanto, sem fadas nem elfos, com pessoas coradas de frio e entusiasmo e que às vezes caíam.

Mas tratava-se de um aroma. Pode ser tão persistente como uma imagem e haver associações de aromas como há associações de ideias, não? Naquela altura, ela, a garotinha, não deu por ele, quem ia reparar num aroma? Só mais tarde, muitos anos depois, o encontrou e reconheceu (a ele ou a um aroma parecido?) numa rua de Paris, junto de um restaurante cujos donos eram belgas ou holandeses, o restaurante Van Qualquer Coisa. Ei-lo, então, o aroma. Deteve-se hesitante, mas já ele se dissolvera, deixara de existir. Voltaria, porém, mais vezes, sobretudo ali, àquela rua, àquela porta. Não que o chamasse, claro, não era uma obsessão, encontrava-o, era tudo. «Olá, aroma, que me trazes hoje?» Porque ele trazia sempre consigo, no breve espaço de uns segundos, pedaços de frases, de vozes, imagens truncadas, os grandes olhos negros, febris, da mãe, o sorriso do irmão, a cadelinha branca. Nunca, porém, conseguiu reconhecê-lo, nunca se atreveu a entrar naquele restaurante, a perguntar que prato era aquele que tão bem cheirava a ervas perfumadas e encomendá-lo para comer. Como poderia fazer tal coisa?

Um aroma-sonho, um aroma-fada. Agora perdeu-o, ficou em qualquer parte, talvez no fundo do lago onde há gente a patinar, talvez junto dessa mãe quatro meses de passagem na sua vida, do irmão e do pai que também partiram mais tarde (não muito mais), das coisas e das pessoas e das paisagens que fizeram parte de uma vaga, modesta mitologia pessoal que todos ignoravam e que, a seu tempo, também morreu.

NA ESTRADA

Ontem, em hora de ócio, meti-me na pele de um marciano e dei comigo a descer no meu disco-nuvem e logo a aterrar perto de uma estrada. Ao que parece é um lugar que os marcianos em viagem muito apreciam, haja em vista os carros raptados e depois restituídos. Discretamente escondido atrás de um tronco de árvore, eis-me pois a espreitar e a espantar-me perante os velozes seres de quatro rodas que habitam este estranho planeta. Todos eles têm um bichinho dentro, como os caracóis, e mesmo vários bichinhos. Mas o da frente, à esquerda, é o mais importante, vê-se logo que a casca lhe pertence e que os outros só ali vão por especial favor. Isto pensaria eu se fosse, está bem de ver, ser inteligente, e se os marcianos que por aí andam (verdes, azuis e com antenas na cabeça) não fossem simplesmente os cães, macacos e tartarugas de lá. O que até é possível, não havemos de ser só nós a ter cuidado e ideias brilhantes.

Mas o marciano em cuja pele me meti é ser inteligente, a prova é que está abismado. Para onde irão aqueles terrestres velozes?, penso pois de mim para comigo. O que mais me impressiona é o facto de todos quererem ir à frente e acelerarem, passarem tangentes, o bichinho deitar às vezes a cabeça de fora, vociferar, esbracejar, insultar decerto, embora eu não possa perceber o significado daquilo que grita. Meto-me no meu disco camuflado de nuvens, a fim de os acompanhar na viagem, estrada fora. E verifico que eles esquecem o inimigo mal o ultrapassam, e o inimigo passa a ser aquele, lá adiante, que também tem de ser ultrapassado. Há uma casca seca, vazia, de rodas para cima, na berma da estrada, e ao lado o que deve ter sido uma mancha de sangue. Há também um grande ser pesado e lento que se recusa terminantemente a dar passagem e a quem isso diverte muitíssimo.

Chego à cidade, sempre escondido na minha nuvem, mas, como ninguém olha para cima, ninguém repara que ela é mais baixa e mais rápida do que as outras. E vejo os bichos saírem apressadamente das cascas e entrarem nas casas. Dois deles apertam calorosamente a mão e eu ia jurar que ainda há pouco se insultaram. E diluem-se na cidade. Só muitas horas depois refazem o mesmo trajeto, de novo apressados, zangados, esbracejando e esticando o pescoço.

Tomo notas e regresso a Marte.

NO ELEVADOR

Foi entre o segundo e o terceiro andar que o elevador se deteve. Houve um reticente mas perigoso ranger de correntes e logo o silêncio e a ausência de todo e qualquer movimento. Como se tivesse morrido. O homem ainda novo era calmo e não se assustava com facilidade. Por isso não gritou nem começou a bater com os punhos nas paredes em volta. Suspirou, sentou-se simplesmente no chão, a um canto, e pôs-se à espera. Ele sabia que numa escada daquelas não tardaria muito que alguém desse pela quietude do elevador. Ei-lo pois sentado, de súbito a pensar na vida. Não há muito tempo para pensarmos assim na vida, tranquilamente, sem que ninguém nos venha incomodar. O homem, portanto, aproveitou. A vida dele era complicada, e aquele dia, aquele momento, por assim dizer uma esquina que ele ia voltar. Fazia bem? Fazia mal? Sabia lá! Só que dias antes lhe tinham dito: «Aparece no dia tal às três e meia para conversarmos. Alguma coisa se há de arranjar.» O homem soube logo o que era esse alguma coisa. Uma secretária com tampo de vidro, uma cadeira giratória e um ordenado certo no fim do mês. Estava ali por causa desse ordenado certo. Nessa manhã pusera de parte as telas e os pincéis e jurara a si próprio nunca mais lhes tocar.

Meditou, portanto, longamente. Dez minutos certos, que foi o tempo durante o qual ninguém precisou de subir a escada. Depois, mais uma hora até o técnico chegar. Uma hora e dez minutos em que pôde pensar à vontade, fechado numa caixa como uma amostra sem valor que alguém tivesse mandado para o correio. A direção era lá em cima, estava quase a chegar, quase a dirigir-se ao homem importante que ainda era seu parente e lhe dissera que aparecesse, que alguma coisa havia de se arranjar. Mas o elevador-caixa detivera-se e ele tinha-se sentado a pensar em todos os prós e contras, a remoer mais uma vez em se seria de facto um pintor a sério ou um simples indivíduo com jeito para pintar umas coisas. Claro que chegar a uma conclusão, avaliar o próprio talento – se existia – era difícil. No entanto…

Quando o técnico fez o que tinha a fazer e o elevador começou a mover-se, o homem levantou-se, sacudiu o fato, saiu cá para fora e, em vez de subir a escada até onde era necessário, pôs-se a descê--la sem hesitação. Na rua verificou que o céu estava azul e que lá de cima descia uma luz maravilhosa que ele iria hoje mesmo fazer por captar. Seria a primeira grande tela da sua vida, e todos haviam de o conhecer.

O mais curioso é que foi mesmo assim.

OS HOMENS RAROS

À vista desarmada aquele homem, ali, parece um indivíduo qualquer, já não muito novo (anda perto dos sessenta), sobre o forte (tem bom apetite), de escura gravata digna e pasta na mão, e isso porque é funcionário numa empresa importante, e gravata e pasta são artigos de primeira necessidade. É um homem raro e, talvez, embora não faça versos, possamos chamar-lhe poeta, até porque poeta é para muitas pessoas alguém fora da vida. É certo que este a que me refiro nunca publicou livro nenhum, mas isso é secundário. Se todos os poetas tivessem livros publicados… Se todos os versejadores com livros publicados fossem poetas…

Ali está pois um homem – inteligente, diga-se de passagem –, que há muitos anos foi lançado numa corte corrupta e que, apesar disso, não é cortesão, nem vassalo, nem cronista do rei. A verdade é que nem mesmo se recusou terminantemente a ser qualquer dessas coisas, nem mesmo nadou contra a corrente. A verdade é que nunca deu porque estava umas tantas horas por dia numa corte e que para além de certa porta de vidro martelado morava um senhor absoluto que era urgente adular. Flutuou a vida inteira – continua a flutuar – um pouco acima do solo, onde os pés dos homens aderem como ventosas, ignorou sempre os elogios falsos, os panegíricos, as benevolências esperadas e os títulos concedidos em paga de bons serviços. Os outros consideraram-no sempre um pouco parvo, claro está, e nunca hesitaram em o pisar. E ele, sem reparar em nada de nada. Gostava das pessoas (só as via, como à Lua, do lado luminoso), gostava das coisas, gostava da vida...

Este homem, poeta talvez, é um dos poucos que ainda subsistem, apesar de viverem em ambientes capazes de destruir cientificamente toda a poesia em proveito do dinheiro e do número soberano. Homens que fazem contas como quem sonha, cálculos como quem voa, relatórios como quem ama. Homens assim, cujo coração não se mostra inquinado e cujos olhos bem abertos continuam a ver ali por perto gente clara e inodora, por assim dizer destilada. Gente que obviamente não existe.

Depressa, uma estatística. Quantos homens destes haverá ainda no mundo, neste ano recém-nascido de 1969? É necessário protegê-los, conservá-los porque estão em vias de desaparecer como o ocapi e o urso panda. É urgente, ouviram?

O CASACO DE PELES

Outra pessoa, eis como se sente. Capaz de tudo, ou, pelo menos, de muito. Capaz de quê? Isso, porém, não o pergunta a si própria. Desce em passinho miúdo a rua onde mora – já não tem os movimentos fáceis de antigamente – e pensa, sente, julga em suma, que todos olham para ela, que todos a admiram ou a invejam, porque não?, que todos gostariam de lhe arrancar aquilo que ela aos cinquenta anos, finalmente, conseguiu obter da vida.

Não vai a muitos lados, o marido sempre foi um homem caseiro, e ela também não aprecia muito sair. Não aprecia? Sabe lá. Vai por isso ter que aproveitar uma ou outra ida à Baixa, um cinema, uma visita a casa de uma amiga, para poder vesti-lo. Hoje, primeiro dia, hoje estreia sensacional, dia de felicidade, vai à Baixa comprar uns novelos de lã. E tem asas, é como se as tivesse, nem sente o peso da astracã nos seus ombros, nem tem calor. É feliz.

Nunca desejou nada a vida inteira. Nunca *soube* desejar nada. Só aquilo, um casaco de peles, de astracã se pudesse ser, mesmo de *pattes* à falta de melhor. Já tinha perdido a esperança – teria mesmo? É tão duradoura a esperança, esconde-se tão bem dentro de cada um, que se julga que ela partiu e afinal ainda ali está, a um canto, encolhida, de joelhos à boca –, enfim, pensava que a tinha perdido quando o marido fez o negócio da sua vida e lhe ofereceu o casaco.

Tem cinquenta anos, está gorda, está feia. Mas então o casaco. Mas então o dia de hoje para o estrear. Ei-la pois de colar ao pescoço, sapatos novos, pequeninos, muita laca e muita tinta no cabelo riçado. Hoje para ela não há idade, nem peso, nem rugas, nem cabelos brancos. Hoje para ela só há aquele mítico casaco de peles que ela possui, que ela exibe, cheia de emoção e de felicidade. Desce a rua e sente que nenhum mal lhe pode acontecer, que é capaz de tudo, que é uma espécie de rainha de um pequeno reino pessoal e intransmissível. E arrasta o precioso manto de astracã e ostenta a coroa de laca, por entre gentes que sempre ignorou e há de ignorar porque foi a vida inteira uma senhora de sua casa agarrada a um sonho.

Ei-la pois que vai à Baixa comprar uns novelos de lã.

A LOJA

Uma luz suja que o sol nunca lavara, nunca desde que o prédio em frente tinha nascido e crescido velozmente por ali acima, só se detendo no sexto andar. Uma luz suja, portanto. E também uma suspeita de cheiro a velho, a humidade, a pó. Descia-se um degrau roído e perigoso e entrava-se na loja que era uma capelista. Casa Martins, chamava-se. Quem era o Martins em questão não o soube nunca. Linhas, agulhas, alfinetes, ganchos, um ou outro botão mais vulgar, era o que vendia. Estava tudo guardado em caixas velhas numa prateleira por detrás do balcão, e a menina Arminda, proprietária da loja, embrulhava sempre a compra num papelinho rasgado onde fizera previamente a conta, para poupar. Já tinha uma certa idade quando a conheci. Chamavam-lhe menina, talvez fosse solteira, não sei. Depois foi envelhecendo e mirrando, e a luz dir-se-ia que também ia sendo dia a dia mais suja, e o cheiro a humidade e a velhice e a pó, mais forte. Por fim, já quase ninguém entrava na loja, porque abrira ali perto outra que tinha de tudo. A menina Arminda fora ganhando uma expressão dura, uma voz cortante: «Não tenho!», dizia quase sem olhar para quem às vezes, raramente, entrava. «Não há.» Julgo que deixara de fazer compras porque sentia que não valia a pena fazê-las, já que nada vendia. E só ali estava porque fora ali o seu lugar a vida inteira e já não sabia ou não podia ter outro.

Um dia a capelista apareceu fechada. Depois, daí a dias, surgiu um tapume. Quando o retiraram pudemos ver uma loja de flores onde o sol nunca fez falta porque a luz é fluorescente. Quanto ao aroma, é sempre mais que perfeito. Rosas, cravos, violetas, nardos, sei lá. Por entre tudo aquilo uma jovem de branco sorriso mostra-nos flores e diz-nos preços, porque a vida não para e também as lojas morrem de doença, de morte violenta ou de velhice. É normal. E outras nascem, com o brilho e o perfume da juventude.

A DAMA, O *VISON*, O TÁXI E EU

O táxi parou ao pé de mim, uma sorte, porque chovia a bom chover como acontece em Lisboa quando o céu se zanga e se abre sobre nós em cataratas. Dentro do táxi, para além dos grossos verticais fios de chuva, uma senhora gorda e tranquila, muito bem maquilhada, pagava ao *chauffeur*. Pagava é uma maneira de dizer, preparava-se para pagar, mentalizava-se, como se diz em linguagem desportiva, e entretanto ia abrindo a mala. Deus, como aquela mala era difícil, abria-se ao retardador, os gestos da senhora eram arredondados como o seu rosto, eram cuidados, eram belos. A mala estava aberta, pronto, e a papuda mãozinha bege procurava lá dentro o que quer que fosse, ah sim, era um *porte-monnaie*, pois claro, o que havia de ser senão isso? E então o *porte-monnaie* foi aberto, foi estudado junto do nariz porque a senhora era – devia ser – muito míope. Admirei-me com o facto de não usar óculos, mas, enfim, cada um anda como quer ou pode e ninguém tem nada a ver com isso, pois não é assim? Uma nota, alvíssaras! Mas não nos alegremos cedo de mais. A nota subiu e desceu, voltou à base porque a senhora achou afinal melhor pagar com trocos, e as moedas são tão parecidas, custam tanto a distinguir umas das outras. Entretanto o meu chapéu de chuva tinha-se voltado porque o vento começara a soprar e eu já estava bastante molhada (os fios de chuva eram agora muito oblíquos). Além-vidraça, o motorista suspirou fundo, pareceu-me pelo menos que suspirou fundo, mas talvez me tivesse enganado porque a chuva aumentara e escorria pela vidraça transformando as pessoas em simples sombras.

Mas ela pagou, alegremo-nos. O motorista deu-lhe o troco, alegremo-nos mais ainda, ela voltou a dar-lhe uma moeda depois de a ter chegado quase ao nariz, coisa maravilhosa! Lentamente a porta moveu-se (ah, o teto protetor que me esperava), um guarda-chuva avançou, principiou a abrir-se, porque a senhora não queria molhar o bonito casaco de *vison* que vi depois – estava no seu direito, não? A senhora começou a sair, saiu por completo e reparei então que era nova, que se movia perfeitamente e que não tinha nem um louro cabelo fora do lugar.

Quando por minha vez entrei no táxi, o *chauffeur* berrou:

– E se dizemos alguma coisa, nós é que somos malcriados!

É. Nós é que somos.

Parece-me que estou a ficar constipada.

UMA JOVEM NO CHIADO

Não digo que ela não desse um pouco nas vistas. Dava. O certo, porém, é que este nosso olhar é sem fantasia, e a nossa boca gosta de sorrir dos outros, dos que, segundo nós, se prestam ao sorriso.

A moça era alta e magra, novinha, e subia apressadamente a Rua do Carmo. Usava calças largueironas, casaco compridíssimo e cabelo à rapazinho. Quer dizer, cabelo como os rapazinhos o usavam no tempo em que cortavam o cabelo. E como tinha caracóis, cabeça pequena e pescoço alto, aquilo tudo – ela – era na verdade um tanto estranho, em todo o caso inesperado, ali, em pleno Chiado, àquela hora de compras e passos vagarosos, e entradas por saídas na loja A, nos armazéns B e na *boutique* C, e chazinho com um bolo – mais do que um engorda – ali em cima na Bénard ou ali em baixo na Ferrari. Quando me cruzei com ela, com a rapariga dos caracóis e do maxicasaco, cruzei-me também (antes) com homens apressados que ainda sorriam e (depois) com vagarosas senhoras sorridentes. Sempre há cada uma!, diziam eles, esses sorrisos vagos ou concretos, no seu rasto.

E, no entanto, que havia nela, na rapariga, de estranho? As calças? Mas quem é que ainda repara nisso? O cabelo curto? Que ideia! O maxicasaco? Mas foi moda este inverno. Então?

Pois bem. É que aquela rapariga não ia bem vestida. O casaco não fora talhado para ser maxicasaco, *evasé* e tudo, era um simples casaco direito e adivinhava-se que já fora muito mais curto e alguém lhe tinha descido a bainha. Partindo desse princípio, podíamos suspeitar – porque não? – de que as calças, tão largas, talvez houvessem sido do pai e que o cabelo o tivesse ela própria cortado. E depois?

Mais nada. Só isto. Somos assim. Tanto em que pensar, tantos problemas nas nossas vidas, e olhamos e sorrimos – e escrevemos – só porque uma jovem com pouco dinheiro se sente feliz com um velho casaco cuja bainha alguém deitou abaixo. E porque essa jovem sobe o Chiado como quem voa.

Mas que vontade de rir é que isto dá?

A BOLA

Há tempos, creio que no dia do regresso da *Apolo 8* (ou de qualquer outro acontecimento importante), estava eu na sala de espera de um consultório, quando na minha frente se sentou um cavalheiro bem vestido, já de certa idade, que logo desdobrou um jornal desportivo. Foi então que me pus a pensar no caso, enfim, a magicar em coisas que, decerto, muitas pessoas já pensaram. Não há nada de novo no mundo. Mas antes de mais devo dizer que não tenho nada contra o futebol. Só que me aflige é a obsessão do futebol.

Não seria ele, o futebol, perguntei então a mim própria, ali, no consultório, uma agradável e entusiástica fuga às responsabilidades chamadas cívicas? Não seria esse mesmo futebol uma atitude lúdica, inconscientemente copiada pelos moldes daquela em que os homens vivem, e, claro está, com obrigações e riscos muito diferentes? Senão vejamos. O futebol tem a sua História: «ontem foi uma jornada histórica no campo do X», li eu no jornal aberto do cavalheiro bem vestido. Tem também os seus heróis de pés de barro, entronizados por uma eternidade relativamente curta, os seus clubes (ou partidos?) dirigidos não por um presidente e seus ministros mas por um presidente e seus vogais. E há, claro, as eleições e a «massa associativa», que é o povo partidário. Os partidos lutam entre si, desportivamente, claro. Só quando os estrangeiros chegam cá ou nós vamos ao estrangeiro é que a coisa toma foros de batalha e às vezes há mesmo feridos. A «massa associativa» leva depois a semana a discutir a política do seu clube (a melhor) e a destroçar a dos outros (sempre detestável). Lê também o seu jornal, que pode abranger todos os partidos ou cuidar de um só, e discute política – futebolística – com partidários e opositores de café, tabacaria ou emprego.

Claro que não há mal nenhum nisto, que mal podia haver? Só o que há é um grande exagero. Parece-me indispensável que os entusiastas só de futebol e mais nada se lembrem um pouco – de vez em quando – de que há outra bola muito maior chamada Terra, onde eles próprios, ausentes e distraídos, moram.

OS PIANOS

Desapareceram os pianos familiares, esses negros móveis de prestígio, sempre de *smoking* onde quer que estivessem e de largo sorriso logo que abriam a boca. Foram-se para sempre dos nossos ouvidos cansados as monótonas escalas que atravessavam paredes e soalhos e duravam horas e tardes, o *Nini et Bébé*, o Czerny, esses preâmbulos dolorosos e necessários a uma boa técnica, a uma técnica mesmo má.

Dantes as meninas prendadas (francês, piano e lavores – um pouco de aguarela por vezes) sentavam-se muito direitas – a posição correta era essencial – e tocavam. As pálidas heroínas de Camilo, a própria Ameliazinha (que não sabia francês, era só muito relativamente prendada), tocavam piano. A Ameliazinha então era um encanto na *Chiquita.* Não que as meninas fossem pianistas, longe disso, não é pianista quem quer nem quem a tal é obrigado pelas circunstâncias. O certo é que tocavam, enfim, arranhavam umas coisas, diziam modestamente embora com propriedade. Em suma, desafinavam que era um regalo.

Todas as famílias de um certo nível social ou simplesmente monetário ou até pessoas que desejavam aparentar mais do que eram – sempre as houve – tinham piano, e claro que ninguém ia ter piano sem haver em casa alguém que tocasse quando vinham visitas. Então as úteis meninas, muito direitas nos seus bancos, hirtas as pobres, treinando-se horas e horas nas tais escalas, nos tais exercícios, antes de se abalançarem ao *Danúbio Azul* e à *Marcha Turca* (limite máximo da sua carreira artística).

Com o advento da rádio – já lá vão várias décadas –, as meninas abandonaram em massa os pianos e todos ganharam com isso, elas antes de mais, porque raramente tinham vocação (as que a tinham continuaram a estudar, claro está, refiro-me às outras) e tocavam piano no mesmo espírito com que faziam renda ou *filet ancien*: muito cuidadosamente para não se enganarem no ponto nem na tecla.

Mas pergunto a mim mesma o que foi feito de tantos pianos. Foram vendidos (a quem?), desapareceram (mas para onde foram?). Haverá algum cemitério onde descansem para todo o sempre, livres das mãos inábeis das meninas pianistas de outros tempos?

JANELAS PINTADAS

A verdade é que eu estava com trinta e nove graus e doía-me muito a cabeça. A gripe, fosse ela de Hong-Kong ou de Lisboa, chegara nessa noite, e eu acordara de madrugada, toda a tremer e ainda sem perceber muito bem o que se passava comigo. Tomei duas aspirinas, mais tarde pedi que me fechassem a janela. Só me apetecia descansar durante muitas, muitas horas. Só me apetecia silêncio.

Silêncio? Mas como? Esquecia-me de dizer que o prédio está em obras, que há operários logo de manhã cedo pendurados nas janelas, a raspar-lhes a velha tinta para as pintar de novo um dia destes ou um destes meses, não sei. E, claro, a martelar e a conversar uns com os outros porque falar é próprio do homem, diz a sabedoria das nações, e a cantarolar um pouco porque, diz a mesma sabedoria, quem canta seu mal espanta. Eis pois este e aquele fadinho castiço, com intervalos de assobio. Mas quem tem coragem de dizer a um homem – a um homem pobre ainda por cima – que não cante?

A minha cabeça! E a campainha que toca e é outro operário que chega com nova voz para falar da vida e cantarolar também, pois claro. E chamar o Fulano que está decerto no último andar e que o ouve, decerto, ele grita para ser ouvido, numa daquelas vozes inteiras, sem paredes nem tetos, como são as vozes da gente do campo transplantada para a cidade, dos homens do campo pendurados num velho prédio como este, que vai ficar apinocado e maquilhado a fingir que é novo, antes de as fendas voltarem a estalar como rugas quando o *make-up* se desfizer.

Mas adiante. Como disse e vou repetir uma vez mais, estava pois com febre e dores de cabeça. Estive assim durante muitos dias. E ao longo desses dias os martelos a baterem não sei onde, mas também em todos os ossos da minha cabeça, mesmo os mais discretos e ignorados.

Vou levar meses a olhar com ódio estas velhas janelas pintadinhas um dia não sei quando.

A SERPENTINA

Está na varanda, um pouco debruçada, à espera de qualquer coisa, de alguém. Se lhe perguntarem de quem, de quê, talvez diga «de brincar», «de me divertir». Mas não. Do que ela está à espera, sem o saber, é de um instante de fraternidade. Ei-la pois um pouco debruçada e com uma serpentina na mão.

A varanda é alta, um terceiro andar, e todas as janelas do prédio estão fechadas. As dos prédios em frente também, porque faz frio e lá de cima, das nuvens cinzentas, ameaça chover. As pessoas passam apressadas, vão todas para qualquer lado, têm hora de partir e de chegar, despacham-se. Mesmo a menina vestida de cetim fulgurante cor-de-rosa, aramada como um *abat-jour* barato, já um pouco torto, vai arrastada pela mão da mãe, a pobre de Cristo, naquela figura e cheia de frio com certeza. Hora de *matinées* infantis, de preparativos para logo à noite, de olhares melancólicos por entre vidros na companhia de uma *grippe* vinda das bandas do oriente.

Desapareceu na esquina a dama antiga de cetim amarrotado que talvez vá fotografar-se, ser imortalizada assim vestida, antes ou depois da *matinée.* A garotinha da varanda, essa, chegou da província, penso. E invento que é irmã – ou sobrinha, ou filha – da criada da casa e veio passar o carnaval a Lisboa. Que festa, um Carnaval em Lisboa! A inveja que por lá houve, na terra. Tem oito, nove anos e cortaram-lhe o cabelo antes de vir, com um corte muito definitivo e para durar. Está ali, a olhar os prédios em frente e a calçada, lá em baixo, e tem uma serpentina na mão. E, de súbito, a serpentina, presa ao seu dedo, solta-se, desenrola-se por ali abaixo, verde como a esperança que ela teve «de brincar», e vai bater na cabeça de um homem gordo que deve ir a pensar na vida e que a sacode com irritação.

Coisa mais triste, o Carnaval!

O MINUTO

Um minuto.

Tempo de sobra para acordar vindo a correr aos tropeções de onde o sonho nos levara, saltar da cama em sobressalto e, ainda sem saber porquê – o que foi afinal de contas, o que é? –, pensar que tudo acabou, pensar que talvez, indo para a rua…, pensar por fim que nada vale a pena. Ter medo, pois claro. Medo e terror àquela hora em que as pessoas descansam, sonham, estão um pouco tranquilas.

Um minuto, é lá possível! Foram dez minutos, ou meia hora, ou uma hora ou uma vida. Onde se viu um minuto tão longo? De resto, os relógios pararam, só o nosso coração batia ao ritmo perigoso da casa e das coisas. Onde se viu um minuto assim?

Gente a falar na escada e na rua, em grupos fraternais (nada como o medo para fazer irmãos breves, que amanhã, não é verdade, se houver amanhã, já não se conhecem), porque o minuto passou, acabou-se o terror, voltou a esperança, embora inquieta. Deitamo-nos? Não? E se... Bem, não nos deitamos *ainda*. Vamos acabar o livro que começámos a ler ontem ou há quinze dias. Mas quem dá com o sentido das palavras, quem? Depois de tudo aquilo, o que lemos pareceu-nos tão longínquo, tão estranho... Fechamos o livro, acendemos um cigarro. Mas também ele não tem sabor e é posto de parte. Acabamos por nos deitar, por mergulhar outra vez – quando puder ser – na noite interrompida, não total porque é riscada pelas sereias das ambulâncias e dos carros dos bombeiros.

Sentimo-nos subitamente ricos. Milionários. Felizes. Estamos vivos. VIVOS. Logo, porém, quando nos levantarmos, de certo modo esquecidos da força do pesadelo, ao dar entrada na vida de todos os dias, vamos sorrir um pouco ao falar do tremor de terra. Como quem não lhe ligou uma importância por aí além. Todos temos que morrer um dia, não é verdade?

A REALIDADE E A FICÇÃO

Há dias, ao ler o jornal, lembrei-me de São Leibowitz. Creio que ainda não falei aqui deste santo. Ou terei falado? Em todo o caso, não vale a pena procurarem o seu nome no calendário porque não está lá. É um santo do futuro, inventado por um escritor dessa literatura a que Louis Pauwels e Jacques Bergier chamam «diferente» e que nós conhecemos por literatura de antecipação.

São Leibowitz seria pois um santo de antes do tal dilúvio que talvez nos espere um dia. Frei Francis de Utah, jovem frade em ritual jejum de Quaresma no deserto, encontraria ao levantar do chão um pedregulho, uma caixa metálica com as relíquias do santo. «Através delas – escreve o autor da história, Walter M. Miller – ia revelar-se--lhe a própria Antiguidade.» Eis pois o fradinho, trémulo de emoção religiosa e arqueológica, abrindo a caixa que guarda o passado e olhando e tocando os objetos dentro dela. Tudo objetos estranhos e portanto pesados de mistério. Para que teriam servido dantes, naquele tempo, no de São Leibowitz? Uma chave de parafusos, uma tesoura pequena, um rolinho de fita gomada deteriorada pelos séculos, fragmentos de vidro e de metal. Mas claro que Frei Francis não pensava em nada daquilo em termos concretos, e isso porque já não havia chaves de parafusos nem tesouras, nem fita-cola na época dele. O mesmo acontecia com os misteriosíssimos «documentos», no fundo da caixa: contas de mercearia, declarações de impostos, apostas mútuas.

Claro que o livro *Um Cântico para Leibowitz* não é só isto. É mesmo um belíssimo livro. Ocorreu-me, no entanto, este princípio, ao ler, como já disse, no jornal a seguinte notícia de Osaka no Japão:

«As recordações do século XX que ficarão sepultadas nesta cidade durante 5000 anos, numa cápsula de tempo, incluirão um *soutien*, *bâtons* e uma dentadura postiça. A cápsula, contendo um total de 2068 objetos, será enterrada ao comemorar-se a Exposição Mundial do Japão, em 1970, e será aberta no ano de 6970.»

6970! Mas daqui por 5000 anos ainda haverá homens interessados no passado, em Osaka ou em Nova Iorque em Paris ou em Moscovo? Existirão mesmo essas cidades? O que será o mundo daqui por 5000 anos, senhores Bradbury, Asimov, etc.?

AS MÁQUINAS CASEIRAS

Como é que as pessoas viviam dantes sem frigorífico, sem telefone, sem rádio nem televisão? Como podiam passar o verão na cidade quando não havia piscinas? Estas perguntas fazia-as há dias uma criança de dez anos, atónita e sem compreender.

Fomo-nos habituando, de facto, gradualmente, a uma maneira de viver cada vez mais confortável e complicada, e ela está hoje tão repleta de coisas agradavelmente confusas que as poucas horas de lazer de que dispomos já são pequenas para as conter, e os inventores de artes mais ou menos domésticas, que têm descoberto ao longo dos anos máquinas cujo objetivo é poupar o tempo e o trabalho, veem decerto que esse tempo é agora – ainda que por outras razões – demasiado pequeno para que possamos aproveitar bem todas as facilidades que nos propuseram. Aumentaram, de facto, o tempo, mas ei-lo reduzido. O certo é que a vida arrastou consigo as pessoas, obrigou-as a viver de outro modo. E ele, esse tempo que as máquinas tinham tornado livre, foi ocupado com novos trabalhos, e, de repente, tudo ficou na mesma. Na mesma e com as máquinas caseiras, o que é por vezes angustiante.

As máquinas lavam roupa, lavam loiça, espremem frutos, batem bolos, etc., etc., etc. Entretanto a mulher doméstica vai ouvindo Londres, Paris ou Lisboa pela rádio. Mas a que trabalha fora de casa e não tem quem a ajude, ou tem quem a ajude mal, chega a casa a correr, agita nervosamente as suas máquinas e, à noite, cansada e com sono, reúne-se à família diante do pequeno *écran* que lhe possibilita a presença-longe num concerto, num festival ou até num jogo. Ao lado, se é verão, a ventoinha e as bebidas geladas; se é inverno, o aquecimento. E nela o cansaço e o sono.

O pior é que acontece que na mesma noite o amigo Fulano os convidou, a ela e ao marido, para irem lá a casa ouvir o último *long--play* do X. É igualmente nessa noite que se despede um filme ótimo que ela gostava tanto de ver... A prima Cicraninha falou também de tarde anunciando para depois do jantar um recital de poesia gravado pela própria Cicraninha. E à última hora, quando já se tinham resolvido pelo cinema, eis que é anunciado um telefonema do primo Beltrano que vive na África do Sul ou na América do Norte.

O telefonema não veio, a televisão estragou-se de repente (ah, os trémulos e tremendos risquinhos horizontais), e ela está demasiado cansada para ficar à espera mais tempo. E acaba por se meter na cama a ler um livro qualquer que nem lhe apetece porque está desabituada de ler, enquanto o marido procura a BBC como há vinte e tantos anos, durante a guerra, e olha de vez em quando para o relógio e para o telefone.

«Está no mesmo sítio, a BBC?», pergunta ela. Não chega, porém, a ouvir qualquer resposta porque adormeceu.

LIVROS ENCADERNADOS

Os livros vestidos de bom cabedal claro ou escuro, com doirados e até muitos doirados, lembram-me sempre gente com roupas agressivamente caras, peles por exemplo, e joias, e fatos de corte inglês e etiqueta de uma rua qualquer londrina, muito categorizada. São livros frios e distantes, que ignoram os outros, isolados em si próprios por aquele traje que usam. Livros para guardar e não para ler, móveis-imóveis que já ninguém se lembra de tirar da estante porque quase perderam a sua velha qualidade de livros. São objetos para vista, objetos mais ou menos belos que enfeitam uma casa. Pouco mais.

Eu gosto é dos livros que foram envelhecendo connosco, que foram perdendo connosco as suas bonitas cores de outrora, a sua atualidade. Livros vivos, embora às vezes doentes. Pegamos num deles e pensamos: como esta capa murchou... Como é diferente a moda atual... Mas há ao mesmo tempo os jovens que vão chegando pelo correio ou que vamos trazendo da livraria, gritantes e entusiásticos como os jovens de todo o mundo, outros discretos, suavemente coloridos. Têm as costeiras bem firmes (depois é que se vão curvando um pouco), e nas folhas recém-abertas de alguns aquela leve franja de papel que com o tempo desaparecerá. São assim os livros que me agradam (exteriormente, entenda-se, interiormente é outra história). Vejo-os melhor, sei melhor o que contêm, vestem-se como lhes apetece, nunca uma farda anódina como os outros, os tais bem encadernados, em eterna posição de sentido nas suas estantes. São livros com que não faço cerimónia, trato-os por tu, conheço-os como as minhas mãos, sei sempre que estão ali e não além.

UMA SENHORA COM MUITOS ANÉIS

A L. contou-me:

«Entrei há dias numa loja e pedi o que tinha a pedir. O empregado, por acaso amável, foi buscar a peça (tratava-se de um tecido) e ainda a não tinha pousado sobre o balcão quando a senhora de muitos anéis nos dedos se deteve ao meu lado e disse: "Boa tarde, senhor S." Depois pediu logo ali amostras de *chiffon*. Era cliente conhecida porque o empregado perguntou-lhe como estava e ela disse que menos mal, só o que tinha tido era a gripe, uma maçada. Claro que ter gripe é sempre aborrecido, eu também a tive mas fiquei calada, nem sempre gosto de fazer alarde das minhas gripes. O empregado compadeceu-se delicadamente. Era um homem muito atencioso, como já disse, e a querer contentar toda a gente, o que se tem provado ao longo dos séculos que é impossível. Mas o homem talvez ignorasse esse facto, e por isso olhou para mim e perguntou que porção é que eu desejava. Eu, na verdade, já não desejava porção nenhuma; mas, como a peça ali estava, disse que era dois metros e meio, e ele então voltou-se para pegar no metro de madeira, e, ao mesmo tempo – estavam ali mesmo à mão de semear –, trouxe as amostras de *chiffon*. Tinha começado a medir o meu tecido quando a senhora disse que não era *chiffon* liso que queria, mas às pintinhas.

»Ele mostrou-se desolado. "Às pintinhas não tenho, mas estou à espera ainda esta semana."

»Oh, que maçada. E ela que precisava hoje mesmo do *chiffon*. É que ia dali para a modista. E às risquinhas?

»Às risquinhas talvez se arranjasse.

»A tesoura tinha começado a cortar o meu tecido, e o empregado sorriu-me, pediu licença e, sem esperar que lha dessem, foi buscar as amostras do *chiffon* às risquinhas.

»A senhora folheou-as rapidamente e viu-se mesmo que encontrou logo ali o seu sonho em *chiffon*. "Ora deixe-me ver em peça, senhor S!", disse ela.

»O empregado tornou a sorrir-me, voltou-se e pediu a peça ao ajudante, que a trouxe em três tempos.

»"Onde é que tem um espelho?", perguntou a senhora que afinal de contas não devia ser cliente tão assídua como isso. O empregado sorriu-me uma vez mais, deu a volta ao balcão, conduziu-a até junto do espelho, demorou-se. Quando regressou trazia-a à sua direita.

»Continuava a sorrir-me quando puxou o papel e começou a fazer o embrulho. Ela ignorou o facto em voz alta: "Quanto é preciso para um *chemisier*?"

»O empregado ficou sério, calculou, pediu em todo o caso a fita métrica para verificar. Entretanto a senhora dizia que não a demorasse porque estava com imensa pressa, e essa última frase acabou de me perturbar. Senti-me tão transparente, tão inexistente, que, quando por fim me dirigi à caixa, tive receio de me ter tornado invisível e de o próprio sorriso do empregado ser um estado de alma e não um sorriso. Foi por isso – unicamente por isso – que dei uma pisadela à senhora dos anéis. Ela gritou e eu senti-me contente e muito tranquila. Ainda era uma figura no espaço.»

PESSOAS DE VERBO COMPLICADO – II

Referi-me há tempos àquelas pessoas que se deslocam, usam da palavra, se debruçam sobre determinado assunto. Mas há mais pessoas de verbo complicado, ora se há! Não vou lembrar-me de todas elas, claro, como seria possível? Só de três ou quatro.

Aqui temos, por exemplo, as que «se fazem acompanhar» por A, B ou C. Porque A, B ou C não têm categoria mental ou social para resolverem de *motu proprio* acompanhá-las? Talvez tenham, mas o protocolo exige que... Então as outras, as tais, fazem-se acompanhar.

Há agora o senhor Fulano que não compareceu, claro está, mas «se dignou comparecer» em determinado lugar onde «proferiu algumas palavras». Note-se que não disse, «proferiu» e o «algumas» é um notabilíssimo eufemismo porque em geral essas palavras são muitas e até muitíssimas. E o «dignar-se» tem muita categoria. Diz o Cândido de Figueiredo que dignar-se é condescender, fazer mercê ou favor, ter a generosidade ou a bondade. E, claro que está implícito, possuir aquela categoria que explica todo o resto.

Há a pessoa que «ausculta» os problemas de uma cidade ou de uma empresa ou até simplesmente de uma família. Não ouve, não. Pega no seu imaginário estetoscópio, qual, nem de estetoscópio precisa porque o seu ouvido é mais que perfeito. Ausculta, pois. Três, cinco minutos de atenção, já ouviu tudo, já compreendeu o que ouviu, já resolveu o que compreendeu.

Agora temos aquela pessoa a quem tentamos telefonar pela manhã ou à noite e que, diz-nos uma empregada *snob* por contágio, não pode atender porque ainda está a «descansar». Nada de dormir, que horror, dormirá mesmo a referida pessoa? Ressonará? Mas que ideia, uma tal pessoa a ressonar! Nem mesmo podemos estar certos de que se deite. Descansa, isso sim, reclina-se. Num *maple*, numa cama, num *lit de repos*? Quem pode sabê-lo? Só que está abstratamente a descansar e que àquela hora é impossível levarem--lhe o telefone.

Não vou mais longe, e, de resto, nunca mais voltarei às pessoas de verbo complicado.

A CIDADE MAIS ALEGRE DO MUNDO

Telefonaram-lhe de manhã muito cedo: «Olá, chegámos ontem à noite (ou agora mesmo, não sei bem).» – «Vocês? São vocês?», espantou-se ainda com a voz suja do sono. – «Nós. Somos nós.» Tudo aquilo em sueco porque eram suecos – ou seriam dinamarqueses? –, e ele, o tal a quem tinham arrancado ao sono dos justos, sabia sueco (ou dinamarquês), que maravilha. Combinaram logo ali jantar juntos no dia seguinte, encontrar-se no restaurante tal às tantas horas. Sabia que eles não se perderiam. Já tinham estado em Lisboa uma vez, embora de passagem, e eram muitíssimo desembaraçados. Gente muito viajada, do género de se sentir logo em casa aonde quer que chegue.

Às tantas horas do dia seguinte, lá estava. Eles também. Muitos abraços, muitas perguntas. E os pequenos, que tal? Os pequenos suecos (ou dinamarqueses), claro, porque ele não tinha filhos. Comeram e beberam, falaram disto e daquilo. E depois, a certa altura, a mulher loira perguntou:

«Mas o que foi que vos aconteceu?»

«A quem?»

«A vocês. A todos vocês.»

«Mas… nada, suponho. Estamos na mesma, estamos sempre na mesma.»

«Eram tão alegres, e agora…»

Espantou-se: «Nós, alegres? Mas nós nunca…»

«Vocês, pois. Quisemos voltar por isso. Nunca tínhamos visto uma cidade tão alegre como Lisboa.»

Ficou sem fala. Mas que diabo de ideia mais… Com que então alegre, Lisboa?

«Havia música, luzes, bailaricos nas ruas», disse o marido.

«Mas vocês tinham bebido de mais, com certeza. Como é que viram tudo isso? Música? Bailaricos?»

Fez as perguntas mas logo hesitou. Só se…

«Quando foi que cá estiveram? Em que dia?»

O marido não se lembrou logo, mas ela sabia perfeitamente porque tinha sido no dia dos anos da irmã mais nova, 12 de junho, portanto. Tinham ido a Alfama, tinham andado a dançar. «Você não se lembra? Mas você foi connosco.»

«Pois fui.»

Lembrou-se, compreendeu, suspirou. Assim os estrangeiros contam muitas vezes à família e aos amigos as suas impressões do país por onde, sem parar, passaram.

TRANQUILIDADE

A tranquilidade acima de tudo. Para nós, para os nossos. A verdade é muito difícil, magoam-se os pés em caminhos de cabras, chega-se lá, aonde é preciso chegar, com eles em sangue, e para quê? Tinha sido tão fácil ficarmos confortavelmente sentados a folhear livros sem problemas, livros de retratos com legenda por baixo. Isto é assim, aquilo é assado. Para quê pensar mais nisso?

Desde muito pequenos que nos tranquilizaram pondo-nos diante dos olhos as imagens, o seu nome e a sua qualidade. A bruxa era feia, tal como a madrasta ou a irmã invejosa, que até, por causa das coisas, era quase sempre meia-irmã ou, melhor ainda, filha da tal madrasta. A fealdade delas era mesmo tão grande, a sua maldade tão forte que chegavam a deitar sapos pela boca, ao falar. Pelo contrário, a doce menina pisa-mansinho e cabelos de oiro, que murmurava música ou pétalas de rosa ou até brilhantes de não sei quantos quilates, era boa e linda, o mesmo se dando com a fada benévola, com a rainha boa dona de palácio e mãe amantíssima, e, até certo ponto, com o príncipe encantador, bom rapazinho e excelente partido.

Lembro-me perfeitamente de folhear um velho álbum de pintura e de estar convencida de que a Gioconda era a Virgem Maria. E pensava-a como Nossa Senhora da Gioconda, o que até não era tão errado como isso, visto que a mãe de Jesus foi ao longo dos séculos pintada como a mais bela mulher do mundo. Porquê? Homenagem à santidade ou confusão entre santidade e beleza?

Com o decorrer do tempo aprendemos outras coisas. Por exemplo, que os ricos são maus e os pobres bons (ou vice-versa, conforme o ângulo de visão). Que a política de A é ótima e a de B péssima (ou precisamente o contrário). Que dantes tudo era melhor ou que hoje tudo é formidável. Que os jovens que conhecemos são ótimos ou que a atual juventude está perdida. E por aí fora.

Se não fosse assim, se não tivéssemos aprendido as legendas de cor e não estivéssemos sempre a olhar o respetivo retrato a fim de não haver trocas, era uma destas trapalhadas… E depois, completamente perdidos, talvez até nos resolvêssemos a meter pelo tal caminho de cabras que magoa muitíssimo os pés. Um perigo e tanto.

FAZER VIVER E DEIXAR MORRER

Uma notícia de Joanesburgo diz-nos que Petrus Smith, sul-africano a quem foi feito um enxerto cardiovascular e que se sente perfeitamente bem de saúde, está na miséria e vive – mal – à custa da mulher, que é professora, porque ninguém o quer empregar. Na verdade, todos têm medo de que ele morra, tal como tem acontecido com muitos pacientes a quem foram feitos enxertos do mesmo tipo. Smith, que não tem possibilidade de pagar a renda da casa, está mesmo ameaçado de despejo e deve ainda ao hospital onde lhe foi enxertado o seu coração novo uma conta de 500 *rands* (à volta de vinte e dois contos).

Aqui está uma notícia que faz pensar. Quando uma criança nasce, os pais são responsáveis por ela. Mas quando um indivíduo nasce de novo, já adulto, já sem ninguém para o proteger? Quando isso acontece? Julgávamos que estes recém-nascidos à experiência, que estas cobaias humanas (porque ainda o são), tivessem uma proteção superior, uma espécie de «bolsa» de readaptação. Não a têm pelos vistos. São simples doentes que foram ao médico e talvez tenham ficado curados, talvez não. Só lhes resta portanto tratar da vida a fim de sobreviver às intempéries em que ela é sempre fértil. Eis, pois, Petrus Smith – um branco, um preto? – vítima do receio dos patrões. E se ele lhes cai morto aos pés um destes dias? E se ele não pode fazer grandes esforços? Para que hão de ir buscar complicações por suas próprias mãos se há tantos indivíduos saudáveis que querem e podem trabalhar? Para que hão de, pois, aceitar um homem em equilíbrio no fio da navalha? Para quê? Não são pais dele, não têm obrigações para com ele. Não têm. Ninguém tem.

Petrus Smith é, pois, um recém-nascido, não sabemos de que idade nem de que cor, um recém-nascido sem pai nem mãe e cheio de problemas de homem: renda de casa, alimentação, roupa, uma operação a pagar. Tem mulher, é certo, mas o que ela ganha é insuficiente. E ninguém mais o ajuda porque todos em redor têm os seus problemas pessoais e intransmissíveis, e Petrus Smith é um estranho entre os seus irmãos estranhos.

Assim valerá a pena nascer segunda vez? Não chegará a primeira, quando chegámos a este mundo envoltos em muitas esperanças? Muitas ou algumas, claro.

QUANDO EU…

Aconteceu-nos uma catástrofe, uma desgraça, um simples contratempo. Qualquer dessas coisas. Há pessoas que aparecem, a outras encontramo-las em casa de amigos comuns ou na rua, por acaso. Entre elas os «quando eu». Os «quando eu» são espantosos, nunca me canso de os admirar. Nós, modestamente, a querermos meter a nossa pequena história atual, o nosso problema do momento, grande ou insignificante, e eles logo a interromper-nos porque aquilo lhes fez lembrar uma coisa que lhes aconteceu há um, há dez, há vinte anos, mas que é, claro está, muito mais importante, até porque se passou com eles. «Quando eu…» Meu Deus, quando eles tiveram aquela doença e estiveram a morrer, pensaram, sim, sim, mesmo nessa altura… E ali vêm os pensamentos, em fileiras compactas, marchando direito a nós, sem uma falha, sem uma hesitação. «Quando eu…» «Quando foram despedidos, ah, disseram ao patrão das boas, nunca ele ouviu coisas assim. E não teve resposta, pois o que havia de dizer?» E todas as palavras, tintim-por-tintim. Todas. «Quando eu…» Mas são sem fim os monólogos deste género. Os «Quando eu…» não querem ajudar a pessoa que está a ouvi-los (com que esforço). As coisas que dizem não são exemplares mas pessoais, não têm nada a ver com o problema atual daquele que os escuta. O «Quando eu» é um homem ou uma mulher contente consigo, egoísta, que há anos (um, dois, dez?, vinte?) recorda e rumina com prazer as palavras que proferiu um dia, os pensamentos que teve em dada altura. Está-se nas tintas para os outros, para aquele, ali, na sua frente, que o escuta por boa educação, mas que talvez nem o ouça porque tem na sua vida – hoje – uma catástrofe, uma desgraça ou um simples contratempo.

O JARDIM

Um rapazinho tranquilo. Não gostava de se pendurar nos ramos das árvores baixas, como os da sua idade, nem de correr, gritando, atrás dos pavões. Não brincava, de resto, muito. E, como também não dizia grande coisa, todos o consideravam mono. Ia sempre para aquele jardim com a mãe ou com a avó, porque o ar ali era bom e fugia-se à atmosfera poluída da cidade. O pai dizia mesmo assim, «à atmosfera poluída da cidade». E o pai sabia o que dizia porque era médico. Assim decorreram dois ou três anos durante os quais todas as manhãs, desde que houvesse sol, a criança ia para o jardim e olhava tranquilamente em redor. Quieta, como quem sonhava. Sonhando.

Depois, chegou a altura da escola, e mesmo nas férias, não sei porquê, nunca mais foi ao jardim. Só um dia, passados anos – já então falava e gostava de se divertir –, é que passou por lá com a mãe e olhou-a com estupefação.

«Onde está o bosque?», perguntou.

«O bosque? Mas nunca aqui houve nenhum bosque. Só árvores, estas árvores. Plátanos, olaias… Uma aqui, outra além…»

«Não. Havia um bosque, lembro-me perfeitamente. Um bosque cerrado, muito escuro. À noite era perigoso e tudo.»

«À noite? Perigoso? Porquê perigoso?»

«Feras, não?» A criança fez a pergunta mas de um modo hesitante. A palavra «feras» afigurava-se-lhe de repente insólita e extremamente falsa. «Feras, creio eu…», repetiu. Mas riu um pouco, como que a desculpar-se.

«Feras?», riu também a mãe. «Onde foste descobrir uma dessas? Sonhaste? Isto não é o Jardim Zoológico.»

«Não sei», acabou por dizer. «É estúpido, não é? Mas tinha a certeza… enfim, estava convencido… Era como se…»

Era. Como se aquele jardim fosse um bosque maravilhoso e terrível. Como se nele tivessem havido lobos e princesas perdidas e anões simpáticos. Como se nele tivessem existido grutas e cabanas e palácios. Agora... Árvores vulgares, relva um pouco ressequida, bancos para a gente se sentar. Bancos, como era possível?

«Dantes... havia bancos?», perguntou com uma leve ansiedade.

A mãe disse-lhe que sim, claro, que ele próprio gostava de se sentar, e a criança apressou o passo, lembrou-lhe que já era tarde. A verdade é que tinha um grande desejo de sair daquele jardim tão aflitivamente certo e real.

O IMERECIDO CASTIGO

Foi há meses – ou há anos? – perto da Cidade das Flores aonde fui por sugestão de um romance que acabara de ler. Ia de carro por uma estrada fora, uma estrada ladeada de flores, anémonas talvez, glicínias, quem sabe? Havia muitos carros pretos, brancos, cor de flor. Carros, enfim. Vulgares quando os olhamos sem olhar de ver, com lindas cores se vistos com atenção.

E eis um carro a fazer das suas. Ou melhor, um cavalheiro calvo a fazer das suas dentro de um carro incolor, digo incolor porque já não sei que cor teria, foi, como disse, há meses – ou há anos? Um cavalheiro a fazer «bonitos» e com irritação porque os outros carros o perturbavam, lhe roubavam o espaço para as suas reviravoltas artísticas. Estava tudo estupefacto, ali, naquela estrada às cinco da tarde de domingo, a olhar para o cavalheiro dentro do carro e, principalmente, é óbvio, para o carro. Ele ultrapassava pela direita, ele forçava a passagem buzinando furiosamente, ele ultrapassava em terceira posição fazendo quase com que cinco carros chocassem uns nos outros. Iria embriagado, o cavalheiro ao volante? Estaria louco? E aconselhei vivamente a pessoa que ia a guiar a afastar-se um pouco daquele *faiseur d'embarras* ou de desastres.

Logo dois anjos exterminadores, motorizados, claro, anjos cor de mel por fora mas não por dentro, oh não!, partem atrás do carro do cavalheiro calvo. Ei-los serenos e inexoráveis, de queixo erguido, prontos a desembainhar a esferográfica, a perguntar o nome, a dar o merecido castigo ao homem em pecado mortal de matar alguém. Confesso que me senti, por uma vez, toda contente. Ah, ainda bem, dizia o meu subconsciente um pouco vingativo porque tem o sentido da justiça. Ah, ainda bem. Nem vi mais flores, estava-me nas tintas para as flores, queria era ver a cara do cavalheiro calvo no momento de ser autuado.

Mas que é isto? Porque param eles ali na berma, ignorando totalmente o cavalheiro calvo a desaparecer no horizonte em terceira posição? Tê-lo-ão visto, sequer? Porque estão eles a ralhar com aquele par de namorados, talvez Rosabianca e Giovanni, que liricamente se beijavam à sombra de uma mimosa em flor? Porquê? PORQUÊ?

Mas vamos lá saber porquê!

UM SUICÍDIO

Foi num dia de agosto que a empregada resolveu suicidar-se. Era uma rapariga aparentemente tranquila e simpática, invisível à primeira vista, mas que lia demasiadas fotonovelas e ouvia demasiados folhetins radiofónicos, era esse o seu mal. É possível que tivesse tido qualquer desilusão amorosa, o que nunca está nos cálculos de ninguém e menos ainda estava nos dela, porque nessa «literatura» de que se alimentava tudo acabava sempre o melhor possível e as qualidades morais da jovem sobrepunham-se sempre ao dinheiro e à beleza. Ora, na vida... Bem, há pessoas que têm uma grande confiança na vida, mesmo quando esta foi sempre um tanto ou quanto madrasta, e de repente, um dia...

Os patrões, que, diga-se de passagem, eram excelentes pessoas, estavam a passar férias à beira-mar, e a casa onde moravam ficava no alto de uma falésia talhada quase verticalmente sobre o mar. Lá em baixo só se viam rochedos e figurinhas de pescadores reduzidas pela distância. Só se via também o mar sempre inquieto e às vezes encapelado. Nesse dia de agosto tinham acabado de jantar havia muito quando deram por falta da empregada. Foram ao quarto dela e viram que não levara nada consigo, mas que vestira o seu melhor vestido e calçara os sapatos novos, de salto. Sobre a cómoda, uma carta. Era, como já perceberam, uma rapariga perigosamente romanesca.

«Minha senhora», começava ela, «quando ler esta carta já eu estou no fundo do mar.» O que era um princípio absolutamente nada animador. Seguiam-se comentários mais ou menos filosóficos às tristezas da vida e à tranquilidade que a morte oferecia a quem a procurava. Tudo aquilo era muito ingénuo e bastante fotonovelesco, mas, quando são onze horas da noite, o mar faz aquele barulho inquietante e se tem na mão uma carta assim, uma pessoa não se sente capaz de classificar o estilo de um texto e desata mas é a gritar. Foi o que todos fizeram. Gritaram, os vizinhos vieram saber o que era (ou eles procuraram os vizinhos, não sei) e um homem ali do sítio surgiu de lanterna e prontificou-se a descer até lá abaixo. Por lá andou com um amigo durante quase uma hora, voltou sem notícias. Ao mesmo tempo havia a história do vestido e dos sapatos novos. Quem é que se lembra de se arranjar assim para se ir atirar ao mar?, perguntava o marido. A mulher, porém, tinha a seu favor as fotonovelas.

Telefonaram para a guarda, e eram cinco horas da manhã ainda todos por ali andavam como almas penadas, e de vez em quando abriam a janela e olhavam para o mar que lá longe parecia de prata. E um dos filhos já estava mesmo constipado. A guarda também fez as suas buscas e bateu a região com carros e com faróis apontados em redor. Não encontraram, porém, a empregada, que, de resto, às oito da manhã apareceu muito enfiada e a pedir desculpa. No último momento faltara-lhe a coragem.

A patroa despediu-a, pois claro. Ninguém em casa podia perdoar-lhe aquela noite. Dir-se-ia mesmo que o facto de ela ali aparecer – viva – lhes provocara um certo mal-estar, os ofendera, os deixara muitíssimo mal impressionados. Só o filho mais novo, de cinco anos, declarou: «Ainda bem que ela não morreu.» Ninguém lhe deu resposta. Somos feitos assim. O que vale é que a maioria das pessoas não o sabe, e as que o sabem guardam muito bem o seu segredo.

O FELISMINO E O TEMPO

Chamava-se Felismino, ou Felisberto ou Feliciano, um nome assim, um tanto ou quanto raro mas prometedor. O que, entre nós, não tem nada a ver com o que se segue. Ora o Felismino (já agora optemos por este nome) formou-se um dia já não sei em quê e entrou para uma empresa importante. Ele era nessa altura um ótimo rapaz – e digo «nessa altura» porque muitas vezes com o tempo as pessoas, não é verdade? Ora já lá vão uns vinte anos sobre o caso, e o Felismino é agora, acabo de o verificar, um indivíduo muito importante, talvez dos que gostam acima de tudo de dar leis e ser ouvidos. Note-se que isto é uma simples suposição. Nunca mais o vi a não ser hoje, de passagem, e nem mesmo tenho a certeza, como já disse, de o seu nome ser Felismino e não Felisberto ou Feliciano. Já veem…

O Felismino entrou pois para a tal empresa. Apresentaram-no aos novos chefes, aos novos colegas. Mostraram-lhe de passagem os novos subordinados. Tudo muito bem se o Felismino não fosse a pessoa menos prevista do mundo. Quer dizer, ele sabia sempre que já vira «aquela» cara mas não sabia situá-la, nunca sabia.

Nessa noite, por exemplo. Fora até ao café do costume, depois do jantar, e dera com os olhos no homem. Vira-o nesse mesmo dia, tinha a certeza disso. Era um dos seus novos colegas, estava-se mesmo a ver. Ei-lo pois muito afável, de mão estendida e sorriso caloroso: «Olá, então por aqui?»

O homem não ergueu o braço, curvou-se ao de leve, disse: «Eu sou um dos contínuos. Muito boa noite, senhor doutor.»

O Felismino sentiu-se profundamente infeliz durante meses. Desconsolado consigo próprio porque não insistira em apertar aquela mão que continuava humilde ou orgulhosamente caída ao longo do corpo, porque lhe tinham faltado as palavras fraternais que devia ter dito àquele seu irmão, porque se portara como um animal. Porque se portara verdadeiramente como um animal.

Ah, o tempo, ah as armadilhas que o tempo coloca aqui e além no caminho dos Felisminos menos alerta. Armadilhas feitas de facilidade, de superioridade, de poder, de valor, de classe. De dinheiro, pois claro. Tudo isso durante vinte anos no percurso do Felismino que hoje vi descer com solenidade dois ou três degraus de pedra, de pasta na mão, e dirigir-se depois para um grande automóvel cuja porta um motorista de farda cinzenta, pressurosamente curvado e desbarretado, abria.

UMA RUA…

Que bom seria se pudéssemos escolher o país, a cidade, a rua, a casa dos nossos sonhos, onde desejaríamos passar o resto da vida. Quantas vezes, ao passearmos numa cidade estranha, deparamos com *a rua,* com *a casa.* À frente um pequeno largo, uma árvore frondosa, e depois, uma tranquilidade… Mas a cidade em si? O país? E não, vendo bem, pensando melhor, não nos agradavam. Só a rua. Só a casa.

Aqui estamos quase sempre a viver numa rua que não nos diz nada de nada, numa casa-gaiola demasiado pequena, ou então grande mas velha, com tetos a esfacelarem-se e vizinhos ruidosos e um grande edifício novo, sempre ali especado, entre nós e o sol.

Há uma rua em Lisboa, não digo qual para não ofender as outras ruas e em especial a minha – é bom tratarmos bem a rua onde moramos, não vá ela amuar e vingar-se um destes dias. Há pois uma rua sem nome, e sempre que por lá passo dou comigo a refletir: «Era aqui.» Fica perto do Chiado e é uma rua larga, branca, tranquila. Residencial? Porque não? Residencial. Carros, só os que vão para ali mesmo, porque não é rua que facilite a vida a carros. E lá ao fundo, por entre as duas últimas esquinas, avista-se o rio. Era pois ali. Nesta cidade, naquela rua, numa casa qualquer, embora, claro está, preferisse um dos andares mais altos por causa da vista. Porque a vista era indispensável ao meu sonho. Um pedaço de rio Tejo para lavar à tarde os olhos cansados, para mergulhar de longe, nos dias quentes, para brincar um pouco com os barcos de passagem, quando estivesse cansada. E para depois ficar ali, tranquila ou intranquilamente, à espera do passar do tempo.

COR DE MEL

O cabeleireiro estendeu-lhe o mostruário como quem oferece um ramo de flores. Mechazinhas de cabelo em leque, ou melhor, em arco-íris, que ia do preto agressivo asa de corvo ao louro platinado nórdico. Pelo meio, havia castanhos encarniçados, esverdeados, amarelados. Castanhos muito simplesmente. Tudo o que era cor de cabelo estava ali. Apontou com o dedo como que ao acaso: «Este.» A rapidez da escolha impressionou o cabeleireiro: «Este, madame?» – «Este, senhor Jullien.» O senhor Jullien era tão exageradamente francês que usava dois *ll* no nome: JULLIEN COIFFEUR, rezava a tabuleta de noite, a néon.

Não se deteve a pensar se aquele tom de mel lhe ficaria bem ou mal. Isso era-lhe, de resto, indiferente. O que queria era mudar e depressa a cor do cabelo. Aquilo acontecia-lhe às vezes e dava-lhe um certo conforto, embora episódico.

Quando saiu para a rua, o sol dissolvera algumas nuvens que havia pouco tapavam o céu e estendia-se pelo asfalto e cintilava nas folhas das árvores. Um homem olhou-a com atenção, uma criança chocou com ela e soltou uma risada. A mulher deteve-se numa pastelaria e comprou uma cornucópia a entornar sorvete de morango. Nesse instante, teve quinze anos e vinha do liceu com livros e cadernos na mão e ao seu lado um rapazinho que gostava dela. As pessoas à sua volta eram bonitas e simpáticas. Apetecia falar-lhes. Andou durante meia hora sem saber muito bem por onde andava, depois foi-se aproximando de casa, e as pessoas começavam a ser diferentes e ela pôs-se então a andar mais depressa e quando chegou à rua onde morava começou mesmo a correr.

Uma porteira disse a uma criada que passava: «Viu a maluca do 75? Hoje vai de cabelo amarelo. Quem dirá que o marido lhe morreu há dois anos e que tem um filho atoleimado? Sempre há cada uma!»

A PISCINA

O médico emerge das tranquilas águas azuladas e diz a quem o quer ouvir que «está ótima, a uns vinte graus». Sabe-se que é médico porque aparece muito por ali e quinze dias antes ajudou a socorrer uma americana que caiu e torceu um pé.

O homem sorri vagamente, pensa que talvez daí a bocado se deixe tentar. Por enquanto…

Por enquanto lê o jornal. É domingo mas ainda há pouca gente na piscina e ele sente-se feliz, ali, ao sol, e lê a um ritmo diferente do dos outros dias, um pouco ao retardador, com intervalos de vazio total, como se os pensamentos se lhe derretessem ao calor daquele amável sol de maio, que chega em onda, se demora um pouco, logo reflui para voltar de novo. O homem põe mais um pouco de óleo no peito e nos ombros, volta a abrir o jornal que abandonou há um instante. E então: «Ontem, ao princípio da tarde, foi encontrado dentro de uma barraca o cadáver de um mendigo cujo nome se desconhece.» Vem ali, na secção chamada *Dia a dia.* Ele, o homem ao sol, sente-se de repente indisposto, não sabe porquê. Não saberá? Talvez saiba mas de um modo vago. E diz logo a si próprio que mendigos sempre os houve, afinal de contas.

O engenheiro Fulano, seu amigo de longa data, salpica-o de passagem. «Então não tomas banho? Olha que parece que a água está excelente.»

Ele levanta-se com esforço, respira fundo. «Vamos a isso. É que estou com uma destas molezas. A família quis ir ontem ao cinema, depois tive uma insónia...»

O amigo responde, ele responde ao amigo. A certa altura diz: «Li há bocado...» Mas não vai mais adiante. Sente que não pode repetir o que há pouco leu, ali, àquele sol tão reconfortante, pelo qual pagou o seu bilhete, e prestes a entrar na água azul, a uns vinte graus. Sente que isso seria...

«Afinal o que leste tu?», pergunta o amigo por perguntar.

Encolhe os ombros: «Nada de importância, vendo bem. Vamos então a esse banho?»

A imagem, tão incerta, do mendigo, afoga-se logo às primeiras braçadas, vai ao fundo. E o banho está, de facto, sensacional.

PREVISÃO DE SISMOS

Leio no jornal que os americanos vão deixar na Lua, quando um dia destes lhe fizerem a sua anunciada visita de cortesia, um volume de vinte e quatro quilos, com cem refletores lá dentro, refletores esses que devolverão à Terra os tão falados e ainda misteriosíssimos raios laser. Uma das utilidades dessa oferta terrestre será talvez, a longo ou a curto prazo, a previsão dos sismos.

Aqui tombam-me os braços de espanto. Prever os sismos para quê se não há maneira de os evitar? Houve entre nós um pequeno exemplo, que está a repetir-se em São Francisco. No nosso caso anunciava-se uma catástrofe para 15 de março, lembram-se? Resultado: famílias aterrorizadas, crianças e mulheres de nervos destroçados. E a coisa não metia a Lua nem os raios laser, eram simples hipóteses, baseadas no cruzamento (em mapa astrológico) de determinados corpos celestes. Nada de científico, em suma.

Agora se a ciência entra a fundo no problema... Estão a imaginar o astrónomo de serviço em qualquer TV deste mundo, anunciando serenamente para o dia seguinte ou para a próxima semana tempo nublado, possibilidade de aguaceiros e um sismo da escala não sei quê de Richter, com epicentro não sei onde? Meu Deus! Onde haveria estradas que comportassem os fugitivos motorizados ou peões? Quantos milhares de mortos na loucura da fuga... Porque o medo é uma coisa terrível que não deixa olhar para os lados nem refletir.

E se as autoridades, prudentes, se calassem? Qual a utilidade então? E seriam capazes de se calar, essas autoridades? Não preveniriam as famílias, que fugiriam, uma imoralidade, portanto?

Prever sismos ou construir cidades antissísmicas? Lisboa, por exemplo, que está sempre a ser demolida e reedificada. Mas são antissísmicas essas casas que nascem diariamente, que ainda há meses ali não estavam e já hoje têm cinco, seis andares? Antissísmicas todas elas? Quantas delas? Quantas a merecerem total confiança nesta cidade tão inquieta nos últimos tempos e até desde sempre?

A LUA EM LISBOA

A Lua, aqui em Lisboa, parecia um barco na crista de uma onda gelada tranquilamente à espera do degelo e dos navegadores. *S. Gabriel*, *S. Rafael* ou *Bérrio*, sem velas nem vento.

Todos nós estamos tão habituados à presença dela que mal a vemos. Só a olhamos quando nos perdemos na natureza, ficando momentaneamente pedra ou flor ou poeira de estrela. Os cães, esses, receiam-na e ladram-lhe. Porquê? O que verão eles para além daquela sua aparência tranquilizadora?

Aqui em Lisboa a Lua parecia pois um barco à espera. Mas os marinheiros molharam o pé na água do degelo e regressaram à base. O barco ainda lhes faz medo. Muda constantemente de forma (talvez seja isso que assusta os cães que nada sabem de fases), muda de cor como o camaleão (descobriu-se agora), tem uma camada de pó não se sabe de que espessura. Será um planeta morto ou perigosamente vivo? Porque noutro dia houve o tal gás a sair da cratera Qualquer--Coisa. Estará a Lua simplesmente moribunda?

Então aí chegam eles, os navegadores. Outros irão daqui a algumas semanas, mais ricos de sabedoria, a fim de pisar gloriosamente o solo onde nunca nenhum homem pôs os pés, a fim de ver o que nunca foi visto por ninguém. Voltarão para contar? Esperemos que sim, até porque estamos todos ansiosos por saber coisas concretas da abstrata e luminosa Lua, lá no alto em noites transparentes, barco sem vela, vela sem casco, foice sem cabo, pálida cara redonda, talvez tão enganadora como esta Terra de Vietnames e de Biafras, serena à distância, dizem os astronautas que a têm visto boiando lindamente no espaço e tão azul. Falsos como Judas estes planetas, ora vejam lá se não são.

O VENTO

Da minha janela não vejo o vento. Ele fugiu há muitos anos, quando cortaram, não sei porquê, as árvores altas e ramalhudas que debruavam a rua de ambos os lados, à beira dos passeios. Creio que lhes chamavam amoreiras, mas não estou bem certa, para mim eram árvores, estava tudo dito. Depois arrancaram-nas ou cortaram-nas – lá teriam as suas razões – e agora há uns troncos fininhos a quererem crescer – Deus, com que esforço! – na rodelazinha de terra seca e infértil, recortada do empedrado. Árvores-crianças-doentes, sem forças, com folhinhas como cabelos curtos e ralos, tão próximas do tronco, tão insignificantes que o vento as desdenha. E então, por causa das árvores que não há – pode lá chamar-se árvores àquilo –, da roupa que só seca do lado dos quintais, como mandam as conveniências, por causa disso tudo, não vejo o vento.

Eis-me pois aqui, à janela, e não sei nada. Encosto-me à vidraça e olho. Será o vento que faz correr tanto aquela rapariga de gabardina? Será por causa do vento que o velhote, ali adiante, agarra com tanta força a aba do chapéu? Será? Mas quem me pode provar que não se trata de um tique do velhote, e que a rapariga não tem mesmo uma pressa louca de estar às duas horas – são precisamente duas menos cinco – em qualquer lado?

Claro que eu podia abrir a janela e ficava logo a saber. Mas que me interessa a mim hoje, neste instante, saber se há vento? Nada, absolutamente nada. Gostava era de o ver de caras, como em criança, quando morava diante de um jardim cheio de árvores revoltas nos dias ventosos.

É certo que posso ouvir o vento. Ele grita nas caixas de ar, às vezes é assustador. Não gosto, porém, de o escutar, não gosto de o sentir. Só de o ver nas árvores agitadas e na roupa a secar. Ah, e também, claro está, nas velas dos barcos.

Mas como já disse não há roupa nem árvores na minha rua. De barcos, nem é bom falar.

O HOMEM NO ARAME

(Textos publicados no *Diário de Lisboa* entre 1970 e 1975)

O AMERICANO DESCALÇO

Aqui há muitos anos foi posta em execução uma lei que proibia as pessoas de andar descalças nas cidades. Na altura falou-se muito nisso porque os sapatos eram uma coisa que, pelos vistos, não estava ao alcance das bolsas muito, muito pobres, ou talvez fosse porque havia pessoas que não tinham o hábito de usar sapatos e para quem, portanto, essa despesa parecia supérflua e incompatível com os seus magríssimos haveres. Mas, enfim, a lei saiu, quem era apanhado descalço nas ruas suponho que era preso – que dinheiro para multas não o tinha decerto –, e toda a gente passou a usar sapatos. É assim a vida. O certo é que hoje, mesmo os pobres de pedir, que os há, andam calçados. As solas talvez estejam rotas e até muito rotas, mas, por cima, uma lindeza. E quem é que vai olhar para as solas de cada um?

Ora há dias, ao atravessar o Marquês de Pombal às três da tarde, deparei com um americano descalço. Não era um *hippy*, não. Nada disso. Imaculada camisa branca, *blue-jeans* novinhos em folha, máquina a tiracolo e aquele ar americaníssimo de quem está sempre em sua casa. E sem sapatos, como já disse. Claro que todos nós vimos aqui há anos, em muitos *magazines*, a B. B. descalça pelas ruas de Antibes. A verdade, porém, é que Antibes não é Paris, tal como o Estoril e a Albufeira não são Lisboa.

E há dias que pergunto a mim mesma sem achar resposta que se veja: que fará um polícia dos que multariam ou prenderiam – tem de ser, é a lei, e depois somos civilizados ou não somos? –, que prenderiam, dizia eu, um pobre português descalço, ao deparar com aquele americano (ou outros estrangeiros, americanos ou não), em visita turística ao nosso país e sem sapatos nas ruas de Lisboa?

Porque, se o deixar seguir tranquilamente o seu caminho, pode dar a impressão de que só quem tem dinheiro para sapatos pode andar descalço neste mundo. O que é, digam o que disserem, muitíssimo deprimente. Pelo contrário, se o multar... Mas isso é lá maneira de receber os turistas? Enfim, um problema e tanto.

A PLANTA

Creio que lá em casa – na casa da planta, quero dizer – ninguém lhe conhecia o nome, decerto complicado e em latim. No quintal havia flores de nome próprio, cravos, sardinheiras, gladíolos. Ela, porém, era «a planta» e morava dentro de casa, num bonito *cache-pot* amarelo. Chamavam-lhe «planta» como se chama rei a um rei, duque a um duque. Era um título nobiliárquico, em suma. O seu lugar era o cimo de uma coluna vitoriana, e a fada da casa (nesse tempo ainda havia muitas dessas fadas conscienciosas, era uma profissão apreciada, fatal e óbvia), a fada, dizia eu, tinha uma hora para regar a planta, outra para lhe proporcionar um raio de sol, outra ainda para a preservar do excesso de calor.

As folhas da planta eram longas e paralelinérveas, de um verde que umas vezes parecia cetim, outras veludo, conforme as horas. E no mês de setembro, em todos os meses de setembro, crescia por entre as folhas uma haste fininha, de um verde tenro, que se abria em lindos cachos de aromáticas flores de cambraia. Havia lá em casa – na casa da planta – uma criança que fazia anos nesse mês, e o dia em que a criança fazia anos era também – parecia, pelo menos – o dia do apogeu das flores, não era maravilhoso? Uma dádiva, um beijo da planta, uma carícia.

Depois, a criança fez-se homem e partiu para muito longe. Naquele dia, porém, havia sempre em casa aquele aroma muito intenso que era quase uma alucinação e fazia correr lágrimas pelo rosto da fada. Esta um dia morreu – acontece às fadas-mulheres –, e o sol começou a queimar a planta ou a faltar-lhe totalmente, e ela, a pobre, a murchar de sede. Setembro chegou e ela bem queria ser gentil e oferecer as suas flores. Faltou-lhe, porém, a coragem. A verdade é que não sabia que já ninguém apreciaria a sua boa vontade. E morreu também, como tudo neste mundo, quer se trate de gente, de bichos ou de plantas.

CASEI COM UM PRÍNCIPE

A vizinha tanto teimou que ela consentiu em chamar o médico. Era uma senhora só e já tinha muita idade, embora ninguém soubesse ao certo que idade seria. «É muito velha», diziam simplesmente as pessoas do prédio e até da rua, que era uma rua-aldeia de um bairro antigo e decadente. Diziam isso e estava tudo dito, julgavam. Mas não era somente velha, era também muito só. Fora filha única, não casara. Portanto... Em tempos recuados tinha sido uma menina solteira, filha de oficial, depois uma solteirona. Mais tarde chegara o dia em que tal designação perdera toda a razão de ser. E ela era a senhora D. Adelaide sem estado civil que interessasse as pessoas. Podia ser viúva, o marido podia tê-la abandonado. Onde isso ia!

Vivia pois com um gato numa casa modesta e tão velha como ela própria, a ruir por todos os lados: a sua toca. Ela também ameaçava ruína, dos lados do coração, bem o sentia, por isso consentiu na vinda do médico.

Este chegou. Formara-se havia pouco, parecia um rapazinho, e a senhora pensou que ele ainda não devia ser um bom médico. Era, no entanto, um bom médico, e os seres em volta ainda o interessavam muitíssimo. Ainda ou para todo o sempre. Aquela velha magrinha e ressequida, por exemplo, ali metida num quarto sem ar e sem luz, rodeada de retratos antigos, emergindo de uma dobra bordada de lençol. Bordada, santo Deus!

«Vive sozinha, minha senhora?», perguntou o médico quando acabou de a auscultar.

Ela explicou, com dificuldade, que a mulher a dias que lhe abrira a porta vinha sempre duas horas, exceto ao domingo. Fazia o almoço, arrumava a casa...

«E de noite?»

Sorriu. «Estou habituada a viver só, senhor doutor. O meu pai morreu há quarenta anos e a minha mãe há trinta e cinco.»

«Claro.»

Que havia de dizer senão «claro»? E, no entanto, era tão velha, tinha o coração tão frágil. O seu olhar percorreu novamente os retratos desbotados, pousou por fim no livrinho sobre a mesa de cabeceira. Um livro pequeno, de capa toscamente desenhada.

«Gosta de ler?», perguntou docemente.

Ela disse que sim, embora a vista não ajudasse muito.

«É bom, este livro?»

«É muito bonito.»

Chamava-se *Casei com Um Príncipe*. O médico tossiu ao de leve, passou a receita e levantou-se.

OS GATINHOS

O pátio era cem por cento de Lisboa, portanto sem árvore, mesmo raquítica, nem flor, nem planta sequer. Um pátio de cimento onde penduravam a roupa depois de lavada. Ela ainda não sabia – era muito pequena – que aquilo não estava certo, não devia estar certo, tinha algo de fúnebre, só sabia que o pátio não a interessava, e raramente lá punha os pés. Na verdade, era uma espécie de poço entre três prédios altos e um muro que dava para outro pátio, decerto igual àquele.

Era pelo muro que os gatos apareciam, e que a gata surgiu, portanto, naquela manhã de sol, trazendo na boca coisinhas vivas, ávidas. Que fosse ver os gatinhos, propuseram-lhe. E ela foi. E ficou especada, a uma certa distância, para não assustar a gata, pensaram talvez. Na realidade, ela estava especada porque não se atrevia a tocar com as suas mãos impuras naquela maravilha. Queria falar, mas faltavam-lhe as palavras; queria libertar o olhar, mas ele recusava-se a ser liberto.

Quando pôde dizer qualquer coisa, disse – murmurou – que queria ficar com um gatinho, com um pelo menos, se a gata não se importasse. Com aquele que tinha uma mancha branca entre os olhos fechados. Mas responderam-lhe «que ideia» e acrescentaram que o rapaz do leite vinha daí a pouco buscá-los.

Para onde os levava?, interessou-se. E voltou a falar no da mancha branca. Ora, levava-os, responderam. Se todos os que nascem ficassem vivos, haveria por esse mundo mais gatos que homens.

Compreendeu, e então a sua indignação foi enorme, extravasou-lhe dos olhos redondos, da boca entreaberta a atabalhoar palavras. «Vai matá-los? Mas porquê? São tão lindos, são tão...»

Já lhe tinham dito porquê. Havia muitos. Depois andavam por aí a passar fome e a roubar. «Tem que ser.»

«Tem que ser.» Aí estava uma frase que, de futuro, ouviria muitas vezes, mas nessa altura ainda o ignorava, e a frase pareceu-lhe o que era, insatisfatória embora perigosa. Os gatinhos, ali, eram a coisa mais linda do mundo, e ficar com eles, com um pelo menos, afigurava-se-lhe a felicidade máxima a que podia – ou sabia – ambicionar. Mas as pessoas eram inflexíveis, não valia a pena insistir. Para ali ficou, pois, como uma estátua, triste como as coisas tristes, mas sem chorar. Chorava por coisas sem importância, mas os grandes desgostos – e aquele era um grande desgosto – deixavam-na sem lágrimas. Já nesse tempo em que tinha seis anos. Para ali ficou, pois, desesperada, desamparada e cheia de indignação. Sentia-se muito infeliz e a vida não lhe oferecia nenhumas possibilidades, agora que ela sabia o que faziam aos gatinhos. E apetecia-lhe morrer também. Era isso, morrer. Mas como?

Foi a primeira vez, mas havia de se repetir muitas mais. Só que depois, na sua idade adulta, as pessoas indefesas, ameaçadas, condenadas-inocentes pela vida, tomariam o lugar dos gatinhos recém-nascidos. Mas o seu desespero de estátua manteve-se inalterável. Porque sabia que era incapaz de fazer o que quer que fosse por elas. Tão incapaz disso como de procurar a morte.

A PORTA DO HOTEL

Três meninos pobres, tostados de pele e loiros de sol, meninos do bairro dos pescadores, em frente, ali especados, a admirar. O caso em si era simples e vulgaríssimo. Um tampão de pneu fora roubado durante a noite. Alguém se servira de uma navalha ou talvez de uma simples pedra aguçada e levara o tampão. O dono do carro estava aborrecido, era normal. Aborrecido em francês, porque era essa a sua nacionalidade. Em francês e do Sul: *C'est malheureux, quand même!*, dizia ele entre outros dizeres. *C'est dégoûtant!*

Os três meninos olhavam e ouviam, atentos e cheios de interesse, chamemos-lhe científico. Um deles teria quatro anos, os outros pouco mais. Ouviam sem perceber, como quem escuta uma bela canção em língua bárbara. Foi então que o mais pequenino soltou uma grande risada e disse: «Fui eu, fui eu, fui eu!» E batia as palmas de entusiasmo. Os outros, mais conscientes do perigo, davam-lhe cotoveladas. «Eh pá, está calado! Eh pá, olha que o tipo pode julgar...» Mas o pequenino não parava de rir: «Fui eu, fui eu, fui eu!»

O «tipo» já devia saber umas coisas de português porque o olhou com atenção. Achou-o, porém, pequenino de mais para tais feitos, limitou-se a gritar, aborrecido: «Girrem dáqui prá fórra!»

Os mais velhos apressaram-se a obedecer e arrastaram o pequenino, que berrava como um possesso: «Fui eu, fui eu, fui eu!»

O francês avançou em todo o caso para os retirantes, pegou no braço fraquinho, gelatinoso, do gritador, perguntou:«Fóste tu o qué?»

O pequenino olhou-o nos olhos, declarou com heroísmo apreciável, tendo em conta a sua idade e o seu tamanho:

«Fui eu que tive a olhá lá padentro!»

O francês soltou-o e voltou para junto do carro. Pôs-se outra vez de cócoras a fim de se certificar se não lhe tinham roubado também as carapetas. *C'est malheureux quand même!*, repetia desolado.

Os miúdos tinham parado a certa distância, ainda deslumbrados pelo grande carro de luxo, que ao sol da manhã parecia de prata.

AS PALAVRAS VESTIDAS DE TEMPO

Nesse inverno a criança esteve gravemente doente. Depois melhorou, mas chovia muito para além das vidraças e o médico não a deixava sair. E a palavra «recaída» adquirira o que quer que fosse de mágico e de terrível, de ameaçador. Tinha, por assim dizer, sobrancelhas franzidas. Ela então para ali ficava, muito agasalhada, brincando melancólica e mona a um canto, enquanto a avó lhe fazia uma camisola com lã de duas cores ou conversava com as amigas que vinham visitá-la. Mesmo sem se dar conta, a criança ia ouvindo frases para ela insignificativas, porque aquele tempo era o de escutar só de vez em quando, o de olhar muitas vezes sem ver. O mundo não estava lá fora, mas dentro de si. E, de súbito, uma frase ou até uma simples palavra erguia-se da amálgama, adquiria vida própria, e a criança ouvia-a e atentava nela e ficava a meditar, quieta e cheia de perplexidade.

Dizia-se, por exemplo, que a donilda era uma «senhora», e a palavra «senhora», com aquele *o* tão prolongado e redondo, tinha cauda e manto roçagantes e passos comedidos e reais. Uma «senhora». Ela não conhecia a donilda, mas era como se a tivesse ali, diante dos olhos, toda olhar superior e roupas caras, brilhantes, a vesti-la. A ela ou à palavra? Havia também uma adorável mariinha «que não era deste tempo». A coisa, dita sem preparação, deixava-a altamente perturbada. O que seria uma mariinha de outros tempos, assim perdida na atualidade, naquele inverno chuvoso, por exemplo, e ela, a mariinha em questão, de vestidos brancos e compridos como a avó em nova, naquele retrato, de cabelo puxado para cima e paisagem ao fundo, com palácio no alto de um monte arborizado? Havia também o senhoralves, que era «uma pessoa de princípios, coitado». Que seria isso? Era difícil compreender. Que seria «uma pessoa de princípios, coitado?», pensaria mais tarde. Um homem direito, de antes quebrar que torcer, e que morrera pobre, porque era um homem de princípios e não de meios e de fins. Porque morreriam sempre pobres as pessoas de princípios?, perguntaria – sempre mais tarde – no tempo das perguntas com resposta. Nesse inverno, porém, em que estivera doente, «a pessoa de princípios» erguia-se sozinha dentre as palavras sem contorno nem significado. E era alguém parado no limiar da porta, à espera de qualquer coisa que tinha começado mas não continuava. E o senhoralves à espera e com umas grandes barbas brancas. «Hirto na sua razão», dissera a avó. «Hirto na sua razão», que bonita frase. Envelhecendo. Empobrecendo. Ali, sem arredar pé. Coitado, coitado. Porque não se ia embora?

Havia, está bem de ver, outras palavras-grito. A «mulher completa», por exemplo. A «rapariga prendada». O rapaz «muito bom rapaz». A «mãe extremosa». Mas com o tempo as palavras foram perdendo os contornos que as tinham episodicamente personalizado, desmaiando para todo o sempre na amálgama das vozes.

O HOMEM NO ARAME

Uma sala inteira a olhar e a sofrer. Aquela bolha vazia no meio do peito e a respiração a esquecer-se de respirar... O homem – lembram-se do anjo da «Estrada»? – no seu círculo de luz lá em cima, esse, ultrapassou há muito tempo os pequenos medos de escorregar no chão molhado e as ligeiras tonturas das varandas altas. Ele segue pela sua aérea linha reta que estremece levemente com o seu peso. Mas terá peso, o homem? Visto cá de baixo, parece levitar, miúdo e fosforescente, e ser mesmo capaz de abrir de súbito as asas. De resto, não faz nada de mais. Pagámos o nosso bilhete, as centenas de pessoas que nos rodeiam, *idem*. O homem tem estrita obrigação de se arriscar, de nos causar aquela angústia passageira e, com *happy end* no fim do arame, de não cair, claro, porque isso seria extremamente desagradável para todos os presentes, alguns dos quais até podem sofrer do coração e sentir-se mal. Mas ei-lo que vai seguindo o seu caminho, devagar, com calma aparente. Cá em baixo, o silêncio e um medo relativo acompanham-no. Uma senhora diz *psiu* ao menino que quer saber como é que o homem não cai. Alguém tosse e há olhares indignados porque qualquer ruído pode perturbar o homem, lá em cima, no arame.

Agora ele chegou, fez uma bela pirueta final e houve o sussurro de todas as respirações que ao mesmo tempo se concertaram, um tossicar de gente aflita mas cautelosa, comentários em voz baixa. Palmas. Música. O rapaz do trapézio voador. E o resto do espetáculo.

As pessoas, livres daquele arame de angústia, voltam-se todas para os trapezistas que vão iniciar os seus voos relativamente interestelares. E quando o espetáculo acaba todos saem, saciados. Alguns, sem o saber, sem nunca terem pensado nisso, caminham sem círculo de luz nem traje apropriado pelo seu arame pessoal. Uma inclinação, por mais leve, pode ser o fim do artista. Têm de permanecer hirtos e obedientes e não podem afastar-se um milímetro que seja. Mas ninguém vai sofrer porque o arame é invisível.

O arame e o artista.

MARGARIDINHA E A AREIA

Margaridinha (dois, três anos?) é uma menina vulgar. Tem cabelinho pelo de rato, faces rosadas de sol e usa biquíni de uma só peça (na sua idade seria puro exagero falar de monoquíni). Nunca ouvi a voz de Margaridinha, nem mesmo a chorar, é uma menina tranquila, embora se sinta atraída pelos corpos luzidios sobre a areia a queimarem-se. Há nela o que quer que seja de futura senhora de sua casa a fazer conscienciosamente croquetes, por isso aquele erguer das mãozinhas cheias de areia que cai sobre costas, ombros, pernas. As pessoas reagem, vão gritar, vão zangar-se, mas dão com o olhar ingénuo, com o sorriso branco de Margaridinha, e não dizem nada. Até porque se o dissessem seriam apelidadas de brutas. Quem pode ralhar com um objectozinho de dois (ou três) anos como Margaridinha?

A mãe de Margaridinha não apanha sol nem besunta a pele. Está deitada no toldo a ler um romance, só levanta os olhos de vez em quando, maquinalmente, para chamar Margaridinha à razão.

«Margaridinha, não atires areia!» Ou: «Margaridinha, isso não se faz!» Ou ainda: «Não incomodes esses senhores, Margaridinha!»

O senhor transformado em croquete humano bem queria mostrar-se incomodado, claro, mas não é possível. Ele sabe que a praia inteira, enfim, aquele pedaço de praia, se insurgiria contra ele, embora lhe desse, ao mesmo tempo, razão. Claro que... Mas em todo o caso... Uma criancinha de dois anos...

«Margaridinha, não atires areia! Isso não se faz. Margaridinha! Então, filha...»

As frases da mãe, ditas em voz tranquila ou simplesmente amolecida pelo calor, pontuam, por assim dizer, entre uma e outra página, os passeios perigosos de Margaridinha. Ela é o ser mais pequeno e receado daquele pedaço de praia. Mas ninguém diz nada. Porque Margaridinha é criança, portanto, intocável.

Durante quanto tempo poderás tu atirar impunemente às pessoas toda a areia que te dá na real gana, Margaridinha?

OS QUE TÊM MUITO E OS QUE NADA TÊM

Falou-se então da A e alguém disse que ela tinha por força de se mostrar simpática porque era muito pobre. Depois houve quem se referisse ao B e o mesmo alguém explicou que ele podia perfeitamente mostrar-se antipático porque era muito rico. Uma pessoa disse que o C podia dar-se ao luxo de dizer e escrever de vez em quando umas baboseiras porque todos sabiam que era inteligente, mas o irmão devia ter muita cautela porque corria o perigo de ser para todo o sempre considerado imbecil.

Aqui há tempos vi um casal americano (ou inglês), velho e coberto de trapos, num hotel de praia luxuoso. Um casal que podia andar coberto de trapos precisamente porque estava naquele hotel. Quando muito seriam apodados de excêntricos. Respeitosamente, diga-se de passagem. Mas, mesmo em frente, na pensão, as pessoas deviam vestir-se bem, se não dariam a desagradável impressão de ser aquilo que na verdade eram, gente modesta em férias. O que provocaria desatenção da parte dos empregados e olhares de soslaio, um pouco trocistas, dos outros hóspedes que sabiam fingir muito melhor.

A Cicraninha, jovem muito atualizada e sem preconceitos, não fez convites para o casamento e deu o nó vestida de qualquer maneira, porque o pai é um homem importante, mas a criada da referida Cicraninha viu-se por isso mesmo, porque era criada, na necessidade de casar de véu e dar uma grande festa comemorativa.

Simples exemplos, estes. Porque ter ou não ter não é tão simples como parece. As cartas baralham-se muitas vezes. Ou temos de as baralhar para sossego dos nossos espíritos.

NO TÁXI

O homem atirou-se para dentro do táxi, bateu com a porta, disse em voz apressada:

«Rua tal, número tantos.»

Era médico e estava sem carro desde a véspera, porque os motores são como as pessoas e têm os seus clínicos gerais e até os seus especialistas. Das suas doenças nem é bom falar.

Não olhou para a cara do motorista, como é óbvio.

Os motoristas de táxi são indivíduos sem cara, só com olhos às vezes, no espelhinho retrovisor. Aquele, porém, voltou-se um pouco logo que o carro se pôs em andamento e tinha um vago sorriso aos cantos da boca.

«É o Fulano, não é?»

O médico teve um leve sobressalto, não soube logo porquê. Algo, no entanto, estava errado naquele começo de conversa. Ele não era o Fulano mas o dr. Fulano ou até o sr. dr. Fulano para um homem como aquele.

«Sou», respondeu em todo o caso.

«Eu bem me parecia. Tenho uma destas memórias para caras! Mas talvez o tenha visto, de vez em quando, ao longo destes anos... Sou o Cicrano, lembra-se? Do Camões! Fomos colegas de carteira no terceiro. Depois o meu pai morreu, desgraças, tive de desistir. Não se lembra?»

Havia uma certa ansiedade na pergunta. Não se lembra? Lembre-se, por favor. No Camões. Colegas de carteira.

O médico procurava, tateando. E de súbito lembrou-se. Foi estranho como se lembrou tão bem. Um rapazinho moreno, de cabeleira e óculos. O Cicrano, pois.

«Lembro-me, pá!», exclamou. E encontrou a palavra «pá» como que esquecida, também, na carteira que ambos tinham habitado. «Uma destas! Então que tens feito?» A estupidez da pergunta magoou-o de súbito como um soco em pleno peito: «Quero dizer...»

«Para aqui ando. Foi o que se pôde arranjar. Os sonhos que nós temos às vezes... Eu, era ser engenheiro. Formou-se?», perguntou.

«Medicina. Nem sempre é agradável. Vou ver uma pessoa que está a morrer.»

O carro aumentou logo de velocidade, e o homem que ia salvar outro, ou ajudá-lo a morrer, disse, desinteressado:

«Aparece lá no consultório. Vou dar-te um cartão. Das cinco às sete estou quase sempre.»

O motorista pegou no cartão de visita, mas sem entusiasmo, e o médico soube que ele não ia aparecer. Tinha havido entre ambos um «você», um «tu», houve no fim, quando o carro se deteve, aquele momento quase de angústia em que o médico não soube se devia dizer «paga-te de tanto» (contando já com a gorjeta), se não devia dar gorjeta, se... se...

Quando entrou em casa do cliente e soube que ele tinha acabado, apeteceu-lhe fugir para muito longe, esquecer muitas coisas e muitas pessoas. Hibernar talvez como os bichos. Ou ir fazer treze anos e ter como colega de carteira um rapazinho que ambicionava ser engenheiro um dia.

O HOMEM E A SUA ESTRELA

Era um homem vulgar, nem velho nem novo, nem bonito nem feio, mais feio que bonito, vendo bem. Mas trouxera consigo uma estrela.

As senhoras da casa haviam-no conhecido, ao homem, quando ele era criança – morava no mesmo prédio ou na mesma rua, não sei –, depois tinham-no perdido de vista. Claro, fora para os Estados Unidos, chamado por um tio que lá fizera fortuna, lembrava ou explicava agora o visitante, entre muitas explicações minuciosas. A menina pequena, a um canto, de olhos arregalados, mal via, mal ouvia, estava completamente deslumbrada. Era caso para isso. Nunca tinha visto nenhuma estrela, assim, a metro e meio de distância. O dia era grande e a hora memorável.

O homem explicava que tinham casado há um mês, estavam em lua de mel. Ah, porque sempre sonhara – patriotismo era com ele – mostrar a sua terra à mulher, quando casasse. A estrela – como diabo se chamava ela? Joan, ou Jane, ou Jean? – já fizera uma série de filmes e fora muito elogiada. Sim, sim, tinham-se conhecido nos estúdios, onde ele era o braço-direito do realizador. Bom homem, o realizador, embora não muito esperto. Limitado, em suma.

A estrela era muito alta e muito magra, tinha cabelos loiros pelos ombros, cabelos de estrela, portanto, bonitos olhos claros um pouco míopes, e um sorriso muito branco. De vez em quando perguntava: «*What are you saying, Jack*?»

Ele dava-lhe uma palmadinha tranquilizadora na mão, contava como tinham entrado – ambos – para a Metro, creio que era a Metro, ou talvez fosse a Paramount. Às vezes perdia-se por ruas sem passagem, ia parar ao mesmo sítio ou saltava para outro muito afastado, e então levava a mão aos olhos, detinha-se um pouco.

«Sentes-te mal, Joãozinho?», perguntavam as senhoras, preocupadas.

Que não tinha importância, era dos *flashs*. Andava a sofrer dos olhos ultimamente. Amanhã mesmo ia marcar uma consulta. Lá, nunca fora possível. Sabiam lá, minhas senhoras. Um homem entrava na engrenagem, nunca mais conseguia libertar-se. Tempo para ir ao médico? Mas onde é que havia tempo para isso? Ficou sério ao dizer uma frase séria, profunda também: «Hollywood é uma terra desumana.»

«*What are you saying, Jack?*»

Ele dizia-lhe qualquer coisa, tranquilizava-a de novo. E falava da carreira da estrela. «Nunca viram nenhum filme dela? Como é possível? Ah, isto é o fim do mundo. É a minha terra, quis que a Joan (ou Jane ou Jean) a conhecesse, mas é o fim do mundo.» A estrela sorria, era tudo o que podia fazer.

«Não ensinas português à tua mulher?»

«Para quê, minhas senhoras? Estou completamente americanizado. Falamos inglês, não é verdade?»

Foram-se embora, e a menina ficou a pensar na estrela, ali em sua casa. E contou às amigas. E contou na escola. E isso conferiu-lhe uma certa importância.

Mas um dia, um desagradável iconoclasta assegurou que o homem trabalhava numa fábrica de refrigerantes e que a jovem era criada num *snack-bar*. E acrescentou que ele sempre fora mitómano.

A menina dos olhos redondos voltou, porém, as costas a essa gente horrível que não queria acreditar numa coisa tão clara como ela ser uma estrela. Ela, menina pequena, recusava-se a colaborar. E «a estrela que esteve lá em casa quando eu tinha dez anos» é um dos muitos pontos altos da sua infância.

AS MÃOS

Era vulgar ou translúcida, o tipo de pessoa em quem não se repara, e talvez fizesse mesmo o possível por se esconder, evitando tudo o que pudesse personalizá-la. Uma jovem igual a centenas de jovens. Tinha, porém, duas mãos discordantes do todo, visíveis naquela camuflagem bem conseguida, porque lhe tremiam enquanto falava. Ela dizia palavras tranquilas, e as mãos, sem nada a ver com isso, esvoaçavam, incapazes de pousar sobre a mala ou sobre a mesa.

Julguei ver-me ao espelho, a muitos anos de distância, embora as minhas mãos nunca tivessem tremido assim. Só a alma das minhas mãos, se a alma é, como disse não sei que filósofo, a forma do corpo. Pois é. As minhas mãos sempre estiveram extremamente quietas, mas lá por dentro que chocalhar de ossos.

Ei-la, pois, sentada e a explicar-se. Queria escrever para os jornais, queria ganhar a vida enquanto estudava, ou talvez quisesse simplesmente falar com os outros e a sua linguagem não fosse oral. Exprimia-se com dificuldade, a voz caía, levantava-se, voltava a tombar.

Não lhe dei grande atenção porque tinha muito que fazer nesse dia. Disse-lhe que fosse falar com Este e com Aquele, embora sem grande esperança. Ela não era o tipo de pessoa que inspira instantaneamente confiança ou simpatia. Era, como disse, trémula e inquieta, não estava à vontade nem na sua pele nem na sua vida, devia sentir-se sempre em casa alheia.

Foi-se embora. Soube depois que tinha procurado Este (que não a pudera receber) e que Aquele saíra esquecendo-a na sala de espera. Era o tipo de pessoa para não ser recebida, para ser esquecida. E também o tipo de pessoa para aparecer no dia errado, na hora errada.

NA CASA AO LADO

Além-parede havia um velho que tossia. O velho morava do lado esquerdo, ele do direito, mas quisera o destino que dormissem encostados à mesma parede. O rapaz tinha o sono leve – «não dorme nada este meu filho», lamentava-se a mãe – e ouvia portanto as longas, difíceis tosses do outro lado da parede delgada. O vizinho do andar de baixo queixava-se às vezes do barulho que o rapaz fazia na hora da ginástica, e ele então, ouvindo toda aquela tosse noturna, pensava que ninguém está completamente na sua casa e todos incomodam alguém. Não que o velho o incomodasse, não era isso. Com o velho tratava-se de algo bem diferente. Conhecia-o desde menino, e sentia por ele um quase afeto, por assim dizer visual. Na verdade, nunca tinham conversado, só bom dia, boa tarde, como vão os estudos, tem passado melhor, coisas assim. O velho era reformado, só, e já completamente disponível; o rapaz, porém, tinha uma vida inteira a agarrá-lo, amigos e amigas, colegas, motivos apaixonantes de conversa e mesmo de ação. Apesar disso, sentia naquele velho pequenino e seco, sempre sorrindo a todos na escada que subia devagar, algo que o atraía e lhe mostrava a velhice sob um ângulo diferente de outras velhices tristes ou caquéticas, suas conhecidas.

O pai do rapaz, que conhecia um primo do velho, contava histórias dele, respostas sempre prontas e implacáveis, coisas que tinha dito e feito quando era novo ou até menos velho do que atualmente. O rapaz, porém, passava sempre a correr, dizia em trânsito que os estudos iam bem ou assim-assim, obrigado.

Mas agora. Tudo era diferente porque sabia – todos no prédio estavam misteriosamente a par do facto – que o velho ia morrer. Então, quando de noite o ouvia tossir, sentia-se tranquilizado, e sempre que o silêncio dominava punha-se a recear que ele estivesse morto. Nunca tinha morrido ninguém àquele rapaz. Era um jovem alegre e sem problemas de maior. E se fosse dizer aos pais – a qualquer deles – que levava as noites em claro por causa do velho, mudavam-no logo de quarto, porque quem estuda precisa de dormir. E isso é que ele não queria. Porque ao tocar na parede pensava que estava a ajudar alguém. Um pensamento infantil, claro. O velho ignorava decerto que havia uma pessoa ali, a seu lado, a escutar, por assim dizer, a ajudá-lo a viver o que lhe restava de vida, ou a morrer.

Depois, uma noite, o velho não tossiu mais. Foi uma longa noite silenciosa. O rapaz soube que ele estava morto e, já de madrugada, adormeceu pesadamente, sem sonhos.

No dia seguinte, quando ouviu falar do caso, não lhe deu grande importância, e a verdade é que nunca mais se lembrou do velho. Os novos vizinhos instalaram o escritório junto ao seu quarto e isso era muito agradável porque de noite não havia barulho.

O FATO

Levaram-na a um grande armazém, fabuloso como tudo naquela enorme cidade brumosa e branca, tão fria no mês de abril, e compraram-lhe o fato pronto a ser vestido. Já isso era sensacional. Um fato já feito, um fato sem necessidade de moldes nem de tesoura nem dos alfinetes traiçoeiros da menina Qualquer-Coisa em ato de prova. A mãe pegou no fato, colocou-o à frente dela, falou em língua estranha com uma empregada loiríssima e bonita, decerto muito importante no mundo do vestuário para criança, bastava olhá-la para se perceber isso. Depois o cubículo com espelhos. Estava bom. Talvez um pouco grande, como convinha, amplo e comprido, para crescer. Ela, porém, a criança, estava habituada a isso. Tudo era sempre para crescer, quando novo. Só em velhas as coisas lhe ficavam bem, e então era uma dor de alma dá-las, mas tinha de ser, paciência.

Nunca se atrevera a sonhar com uma beleza assim, nunca. Havia coisas «sonháveis» e outras não. Aquela era das não sonháveis. Longo blusão azul, dois dedos de saia pregueada, sete riscos de galão branco na gola, cinco na manga, botões amarelos, gravata preta à *lavallière*. O boné, onde se lia a letras de ouro *Lindberg*, tinha duas fitinhas pendentes na nuca. Uma beleza.

Voltou para casa já vestida de novo e flutuava, sentia-se feliz, pronto. Nunca tivera um fato assim. De caminho levaram-na a tirar o retrato para mandar à família de Lisboa.

Logo que chegou a casa foi olhar para o espelho. Mas não era para si que olhava, nunca olhou muito para si e menos ainda nesse dia em que tinha sete anos. Olhava era para o fato e para as letras doiradas de *Lindberg* e para as fitinhas a dar-que-dar e para os dois dedos de saia pregueada abaixo do blusão. Nessa noite, de tanto entusiasmo, nem dormiu. E amou sempre aquele fato, nunca deixou que o dessem a ninguém. Ele era a viagem, a neve nas ruas, a mãe recém-nascida e logo morta. Tanta coisa num fatinho à marinheira.

Encontrou a fotografia por acaso. Uma garotinha com dentes de coelho, tão risonha, o ar mais feliz que imaginar se pode. Jos Delville, na Kammenstrat, 95, de Antuérpia coberta de neve, fixou esse sorriso para a breve posterioridade dos retratos de circunstância.

O VESTIDO DE SEDA

Era um homem sem idade, no mês de junho, em Lisboa. Usava fato-macaco muito desbotado e já roto, e levava pela mão uma garotinha de saia de pregas que um dia haviam sido vincadas, cabelo ruço aos caracóis, e peúga caída sobre o sapato. Vista de relance pareceu-me bastante feiazinha. Quando passei por eles ia o homem a dizer:

«O que interessa é fazer um bom exame, isso é o que interessa. Levar roupa velha e até sapatos rotos não tem importância nenhuma, é água bórica. (Não conhecia a expressão, pelos vistos depreciativa, mas o homem usou-a e eu repito-a: água bórica.) Essa menina talvez vá bem vestida, sim senhora, mas talvez não saiba nada, e o importante é ter aprendido as lições. Leva um vestido de quê?»

«De seda, pai, já lhe disse. Branco. Com um laço azul.»

«Para que servem laços, pergunto eu? Aposto que ela não sabe fazer as contas como deve ser e que dá erros no ditado. Aposto.»

«Não dá, pai, olhe que não. É a melhor aluna. Não dá um erro e põe todos os acentos, até os graves. Também faz as contas sempre certas.»

Comecei a andar devagarinho, agora não queria perder a conversa por nada deste mundo. O homem procurava argumentos que valessem a pena, estava mesmo a ver-se que os procurava laboriosamente na sua humilde bagagem feita de difíceis aulas práticas. Por fim arriscou, embora sem grande esperança:

«Talvez seja rica. Há gente com tanto dinheiro que pode...»

«Não é, não», interrompeu-o a criança, definitiva. «Olhe que não é. A mãe trabalha de costura e fez-lhe o vestido e o laço. A madrinha deu-lhe a seda. Seda natural, disse ela. O que é seda natural, pai?»

«É a dos bichos.»

«Ah, aquelas lagartas?»

Atrás de mim, um longo silêncio. Depois o homem tossiu levezinho, perguntou, e adivinhava-se-lhe na voz, mal colocada, uma certa ansiedade.

«É... bonita?»

«A seda? Deve ser. Diz que é natural...»

«Não, essa tua colega.»

A menina entusiasmou-se e a vozinha subiu-lhe com grande nitidez por ali acima, uma serpentina vermelha. «Muito bonita, pai. É a mais bonita da escola. E simpática. Boa colega, sabe? Toda a gente gosta dela.»

O homem disse: «Ah!» Depois calou-se.

Ainda me voltei um pouco, a tempo de ver uma boca e um nariz irremediáveis naquele rosto esboçado de criança sem vestido novo para o exame. Depois andei mais depressa porque estava a fazer-se tarde, e perdi-os a ambos de mão dada, na multidão apressada das sete horas.

CHAVES E A LUA

Que se me dá a mim que uns tipos que aí estiveram tenham ido à Lua se eu não tenho dinheiro para ir a Chaves ver a minha mãe que está doente?, dizia há tempos um homem, num carro elétrico. Era um indivíduo magrinho, de fato escuro, coçado, e idade de já não ter esperança. Que se lhe dava a ele que uns tipos...

Vão lá dizer àquele homem, a muitos homens e mulheres por esse mundo fora, uns um pouco menos pobres, outros um pouco mais pobres do que aquele, ali, sem dinheiro para ir a Chaves (nem tempo, decerto, porque o pão nosso de cada dia é diariamente que se ganha), vão lá dizer-lhe que são gente da era lunar, que vive num tempo formidável, que há um milhão de anos que o homem olha lá para cima, e só agora, no tempo dele, neste tempo, conseguiu lá chegar! E depois?, perguntará. O que tenho eu com isso? O que ganho eu com isso da Lua?

Digamos-lhe que pois então não vê, pois não se dá conta? É um homem da era lunar, é um homem que foi capaz, ele não, mas enfim... É bom não esquecer aquela frase do passo pequeno para quem o deu, mas enorme para a humanidade. Pois não viu, não tem lido? Que não sabe ler, ou não tem dinheiro para jornais, responde. Que não acredita, de resto. Quem lhe prova que tenha sido assim, quem?

Ofendemo-nos, temos vontade de gritar, mas acabamos sorrindo. Pobre homem. Sempre há gente... Coitado, coitado. Calcula tu, calculem vocês, que há tempos, num elétrico, um homenzinho disse que a Lua para ele... E que para ele, Chaves...

Terrível, não é? Mas vendo bem, pensando bem...

UM DIA DE VIDA

Estava o Tico calmamente sentado a construir o seu castelo ainda sem ameias nem fosso nem ponte levadiça – tratava-se por assim dizer da primeira pedra – quando a senhora, talvez míope, tropeçou nele e foi cair mais adiante. Não o magoou, mas assustou-o. A senhora era grande e o Tico tem cinco anos. A senhora voltou atrás, pediu desculpa, fez-lhe uma festinha na cabeça e seguiu viagem. Como a primeira pedra se tivesse desfeito, o Tico recomeçou de novo, pacientemente, quem sabe se não está ali um futuro arquiteto.

Mas eis que um rapaz encalorado desce a praia a correr, põe um calcanhar nos alicerces, faz o Tico cair de carinha no chão. Lágrimas sentidas e areia molhada em toda a cara. Quando as lágrimas secaram, ou se gastaram, o Tico olhou o mar ou o mundo com ressentimento compreensível e vingou-se: disse alto e bom som a palavra mais feia que sabia. E recomeçou o trabalho.

Ora a palavra mais feia que o Tico sabia foi arrastada pelo ventinho sul e poisou, lá em cima, num toldo, precisamente no ouvido da mãe, que pouca sorte.

«Tico!»

Moita.

«Tico! Vem cá i-me-di-a-ta-men-te!»

O Tico arrastou-se pela areia escaldante, cheio de maus pressentimentos.

«O que é?», perguntou, virtuoso.

«É que ficas aqui de castigo. Para não dizeres coisas dessas. Aqui.»

O Tico voltou a choramingar. Está a aprender que há dias em que era melhor não sair de casa. Dias em que tudo corre para o torto. O Tico não sabia. Tem cinco anos, como já disse.

OS ENLACES MATRIMONIAIS

A linguagem das notícias de casamentos publicadas num ou noutro jornal deste Portugal de norte a sul – só num ou noutro, note-se – é às vezes deliciosa. Apetece mesmo fechar os olhos e sorrir vegetativamente, de tão tranquilizadora que é, de tão significativa de que ainda há quem viva e sonhe como há trinta ou há cinquenta anos. Há mais talvez. Escrevi casamentos, mas não é isso, desculpem. Nas tais notícias fala-se mas é de enlaces matrimoniais. Não é mesmo bonito isto dos enlaces matrimoniais? Bonito, discreto, bem-pensante. E com algo de asa ou de laço de fita, não é verdade? Enlaces matrimoniais, portanto. As noivas são às vezes senhorinhas, gentis e gentilíssimas senhorinhas. Depois há cavalheiros e suas esposas, e senhoras e seus esposos (nada de maridos e mulheres, que vulgaridade) a apadrinharem e até a paraninfarem, já tenho lido, asseguro. E são abastados, conceituados, distintos e outras coisas mais. O copo-d'água é opíparo ou delicado ou requintado ou fino. E os nubentes (os nubentes, sim senhor) partem em viagem de núpcias para o Norte (se são do Sul), para o Sul (se são do Norte), ou para a Madeira (também acontece).

Fechemos os olhos de tão tranquilizados, pensemos que a poluição, a bomba e a droga são coisas de um futurismo desenfreado e perigoso, e desejemos ao novo casal as maiores venturas, extensivas, claro está, às Ex.^mas^ Famílias.

O RAPOSINHO E O RAPAZ

No areal quase deserto eis que de repente surge o insólito: um rapaz com um raposinho nos braços. O rapaz não está besuntado e bronzeado, mas implacavelmente curtido pelo sol algarvio. Calças de veludo muito usadas, quase sem cor, tronco nu, cabelo comprido, ou melhor, cabelo por cortar. Porque a moda às vezes dá jeito. Com os cabelos pode ser assim. Dar muitíssimo jeito.

O rapaz passa devagar, e o casal alemão ri ao ver o raposinho e diz coisas, com muitos *achs* pelo meio. O rapaz detém-se, aproxima-se, senta-se. Ele e ela fazem festas ao animal. E trava-se conversa. Lembro-me cá por coisas da tia do Fradique Mendes.

Os alemães perguntam o que quer que seja (em alemão) e o rapaz percebe-os pela expressão ou simplesmente porque a pergunta – aquela – é inevitável. Então mima uma espingarda, puxa o gatilho, exibe dois dedos, abre os braços como quem lamenta, aponta o raposinho órfão, que entretanto prendeu ao pau despido de um toldo. Os alemães ficam sérios, riem de novo, falam um com o outro, não tiram os olhos do raposo.

Daí a nada olham para o Marcel Marceau da praia, dois dedos rosados caminham pela areia, uma voz diz A-le-ma-nha, porque isso já aprendeu. «A-le-ma-nha?» com ponto de interrogação.

O rapaz abana a cabeça da esquerda para a direita, lentamente. Depois levanta-se, põe o braço direito ao ombro, dá passos militares. Para, encolhe os ombros. Mais tarde, quem sabe? Abre os braços. Quem sabe? Senta-se, volta a sorrir. Espera. O quê?

O alemão aponta para ele, rapaz, depois para Sagres lá no alto, branca, branca ao sol do meio-dia. Ele acena verticalmente, afirmativamente, ri alegre, diz na sua língua bárbara, batendo no peito: «Sim, sim. Bonita. Bonita.» A alemã repete na sua língua bárbara também: *Wunderbar!*

Depois o casal levanta-se porque são horas do banho. Um deles bate com as pontas dos dedos no sítio do pulso onde o relógio costuma estar, e ambos riem, acenam amigavelmente. O rapaz corresponde, levanta-se também, segue o seu caminho sempre com o raposinho ao colo. Vejo-o parar de novo, lá adiante, junto de um grupo de ingleses, vejo-o amarrar de novo o raposinho ao pau de um toldo despido.

MADAME DUVAUCEY

Há um bom par de anos, quando ele era estudante, tinha uma noiva, se bem me lembro sua colega. Gostava dela, pois claro, pensava casar mais tarde ou mais cedo, enfim, quando terminassem ambos o curso e começassem a ganhar a vida. A rapariga – disseram-me – não era uma beleza, o rapaz, de resto, também não. Agradavelmente vulgares, se assim se pode dizer. Exteriormente, note-se. Porque ele, pelo menos, era, é, um indivíduo excecionalmente inteligente e brilhante. Dela nada sei. Só tomei conhecimento da sua existência um dia, em conversa. Mas na conversa tratava-se era de Madame Duvaucey, «a outra».

Há um bom par de anos, portanto, quando ele era estudante, foi até França com um amigo que tinha carro e andou por aqui e por além, por Paris principalmente, entrou num museu entre muitos museus e deu de caras com Madame Duvaucey, por quem logo se apaixonou loucamente. Madame Duvaucey era – é, será – uma mulher jovem, belíssima, de largos, quietos olhos negros, que veste sempre de preto e usa pelos ombros um xaile amarelo-doirado. Digo desde já para quem não tenha compreendido, até por não conhecer esta senhora, que Madame Duvaucey já não pertencia nessa altura ao mundo dos vivos, visto Ingres a ter pintado creio que em 1807.

Claro que Madame Duvaucey não devia poder comparar-se em beleza e em prestígio com a talvez simpática mas decerto vulgar noiva que ele deixara em Lisboa curtindo saudades. O certo é que ele se apaixonou por essa senhora que ignoro totalmente quem tenha sido, e tanto que não havia no seu coração lugar para mais ninguém. E como era um perigoso jovem honesto, apressou-se a escrever para Lisboa, dizendo que tinha encontrado o grande amor e acabando com tudo. Um tudo que decerto nunca tinha sido grande coisa. Sempre que podia, ali estava ele no museu onde Madame Duvaucey habitava, e tantas vezes lá foi que o guarda passou a andar desconfiado, sonhando com roubos. Porque com estes estrangeiros nunca se sabe.

É certo que na carta de rompimento o rapaz não se referiu a quadros nem a museus, porque podiam julgar que estava louco. Escreveu «outra mulher», e isso deu-lhe uma certa felicidade por sentir Madame Duvaucey mais próxima, humana como as outras mulheres. Depois foi a altura de regressar, e, conforme a França ia ficando mais longe e Lisboa mais próxima, Madame Duvaucey ia-se transformando em tela-tela e até por fim em papel, o papel da reprodução que ele trouxera consigo e que, daí a tempo (não muito), era metida numa gaveta juntamente com outra papelada. E a vida, como era de esperar, recomeçou.

Isto ouvi eu contar muito mais tarde, quando ele era um ajuizado adulto que sabia distinguir quadros de pessoas.

UMA CAUTELA

O cauteleiro, um velho de rosto acastanhado, que o tempo trabalhara em sulcos profundos, mas com um jovem, inesperado olhar azul, muito lavado, parou junto de mim e disse: «Olhe que não há nada mais barato. Compre e vai ver que não se arrepende. *Ainda* tem cinco dias.»

Talvez esteja enganada, mas julguei perceber aonde ele queria chegar com aquele *ainda* oralmente sublinhado, e então, contrariamente aos meus hábitos, comprei-lhe a cautela, disposta a aproveitar tudo o que me era proposto. A aproveitá-lo o melhor possível durante o tal período de cinco dias e algumas horas, que era o que faltava para a extração, ordinária, pois claro.

Dei-lhe então a nota em troca do papel que talvez representasse – porque não? – a solução de muitos problemas imediatos. É que quatrocentos contos é qualquer coisa.

Eis-me pois a subir o Chiado pelo passeio da direita e a sonhar, toda eu poder de compra. Deixei logo três contos e tal num *tailleur* que era mesmo uma beleza. Mais uns passos e entrei numa loja de pequenas maravilhas domésticas, onde fiz uma razia nos meus bens. Comprei depois – ou antes? – alguns pares de sapatos e demorei-me meia hora numa loja de tecidos e pronto-a-vestir. Dei por mim com menos cinquenta contos. Não pode ser, pensei. É preciso cuidado, ou espreita-me a ruína. O meu outro eu, porém, mergulhara em plena sociedade de consumo e não queria saber de histórias.

Vinha a sair de uma livraria onde comprara várias obras completas em papel bíblia, quando alguém conhecido me bateu no ombro. «A esta hora por aqui?», perguntaram. «E o trabalho?» Já passava das três horas e eu devia estar a trabalhar, pois claro. Regressei apressadamente. Em todo o caso, tinha valido a pena. Abençoado dinheiro. Ainda tenho na minha frente cinco dias e algumas horas – só gastei uma – para comprar o que me apetecer, desde que não ultrapasse, está bem de ver, a soma de trezentos e cinquenta contos.

GERTRUDES MAGNA

A senhora muito idosa mas sofisticadíssima, cabeleira loira, brilhantes, calças pretas, sentou-se à mesa, sorriu em volta aos outros hóspedes já seus conhecidos, deitou um olhar distraído ou complacente à ementa. Enquanto esperava tirou da mala a longa boquilha e o isqueiro e começou a fumar. Nada de extraordinário, claro. Se fixei a imagem foi porque a senhora se parecia muitíssimo (maquilhagem, cabeleira e vestuário à parte) com a velha Estrudes Magna, a quem, vinte anos antes e a alguns quilómetros de distância, aconteceu o que se segue.

Dizia-se na aldeia que a velha Estrudes fumava. As pessoas duvidavam, acreditavam um pouco, afirmavam ter visto, era um motivo de conversa. A velha Estrudes era uma daquelas velhas sós como as há em todas as aldeias. Mulheres de maridos mortos, de filhos na cidade, velhas que a morte esqueceu, talvez por não valer muito a pena ocupar-se delas, hão de morrer um dia destes. A velha Estrudes lutava heroicamente pela subsistência. Ia ajudar nas cozinhas e fazia as compras às senhoras das herdades quer chovesse quer fizesse sol. A sua cara magra e devastada devia ter sido bonita ou mesmo bela. Tinha um ar majestoso, como a senhora dos brilhantes à mesa do hotel, e quando dizia *obrigada* era sem subserviência. Fizera um trabalho, pagavam-lho. Estavam quites.

Dizia-se pois que a velha Estrudes Magna fumava. Ela negava, ora essa, mostrava-se mesmo escandalizada com as insinuações ou as perguntas diretas, afastava a garotada com o cajado que sempre a acompanhava. Mas quando ia à vila apanhava as beatas à socapa. Olhava primeiro em redor, certificava-se de que não a viam, curvava-se com uma facilidade espantosa para a sua idade (já andava pelos setenta, e setenta no campo não é graça), apanhava a beata que metia no bolso do aventalão preto. Porque a velha Estrudes havia trinta e muitos anos que não punha em cima um trapo de cor. Passava às vezes fome, sim senhores, mas cumpria sempre as regras. Ou talvez fosse mais do que uma regra aquilo de se vestir de negro desde o dia em que o marido morrera. Talvez a cor se tivesse transformado com o tempo em interdição pura e simples, e antes a morte, antes a fome, do que violar essa interdição.

Uma velha estimável. Incapaz de uma intriga, de uma inconfidência. Mas fumava às escondidas, havia testemunhas. Isso numa aldeola perdida do Alentejo. Há uns vinte anos. Então, os rapazes resolveram fazer uma brincadeira. Meteram cabeças de fósforos num falso cigarro, colocaram-no à porta da velha Estrudes Magna, foram-se embora ou ficaram à coca, não sei.

Quando no dia seguinte a pobre mulher apareceu com a boca queimada e teve de ir à vila receber tratamento, foi uma festa. Uma festa que durou enquanto foi lembrada. Porquê? Por que razão estavam de acordo, por uma vez, velhos e novos, homens e mulheres? Porque riram tanto? Seria o fumo, também, uma espécie de interdição, nesse tempo, nessa aldeia?

Lembrei-me de contar esta história cruel já não sei porquê. Talvez tenha lido no jornal um caso idêntico, desses que tantas vezes sucedem nas aldeias e em que os velhos, os fracos e os tontos são em geral as vítimas escolhidas. Talvez. E ao mesmo tempo ocorreu-me a imagem da senhora à mesa do hotel, tão parecida – mas talvez fosse simplesmente a idade que as aproximava – com a velha Estrudes Magna.

O HOMEM QUE NÃO ACREDITA

A ele ninguém o engana, ninguém. É esperto. Não o levam à certa com conversas, com falinhas mansas. É o levas. «Não pode ser» e «Não acredito» são frases que usa constantemente. A vida afigura-se-lhe uma série infinda de coisas que não acontecem porque «não pode ser», e o facto de haver quem creia nelas, quem as aceite de mão beijada, parece-lhe de uma estupidez a toda a prova. Vale a pena vê-lo (ouvi-lo) quando lê o jornal. «Vêm aí oitenta e cinco mil emigrantes portugueses e espanhóis, dizem de Hendaia.» E logo comenta: «Pode lá ser! Oitenta e cinco mil... Não acredito.» Também não pode ser o camionista norueguês, pobre e crivado de dívidas, que herdou duzentos mil contos. «Duzentos mil contos! É um exagero, pode lá ser!»

É um homem de vida cinzenta e direita, guiada há muitos anos – sempre – pelo mesmo relógio, e por isso não aceita as cores azuis, e as curvas e as bombas e os saltos mortais das outras vidas. Vê tudo com os seus olhos míopes e sem fantasia, e corta cerce todas as asas que encontra.

As de Ícaro, por exemplo, que se chama Cornelius, é inglês, e inventou umas asas para voar e ganhar o prémio oferecido por uma academia aérea ao primeiro homem-voador. Ícaro caiu. «Pois claro. Podia lá ser. Há cada um.»

Está o dia inteiro por detrás de um balcão de pouco movimento, a não acreditar. É trabalhoso não acreditar. Embora não dê grandes razões, não lhas peçam, não soubesse dá-las mesmo que lhas pedissem, mesmo assim é preciso estar alerta, recusar-se a aceitar o que os outros – alguns, pelo menos – aceitam. Se se deixasse arrastar sentir-se-ia diminuído.

Lê o jornal para isso, para não acreditar no que lê. Não lhe interessa o que vai ou não vai pelo mundo ou pelo país, ou pela cidade, ou pela rua onde mora. Só lhe interessa negar, é a maneira de dizer que está vivo. Cada pessoa tem a sua.

A VISITA

A Fulaninha de Tal, pessoa com quem ela faz alguma cerimónia, é uma autêntica máquina falante. O problema com a Fulaninha é conseguir deter a onda quando chega a hora das despedidas. É uma avalancha de opiniões mais ou menos definitivas e indiscutíveis (até porque é impossível discuti-las), de pedaços de narrativas, de páginas de memórias (é uma memorialista nata), de notícias em primeira mão, seguidas de comentário. Agora mesmo a Fulaninha deu início a um assunto (que veio a propósito do outro que findou há pouco). Nada a fazer. O ideal, claro, é arranjar uma expressão muito, muito interessada que compense aquele ir-se a pessoa levantando a pouco e pouco, depois de um discretíssimo olhar ao relógio. O corpo levantou-se, está de pé, mas continua-se preso, sim, preso à conversa interessantíssima, ao monólogo, em suma, à conferência, pois claro, da Fulaninha. Apetece – apetecerá de facto? – dar palmas.

Foi assim agora mesmo. «Meu Deus, tenho que me ir embora! Mas dizia você que...» Enfim, estar de pé já é algo de positivo, meio caminho andado. De vez em quando um passinho invisível para a porta. Outro olhar ao relógio: «Não calcula como estou a gostar de a ouvir, mas são quase sete horas, e às sete menos dez tinha de estar...» A porta finalmente, o patamar, o elevador aberto, ela a entrar na caixa salvadora. Isso sim! A Fulaninha ficou cá fora, tapou a porta, prosseguiu:

«Pois como lhe dizia, na minha casa, está tudo organizado e cada um tem as suas responsabilidades. Pois não tenho razão? É que eu não sou elástica, não posso fazer tudo. Claro que tenho duas criadas, mas as criadas, sabe como são... Um dia, quando menos se espera... Já lhe disse que a Júlia se foi embora? A Júlia, veja lá, que estava cá em casa há quatro anos... Uma pessoa a quem eu tratava como se fosse da família... Uma pessoa com quem eu até conversava... Pois um dia, sem razão... Olhe, foi em julho. Uma semana antes de irmos para fora, se há direito. Este ano estivemos na casa do Norte, sabia? Não? Pois estivemos. Estava tudo abandonado, um horror. Temos de fazer obras urgentemente. Não calcula o que nos vai custar. O noivo da Bé, que é engenheiro, diz que... Você conhece o noivo da Bé, não conhece? Não? Ah! Mas tem de conhecer. A mãe dele é uma simpatia. É irmã da cunhada do A. de R. Sabe quem é, claro! Ora, não sabe você outra coisa. O A. de R...»

E por ali fora a biografia e o currículo do A. de R. As pernas da visitante estão quase a dobrar-se, magoadas de tanta imobilidade. Mas que pode ela fazer ali encurralada? Só lhe resta a esperança de alguém querer subir e reclamar. Mas ninguém sobe, ninguém. Por fim lá consegue fechar a porta e carregar no botão salvador. Quando daí por meia hora chega aonde tinha de estar às sete menos dez todos acham que a sua voz é mansa e o seu olhar vago e flutuante.

SOBREVIVENTES

Sobrevivem de uma pensão ou de uns papéis de crédito. Vivem muitas vezes de esmolas, pois claro, embora não as pensem assim por autodefesa. São solteiras ou enviuvaram há tantos anos que a memória, já senil, faz com que voltem mais facilmente do seu tempo-fada de raparigas prendadas, treinadas para mães de família. Para boas donas de casa que não deixaram totalmente de ser.

Estão neste mundo mas não o conhecem. Estarão mesmo neste mundo? E não estão. Vivem num tempo incerto, dentro de uma pequena e velha casa de paredes já sem cor, de tapetes já sem lã, ignorantes de tudo o que se passa, se passou, talvez venha a passar-se lá fora, na vida. Não compreendem. Não há quem lhes explique. De resto, já seria tarde e não compreenderiam mesmo que lho explicassem. Os seus problemas são outros, desprezíveis e tão importantes, vitais. O terror, por exemplo, de que um dia o senhorio se lembre, ou o deixem lembrar-se, de que aquela renda ficou fossilizada, e ela paga uma miséria que é ao mesmo tempo uma fortuna. O medo de que a sobrinha ou o afilhado deixe um dia de lhe dar aquela mensalidade de fome, mas, enfim, não tem obrigação, e eu disse esmola porque a sobrinha e o afilhado não têm mesmo obrigação, e a amizade que sentem não é muita, já não é muita. Que pode dar-lhes, em troca, aquela mulher tão velha, à beira da morte?

Têm um gato, têm uma gaiola com um pássaro que lhes corta a solidão, têm um vaso com uma planta que não se esquecem de regar. Não sabem de guerras acabadas nem de guerras começadas, nem de razões ou desrazões. Não leem o jornal. Nunca o leram, talvez, preferiam bordar, fazer renda, mas agora nunca o comprariam até porque aqueles escudos diários seriam um rombo no seu magro orçamento. Não deixam uma luz acesa quando isso é desnecessário, mas não porque as autoridades pedem para se poupar energia. Porque sempre a pouparam, só isso. Desde quando esse sempre? Já o esqueceram.

LICENÇA DE PORTE DE VOLANTE

Eu não sei o que é exigido a quem pretenda uma licença de porte de arma, mas sei, mais ou menos, o que se pede a quem tira a carta de condução: conhecimento das regras do trânsito, entendimento razoável com a máquina chamada automóvel, bons reflexos, sentido de orientação. No entanto... No entanto, o volante é uma arma altamente perigosa em certas mãos e parece-me que fazer testes que acusassem a boa ou má formação moral do examinando seria de considerar antes da entrega de uma carta de condução.

Muitos condutores agarram-se à ideia cem por cento errada de que quando a razão está do seu lado podem avançar. Ora, se sempre que estamos no nosso direito, fôssemos pisar quem se nos atravessa no caminho, que seria desta já tão louca humanidade? Mas esses defensores da sua razão não são ainda os mais perigosos. Há pior.

Aqui há tempos, por uma estrada. Dois homens num camião. Um automóvel a uma velocidade normal precisou de o ultrapassar. Nenhum impedimento. A estrada era direita e não vinha nenhum veículo em sentido contrário. Pois sempre que o automóvel se colocava quase ao lado do camião, este guinava para a esquerda e ocupava o meio da estrada. Por duas vezes o desastre esteve iminente. Quando à terceira o automóvel conseguiu passar, os dois camionistas riram-se muito. Esquecia-me de dizer que o automóvel em questão levava dentro uma família com crianças e que o condutor era felizmente um homem sereno e cuidadoso. Se não fosse assim...

Quantos motoristas por aí, de camião ou, claro, de automóvel modesto ou luxuoso, são afinal incapazes de ter entre as mãos uma arma tão mortífera como um volante, mas que fizeram exame com facilidade? Ei-los, pois, com a sua licença de porte de volante e totalmente indiferentes à vida ou à integridade física dos outros automobilistas ou dos peões. Está certo?

AS MÁQUINAS GRITADORAS

> Pulei com um berro.
>
> – Ó Jacinto, aqui há um homem! Está um homem a falar dentro duma caixa!
>
> O meu camarada, habituado aos prodígios, não se alvoroçou:
>
> – É o conferençofone... Exatamente como o telefone; somente aplicado às escolas e às conferências. Muito cómodo!... Que diz o homem, Zé Fernandes?

Todos conhecemos este texto de *A Cidade e As Serras*, romance que data dos primeiros tempos das máquinas falantes. Depois a coisa foi-se complicando, e a telefonia, móvel-imóvel de lugar certo e discreto numa casa, tornou-se, por assim dizer, itinerante e autossuficiente e, de máquina falante, passou mesmo a máquina gritadora. As máquinas gritadoras são hoje o pano de fundo do nosso dia a dia, as grandes poluidoras (domésticas) do som.

Já não há silêncio neste mundo. Há os que passeiam ao domingo, de transístor na mão, porque sem ele se sentem perdidos numa paz talvez ameaçadora porque deixa pensar, há os que estudam – Senhor, como é possível – com o gira-discos ou o gravador ou o aparelho de rádio a uma altura que incomoda os vizinhos não habituados, ainda há gente dessa, há os que levam horas fora do mundo, já não totalmente seres humanos entre seres humanos, mas só espectadores na plateia da sua casa, a ver (a ouvir a todo o pano) televisão.

Estamos de facto na época das máquinas gritadoras, e o Homem é o seu adorador incondicional. Há a necessidade de uma coisa chamada ruído e, quanto mais alto ele for, melhor. As pessoas já não sabem viver em silêncio. O ruído é uma droga um pouco alucinatória ou que talvez faça, é possível, esquecer a vida de todos os dias. Pois quem pode pensar, raciocinar, recear, ter medo, com um barulho assim?

VOO NOTURNO

Passa todas as noites à mesma hora. Nem sempre o ouço, ou porque estou a dormir ou porque o vento arrasta o som para longe da minha janela. Às vezes fico atenta, penso: faltam dois minutos, falta um minuto, vai passar. Para onde? Não sei nem nunca procurei sabê-lo. No entanto, nada mais fácil. Marcava um número, ouvia uma voz definitiva e serena, atenciosa, dizer: «Informações, bom dia (ou boa tarde, ou boa noite).» Eu fazia então a minha pergunta: «Pode dizer-me, por favor, para onde vai o avião que passa todas as noites às tantas horas em frente da minha janela?» Mas perguntar para quê? Se soubesse era capaz de nunca mais pensar nele, de nunca mais o ouvir, de ele se transformar, muito simplesmente, num dos muitos ruídos das noites silenciosas. Assim, ouço-o aproximando-se e logo a afastar-se para onde vai, para qualquer lado.

Quantas pessoas dentro dele partem para sempre, para um sonho que até pode ser, quem sabe, um mau sonho? Neste momento, porém, hoje, agora, elas vão triunfar, vão a caminho da esperança e a sua viagem é verde. Vão ser felizes. Vão ganhar melhor esta coisa difícil que é a vida. Vão ver, muito simplesmente, mundo. Talvez seja aquela a sua primeira viagem aérea. Talvez seja aquela a sua última viagem. Talvez vão para não voltar. Talvez voltem um dia destes.

Não, nunca perguntarei. Vou ouvi-lo passar quase todas as noites, quando não durmo ou o vento não lhe arrasta para longe o som. E vou partir também. Não sei para onde, claro está.

ALI BABÁ, HOSSEIN E A CÉLULA FOTOELÉTRICA

Dei mais um passo e então a porta abriu-se de par em par. Entrei e ela logo se fechou. Claro que isto não é novidade para ninguém.

Mesmo aqui em Lisboa (na Baixa, no Aeroporto, em edifícios novos e luxuosos) há várias portas destas providas de célula fotoelétrica. Mas hoje lembrei-me de repente de algo perdido no fundo da minha memória. E dei, por assim dizer, de caras com um humilde lavrador oriental chamado Ali Babá, o tal que disse, repetindo o que ouvira: «Abre-te, Sésamo; fecha-te, Sésamo.» Teria a caverna onde os quarenta ladrões arrecadavam os seus tesouros a primeira célula fotoelétrica que um homem sonhou? Mas há mais. Um príncipe, Hossein, procurando certo dia na floresta a flecha que acabava de lançar, encontrou num rochedo o que lhe pareceu uma porta de pedra disfarçada. Empurrou-a sem fazer grande esforço e viu com espanto que «ela cedia e girava como se assentasse sobre gonzos lubrificados de fresco [...]» Como se a movessem forças desconhecidas, a porta, logo que ele franqueou o limiar, girou em sentido contrário ao de há pouco e tapou completamente a entrada. «Hossein estava no palácio dos génios.»

Claro que nas histórias das *Mil e Uma Noites* não se procura explicar coisa alguma, tudo acontece naturalmente e sem espantos, até porque o homem estava então, por aquelas bandas próximo orientais, disponível para aceitar, sem discussão e até de mão beijada, feiticeiros e huris, génios bons e malévolos. Não estava aberto à ciência e o tempo não era de literatura (mesmo oral) já com qualquer cheirinho de futurismo. No entanto, se pensarmos bem no caso, que fabulosos futuristas eram às vezes esses e outros homens sem nome que começavam a inventar o futuro inventando coisas aparentemente fantásticas mas realizáveis, visto alguém ter sido capaz de as pensar. Realizáveis um dia. Ontem, hoje ou amanhã.

CÃES DE TRABALHO

São seis cães ladrando lá fora. O que há neles de atraente, e ao mesmo tempo de perturbador, não é só o facto de ganharem, como nós, a vida, mas também de serem senhores de personalidades diferentes e vincadas, quase humanas. São bons, são maus, são assim-assim. Aqui temos, por exemplo, a *Pombinha*, cadela de fomes antigas e inesquecíveis que nada mais faz durante o seu tempo livre senão comer, pedir comida, implorar comida, chorar se não lha dão, chorar mesmo que lha deem porque acha sempre pouco. Há depois a *Primavera*, constantemente a fugir de pessoas que nunca se lembrariam de lhe bater, um trauma qualquer vindo da infância fá-la ser medrosa até ao exagero da caricatura. Foge de tudo e de todos, rente ao chão, miserável e cobarde ante uma frase mais alta, uma voz mais gritada. Só não tem medo das ovelhas que guarda com dignidade. O *Governa-a-vida* já tem muitos anos. É um velho bem-educado, embora distraído e sonolento. O ano passado ainda sorria a quem o cumprimentava, baixava atenciosamente a cabeça grisalha e mostrava os dentes, risonho. Agora, porém, olha como quem não vê, deita-se com frequência, raramente sorri e há quem diga que ele morre um dia destes. O *Joni* é um poeta feio. Exteriormente é um vulgar perdigueiro castanho, mas a sua alma é sensível e bela, o que ele sofrerá quando caça! É um cão poeta, sim, o *Joni*. Sente a dor alheia, beija as mãos de quem está triste e segue aqueles a quem ama. Quantos versos brancos no seu ladrar à Lua, no seu latir! *Permanente* é um pastor peludo, de cor bege. É jovem e forte. Ladra a quem não conhece, às vezes morde. É um cão que sabe colocar no seu lugar homens e cães. Não dá confiança, não inspira confiança. As pessoas passam de largo e o *Permanente* deixa-as passar. Não precisa das pessoas, só de quem lhe dá de comer. Por isso ladra e morde. É um bom funcionário e está na idade de dar tudo por tudo. Temos ainda a *Camponesa*, cadela preta, muito saltadora e alegre. Corre adiante das pessoas, depois volta atrás, enreda nas suas malhas quem segue tranquilamente o seu caminho, tudo aquilo para dar nas vistas e para se tornar simpática. E nessas corridas loucas vai dizendo as palavras que não sabe mas que nós podemos perceber:

«Gostem de mim. Eu sou vossa amiga. Andem mais um bocado que me apetece passear na vossa companhia. Entendemo-nos tão bem, não é verdade?»

São cães de trabalho, modestos e experientes, que sabem quanto a vida custa a ganhar.

OS HOMENS IMPORTANTES

São-no à escala nacional. São-no também à escala pessoal. Pegamos, por exemplo, num pequeno jornal de província e verificamos que o senhor José da Silva se deslocou à cidade ou vila onde o jornal se publica e lhe deu (ao referido jornal) a honra da sua visita. Porque naquela cidade ou vila o senhor José da Silva é homem importante por fortuna ou influência ou ambas as coisas.

É difícil definir o homem importante, porque aquele que o é para uns não o é para outros. Claro que há os homens importantes para toda a gente, mas desses não vou falar, são óbvios. Vejamos os outros.

O homem importante tem, por assim dizer, um halo. Invisível, pois claro. Visível seria atentatório da sua seriedade, da sua dignidade, da sua importância. Imagine-se um homem importante, proprietário, industrial, capitalista, etc., com um halo luminoso. Meu Deus! Não, por halo quero dizer uma porção de ar que o protege, melhor, que o embeleza, que o torna intangível. É também um halo com estranhas propriedades. Por exemplo, as palavras do homem importante tornam-se, graças a ele, halo, duradouras, sólidas, indiscutíveis. O homem diz, por exemplo, que vai chover, e logo as pessoas abrem à pressa os guarda-chuvas e vestem as gabardinas, porque, anunciada por ele, afiançada por ele, a chuva é de repente grande e inevitável, algo de quase tão ameaçador como um novo dilúvio. O homem importante diz que a guerra do Vietname vai acabar, e pronto, as pessoas tiram daí o sentido. Porque ele sabe, ele leu o artigo X, falou com Y, trocou impressões com Z. Portanto, é bom começar a pensar noutro assunto, porque a guerra do Vietname deu o que tinha a dar.

Deles diz-se que se deslocam à tal terra onde nasceram, que usam da palavra no banquete de homenagem (que os conterrâneos lhe ofereceram), que concedem a honra da sua visita ao tal jornal.

São os homens importantes.

A BORDADORA

O dia inteiro curvada sobre bainhas abertas ou brancas flores discretas e mimosas, bordadas a ponto cheio ou a este ou àquele ou ainda àqueloutro. As clientes não faltavam, graças a Deus. Havia sempre meninas que casavam. Por isso ela, ali, dobrada, a copiar minuciosamente das revistas da especialidade pequenas maravilhas brancas. Se não fosse isso, que seria de si e do marido, pois claro, homem de ganhos tão incertos? O marido era bem-falante, sabia muito de todas as coisas, e as pessoas gostavam de o encontrar na tabacaria da esquina, onde estava sempre caído ao fim da tarde. Percebia tudo o que vinha nos jornais, tinha opiniões e dava-as a torto e a direito. Como havia ele de se entender com gente que não lhe chegava aos calcanhares? Como, dissessem lá?

Um dia apareceu uma cliente. Também ela ia casar e queria uns bordadinhos simples numa toalha. Vinha saber os preços, claro. Quando voltou com o tecido, dias depois, encontrou o marido da bordadora estendido num divã a ler o jornal e, como eram cinco horas da tarde, estranhou. Não disse nada, claro, mas, quando um mês depois passou a buscar o trabalho já feito e se cruzou com ele na escada – às quatro horas –, perguntou por curiosidade qual era a sua ocupação e, depois de a bordadora alternadamente o elogiar a ele e se lamentar a si, disse-lhe várias coisas e entre outras que ela – a bordadora – era uma mulher alienada. Porque aquela cliente era uma rapariga que tinha a mania de endireitar o mundo e não hesitava sempre que via uma oportunidade de o fazer. Nessa altura ainda não tinha aprendido que grande parte do mundo não se considera torta. Tê-lo-á mesmo aprendido algum dia?

A bordadora ficou tão atrapalhada que nem soube que resposta havia de dar. Mas quando à tarde o marido voltou – tinha ido tratar de uns misteriosos negócios – deu largas a uma santa indignação que acumulara sozinha durante o dia inteiro. Queria saber uma? Aquilo só a ela. Uma cliente fizera para ali um discurso sem pés nem cabeça e no fim chamara-lhe alienada. Alienada seria a outra. Ora a sujeita! Ah, quem precisava de ganhar a vida tinha de ouvir tudo. Nunca pensara que um dia lhe chamassem... A ela... A-li-e-na-da!

O marido consolou-a, disse-lhe que a cliente em questão devia ser maluca, pois claro, que não ligasse, era o que havia a fazer. Os doidos tinham a mania de julgar que os outros é que... «Não penses mais nisso, filha.» Logo depois abriu o jornal e começou a ler e a comentar isto e aquilo e a dizer que se fosse ele que mandasse... Ah, se fosse ele que mandasse, outro galo lhes cantaria, disso podia ela ter a certeza.

A última pétala do ramalhete tomou forma, e a unha habituada marcou-lhe melhor o contorno. A bordadora endireitou-se e suspirou porque lhe doíam as costas, mas logo depois disse que tinha a certeza de que seria assim, se ele mandasse. E a verdade é que tinha mesmo.

OS OUTROS

Não contentes com marcar o seu espaço territorial, os homens levantam-lhe em redor muros bem altos e declaram habitar o castelo inexpugnável. Só se entra com senha de amizade ou, está bem de ver, de interesse. Para os *outros* não há ponte levadiça, nem sequer a ponte de um simples olhar. Claro que há outros e outros. Aqueles a quem me refiro são o mais *outros* que imaginar se pode, que temos de comum com eles?

Estou a pensar nas criaturas a quem todos morreram e um dia se encontram sós no mundo, os emigrantes que falharam nos seus propósitos de melhorar de vida e que às vezes (por qualquer razão que até pode ser tão superficial como a cor da pele ou a língua que falam ou o modo como vestem) são antipáticos à vizinhança, os velhos que a morte esqueceu, os marginalizados, enfim, entregues à grande solidão entre as gentes distraídas, senão a maior, talvez a mais amarga das solidões.

Numa cidade estrangeira morreu, intoxicada por carvão de aquecimento, uma pobre família emigrante da África do Norte, pai, mãe e dois filhos pequenos. O bairro onde moravam era popular e populoso, mas, decorrida uma semana após o desaparecimento daquela gente, ainda ninguém dera pela sua falta, ou, se dera, tinha tido o bom cuidado de não falar nisso. Nunca se sabe as maçadas que podem cair-nos em cima, não é verdade? Só as crianças na escola notaram que os meninos norte-africanos não apareciam e falaram nisso ao professor. Foram, de resto, essas crianças os únicos acompanhantes daquela pobre família ao cemitério. Quanto aos vizinhos, entrevistados por um jornalista, disseram coisas terríveis e estúpidas e cruéis. Mas nas suas palavras via-se como os que tinham morrido eram os *outros*.

Há-os nessa cidade, em todas as cidades decerto. Mais ou menos. Gente vinda sabe-se lá donde, antipática porque faz demasiado barulho ou causadora de desconfiança porque anda em bicos de pés para passar despercebida. Gente que incomoda, em todo o caso. Racismo não é só aquela estúpida e velha história. Há centenas de racismos que até se ignoram.

UMA VOZ NO METROPOLITANO

Às vezes há uma frase antiga, guardada e esquecida nas gavetas do tempo, e que surge na inquieta amálgama das palavras atuais. Demos com ela de caras e é um espanto. «Olá, frase, por aqui? Que é feito? Aos anos que não nos encontrávamos!»

É na verdade benévola ou sabedora esta natureza que não nos deixa ouvir de mais, ouvir tudo o que se diz, o que se grita, o que se segreda à nossa volta. Que só nos deixa ouvir com conta, peso e medida. Que nos faz ir ouvindo e ir esquecendo. Mas de repente a tal frase que não se perdeu nem se desfez, que ficou como que petrificada, fossilizada, atirada para o fundo da gaveta, ei-la como dantes, só mais dura, fria, incolor. Só mais desambientada. Porque dantes, não é verdade? Os tempos eram outros. Agora, porém...

Quem a diz é outra voz, ou será a mesma? São tão parecidas, às vezes, as vozes do passado e as do presente. Ou serão as criaturas do passado que de vez em quando fazem pela atualidade a sua viagem no tempo?

«A Teresa é uma rapariga completa.» Há quanto tempo eu não ouvia aquelas três palavras assim juntinhas e ditas com vaidade, com orgulho de rico que se exibe, com unção. A gorda senhora de preto, amiga da minha família, ou conhecida, visita lá de casa, enfim, estava sentada a dois metros de distância, toque de feltro na cabeça e mãozinhas papudas, de vários anéis, sobre a mala. Contava sempre muitas coisas, falava de muitas pessoas, lamentava-se de incompreensão, ouvir não era com ela. Fazia, enfim, a sua charla. Nesse dia tratava-se da sobrinha (ou da filha?), que era uma rapariga completa, e também do noivo dela, sobrinha (ou filha), rapaz admirável que-não-era-desse-tempo.

Eu, menina pequena, sentada no chão a brincar, ouvia-a sem querer e imaginava a rapariga completa (o que seria uma rapariga aos bocados, haveria raparigas assim pelo mundo, seria possível?)

e o rapaz também, pobrezinho, perdido num tempo que não era o seu, aquele tempo. Um rapaz vestido e penteado como o meu avô do retrato, encostado à coluna, com paisagem ao fundo, ou então, quem sabe, de chapéu de plumas descendo uma rua cheia de gente estupefacta, até porque não era Carnaval nem nada, um rapaz assim. Que engraçado e ao mesmo tempo... Coitado, coitado do rapaz.

Mas outras frases vieram, atuais, agitaram as vozes.

E o pequeno fóssil foi absorvido, envolto, enovelado em fios de som, palavras sem raiz e rangidos de máquina. Foi-se pois a rapariga completa, a que alguém se referia, e o rapaz que a tinha acompanhado. Foi-se tudo e a viagem no tempo findou. Ali, em frente, no metropolitano, só uma pessoa desconhecida a dizer coisas sem sentido acerca de alguém que morava não sei onde e ia mudar-se não sei porquê.

BUROCRACIA

Sinto sempre um leve remorso quando dou comigo a pensar mal dos burocratas (refiro-me aos que têm contacto direto e constante com o público). Claro que, como toda a gente diz mal, às vezes sinto-me arrastada e vou na onda, até porque acabo de sair de uma repartição e estou aborrecida ou furiosa ou ambas as coisas.

Mas não quero dizer mal deles, hoje, aqui. Quero é vê-los como são, parafusos, rodinhas, pequenos arames, muitas vezes modestos, outras não tanto, da burocracia, rainha absoluta de nós todos. De manhã à noite, umas tantas horas por dia, as de serviço, ei-los que preenchem os mesmos papéis, explicam as mesmas coisas, põem os mesmos carimbos. Mas às vezes digo mal, e logo sinto o tal remorso. É que... E se eu ali estivesse? Podia ter acontecido, não? Nós não escolhemos os lugares onde vamos morar na vida, somos escolhidos por eles, presos dentro deles. E se eu ali estivesse? Ali, por detrás de uma velha secretária ou de um velho balcão, a repetir há meses, há anos, há vidas, como uma fita gravada, umas tantas palavras? «Preencha este boletim, traga um selo fiscal de cinco escudos, inutilize o selo fiscal. Preencha este boletim, traga um selo fiscal de cinco escudos, inutilize o selo fiscal...» Assim. Sempre?

Como havemos nós de exigir que eles tenham voz doce, nos sorriam, sejam atenciosos, sejam, em suma, humanos, se os obrigaram a desumanizar-se, a ser *robots* que sabem *isto* mas não *aquilo*? E que, se *aquilo* surge, não explicam nem aconselham até porque não foram programados para tal?

Não, não quero dizer mal desses homens, dessas mulheres. Lá fora há sol, pessoas nascem e estudam, e serão isto e aquilo. Os que por ali passam talvez vão casar, ou emigrar, ou concorrer a um lugar de futuro. São pessoas que vêm da rua com os seus problemas, e aquele documento é uma simples parcela das suas vidas. Quando saírem pensarão noutra coisa.

Na secretária ou por detrás do balcão, não é, porém, possível pensar-se noutra coisa, até porque não há tempo, as bichas só acabam quando o dia termina. «Preencha este boletim», diz pois o *robot* sem amenidade.

O HOMEM E A SUA DIGNIDADE

Vi e ouvi aquele homem, um dia, numa loja. Quando foi não me recordo, nem isso tem importância de maior. Não sei porque me lembrei hoje dele. Por ter dado comigo a pensar nas insuspeitadas riquezas das criaturas? Nos rostos da dignidade de cada um? Por falta de assunto? Por tudo isso talvez.

Estava encostado ao balcão de uma pequena loja e conversava com um dos empregados, enquanto o outro me atendia. Para mim tratava-se, creio eu, de botões. Para o homem, porém, o caso era outro e muito mais importante. Tratava-se da sua dignidade.

Tento recordá-lo e também às palavras que disse e que não eram bem, claro está, as que vou escrever. O tempo, não é verdade? Ao homem estou a vê-lo. Teria sessenta anos, ou mais, ou menos, era magrinho, ostentava no alto da cabeça umas farripas longas, cuidadosamente penteadas, e vestia um fato escuro, velho, demasiado grande para ele. Ou emagrecera muito nos últimos tempos ou o fato nem sempre fora seu. Devia ter falta de dentes porque a voz não lhe saía lisa, perdia-se um pouco por cavernas, resultava mole apesar da força com que ele falava.

«Comigo não», dizia. «Comigo não faz ele farinha. É o fazes. Ele conhece-me, sabe como eu sou. De resto, ouve muito a minha opinião, vai quase sempre por o que eu lhe digo. Não sei o que ele faria sem mim. Olhe que é verdade, amigo, sem mim tinha de fechar a loja.»

«Mas o tipo não é nenhum parvo», arriscou o outro. «Deu sempre boa conta...»

«Ora, ora. Sozinho, havia o senhor de ver. Teve sorte, foi o que foi. Casou com a filha do patrão, as coisas são assim mesmo. Eu não quis, quis ele.»

«Não quis o quê?»

«Casar com ela. Andou atrás de mim, não sabia? Até era bonita, sim senhor, quem a vê agora... Mas eu fui sempre assim.»

«Perdeu uma boa oportunidade», sorriu o outro discretamente.

Encolheu os ombros. «Nunca me arrependi.»

«Quanto lhe paga ele?»

«Uma miséria. Mas a culpa é minha, nunca lhe pedi aumento. Assim estou sempre à vontade para lhe dizer o que penso.»

Paguei, saí. Era um pobre homem, aquele homem. Uma ruína. E não estava muito longe o dia em que o velho fato lhe cairia aos bocados. Ele, porém, tinha armazenado muitas coisas úteis à sua sobrevivência, coisas sem as quais não poderia encarar os outros, os de fato novo e ordenado atualizado. Ninguém lho tinha dito, talvez.

Adivinhara-o. Soubera-o, nascera a sabê-lo. Talvez morresse um dia destes, um destes anos, convencido – de tanto se ouvir – de que fora amado, de que era indispensável, de que não precisava de ninguém, de que não quisera pedir aumento e só por isso nunca fora aumentado. De que uma loja ia fechar. De que ia ser eternamente chorado.

Tinha a sua dignidade, aquele homem. E a dignidade dele tinha aquele rosto.

OS JORNAIS NÃO CONTAM

Não, os jornais felizmente não contam pequenas coisas terríveis que acontecem todos os dias, a todas as horas, em todos os minutos e segundos, para além das paredes mestras desta cidade, deste País, deste mundo. Referem-se a um avião que cai, a uma catástrofe natural, a um descarrilamento, porque a morte em grupo, mesmo em grupo por assim dizer anónimo, interessa os leitores, fá-los ter pena multiplicada pelo número de vítimas que se reuniram para morrer no dia marcado pelo destino. Que às vezes compraram mesmo bilhete só para isso, para morrer.

Os jornais não contam e ainda bem. Seria terrível se um dia lêssemos que aquele homem velho da necrologia morreu de desgosto porque os filhos o abandonaram, que uma mulher jovem sabe que um dia destes vai morrer, que uma criança que desejava acima de tudo estudar não poderá fazê-lo porque os pais não têm dinheiro, disseram-lho hoje.

Certa noite acordei porque ao longe, no silêncio daquela hora vazia, sem rádios a funcionar, uma mulher chorava. No prédio ao lado? Mais longe? Porque choraria ela tão sentidamente? No entanto, nunca saberei de quem era a voz que assim entrou em minha casa atravessando paredes e vidraças e me arrancou do sono onde estava.

Não pude dormir mais. A mulher chorava baixo, quase já não se ouvia, a sua voz acabou por se diluir na noite. Talvez tivesse adormecido de cansaço ou de dor. Pela manhã devo ter lido nos jornais que dois carros chocaram um no outro e houve várias mortes, que lá longe, no teto do mundo, um avião desapareceu com noventa pessoas a bordo. Da mulher, nada.

Nunca mais chorou. Habituou-se, dominou-se ou partiu? Ou será o vento que nunca mais arrastou para este lado a sua angústia noturna? Ou será mais pesado o meu sono?

Os jornais não contam, felizmente, coisas destas.

UMA FELICIDADE

Aquela senhora de mais de setenta anos disse-me um dia:

«Às vezes acordo e tenho quinze anos. Antes de olhar para o espelho e de olhar para as mãos, tenho quinze anos. A minha cara é lisinha e uso os cabelos soltos. Depois olho para o espelho e reparo que tudo isso aconteceu há muito tempo, mas que é formidável eu estar aqui e não tão velha como tudo isso. E gosto de olhar para o espelho e de olhar para as minhas mãos. Penso que os quinze anos eram uma idade incómoda e irrequieta e não gostaria de voltar atrás.

»Às vezes acordo e penso que vou casar amanhã. Sou bela e o meu noivo é belíssimo. O meu vestido é uma maravilha e os meus sonhos não têm fim. Vou ser feliz, feliz, feliz. Vou realizar tudo o que sonhei, tudo o que não fui capaz de sonhar. E de repente sei que esse casamento foi há muito tempo e já me esqueci dos sonhos que tive. Mas deviam ser sonhos sem importância, visto que não me fazem falta. Tive uma vida de mulher, que mais posso desejar?

»Às vezes acordo e a minha mãe está viva, lá dentro a fazer-me o pequeno-almoço. Sei que é assim, e que daqui a momentos abrirá a porta e dir-me-á com um sorriso nos lábios que são horas de me levantar. Mas a porta vai continuar fechada, porque é assim que está certo, e a minha mãe, se fosse viva, seria muito velha e talvez nem me conhecesse.»

Foi isto o que aquela senhora me disse. Mais ou menos, claro está.

A JOVEM E A MÁQUINA DE ESCREVER

A datilógrafa estacou no extremo oriente da folha, olhou para as pontas dos dedos, estudou atentamente o aspeto físico das unhas, como se receasse ver nelas destroços de tecla ou até fios de letra, e pôs-se a fazer contas de memória movendo os lábios com agilidade.

Quando, acordado pelo silêncio das teclas, alguém lhe perguntou o que tinha acontecido, declarou muito séria, levantando-se e alisando a saia, que precisava urgentemente de saber há quantos dias estava naquele escritório a datilografar umas tantas folhas por dia. Porque, acrescentou, qualquer máquina se avaria ao fim de X horas de trabalho e ela não queria chegar a essas X horas. Para mais, era uma mulher, não uma máquina. Lá fora estava sol, o céu era azul, e ela tinha dezoito anos. Portanto ia descansar e dissessem ao patrão, quando ele abrisse a porta, que fora dar uma volta.

Volta foi ela que nunca mais apareceu. Há quem diga que a levou um disco voador, há quem seja de opinião que ao sair entrou logo num mundo paralelo. Isto porque nunca foi buscar os acessórios de *toilette* nem um livro de ficção científica que andava a ler. Mas as gentes realistas (ou incrédulas? Ou demasiado crédulas?) afirmam que a avistaram de mochila às costas, lá para o Norte, a tomar conta de crianças num parque de Lisboa, e a arrumar pessoas num cinema, não sei onde. Como, porém, tudo isso se teria passado no mesmo dia e à mesma hora, o futuro da jovem datilógrafa continua a ser um mistério.

Uma coisa, porém, é certa. Ela descobriu um dia, de repente, que ser máquina é bom para as máquinas e não para as criaturas de Deus. E foi dar uma volta a fim de aclarar ideias e pensar em mudar de vida. Até ao Norte ou até Júpiter, isso é secundário.

A esta hora é capaz de estar casada com um nortenho (ou com um jupiteriano, porque não?) e ser uma mulher feliz e realizada por entre máquinas de lavar, grelhar, torrar, moer, bater, etc., etc., etc.

Porque há máquinas e máquinas.

UM FIGURINO

Dispomos de uma série de figurinos e não desejamos modificações que venham sujar a branca superfície das folhas onde foram desenhados para a eternidade.

A velha estava encostada a uma parede, de mão estendida, e eu passei adiante. Não houve em mim um vislumbre de hesitação. Passei adiante e talvez tenha mesmo apressado o passo. Depois refleti, comecei a refletir. Porquê? Porque não lhe dei a moeda que, por acaso, trazia ali à mão? E a verdade acabou por surgir, e estava nela, na velha-não-velhinha. Um ser gordo, despenteado, desmazelado, quase obsceno, um ser que não merecia a minha pena e a minha moeda porque manchara com a sua presença o lindo figurino tranquilizador que um dia me deram. Este e muitos outros, claro está. Mas hoje é deste figurino que se trata, e ela, a velha, era o seu oposto. O espelho deformante, a desordem, a ameaça.

A velhinha, para merecer o diminutivo terno, a nossa pena, a nossa solidariedade de um escasso minuto, o de procurar a moeda na carteira (note-se que não estou a fazer a apologia da esmola, de modo algum, mas que fazer se há quem estenda a mão, porque precisa de a estender?), deve ser sequinha, humilde e simpática, vestir de escuro e ter um ar asseado. Há dias, numa loja do Chiado, vi muitas senhoras darem o seu óbolo a uma velhinha assim, correta, tradicional, tranquilizadora, um amor de velhinha cuja imagem não agredia ninguém, não acusava nenhuma das presentes, consumidoras entusiastas de coisas desnecessárias, da sua situação de pedinte, uma velhinha pobrete mas alegrete, se me explico bem.

Agora aquela, a que deixei lá para trás, de mão estendida... Ali, a mostrar que se pode envelhecer não mirrando mas inchando, não secando mas apodrecendo, não perdendo o corpo mas exibindo-o, ofendendo pois com a sua presença despudorada e incómoda os bons princípios tradicionais, esborratando o tal figurino...

Por isso segui adiante e mal a olhei, embora a tenha visto perfeitamente.

VELOCIDADE

Belos, belíssimos deviam ser os tempos em que as pessoas se sentiam um pouco ameaçadas, mas só o indispensável, nada de muito grave, enfim. Sempre teve de se morrer um dia, pois claro, mas isso era geralmente lá para diante, quando já se estava um pouco cansado de viver e quando Deus queria. Ora a verdade é que no nosso tempo estamos sempre, em todas as idades, no fio da navalha, na corda bamba, na pista de corridas, por entre os alegres assassinos da estrada ou nós próprios assassinos também, ou ainda entregues aos imprevisíveis caprichos de duas máquinas, a nossa e a outra, que vem em sentido contrário. Deus e a natureza parecem-nos longe, desinteressados desta roleta trágica onde se perdem vidas ao acaso, sem aviso prévio. Puro jogo de azar.

O grande assassino deste século parece ser, pois, o automóvel. Isto nos países ricos e nos remediados. Nos outros (e não só) há, está bem de ver, a fome, as epidemias, as guerras, as doenças que não perdoam. Já não há idade de morrer, e os que se vão embora de velhice é porque foram hábeis, souberam mover as pedras do jogo, passar quando convinha. Porque ficaram quietos. Porque tiveram sorte. Ou pouca sorte, quem sabe?

Somos nervosos, nevróticos, inquietos, angustiados, dormimos mal. Corremos constantemente de um lado para o outro, de carro quando o possuímos. Porque o carro é o nosso corcel, sem ele quem somos nós? Se não paramos na vida diária, como havemos de andar devagar na estrada? O tempo é cada vez mais rápido e os dias mais curtos. Conheço uma pessoa já de idade que diz: «Ninguém me convence de que a Terra não gira muito mais depressa do que dantes e de que os relógios não estão combinados com ela.» Temos sempre de estar a tal hora em tal lugar nem que seja por um motivo fútil. E não esqueçamos a nossa razão. A nossa razão é muito importante. Razão para ultrapassar a «lesma» que vai à frente ou o tipo que julga que é esperto.

Morre-se cheio de razão por essas estradas. Morre-se também por causa da razão dos outros. E da nossa velocidade que já não é a de um passado ainda próximo. Como se só fugindo nos sentíssemos tranquilizados.

A CRIANÇA E A CASA

A criança construiu por instinto, com as suas próprias mãos pequeninas, rosadas do sol da manhã, as paredes mestras de uma casa de areia e depois o resto, todo o resto, decoração inclusive. Para quem passava e se detinha um pouco a observar ou deitava uma simples vista de olhos, em trânsito, e sorria ao de leve – porque o tempo da praia pode ser para alguns, não muitos, o tempo dos sorrisos complacentes de quem vive devagar, de quem reencontra o seu semelhante –, para essas pessoas, aquela casa era um simples monte de areia, achatada em cima e com um buraco a servir de porta. Mas, para a criança, não. Para a criança era uma casa maravilhosa, uma casa-fada, pensei eu, imaginei eu, soube. Uma casa com janelas largas e jorros de sol pelas paredes e no chão, e um quarto só para brincar como aquele menino lá da escola, que é rico, e lá fora um jardim com muitas flores encarnadas e um baloiço e relva (a mãozinha papuda batia na areia alisando-a) e uma árvore grande, grande, uma beleza de árvore.

A onda veio, era a sétima onda, mãe de seis ondas meninas, e a casa ruiu, silenciosa. A criança, que não sabia grande coisa do mar (chegara talvez na véspera da sua terra de árvores ou da sua cidade de cimento), ficou de olhos arregalados e brilhantes, de boca entreaberta num grande espanto mudo, sem compreender, sem admitir a terrível realidade daquela catástrofe natural.

Só depois, quando a onda se foi, começou a gritar sem voz.

BOAS-TARDES

Eis umas tantas figuras de cera, perfeitíssimas, sentadas em volta da sala. Uma delas representa um funcionário reformado, outra uma senhora-forte-já-não-muito-nova, a terceira uma *teenager* cuidadosamente despenteada, a quarta uma mãe orgulhosa fazendo um casaquinho às riscas, a quinta um talvez-universitário, a sexta um jovem tecnocrata. Enfim, se não são isso, imitam muito bem. Há quem finja ler o jornal, quem tenha um livro aberto entre as mãos, quem tricote (será de cera, o casaquinho?), quem olhe cientificamente para a parede em frente. Uma mosca passa, ouve-se-lhe de repente o zumbido. Veio pela janela aberta, por ela saiu. O ambiente não atrai nenhum ser vivo, mesmo mosca.

De súbito abre-se a porta do museu e entra um homem. Aposto que nasceu algures, no campo, e nunca se habituou – talvez nunca se habitue – às pessoas fechadas, incomunicáveis e estanques que matam os outros, os que não conhecem, os que, portanto, não existem. Ignora que entrar, mesmo só por uma curta frase amável, é malvisto pelas pessoas-mundo. Por isso abre a porta, entra e diz:

«Boa tarde.»

Ninguém responde. Ninguém move, sequer, os lábios. E a voz do homem põe-se a durar muito, ali, naquela sala de espera, de repente insolúvel, logo envergonhada. E ele, o dono da voz, envergonhado também momentaneamente, dirige-se para a janela e fica a olhar lá para fora.

Se fosse mosca teria partido, como a outra, há bocado.

TERRA, QUAL TERRA?

«E o senhor de que terra é?»

«Terra? Qual terra? Eu cá sou de Lisboa.»

Acordei sobressaltada das contas à vida que vinha fazendo desde o Rossio e pus-me à escuta daquela alma gémea, ali, em pleno metropolitano. As frases, saídas do ruído amassado das vozes e dos rangidos da máquina rolante, acenavam-me com um lenço branco. Porque eu também não tenho terra. Pode chamar-se terra a isto de pedra miudinha, cimento, vidraças e alcatrão, pode?

Dantes, em tempos de infância feliz e infeliz (houve de tudo), ser de Lisboa-capital-de-Portugal afigurava-se-me uma boa coisa. Depois, com o tempo, tudo foi ficando diferente, e a minha pueril vaidade citadina também. Eis-me, pois, com pena de não ter terra como os outros, os que guardam recordações de paraísos infantis e adolescentes, que conhecem com intimidade as plantas, que deram aulas práticas de estrelas (as mesmas que eu aprendi de cor nos secos, esquecidos esquemas dos livros), que sabem da chuva e do vento e do seu céu azul amanhã.

Pode chamar-se terra a isto? Onde um grãozinho de húmus não surge senão nos intervalos das pedras dos passeios, escondido, apertado, torturado, o pobre. Aqui, nesta cidade, noutras maiores, claro, as estrelas foram apagadas e substituídas, e, quando avistamos um ponto luminoso, nem sequer é o planeta Vénus, mas a lanterna que fica acesa toda a noite no alto de um prédio em construção. Quanto às árvores, muitas delas foram cortadas ou metidas em pequenas reservas onde recebem a visita das crianças, dos namorados e dos velhos, gente fora da vida. Os outros têm lá tempo de pensar em árvores! Os outros são os da paragem daquele autocarro que é urgente não perder, os da assinatura do ponto, os da engrenagem, os do labirinto, os do beco com saída ou sem ela, os dos dias curtos, cinzentos, iguais, poluídos, ameaçados pelo amanhã incerto, pela solidão da cidade já desumana.

«Também sou de Lisboa», voz no metropolitano um dia destes.

CHUVA

Quando a chuva começa é uma tristeza de vida. Procuro uma tábua de salvação, mas só se me apresenta um longo futuro de céu tapado, de sol ausente, de água em cataratas, de guarda-chuvas perdidos. Começa ela e eis-me a invejar os lisboetas provincianos, que ao menos sabem da sua utilidade para a cevada, para as hortaliças, para a azeitona. Chegam a casa ensopados mas contentes, porque aquilo que cai do céu é ouro.

Mas eu? Mas nós, os que nascemos e crescemos e naturalmente vamos morrer um dia neste campo de concentração voluntário, que de verde quase só tem os candeeiros de iluminação pública e as luzes dos semáforos e dos táxis momentaneamente livres? Mas nós, os da cidade de estrelas apagadas pela eletricidade, de flores de florista, de relva rara (que é proibido pisar), de hortas e pomares de supermercado, às vezes em lata, nós os que não conhecemos outra coisa, como havemos de perceber a chuva?

Parada, na rua, à espera do milagre de um táxi (tenho onde estar daqui por dez minutos), sinto-me náufraga numa ilha de cimento, pedra e alcatrão. Nem sonhar com o verão me consola. Está longe como tudo e a própria primavera, para além do inverno, não é estação que inspire uma confiança ilimitada. Abril tem mesmo causado muitos dissabores por essa Europa.

Passa um homem e diz a outro homem: «Já não era sem tempo!»

«Estava a fazer muita falta», responde o outro com ar sabedor.

Estão ambos encharcados e contentes.

Desconsolada, meto-me a caminho.

A MULHER VESTIDA DE AZUL

O comboio corre num sacudir de ferros que se tocam, se raspam, se agridem. Foram-se os *néons* lá de fora, e é noite por onde passamos até à próxima paragem e ao subir à superfície de cada um. Para o meu ainda falta um bom bocado.

Ninguém vai para o emprego a esta hora, ninguém sai do emprego. O comboio-toupeira corre, pois, quase vazio, quase leve, mais barulhento por isso mesmo. Mas, por cima de tudo aquilo, a voz.

A voz vem do banco atrás do meu, um pouco para o lado direito. Uma voz também apressada, também sacudida, a querer dizer tudo o que lhe é necessário, antes de o tempo ou de o espaço lho impedirem. Uma voz que se está nas tintas para os outros (mas haverá outros?), a falar alto e bom som de si, da sua solidão desde que alguém partiu (ou morreu), desde que alguém a deixou porque quis (ou a isso foi obrigado pelas circunstâncias).

«E agora, que vais fazer?»

Uma espécie de soluço. «Não sei, ainda não sei. É como se o mundo fosse uma coisa... É como se eu antes nunca por aqui tivesse andado... Agora? O que vou fazer? Francamente não sei. Já quis pensar, claro, tem de ser. Não fui capaz.»

O comboio subterrâneo parou e a voz dirigiu-se para a porta. A sua dona era uma mulher modesta, baixinha, com dois olhos a arder num rosto queimado (ou chamuscado por eles?) e sem beleza. Lá fora, no cais, tropeçou e quase caiu. Como se o próprio chão também fosse para ela uma coisa nova e perigosa, nunca vista.

Ia vestida de azul.

A VOZ

Levantou-se às oito horas da manhã e é quase meia-noite. Nos outros dias a esta hora está deitada e até dorme e até sonha, e em sonhos fala e ouve falar, enfim, é uma conversa pegada. Mas hoje roubaram-lhe qualquer coisa que lhe era devida, sente-se inquieta, ia dizer, indignada, e é isso, indignada e frustrada também.

Foi um dia igual a todos os dias. Longo e lento como sempre nos últimos tempos, desde que a reformaram, recusa-se a dizer que se reformou, é mentira. Dantes, os dias eram pequenos e quadriculados, e ela passava de um quadro para outro, caminhando em frente, ou obliquamente às vezes, para variar. Os quadrados eram, por assim dizer, estanques, e neles uma cor, uma velocidade, um som, e ela, em trânsito, mudava também de tonalidade, era vagarosa ou rápida, barulhenta ou silenciosa. Agora sente-se inquieta, muda e incolor, parada e perdida no meio de um grande, terrível dia liso. Não há pontos de referência e todos os oásis secaram. Está num deserto de areia que às vezes lhe parece ser de gelo. Passeia pela casa e nem dá por que ela tem janelas, portas e paredes. Atravessa-as, as paredes, é como se as atravessasse. Em nada a ajudam.

Levantou-se às oito da manhã, olhou-se ao espelho, com atenção, à espera de uma resposta. Olhou-se com a maior objetividade possível, portanto com uma objetividade muito relativa. E pensou uma vez mais que não merecia uma coisa dessas. Sentia-se espoliada, ofendida, coberta de vergonha. Foi à porta buscar o pão e a garrafa do leite, fez o seu almoço, arranjou-se, saiu de casa, desceu ao metropolitano, subiu ao supermercado, fez as suas compras, voltou a meter-se no metropolitano. Em casa fez o que tinha de ser feito e comeu pouco. Nunca foi grande comedora e agora, sozinha, acha a hora das refeições deprimente. Ouviu um pouco de rádio enquanto lavava a loiça, depois vestiu o casaco outra vez e saiu. Sem objetivo. Só por causa do tal dia branco, e ela no meio da neve ou da areia, sem saber que direção tomar. Viu montras. Ainda entrou numa loja para comprar um par de meias, mas havia tanta gente entre ela e o balcão que acabou por desistir.

Voltou a casa. Tentou então falar com uma amiga e depois com outra. Amigas ou conhecidas? De qualquer modo, sobreviventes. Mas uma delas tinha saído – o telefone gritava numa casa deserta –, e a outra estava a falar. Desistiu. Ligou a televisão e viu uma série de interesse muito relativo. Depois pôs o jantar ao lume, comeu, lavou outra vez a loiça, voltou a sentar-se diante do pequeno *écran*. Às dez horas o telefone tocou, mas, quando pegou no auscultador, antes mesmo de abrir a boca, já tinham desligado, fora engano. Em todo o caso, depois de colocar o auscultador no descanso, ainda ficou um bocado à espera de que voltassem a insistir. À espera com toda a sua alma. Mas ninguém ligou outra vez.

Tentou de novo as suas duas amigas. Mas a que há pouco estivera a conversar tinha decerto saído (ou já se deitara), e a que não estava em casa conversava agora. Foi quando o programa da televisão terminou, e a chuva começou a cair diante dos seus olhos, que ela se deu conta de que tinha sido vergonhosamente roubada de algo muito importante: a sua voz.

O CABELO NA SOPA

Éramos uns perfecionistas. Ainda o somos, embora distraídos, melhor, ignorantes (às vezes, conscientemente, voluntariamente ignorantes) desta atualidade, esquecidos dos medos, dos nojos, dos tabus do dia de ontem. Éramos, entre outras coisas, muito asseados. Somo-lo cada vez mais. Asseados, minuciosos, requintados. Embrulhamos, por exemplo, os alimentos em nomes muito científicos, incompreensíveis, antinaturais. Muito do que compramos e cozinhamos e comemos é lindamente colorido, desinfetado, pasteurizado, pesado, embalado, rotulado, publicitado. Uma beleza. Claro que às vezes dá-se um incidente desagradável, daqueles que se veem à distância, que não podem passar despercebidos, até porque a imagem é demasiado nítida e brutal. E a carta ao diretor, por exemplo, fala de uma barata dentro de um pão ou no fundo de uma garrafa de leite. Mas é, felizmente, exceção à regra, e quando ela acontece eis-nos – e com razão – a bradar aos céus.

Uma coisa que muito nos indigna é o cabelo na sopa. Ele era – é – um símbolo de qualquer coisa que ainda hoje nos arrepia e cujo horror deve vir de tempos remotos – enfim, relativamente remotos –, em que lavar os cabelos era, para muito boa gente, uma aventura altamente perigosa. Ora a verdade é que, mesmo na pior das hipóteses, o cabelo (até com champô, com loção, com laca – sem hexaclorofeno, claro está) é uma bela e doce coisa, se o compararmos com outras de que o mundo alegremente se alimenta. Porque, neste nosso tempo, agora, de comida em lata, em barra, em frasco, em garrafa, em saquinho, tudo conservado com produtos químicos (às vezes supertóxicos), alindado com corantes (tantas vezes perigosos), porque neste nosso tempo de antibióticos, hormonas e água oxigenada à mesa, de DDT em tudo ou quase tudo (há grandes possibilidades de saber qual a nacionalidade de um indivíduo, analisando as doses de DDT e outros produtos químicos dos seus tecidos), neste nosso tempo, que importância tem, vendo bem, o cabelo na sopa?

Não se trata de defender o cabelo ou a barata (que até é capaz de estar envenenada), longe disso. Fazemos parte das gentes que se arrepiam com todas essas coisas. Fazemos parte das gentes que ignoram – querem ignorar porque isso lhes simplifica a vida? – os venenos que podem ser ignorados e que alegremente ingerem ou fazem os outros ingerir. Que não há outra coisa a fazer? Talvez não haja. Em todo o caso, sempre é bom ir prevenindo as gentes – irmo--nos prevenindo a nós próprios – do lento suicídio coletivo em que estamos todos ativa ou passivamente a colaborar.

A GEOMETRIA DA CIDADE

E uma pessoa perde-se na geometria gelada da cidade. Ei-la, à pessoa, por entre a monotonia das linhas verticais, horizontais ou paralelas, estas formando ruas, avenidas, travessas. Os novos prédios são cubos encostados uns aos outros, sobrepostos, com minúsculos quadrados de vidraça por onde entra uma luz fraca, porque outro prédio qualquer, mais alto, a interceta. As árvores não dão nas vistas. Crescem sem originalidade, como se também elas devessem seguir os moldes da cidade, que vê com maus olhos a fantasia das formas irregulares. De resto, as árvores, aqui, são estéreis, não vivem para dar frutos, para dar azeite, para dar sombra. E ninguém liga importância de maior àquilo da clorofila. Na cidade as árvores são toleradas, só isso. E nem as crianças se lembram de trepar por elas acima. São crianças da cidade, com os seus hábitos de televisão e cinema, de histórias aos quadradinhos, de futebol ao domingo, num campo retangular, verde e inodoro como uma bonita alcatifa.

A pessoa sai do cubo onde mora, atravessa o dia geométrico, calculado, calculável, toma o autocarro à hora certa, chega à hora da chegada diária. Às vezes há um atraso – previsível porque o trânsito é cada vez maior e as cidades grandes são tecidos cujas células animais ou minerais se multiplicam incessantemente, e se umas se mantêm quietas, fortes ou frágeis nos seus metros quadrados de chão, as outras, metálicas, correm como loucas pelas ruas. Correm e também estão paradas. Se todas se pusessem a caminhar ao mesmo tempo, como seria?

Atravesso a rua perpendicularmente (lá está o homenzinho verde a cortar-me qualquer veleidade de linha oblíqua) e vejo, então, encostado ao passeio, um gato morto. Uma criança chega a correr, bate nos meus joelhos, continua o seu caminho. Entretanto, de propósito ou por simples acaso?, deixou cair uma flor amarela sobre o animal.

Assim se perturba a geometria da cidade.

TELEFONEMA 1

Na verdade fora esquisito. Primeiro, por causa do tempo passado. Depois, porque entre o seu ouvido direito e a boca de quem falava havia, julgara de início, duas fronteiras e um mar. Não um mar-oceano, mas, em todo o caso, um mar, também chamado, é certo, golfo, desenhado pela terra no semicírculo a oriente. O outro semicírculo, esse, era incerto. Água na água, quem podia ter a certeza dos seus limites?

A voz era de uma nitidez impressionante, como dantes, como sempre. Superperfeita. Entre o emissor e o recetor nem uma tempestade, nem um pé de vento, nem uma nuvem sequer. Do anticiclone dos Açores nem era bom falar. Uma excelente viagem, não no tempo, mas no espaço. Porque lá onde a voz estava – pensara nesse instante – era também o ano de 1973 d. C.

Só depois de alguns espantos e de algumas frases trocadas é que tinha percebido que não havia fronteiras nem mar (ou golfo), e que a interlocutora afinal estava *cá*. Havia uns meses. Regressara, em suma. Entretanto tinha casado, não sabia? Não, como havia de saber... «Quando apareces? Temos de combinar. Olha, a minha morada é... Queres tomar nota?»

Enquanto procurava a esferográfica e tomava nota, ia juntando os cacos. Tinha de se reencontrar. Podia esperar tudo menos aquele regresso à base, o casamento entretanto, o oferecimento da casa. Porque aquela sua vaga prima, ex-colega, amiga-talvez-mas-não--era-certo, fora sempre muito pouco voltada para atitudes assim tão tradicionais. Houvera mesmo, em tempos que já lá iam, uma fuga, um corte com a família (uma família cheia de Senhoras Donas e de Ex.mos Senhores), depois (pelo menos no que a ela dizia respeito) um mergulho bem fundo no silêncio e no esquecimento.

Mas ei-la que falava. Depois da morada, o marido que era um homem extraordinário. O filho, já com cinco anos, inteligentíssimo, não calculas. O cansaço de viver *lá*, embora estivesse muito bem instalada, nem o João era homem-para-viver-de-qualquer-maneira. *Isto* que sempre era outra coisa. A sorte de ter encontrado aquele andar, belíssimo, hás de ver, cheio de sol e numa zona ainda pouco poluída. A felicidade de ser dona de casa. O problema das empregadas domésticas, claro. Etc., etc.

Houvera pois um grande salto a vários níveis. A vaga prima, ex-colega, amiga-talvez, não fora a seu tempo menina como as meninas da sua família. Não fora. E ei-la que partira, que bem ou mal vivera, que descobrira por fim que a sua vocação era afinal ser feliz com as pequenas coisas da vida que tornam felizes tantas mulheres.

Na verdade fora esquisito. Mas, quando desligou o telefone, com a promessa de aparecer na tal morada, no tal andar, já sabia que não iria. Porque ela não era feliz, nunca o fora, nunca o seria, com as tais pequenas coisas da vida. E as mulheres felizes, por acaso ou por escolha, davam-lhe sempre uma grande, uma infinita tristeza misturada com um pouco de inveja, com um pouco de troça. Era uma mulher inteligente, solitária e sem solução.

TELEFONEMA 2

A voz fez a sua viagem no tempo, que de espaço não vale a pena falar, quem se espanta com viagens no espaço, quem? Fê-la, pois, partiu há vinte anos – ontem, chegou hoje pelo telefone, voz só voz, sem rosto a acompanhá-la, que rosto teria?

Da última vez que a ouvi, ela, a voz, tinha casado ou ia casar, já não sei. De qualquer modo, ia partir alegremente, não me lembro para onde, só que era longe como tudo. Hoje tinha voltado, e cheia de reticências cautelosas mas presentes. Que claro que era feliz... Que viera só ver a família e partiria esta noite, estava por assim dizer com o pé no estribo... Que a vida era uma coisa... Que às vezes, pensando bem...

Um silêncio e uma pergunta inesperada. «Tens tempo para me ouvir?» Tinha. Estava doente, todo o tempo era meu. Começou logo o seu monólogo de meia hora certa, a sua confissão, a visita grátis ao psiquiatra. Partia logo à noite para o outro lado do mundo, mas antes disso era urgente contar-se. Quem sabe se não viera só para isso ou para isso principalmente? Quem sabe se à última hora lhe faltara sempre a coragem? Porque os rostos dos outros, porque os seus olhos, porque a sua incompreensão... Ora que importância tem isso?, dir-lhe-iam. Há coisas piores. Há milhões, biliões de coisas piores, no fundo és uma privilegiada. Olha a Maria. Olha o António. Olha a Luísa. Eles, sim, são infelizes. Doenças graves. Pobreza. Solidão. Tu...

Ela. Por isso se calara até ao dia da partida. Talvez nesse dia, hoje, tenha procurado num velho caderno de telefones a pessoa mais indicada. *A*? Não, *A* não era discreto. *B*? Fez a ligação mas ninguém estava. *C*? Vivia no Norte. *D*? Tinha morrido.

Então eu. Atendi, reconheci a sua voz, logo, logo, sem perguntar quem falava, sem me espantar passados vinte anos. Porque as vozes envelhecem tarde, não são como os rostos, e a dela estava igual.

«Porque um dia», disse no fim, antes de se despedir (de repente cheia de pressa, meu Deus, tanto que fazer ainda), «porque um dia parte-se uma caneca chinesa, belíssima, incomparável, e nem uma gota de sangue. É que percebemos, de repente, que se tratava de uma simples caneca e o facto de se ter quebrado não tinha a mínima importância. Porque nada é eterno, nada, nada.»

Um breve silêncio e despediu-se. Como já disse, estava cheia de pressa. Mesmo que volte um dia, creio que nunca mais ouvirei a sua voz. É o que geralmente acontece aos confessores não profissionais.

UM BOIÃO DE CREME

Encontrei-a aqui há tempos – um ano? Mais? Só sei que era inverno – e fizemos aquelas perguntas características dos indiferentes que não se veem há muito. Perguntas sem interesse nas respostas, falar por falar. Porque os caminhos que percorremos foram outros, talvez até os mundos em que vivemos sejam – tenham sido? – paralelos.

Depois aquele encontro numa terra de ninguém chamada Chiado. Logo depois, adeus até nunca mais. Cada uma entrou no seu mundo.

Ela quis demorar a conversa. Ela, de casaco de astracã com gola de *vison* (já disse que era inverno), as suas joias discretas para de dia, a sua voz homogénea, sem defeitos, sem saltos, sem gotas de ar no seu interior, quis demorar a conversa. Falou muito, ouviu pouco, mal ouviu. Nunca fora boa ouvinte, a verdade diga-se. Estávamos junto de uma montra, e havia gente parada, gente em trânsito, e ali ao pé uma mulher vendia escovas para o fato. E ela então disse, declarou, enfim, que estava tudo muito caro. Fiquei atenta. Olá! Tudo muito caro, para ela? Para ela dantes, com *Rolls* e motorista à porta do colégio, para ela depois, casada, constara-me, com um milionário?

«Calcula tu que o José (o milionário, pelos vistos – ou o ex-milionário?) levou-me há dias uns produtos de beleza. Pois sabes que um dos boiões de creme custou oito contos? Não é extraordinário?»

Olhei em volta, depois disse que sim, que era extraordinário, e despedi-me apressadamente, com vergonha – por ela?, por mim? – da mulher que vendia escovas para o fato. E compreendi uma vez mais o que é um país pobre. Porque a mulher das escovas não estava indignada, nem isso. Sorria. Sem acreditar. Podia lá ser, oito contos por um creme. Há cada uma. Que criatura mentirosa, pensava decerto. E também que não era parva, ela, não a levavam. Porque a verdade era para ela, mulher das escovas, inimaginável. Mas eu sabia que aquilo era verdade. Entre muitas outras qualidades morais, aquela minha ex-colega era – sempre fora – incapaz de mentir.

SER TURISTA

Ser turista é um estado de graça. O turista é um ser episodicamente solto na natureza (enfim, é um modo de dizer), que um dia, quando pôde, quando quis, fechou à chave a casa ou o escritório (ou ambos), onde ficaram bem arrumados em gavetas e em ficheiros os seus problemas, e partiu para um ou vários países, que escolheu e que foi olhar sem ver. É essa, de resto, a sua característica mais importante. Ele olha para tudo, fotografa tudo, e vê tudo diferente do que na realidade é.

O turista é um ser que partiu da cidade onde era homem como os outros homens, já vestido de roupas claras, sapatos rasos, máquina a tiracolo, sorriso aberto e disposição para achar tudo formidável. O que é digno de toda a admiração, até porque, como já disse, ele vê tudo a seu modo. O objetivo é, de resto, procurar coisas que nada tenham com a realidade do país (dos países) que visita. É um ser (este mês, pelo menos, em que é turista) todo voltado para coisas agradáveis, superficiais e sem problemas, como o sol, as praias, as lagostas, as velhas pedras, sei lá. É para ele importante (para ele, turista de todo o mundo em todo o mundo) esquecer o jornal diário, o telefone, as horas certas, o escritório onde é empregado ou patrão, a família que ficou, os amigos. Esquecer os problemas da sua terra e portanto ignorar os das terras que visita. Passear como quem voa por um país-fada localizado num planeta qualquer, que, por acaso, se chama Terra. Deixar por um mês de ser cidadão, de saber que há guerras, desentendimentos, desgostos, misérias. Porque, mesmo quando passa pela pobreza, o turista não a vê com os seus olhos de homem mas de turista, para além de um véu suave, lindamente colorido, que a torna típica.

Ei-los, pois, os grupos de homens e mulheres migratórios, fotografando coisas e gentes para a posteridade, comprando recordações, às vezes execráveis (a vingança dos sedentários). Eles partem no autocarro de vidro com os seus tesouros. Porque, já o disse, ser turista é um estado de graça. Que, como todos os estados de graça, faz com que o espírito domine a matéria. E mesmo os bons petiscos que o turista come com entusiasmo têm algo de muito especial. Porque ele come – e bebe – viagem. Viagem sem aventura, naturalmente. Organizada, quantas vezes. Enfim, o que pode ser.

POR EXEMPLO, O BRANCO

E ouvimos sem pensar, como se as palavras fossem um simples som mil vezes repetido, que só de passagem nos aflora os ouvidos, sem nada a ver com os nossos pensamentos que vagueiam pelas alturas ou rente ao chão que pisamos. E ouvimos e achamos natural. Não nos espantamos mesmo ao de leve, não encolhemos, um pouco que seja, os ombros, não temos uma réstia de sorriso, não fazemos comentários. Nada de nada. Mudos e quedos – surdos? – ouvimos. Somos estátuas de aceitação. Porque, que importância pode ter, por exemplo, aquilo do branco mais branco, do branco cada vez mais branco, do branco maxi, do branco maximais, do branco super, do branco mais-que-branco-luminoso? E não estou a referir-me à publicidade, mas a nós, a todos nós, os que a ouvimos, os que aceitamos, por exemplo, essa viagem de uma cor – de uma ausência de cor – por caminhos nunca dantes navegados, até uma brancura que, pelos vistos, não é (que indignidade) a do leite, a da neve, a da cal, a da roupa lavada com água e sabão. Porque tudo isso é, pelos vistos, um nojo de escuridão, um triste branco tradicional, histórico, antigo, ao pé deste branco por assim dizer com luz própria, esta nova cor, esta nova ausência de cor.

Tranquilos, ouvimos. Depois compramos este, aquele, ou outro pó miraculoso, que vai deixar as vizinhas a roerem-se de inveja, frustradas, as pobres, com a sua roupa menos superbranca, menos maxibranca, com a sua roupa cujo branco parou, não vai todos os dias progressivamente aumentando, a caminho do infinitamente branco. Até onde chegará ele, neste nosso mundo desejoso de perfeição, sempre a ir mais além mas nem sempre em coisas essenciais à vida da humanidade, mas utilíssimas à querida vida particular dos círculos fechados? Ao nada? À tela de facto branquíssima onde não se traça coisa nenhuma?

O branco, repito, é um exemplo entre muitos. Levamos o dia, os dias, os meses, os anos, as vidas, a ouvir coisas que não escutamos, a aceitar de mão beijada outras em que não acreditamos, a ter ainda como possíveis outras que não resistiriam a um simples, ingénuo, raciocínio. Mas aí está, nós (em geral) não raciocinamos, não queremos raciocinar, opomo-nos terminantemente a isso.

GATO A CEM À HORA

Tarde fria, esbranquiçada, a trazer-nos saudades de neve. De súbito, um modesto raio de sol.

Não sei se ele veio no raio de sol ou se chegou logo a seguir, aterrando no brilhante solário cor de pérola. Era um bichinho cinzento e peludo que nunca ouvira falar – ou se ouvira não prestara a devida atenção, conversas de homens, ora adeus – de engarrafamentos, e tomara por definitiva uma situação que era, afinal de contas, transitória. Perigosamente transitória.

Gente parada, pasmada, divertida com aquilo do gato no tejadilho do automóvel, sentado a lamber placidamente a patinha ao sol. Uma pincelada de sorriso no quotidiano bisonho. O homem seriíssimo, convencidíssimo, ao volante do seu *Alfa Romeo* – ou seria um *Jaguar*?, ou um *Porsche*? –, esse, não percebia nada de nada. Não vira o gato saltar, ignorava-lhe a presença sobre a sua cabeça. E não compreendia aqueles sorrisos na sua direção.

Depois o engarrafamento desfez-se e o carro começou a andar, primeiro vagarosamente, depois mais depressa. O gatinho, coitado, já ia de orelha arrebitada e todo espinhos, num grande pânico compreensível, quando o carro desapareceu na direção da autoestrada.

Pobre gatinho a cem à hora talvez – terá aguentado até aos cem? –, onde estará neste momento o seu corpo ignorante das invenções terríveis dos homens, engarrafamentos de trânsito, por exemplo?

HISTORIETA COM PINGUIM

O rapazinho estava com gripe e queria a todo o custo um pinguim. Desde manhã que choramingava. Queria um pinguim e pronto. A mãe saiu depois de ter procurado na lista dos telefones e apontado num papel as moradas de algumas lojas de brinquedos. Entrou na primeira e foi atendida por uma menina muito gentil.

«Que deseja?», perguntou a menina.

«Um pinguim.»

«Mas um pinguim como?»

«Não sei. De pelo, talvez.»

A menina hesitou. Depois gritou lá para dentro a plenos pulmões:

«Palmira! Há cá algum pinguim?»

Todas as pessoas presentes se voltaram para a senhora, espantadas, e, parecia, censurando-a um pouco. Um pinguim, que ideia!

«Não!», gritou a Palmira.

«Não», repetiu a menina gentil. «Temos cães, gatos, ursos, leões, tigres... Pinguins não há.»

A cliente pediu desculpa e saiu.

Na segunda loja, quem a atendeu foi um homem de meia-idade, todo de preto e branco. Parecia um pinguim, embora, era de esperar, ignorasse tal coisa, e a senhora hesitou um pouco, receosa, antes de perguntar se tinha algum pinguim. E se ele julgasse que era troça? Não julgou. E disse logo que não tinha, lamentava muito. Havia ursos, cães, gatos, leões...

Correu todas as lojas! Na última, a empregada, que era prestável, quis dissuadi-la a todo o custo:

«Não encontra.»

«Porquê? Não se fazem pinguins?»

«As crianças não gostam.»

«Mas o meu filho...»

«É uma exceção. As crianças gostam é de cães, gatos, leões, bichos assim. Eu à senhora... Olhe este urso, é engraçadíssimo, não acha?»

«Acho, mas ele pediu-me um pinguim. Não é para mim, é para ele.»

Voltou para casa. O rapazinho ia ficar desconsolado. Mas quando abriu a porta ouviu-o rir, feliz. A avó, que viera vê-lo, estava a fazer-lhe um boneco com pedaços de fazenda preta, pano cru e lã que estava tirando alegremente de uma almofada. Parecia tudo menos um pinguim, mas o rapazinho mal conseguia falar tal era o seu entusiasmo.

«Estás a ver, mamã? Estás a ver, mamã? Não é um pinguim mesmo bonito?»

Ela sentou-se na borda da cama e tirou os sapatos.

«Olá, mãe», disse suspirando.

«Por onde andaste?»

«À caça aos pinguins, não vê? Pelo Polo Norte...»

«Está assim tanto frio?»

O rapazinho riu.

«A mamã não achou nenhum pinguim, pois claro. Foi ao Polo Norte e só os há no Polo Sul.»

«Ah! Quem te disse?»

«A avó. Sabe muito de pinguins, a avó.»

«Estou vendo», disse ela, descontente com aquela falha na sua cultura.

HISTÓRIA DE NÃO NATAL

Literatura de Natal deve ser alegre. É a festa da família, as pessoas, algumas, têm o décimo terceiro mês, sentem que o dinheiro transborda do ano, fazem compras desnecessárias, dão presentes, recebem presentes, juntam-se, divertem-se. É o Natal cristão-pagão de todos nós. Enfim, de muitos de nós. E os outros? Os sem décimo terceiro mês? Os de dinheiro mirrado na forma do ano, enorme e vazia? Os sem ceia? Os sem família? Os com fome de comida ou de amor ou de ambas as coisas? Esses?

Esta é uma história que aconteceu, numa cidade brasileira, no Natal do ano passado. Encontrei-a por acaso num velho *magazine* de sala de espera. A história de uma mulher que em tempos fora casada, tivera dois filhos, vivera bem. Depois tudo se tinha transformado. Alguém tivera a culpa, talvez fosse ela própria, não interessa. O marido ficara com os filhos; ela, só e muito pobre, a viver num sexto andar de uma cidade grande e estranha. Na noite de Natal pôs a mesa para quatro pessoas e ficou à espera, embora sabendo que ninguém viria. À meia-noite abriu ritualmente uma garrafa de champanhe que lhe ficara de tempos melhores e bebeu. Sabia que fora daquelas quatro paredes, quase miseráveis e tão silenciosas, as pessoas riam e se abraçavam e eram felizes.

A noite foi, decerto, enorme e terrível para ela, e na manhã seguinte debruçou-se do seu sexto andar e caiu. Ninguém soube se se debruçou demasiado por mero acaso ou se quis morrer. A queda foi, em todo o caso, atenuada pelo toldo de uma loja e ela partiu simplesmente as pernas, pensaram as pessoas. Mas não. Dois dias depois morria no hospital para onde a tinham levado. E durante esses dois dias não teve uma única visita.

Uma história de Natal, isto? E porque não? É nas ocasiões em que as pessoas se reúnem, se divertem, comemoram uma data feliz, que os outros, os que por qualquer razão ficaram de fora, porque um dia saíram ou foram expulsos, se sentem mais isolados e mais tristes. Há os que pensam na morte, há os que a procuram, há os que baralham tão bem ou tão mal as cartas que ninguém fica a perceber ao certo o que se passou, nem mesmo eles. De resto, quem pensa neles? Já estavam fora da vida, não é assim? Já não faziam parte da comunidade...

Portanto, uma pequena notícia e que descansem em paz.

DIA ÚTIL

Dias úteis, úteis a quê às vezes, a quem, gostava de saber? Há-os de uma inutilidade a toda a prova. Dias que era melhor ter riscado do calendário, ter recusado, ter «passado» como às jogadas sem esperança.

Dias declarados, proclamados úteis por quem de direito, úteis sem apelo nem agravo. Este, por exemplo, hoje. Preciso urgentemente de escrever – é um dia útil, não? –, mas eis-me sem assunto. Coisa mais aborrecida, precisar mesmo de escrever, ter de escrever, e estar sem assunto. Há dias em que basta olhar em volta, ouvir as pessoas, pegar no jornal. Mas as pessoas hoje não me dizem nada que valha a pena – ou serei eu que não as ouço? – e as notícias parecem-me todas demasiado deprimentes, já me custa olhá-las quanto mais prendê-las. Guerras, desastres, catástrofes, que mais? Onde as belas transplantações do doutor Barnard, cirurgião-jardineiro-vedeta? Onde aquela campanha tão deslumbrantemente planeada e executada, a melhor depois da de Hollywood (onde também havia astros, estrelas, etc.), a dos homens da Lua? Mas eis que as operações se fazem num silêncio digno – reticente? – e os astronautas foram congelados até mais ver. Coisas.

Enfim, nada que valha uma linha, linha essa que, de resto, eu seria incapaz de alimentar. Hoje as palavras estão antipáticas, nem um arzinho da sua graça, não estão para isso, estão no seu direito afinal de contas. Lá porque são palavras... De resto, há um *complot*, é como se houvesse. E a esferográfica chegou ao fim do seu sangue azul. Desisto. Dia útil? Oram vejam lá...

«QUE DIRIAS DE MORAR EM LISBOA?»

«Diz-me, minha alma, pobre alma que o tempo arrefeceu, que dirias de morar em Lisboa? Deve lá estar calor, e tu sentir-te-ias reanimada como um lagarto. É uma cidade à beira de água; diz-se que foi construída em mármore e que o seu povo tem tamanho ódio ao vegetal que arranca todas as árvores. Eis uma paisagem a teu gosto; uma paisagem feita de luz, de mineral e de líquido para o refletir.»

Foi em mil oitocentos e sessenta e tal que Baudelaire escreveu *Le spleen de Paris* (pequenos poemas em prosa). Este texto pertence ao poema «Em qualquer parte ou fora do mundo», e nele Baudelaire refere-se a uma Lisboa de pedra e água (sem saber que a cidade voltara – voltaria um dia – as costas ao Tejo), a uma Lisboa cujos habitantes têm ódio às árvores. Premonição do poeta? Verdade já naquele tempo, contado por alguém que sabia? «Diz-se que...»

Ao passar por um pequeno jardim-ontem, hoje prédio de não sei quantos andares, liso e esburacado, sem uma varanda sequer para um vaso de flores, lembrei-me desse poema que Baudelaire escreveu em tempos mais felizes, em tempos em todo o caso menos terríveis em que as árvores eram beleza e não necessidade vital, em que a poluição ainda não fazia parte das palavras-ameaça, estava bem arrecadada na sua prateleira dos dicionários. Desse poema em que se trata desta cidade de luz, mineral e líquida. Uma cidade que cada vez tem maior ódio a jardins suspensos e a jardins terrestres, estes só frequentados por velhos, crianças e namorados, gente, enfim, fora da vida.

Muito sabem os poetas.

AS MENINAS

Era um grupo de meninas à saída da escola. Meninas magrinhas, de pés grandes e sapatos «para crescer», de pernas altas, de cabelinho ruço. Meninas que mais tarde talvez viessem a ser mulheres gordas, de pés pequenos, pernas curtas, cabelos cor de uma tinta qualquer. Naquela tarde, porém, as meninas eram meninas pequenas. Eu, na paragem do autocarro, elas do outro lado da rua, voando para fora da escola-prisão onde tinham ganho ou gasto mais um dia de vida.

Ainda não disse que eram meninas modestas. Mas não o terei dito? Meninas modestas de repente livres de correr, gritar, cantar, ricas, portanto. E havia uma confusão de vozes e de gestos, errados mas entusiásticos.

Então a outra menina passou, deteve-se um brevíssimo segundo a olhá-las (deteve-se ou deu um passo mais lento, só isso?), seguiu o seu caminho. Era uma criaturinha raio-de-sol. Alta, delgadinha, direita como um fuso, com longos cabelos loiros e lisos, e um rosto surpreendentemente belo. E ainda por cima vinha vestida como um manequim miniatura de um Cardin qualquer, especializado em roupa de meninas-mulheres.

Houve entre as alunas da escola um silêncio bichanado. Todas olhavam para o raiozinho-de-sol feito gente, que, lá adiante, entrava para um grande automóvel de luxo, com motorista fardado.

O carro arrancou, a algazarra das aves libertas voltou a ser o que fora. Só uma delas, pequenina, de peúga grossa caída sobre o sapato e trancinhas pobres a saírem do barrete de lã, é que ficou especada, acompanhando a imagem solar da açambarcadora. Uma açambarcadora que arranjara maneira de ter cabelos de oiro, olhos de céu, roupas de maravilha e carruagem à sua espera, como as princesas das histórias. E a pequenina, de peúgas caídas, para ali ficou, a pensar. Seria decerto – já o era – uma daquelas pessoas a quem a vida causa sempre espanto, alegria, e às vezes, pois claro, indignação.

VELHOS

Ei-los que esperam ao sol. Esperam o quê, quem? Estão sentados, vegetais com raízes no dia de ontem, esquecidos de quem são, de quem foram – foram-no há tanto tempo! – e com frio.

Desconhecem este mundo em que subsistem e que os ignora. Desconhecem palavras como gerontologia e reciclagem, ignorá-las-ão sempre. Só sabem – sentem – que são velhos, inúteis, pesados aos filhos e mais ainda às noras e aos genros. Pesos mortos que têm de ser alimentados, vestidos, alojados, suportados. E há quem julgue que tem lugar no céu só porque os alimenta, os veste, os aloja, os suporta.

Muitas vezes ao dia dizem (ou pensam) que no tempo deles, que dantes... Sem saberem que a maior maravilha desse tempo era a sua idade jovem. Agora nada lhes pertence, estão a ocupar espaço indevido, parece-lhes às vezes que as pessoas em redor falam outra língua, chegaram de outro planeta. E gostariam de se indignar, mas quem para se indignar com eles? Já partiram os que podiam compreendê-los. Dos netos e até dos filhos separa-os um fosso que ninguém procura – para quê? – estreitar.

Esperam portanto ao sol, quando há sol. Se chove têm a parede em frente, ou o *écran* em frente, ou ainda o transístor ou um jornal lido, esquecido, lido de novo. Há quanto tempo os reformou a vida? Sem ordenado por inteiro, naturalmente. Sem nenhum ordenado tantas vezes. Pô-los de parte, só isso. São os velhos, os imprestáveis. Uma espécie de *disposables* deste mundo que cada vez venera menos os velhos.

A CRIANÇA À ESQUINA DA RUA

Era uma criança, só isso. Nem bonita nem feia. Mas uma criança com um desgosto maior do que ela. Tinham-lhe batido? Tinham-na insultado? Tinham-na roubado? Não sei. Só que estava parada à esquina de uma rua popular, muito movimentada àquela hora, e que ninguém a via. Quem vai reparar numa criança que chora? Vestia uma ampla capa de oleado, com capuz, e o seu choro era silencioso, não se exibia, não dava escândalo. A criança chorava como quem respira, porque chorar lhe era, de súbito, necessário.

Esquecemos muito facilmente os desgostos da infância e escutamo-los a sorrir, com desatenção ou até irritados. É curta a nossa memória. Ficaram caídos, perdidos para sempre, os desgostos enormes, imensos, insuportáveis, da nossa infância. Desgostos para os quais não tínhamos força, nem treino, nem tamanho. Para os quais nem mesmo tínhamos anticorpos.

À esquina da rua, portanto, a criança, de pasta no chão, chorava. Lágrimas grandes, redondas, velozes, molhavam-lhe o focinhito rosado pelo frio ou pela dor. Lá adiante um grupo de meninos ria alegremente. Dela? Sim, talvez fosse dela que o grupo ria. Por a criança ser tímida. Ou aprender com dificuldade. Ou gaguejar. Ou falar com o sotaque de uma província qualquer, de onde chegara havia pouco tempo. Ou dezenas de coisas mais, de que as crianças se riem com uma crueldade que também é maior, muito maior do que elas próprias.

A criança apanhou os livros e começou a descer a rua.

COISAS DA VIDA

Não se perde a vida em casa, na cama, aí morre-se e é tudo, falece-se quando muito. Para a perder, à vida, é necessária a violência exterior, o ataque inesperado. Seria mais lógico dizer que algo, alguém, roubou a vida a quem morreu. Mas isso retirava todo o heroísmo ao facto. Quem consente que assim, do pé para a mão e sem luta, lhe roubem uma coisa tão preciosa, a mais preciosa de todas, quem?

Há quem ande todo o tempo da sua estada neste mundo à boa vida. A boa vida até pode, está bem de ver, ser péssima, e o indivíduo em questão andar miserável e roto, passar fome. Mas aí está, não trabalha e a decadência está à vista. Portanto, para os outros, ele anda à boa vida. É que os outros ganham a vida com o suor do seu rosto. Enfim, geralmente. Isto é, claro está, uma flor de retórica.

Ganhar a vida também é engraçado. Entre outros significados, ganhar é adquirir a posse de, apoderar-se de. Quer isto dizer que sem a pessoa trabalhar – ganhar a vida – não pode subsistir. A não ser que o progenitor ou cônjuge da pessoa em questão a tenha ganho ou ganhe tão bem, que ele, descendente ou cônjuge, possa levar vida airada. Diga-se desde já que a ociosidade não está ao alcance de todos. É necessária uma longa técnica de gerações e, a não ser que a pessoa seja extraordinariamente dotada para não fazer nada de nada, ela costuma esconder o facto, mascarando os ócios com uma doença que ninguém veja ou com uma vida social (ou familiar) ocupadíssima. Todos conhecemos gente assim. Há também os que, reformados, começaram a definhar e pouco aproveitaram desse tempo de ócios a que são condenados. Faltaram-lhes aulas práticas.

Os de vida difícil têm uma existência cheia de tropeções, quedas, perseguições, medos. Há ainda os que estragam a vida, os que dão cabo dela. Às vezes era lisa, fácil, uma beleza, e eles foram meter por caminhos de cabras em vez de seguirem, ajuizados, cautelosos e tradicionais, pela estrada principal, que às vezes até era uma autoestrada.

Ultimamente fala-se muito de pessoas que querem viver a sua vida, o que é perfeitamente respeitável, embora às vezes uma atitude tão pessoal cause problemas. Enfim, são tudo coisas da vida.

LISBOA DESBOTADA

A causa talvez seja a poluição (o ar sujo das cidades grandes) e também, claro, a superpopulação de gente-inseto (atraída por uma tantas vezes pobre lâmpada de vinte e cinco velas) e também da outra gente, a de raízes mais antigas.

Muitas vezes não reparamos no que nos cerca, por causa da velocidade a que vivemos e que não nos dá tempo para pensar em coisas dessas, tão fúteis. Saímos pela manhã, entramos à noite, às vezes vamos aqui e além, mas teremos visto alguma coisa? Não somos turistas e o que vemos são os nossos problemas, a nossa pressa, o nosso frio ou o nosso calor, a máquina de moer tempo, de tricotar instantes de que somos uma alavanca, um simples parafuso, uma malha. O mundo exterior não nos toca, é como se não existisse. Como havíamos nós de reparar na cidade desbotada se ainda por cima estamos treinados a ver todas as noites, durante mais ou menos tempo, o mundo a preto e branco no pequeno *écran*?

É certo que os carros e as pessoas se vestem muitas vezes de cores garridas. Mas eu refiro-me é à cidade e não a quem (ao que) se move dentro dela. Às casas, às árvores, ao céu, ao rio da cidade.

O Tejo dos barquinhos para o Barreiro era verde-verde, era azul. Ora ou ele está mais escuro ou mais descolorido ou então é impressão minha, desculpem lá. E o céu que às vezes parecia ter levado a última demão (ainda por secar) de pintura? Não terá também desbotado? E o verde das árvores não será menos verde, ou, pelo menos, muito mais ralo? Bem sei que já não há aborígenes e que os lisboetas de Lisboa e os que vieram dos quatro cantos do retângulo à beira-mar traçado têm que «morar», bem sei...

Claro que a clorofila, claro que o oxigénio, claro que o ar impuro e a água suja e os peixes mortos... Problemas das cidades deste quase ano 2000 em que haverá sete biliões de humanos no planeta. Mas Lisboa é a cidade que eu vejo todos os dias, a minha cidade, as outras são dos livros. Portanto...

O CAMINHO DA VIDA

A falar verdade, não tenho a absoluta certeza de que o título fosse mesmo *O Caminho da Vida*. Também podia ser *A Rota da Aventura*, *O Tempo de Amar*, ou qualquer outro título, desses que servem perfeitamente a quase todas as fitas cor-de-rosa, boas para ver e esquecer. Que quando acabam de ser vistas já estão esquecidas. Podem baralhar-se títulos e histórias que não se dá pela diferença. Mas fazia-me jeito que a fita em questão se chamasse, já vão ver porquê, *O Caminho da Vida*.

A coisa aconteceu na *matinée* de um dia de semana, com a sala quase vazia, contaram-me. O que quer dizer que havia pouca gente tão só porque tão perdida dos outros, ou tão esquecida por eles, que fosse capaz de ir ver, numa tarde de segunda-feira, um filme que usava tal nome.

Ela, porém, fora. Era uma senhora idosa com um chapelinho florido, de palha. Estava no meio de uma fila e ninguém por isso a incomodou – enfim, é um modo de dizer – nos intervalos. De resto, na sua fila, só havia mais duas pessoas e entre elas muitas cadeiras vazias.

Quando foi tempo, o filme acabou com o *happy end* da praxe – as histórias com nomes assim têm sempre fins felizes, moralizadores, que deixam as pessoas contentes com a vida, tão tranquilizadas, tão esperançosas como se ainda fossem crianças ou vivessem noutro planeta. Num planeta ainda sem bomba atómica, sem poluição, sem droga, num planeta azul, transparente, bom como o pão de quando o pão era uma boa coisa. Mas adiante. O filme acabou, portanto, e as arrumadoras repararam que a senhora do chapéu florido continuava no seu lugar. E foram acordá-la. Aborrecidas porque o filme já não tinha o menor efeito sobre elas.

Claro que a senhora estava morta. Com um sorriso nos lábios descorados. Porque também ela tivera o seu *happy end*. Saíra de casa, metera-se no autocarro, comprara a plateia, tudo aquilo para morrer. Até pusera o chapéu para isso, para morrer. É que o seu coração frágil não suportara a emoção daquela felicidade de celuloide chamada *O Caminho da Vida*.

Sim, creio que era *O Caminho da Vida*. Ou seria *A Rota da Aventura*? Ou *O Tempo de Amar*? No fundo, tanto faz.

A CASA DEMOLIDA

Quando a casa tinha começado a ser demolida sentira uma coisa na boca do estômago. Tinha nascido e crescido ali, tinha casado ali, enfim, morava ali na altura do seu casamento. Ora digam o que disserem, as recordações, não é verdade? Todos os dias passava pela casa a caminho do emprego. Passava, parava, ficava a olhar, às vezes já saía uns minutos mais cedo para isso, para parar e ficar a ver a casa agonizando. Primeiro fora o sótão, depois os quartos, o dos pais, o seu, o da irmã, por fim a cozinha, a casa de jantar, a sala. O pequeno jardim onde ainda havia uma árvore – a árvore – era todo ele ossos da casa e muito, muito pó. Tudo aquilo tinha algo de cemitério, e a árvore, de branca, parecia petrificada. Mas um dia também ela desapareceu. O prédio novo ia nascer.

Seria um prédio belo?, pensou o homem no dia em que a árvore caiu. Se ao menos fosse um prédio belo! Se ao menos...

«Meu caro», disse-lhe a voz com a qual tantas vezes dialogava em silêncio, caminhando pelas ruas, «meu caro, se for um prédio belo, será um prédio para escritórios, não para gente lá nascer, crescer, casar, já pensaste? Um prédio cheio de empresas, sociedades anónimas, secretariados, comissariados, companhias, coisas assim. Que idade tens, amigo?»

«Tenho quase setenta anos, bem sabes, um dia destes vão-me reformar...»

«Um dia destes vais morrer. Que importância tens tu para considerares tão importante a casa onde nasceste? Julgavas que ias ter placa na porta? Aqui nasceu fulano, a tantos de tal... Passa adiante. És uma formiga num formigueiro, amigo. A casa e a árvore morreram, e olha que eram mais fortes do que tu, tiveram de ser deitadas abaixo. Mais tarde ou mais cedo, sabes? Tudo e todos... É a lei da vida. E olha, eu a ti desejava que o prédio fosse feio. Claro que, se pudesse ser belo e ser habitável, era ouro sobre azul, mas não contes com isso.»

O homem continuou a andar e a conversar, dize tu, direi eu. Nesse dia chegou tarde ao escritório e reparou, pela primeira vez, que ele ficava num prédio belo. Uma destas!

A CRIANÇA E A HISTÓRIA

Ali, de bruços sobre o tapete, a criança esqueceu totalmente o corpo, despiu-o, abandonou-o, partiu para bem longe levada pela história com asas que está a ler. Pergunto a mim mesma se lá por onde anda ela sentirá algum receio pelo futuro, ainda incerto naquela página, do herói, príncipe, rapaz pobre, boneco de Hergé ou de qualquer outro. Ela devia, no entanto, saber – por experiência de outras leituras – que tudo acaba sempre bem, que os maus serão castigados (às vezes até se regeneram, que maravilha), e os bons recompensados e felizes, no fim. Talvez haja, porém, no fundo de si, um leve receio, uma réstia ancestral de suspeita de que as coisas nem sempre sejam assim, uma pequenina ameaça. Por isso o suspiro de alívio quando termina e verifica uma vez mais que ali tudo está certo e é como deve ser.

A criança espreguiça-se um pouco, tranquilizada, entra de novo no seu corpo jovem, levanta-se com ele, pula, grita, corre. E leva consigo aquela grande certeza de que a vida é de confiança. Incapaz, enfim, de uma injustiça.

Pergunto novamente a mim própria se o primeiro livro, o primeiro filme sem fim feliz que aquela criança ler, vir, será para ela um choque, ou se nessa altura a vida já lhe terá dito, antes da ficção, que as coisas não são tão fáceis como isso, tão claras. Pergunto-o a mim própria porque já não me lembro como aconteceu comigo. Já não me lembro, mas se quisesse recordar os factos verificaria que a vida agiu primeiro.

DOR DE ALMA

A minha alma sente-se muitas vezes magoada e também estarrecida (entre outras coisas), talvez porque a uso com exagero desaconselhável, não a escovo nem a penduro no cabide das almas, até à próxima ocasião, cuidadosamente escolhida entre as ocasiões. Uso-a como uma farda, que posso eu esperar?

Devia usar a alma como uso o pregador de esmeraldas que não tenho. Devia vesti-la, enfim, só em ocasiões em que não houvesse o menor perigo de ela se magoar, se sujar, se estarrecer, como disse. Em ocasiões de sorrisos maquinais, frases bem maquilhadas, gestos de cetim e veludo, risos de cristal, cenários intactos. Coisas de agradar às almas sensíveis. Mas eu visto-a e saio para a rua e nem sequer levo guarda-chuva. Vamos ambas para o trabalho, andamos pela rua às horas de ponta, atravessamos perto dos homenzinhos verdes-marcianos-assassinos. E pensamos no porquê daquele cego, além, e daquele velho de fato mais velho ainda, se possível, todo encolhido dentro de um raio de sol tão frio, e daquela criança que não sabe e talvez nunca venha a saber nada de nada. E ainda no porquê daquela mulher, essa ajuizada, vê-se à distância, consciente de que este não é dia nem lugar para usar alma, e que por isso caminha sem ver o velho, nem o cego nem a criança. É bela e feliz, só vê aquilo que quer ver, não sente nada que não queira sentir. Deixou a alma pendurada entre o casaco de *vison* e o vestido de alta costura. Sabe-a toda.

Agora eu... Por isso chego a casa e tenho que lavar a minha alma, que a coser, que a passar a ferro. Não vai durar muito, assim tratada... Mas que hei de eu fazer?

SALA DE ESPERA

Agilíssimas mãos semoventes, em corpos quietos, como que hipnotizados, de fixos olhares de mata-borrão, de bocas apertadas, de ouvidos surdos ao mundo exterior. E o mundo exterior era, por exemplo, as crianças inquietas que abriam portas, criavam correntes de ar, tropeçavam nas pessoas, rasgavam, enfim, o silêncio cauteloso, receoso, da sala de espera. As mãos, porém, nada.

No entanto, ali, abria-se uma janela para uma rua viva, uma porta (tinham-na aberto as crianças) para um corredor movimentado, havia revistas razoavelmente atuais para consultório, um jornal da manhã que alguém, decerto, esquecera, as crianças agitadoras. Havia ainda, claro, a possibilidade de se ler um livro levado de casa, a de fazer – de ir fazendo aos poucos – a camisola que um dia seria vestida por um filho, um marido, um irmão. Tantas coisas, Senhor!

Eram deslumbrantes e assustadoras as mãos, de tão ativas, de tão entregues àquela importante, apaixonante tarefa de vazio urgente, vital. Porque as mãos do lado esquerdo da sala faziam complicadas rosetas brancas, as do lado direito argolas amarelas.

De vez em quando havia quem levantasse os olhos do jornal e procurasse um sopro de vida naqueles rostos. Em vão. Eles continuavam impenetráveis e desertos, como se a vida inteira os tivesse abandonado, escorrido para as mãos, só nelas morando.

Depois uma das crianças tropeçou num pé qualquer, caiu e desatou a chorar. Um corpo regressou então, subitamente, do planeta de argolinhas – em filas sobrepostas, muito certas – onde tudo era igual, tranquilo e exato. Ressuscitada, a dona das mãos aplicou uma sonora bofetada à criança. A outra mulher, porém, continuou em transe, a fazer rosetas.

A ILHA

Era uma ilha num lugar qualquer, mas para quem lá estava, naquele instante, era a ilha mais bonita, perdão, mais bela do mundo, muito mais do que aquelas tão faladas, tão filmadas, tão gastas, tão inacessíveis ilhas dos mares do Sul. Talvez fosse um restinho arenoso da Atlântida ou até, vamos lá, de paraíso, embora só por ali se vissem animaizinhos suaves e vulgares: pássaros gritadores, passeando sem medo, lagartixas quando muito.

Uma pequena imensidade de areia, verduras ásperas; depois, de súbito, desembocava-se numa concha maravilhosa de areia molhada e água baixinha, azul e morna. Na areia pegadas leves de gaivota, na água cardumes de peixes recém-nascidos, ainda transparentes, dos que brincam à beira-terra, como as crianças à beira-mar. E um silêncio, Senhor, um silêncio! Do outro lado da ilha, junto ao ancoradouro, havia uma barraca de comes e bebes; daquele lado, porém, nada. Só o imenso mar. Que mar? Mas que importância tinha isso se todo ele era o mesmo, se todo ele se interpenetrava, mais ou menos azul, mais ou menos calmo, mais ou menos quente? Ali era bem azul e liso e morno. As pessoas entravam por ele dentro, davam umas braçadas, flutuavam, quando se deixavam cair na areia era como se estivessem a colaborar no nascimento do mundo.

E, de súbito, no meio de todo aquele deslumbramento, alguém que tinha a mania das precisões históricas perguntou: «Sabem que este paraíso foi em tempos muito recuados uma ilha de leprosos?»

O mar perdeu a cor, o som, o aroma, tudo, e houve quem estremecesse de frio ao sol. As pessoas mudaram de conversa, levaram o resto da tarde a mudar de conversa, e, quando chegou a hora da partida, ninguém levou saudades. E todos haviam tacitamente resolvido afastar-se da pessoa das precisões históricas que assim apagara do mapa dos sonhos vividos Atlântidas e paraísos e viera lembrar às criaturas que em todos os centímetros desta Terra há, houve ou há de haver, miséria e dor.

O MENINO À BEIRA-MAR

Quando crescer e obtiver, por exemplo, toda aquela papelada burocrática e ressequida que os adultos conscientes possuem – passaporte, caderneta militar, carta sindical, carta de condução, etc., etc., etc. –, é natural que o mar se tenha tornado a menor das suas preocupações e seja simples água boa (ou má) para nadar. Mas, vendo o caso por outro prisma, talvez não. Porque um menino como ele, que aos sete anos está ali tão quieto e a pensar em coisas daquelas – a sonhá-las, a inventá-las – em vez de jogar à bola lá em cima, com o irmão, um menino assim tem grandes possibilidades de vir a ser poeta, mesmo que tenha, tendo decerto, está bem de ver, uma segunda (uma terceira) profissão que o faça viver. Isto, claro, na melhor das hipóteses, porque há casos em que tais profissões vitais passam para o primeiro lugar, ocupam a vida inteira, e a poesia, de tão guardada, de tão esquecida, transformou-se em simples poeira, isto é, em nada. Mas num nada frustrante.

O menino de sete anos, sentadinho à beira da água, conta-me que viu ontem uma estrela-do-mar, e que era toda luminosa, tinha caído do céu, devia ser uma estrela cadente. E diz mais coisas. Que os búzios são os ouvidos das sereias, por exemplo, e que quer ver uma sereia, por isso fica horas assim, quieto, a olhar. Já vi alguma, eu?

Lamento muito, nunca vi. Nem estrelas luminosas, no mar. Só daquelas brancas, sabes, que vêm na onda.

Olha-me com pena e vai decerto contar-me mais coisas apaixonantes quando a mãe se aproxima. Pede desculpa da maçada – qual maçada? –, mas o Joãozinho é um perigo, as histórias que ele inventa. Só sabe dizer mentiras.

Então mentiras? O menino embezerrou e com toda a razão. Daí em diante, sempre que me via, baixava os olhos. Mas contava o seu mar a outras pessoas. De uma das vezes – ia a passar e ouvi – tratava-se de um jardim, lá em baixo, e havia um lago de terra com ar por cima. Mentiras, então? Ai, senhora, senhora, o que as pessoas dizem do que não percebem!

MENINOS E GAROTOS

A criança de colo ou ensaiando os primeiros passos na vida é intocável, não se censura, não se critica, é bonita ou só bonitinha, enfim, um amor. Mesmo quando pertence a uma classe social inferior. Por ser demasiado vulnerável? Por não ser perigosa? Porque a sua imagem lembra às criaturas os filhos que um dia tiveram ou nunca chegaram a ter? Porque elas se sentem, de súbito, muitos anos antes, junto da boneca que lhes foi oferecida? De qualquer modo, a verdade é que a criança de colo não tem classe social, e as gentes bem-pensantes, finas e até ilustres, consentem, com um sorriso, que o bebé da mulher a dias lhes puxe os cabelos ou quebre um prato que não seja de muita estimação.

Em que idade é que o bebé da mulher a dias – um exemplo como qualquer outro – passa a ser garoto, malcriado, insuportável, mas acima de tudo incómodo, em que idade é que o racismo começa a vir ao de cima? Porque, sem nos darmos conta disso, há um racismo. Claro que, quando me refiro ao filho da mulher a dias, ponho de parte os problemas inerentes ao facto de ela, mulher a dias, levar de vez em quando a criança para o local de trabalho por não ter a quem a deixe. E de a criança fazer barulho, mexer em tudo, etc. Não, eu quero referir-me unicamente à maneira de a patroa encarar essa criança e outras crianças.

Há, pois, o garoto, o miúdo da mulher a dias, e os meninos, os pequeninos, as crianças da sua família ou filhos dos seus amigos. Esses meninos, etc., estão na idade de fazer isto e aquilo, são crianças, não é verdade? E mesmo quando se portam mal, quem tem a culpa são as mães que não os sabem educar. O miúdo da mulher a dias, porém, é desde sempre responsabilizado pelas suas atitudes. Porque ele devia ter a noção de que está numa casa onde só em bebé (nos tempos em que censurá-lo era uma interdição) podia andar à vontade. Porque ele devia saber que o seu único modo de estar possível é sentadinho e calado.

O filho da mulher a dias já ultrapassou – quando? – a fronteira para além da qual era intocável. Ei-lo, pois (aos seis anos, por exemplo), integrado na sua classe social.

Quando isso aconteceu não sei. O movimento é lento e invisível como o dos ponteiros do tempo.

UM RAMO DE FLORES

Dentro do seu aquário, incansável, cansada?, a mulher trabalha. Está ali há anos, há vidas, desde que o mundo é mundo. Não tem ajudantes, é ela quem talha, alinhava, prova, cose, chuleia, passa a ferro. Não perde tempo, não pode perdê-lo. Não tem marido, e os filhos dependem do seu trabalho diário. Por isso a mulher, ali, de manhã à noite, aproveitando a luz que a janela gratuitamente lhe dá.

Já não moro naquela rua há muito tempo, mas quando por lá passo vejo que a mulher continua como dantes, no seu aquário, sozinha e de olhos baixos. Imagino a sua casa onde nunca entrei. Aquela sala, talvez casa de jantar, de costura, de provas, estilo Queen Anne de pobre, ia jurá-lo, é natural que tenha um espelho alto e uma mesa cheia de pedaços de tecido. E também, quem sabe, um azulejozinho na parede que diga a quem entre que a casa dela é o seu ninho ou que seja bem-vindo quem lá for por bem, e sobre um dos móveis uma jarra que há muitos anos não sabe o que são flores.

Gostava que alguém oferecesse um ramo de flores àquela mulher. Quem, não importa, mas talvez alguém que não existisse. As pessoas que não existem fazem coisas extraordinárias, muito mais facilmente do que as outras. E que o ramo (de rosas vermelhas, de cravos amarelos, de orquídeas, porque não?, mas com avencas e um bonito papel com selo doirado de florista caro) chegasse agora mesmo à sua porta. Ela levantar-se-ia, cinzenta e sem sorriso, mulher que há muitos anos não sabe o que é um presente, para mais um presente inútil (tê-lo-á sabido algum dia?) e abriria a porta, e começaria a ficar espantada com aquele ramo magnífico, e pensaria num engano, pois claro, tinha de ser um engano. Mas o rapazinho do florista afirmar-lhe-ia que a morada era aquela e que a destinatária não podia ser outra. Tratava-se, estava ali escrito, da senhora-que-está-sempre-à-sua-janela-a-coser.

A mulher voltaria a sentar-se, momentos depois. Mas a sua cor já não seria a mesma, e o aquário teria outra luz. E de vez em quando ela levantaria os olhos do trabalho para olhar a jarra das flores.

Mas não, ninguém vai mandar ramo nenhum àquela mulher triste.

MENINOS

Meninos, sim, mas de seu pai, de sua mãe, só. Meninos e pronto, sem nome adiante para alguns (sempre de condição inferior), como menino João, menino António. Ou ainda meninos Joãozinho e Toninho. Nunca serão meninos desses, eles. Nunca. Só para o pai, para a mãe, para os irmãos mais velhos. O menino tem febre. O menino tem sono. O menino está a rir. Está a chorar.

É breve a sua existência de meninos. Porque cedo deixam de se lhes referir assim. Cedo atingem a idade da razão. Ganham nome próprio e consequentes responsabilidades. Ei-los com idade para pensar, para compreender, para conhecer a vida e saber como ela custa a ganhar. Aos pais, a eles um dia destes. Os outros são «ricos», por isso andam nos estudos ou fazem de conta que estudam, é com eles, coisas deles, dos meninos João e António e seus papás. «Agora tu...»

«Eu porquê?» Sim, ele porquê?

A resposta chega, imediata, sem papel de seda nem fitas coloridas. Assim. Porque naquela casa não se sabe nada de traumas, nem de complexos, nem de frustrações. Naquela casa não se considera a criança como rei. Ela é, isso sim, um ser que é preciso vestir e alimentar e deitar num canto do quarto, um peso morto até à idade de começar a trabalhar.

«Porque somos pobres, rapaz», diz portanto a mãe, com naturalidade, já a pensar noutra coisa. Tem muito em que pensar, aquela mulher, e leva os dias a correr daqui para ali e a deitar contas à vida.

PEQUENOS ANÚNCIOS

Há dias em que mesmo os pequenos anúncios – ou só eles, acontece, então nestes tempos que são os nossos – dão um ar da sua graça. Sempre tive um fraco por essas páginas matinais onde tudo se anuncia e se transaciona, e se às vezes quisermos – pudermos – esquecer como é grande a necessidade de alguns e como outros se aproveitam habilmente dessa mesma necessidade, se quisermos – pudermos – esquecer isso e muitas outras coisas que por vezes oscilam entre a miséria, a velhice, a solidão e a esperança, seremos capazes, pois claro, de sorrir. Há de quê.

Eis pois que Teresa vende (pela manhã) um esqueleto (medicina) e os interessados devem telefonar para o número X. Há uma cabeça de víbora que dá sorte em tudo, e envie selo para resposta. Na secção de vendas de animais propõem-se ninhadas puras, não se diz de quê, um lapso. Há, noutra página, um professor nativo (*sic*), nativo da Grã-Bretanha, decerto, visto que ensina inglês. Algures, não digo onde, há lustres leves, airosos, de sonho, para a sua casa. E eis que «muitos cavalheiros suecos, bons e honestos desejam correspondência para fins matrimoniais com boas e sérias meninas de vinte até quarenta anos de idade».

Mais adiante uma empresa comercial pede empregado/a de escritório com noções de contabilidade e caligrafia bonita.

Isto da caligrafia bonita é como que uma viagem ao passado. Pois ainda há, neste tempo de máquinas, escriturários só ou também? Imagino-os, a esses herdeiros dos pintores de iluminuras, pacientemente debruçados sobre letras fabulosas, iguaizinhas às vezes, outras vezes com grossos e finos, bonitas, pois claro. Mas onde há hoje tempo, aqui ou em qualquer outro lado, para se ter e manter o luxo lento de uma letra bonita? Uma letra bonita para quê, para quem, se a máquina dá a desejada clareza, velocidade, impessoalidade, pois claro? E no fim da rapidíssima viagem de não sei quantas linhas que alguém ditou e às vezes outro alguém estenografou, aquelas frases feitas que são de todos e não querem dizer coisa alguma.

Dizem-me neste instante que são relativamente frequentes os anúncios em que se pede letra bonita, que este nada tem de original e que o meu espanto é descabido. Mas eu continuo a espantar-me. Não com este anúncio sozinho, mas já agora com todos os outros que nunca li. Com que então caligrafia bonita neste tempo de relógios velozes, de transportes lentos, de horas suplementares! Sempre há cada coisa.

A MÁSCARA

Espelhos biselados, retangulares, multiplicando até um infinito modesto imagens aquáticas, passageiras, ela por exemplo, uma, duas, cinco vezes, mais talvez, não pode ver imagens tão miniaturais, tão longe. Vozes também, muitas vozes, colocadas alto, contando-se com à-vontade. Vozes grandes, descomplexadas – descomplexadas? –, pequenas interrogações atentas e veneradoras, ligeiros espantos como pedras saltando à superfície das águas, aromas intensos de *shampoos*, de lacas, de vernizes (ésteres, se bem se lembra, bons tempos. Tão bons como isso?).

Sorri vagamente aos outros peixes do pequeno aquário superaquecido (todas aquelas senhoras são tão friorentas) e à napa verde-musgo dos estofos e à alcatifa verde também, verde-relva, verde que te quero verde, e ao seu rosto esverdeado no espelho, nos espelhos, multiplicado em rostos cada vez mais longe, menos esverdeados também, manchas de rosto, suspeitas de rosto, só isso.

Uma voz salta por sobre as vozes, diz «eu acho», «eu penso», «eu sei», e fala com a certeza indiscutível de quem descobriu algo que vai modificar o rumo da História. «É assim mesmo», concorda outra voz, esta atenciosa. «É assim mesmo, mâdâme.» Mâdâme com muitos acentos circunflexos. «Estou farta. É que isto dura há dez anos. E não é razão para...» – «Claro que não. A mâdâme devia... Eu à mâdâme...»

Le psychanalyste du pauvre. Olha-se no espelho-aquário como se procurasse no rosto a marca de mais uma semana de vida. Aquela ruga já ali estaria há oito dias, menos nítida, menos funda, ameaça, esboço talvez?

«A mesma coisa, mâdâme?»

«A mesma coisa, Esperança.»

Sempre a mesma coisa, pensa. Esperança já o sabe, pergunta por perguntar, porque é atenta, atenciosa, detestaria passar por apressada, maquinal, distraída. É uma boa funcionária. Por isso fala, falar é indispensável, mas sobretudo ouve, Senhor, como ela sabe ouvir, quem lhe terá segredado aquilo do psicanalista, talvez ninguém, talvez tenha nascido a sabê-lo, há pessoas assim, muito dotadas.

«E se eu pusesse o cabelo mais claro?»

Esperança franze a testa, os seus pensamentos são profundos. Talvez fosse uma ideia, talvez. Porque não havia de experimentar? «Para a semana, mâdâme? Ou já hoje?»

Tem, de repente, os olhos rasos de água. A outra, habilmente, não vê. Ela, de resto, encolhe os ombros, tenta sorrir, sorri. Conseguiu construir urgentemente uma barragem qualquer, dentro de si. Não sabe o que lhe deu, que parvoíce a sua. Anda a dormir mal, traz os nervos arrasados, tem de marcar consulta. Mas há sempre coisas mais urgentes, muito mais urgentes.

As mãos leves e ativas de Esperança espetam alfinetes em madeixas enroladas, enquanto a cliente, já distraída de si própria, a observa com a atenção de sempre, no quase deslumbramento que sempre lhe causa a precisão dos seus gestos, a certeza das suas decisões. E pronto, a rede, e logo o capacete desce do céu e o astronauta regressa à Terra e traz consigo o silêncio total e terrível das máquinas. Esperança (ou uma das suas adjuntas) dá-lhe revistas. Mulheres superperfeitas mas inexpressivas, geladas, exibem perfumes luxuosos, joias raras, peles preciosas quase extintas no mundo. Há frascos de cristal de rocha, boiões de tartaruga. E por entre tudo aquilo os rostos mortos das mulheres-cartaz.

Uma leve campainha quebra o silêncio ruidoso, e as vozes voltam de coisa nenhuma a preencher lindamente o silêncio calado. «E eu então disse, pois não acha que tenho razão?» – «Pode crer que é uma marca excelente.» – «Mas a cor é a mesma, Esperança? Olhe que da última vez...» – «A mâdâme pode estar certa...» – «Ora vamos lá, mâdâme.»

A mâdâme é ela? É. Os gestos rápidos, eficazes de Esperança libertam-na, ei-la que vai ficando quase outra. «Então para a semana vamos experimentar aquela cor...?»

«Sim, para a semana... Ainda vou pensar...» E olha para a imagem no espelho, que não é a sua mas a que Esperança acaba de criar e que é, afinal de contas, uma máscara.

FÉRIAS

Ela ia chegando com uma lentidão insuportável, embora o comboio e a paisagem fizessem o seu possível. E olhava todos os minutos – é um modo de dizer, enfim, olhava vezes sem conto –

para o relógio dentro da mala, porque no seu pulso nenhum se dava bem, corriam de mais ou morriam. Havia, no entanto, uma angústia no seu coração, e tão grande que ele lhe mirrava no peito e era como que uma súbita úlcera a magoá-la. Claro que não devia haver, pensava, angústia mas sabedoria, aceitação, um sorriso talvez, um encolher de ombros e até logo. Mas quem podia? Já outras vezes, muitas outras vezes, não pudera, havia de ser agora? E ao chegar, ao ir chegando, sabia que as coisas iam repetir-se, sempre maiores, mais nítidas, mais terríveis. Ao seu lado, a dormitar, ele não ligava, não ligara nunca, era homem, era filho. Encolhia os ombros, dizia que «mulheres», dizia que «crianças» e que a «mãe, coitada, com aquela idade...». Tinha, de resto, mais em que pensar. Trabalhava como um mouro durante o ano, queria ter umas vacanças tranquilas, não era pedir muito. Ou seria?

Não. Claro que não. Mas, se ele ao menos lhe desse atenção e razão, se ele ao menos tivesse uma conversa a sério com a mãe, se ele...

«Mas não percebes, mulher, que, se ela se aborrece, não quer ficar com o pequeno? E depois? Bem sabes que vivemos num quarto e eles não querem crianças lá em casa. Disseram logo.»

Ela sabia, mas...

Levava o ano a pensar nas férias, e depois, quando elas chegavam, punha-se logo a ter medo, a recear a data da partida, a faltar-lhe a coragem para enfrentar o que era inevitável. Queria apertar o filho nos braços, queria beijá-lo, queria sentir-se inteira ao tê-lo bem junto de si. Mas tinha, ao mesmo tempo, mais medo todos os anos, conforme ele ia crescendo e se lhe ia tornando mais estranho. Então vinha. Vinha chegando. Com medo da velocidade do comboio. Tão vagaroso, Senhor, tão vagaroso. Mas, no fim, passada a fronteira, a velocidade como que se invertia, assim como o seu desejo de chegar, e o comboio então andava depressa de mais, e ela gostaria, que coisa louca, que ele nunca chegasse, nunca, nunca, e ela continuasse para todo o sempre ali, naquele banco, a caminho do filho.

Sem o ouvir dizer uma vez mais, mais convictamente conforme ia crescendo, que não a queria, que não gostava dela, sem vê-lo correr para a avó, que sorriria triunfante e lhe poria a mão envelhecida, protetora e implacável sobre os cabelos.

CONVERSANDO

Tinham sido companheiros no colégio misto, contou. E, embora não amigos, inseparáveis. Havia um grupo, não é verdade? Há sempre, e eles pertenciam ao mesmo grupo. Isso durante dois anos, antes de explodirem para a vida e nunca mais se terem encontrado, paciência, coisas que acontecem. Claro que às vezes faz pena, porque até há amizades que naquela altura julgamos para a vida. Não o são, porém, ou muito raramente. De resto, como já tinha dito, ele e ela nem sequer eram amigos, só inseparáveis, o que é outra coisa. O mundo está cheio de criaturas em dada altura inseparáveis – porque a vida as colocou lado a lado – e que um dia se separam e pronto, nunca mais pensam nisso.

Mas o mocinho, Raul, por exemplo. Raul-por-exemplo torcia os pés com facilidade, dava topadas e magoava-se, coisas assim. Ela, idem. Um dia em que tinham ido estudar para o campo – é verdade, iam estudar para o campo –, alguém do grupo tinha levado um livro de astrologia e vá de procurar os signos de todos. Ora ela e o mocinho eram ambos do Aquário – só eles e mais ninguém do grupo –, e os nativos do Aquário tinham, leram estupefactos, tornozelos frágeis, sujeitos a choques, entorses e fraturas. Leram o livro todo e viram ainda que ele podia ser médico, a profissão que desejava seguir, e ela psicóloga, o seu sonho.

Depois o pai dela tinha morrido, e a psicologia naufragara com muitos outros sonhos. Empregara-se num escritório, temporariamente, e «bem sabes como são estas coisas, fiquei por lá. Cartas, cartas, cartas. Psicologia? Ora até dava vontade de rir. Que era isso de psicologia?»

E o ex-colega?

Pois. Fora ontem. O menino tinha que ir a um pediatra e então falara-se – alguém falara – no nome dele. Que era um bocado caro mas excelente. Não tinham muito dinheiro lá em casa, mas quando se tratava das crianças...

No fundo até achava engraçado encontrá-lo outra vez, ao mocinho. Como estaria? Como seria tantos anos depois? Porque me esquecia de dizer que o menino já era neto dela, o filho e a nora estavam algures, na Europa.

Claro que era outra pessoa. Mas não pensasse que ele não a conhecera porque estava velha e que isso fora um problema para ela, etc. Não era parva e estava mesmo à espera de uma coisa assim, ela própria também não o conheceria se o encontrasse na rua. Um homem gordo, calvo, de óculos, e sem sorriso. Sem sorriso, isso era o mais extraordinário de tudo. Dantes ria alto, como quem canta. Era um mocinho extremamente alegre. Mas, como dizia, não pensasse que ele não a conhecera porque estava velha. Qual! Ele, muito simplesmente, esquecera-a, a imagem dissolvera-se, não ficara nada.

Porque, à saída, tinha-lhe dito quem era, tinha-lhe perguntado se não se lembrava do grupo, rira levemente, envergonhada por ter guardado recordações tão insignificantes, ao vê-lo franzir as sobrancelhas, procurar por longe, no passado. E achando-os a pouco e pouco, ao Fulano, ao Beltrano, à Cicraninha, a Esta, Àquela...

«Tinha a boca pegada num sorriso que não havia meio de se desfazer, sabes como é? Vontade de me meter pelo chão abaixo. Lembrava-se de todos, de todos menos de mim. Eu tinha sido, por qualquer motivo ou sem motivo nenhum, expulsa da sua memória ou assassinada.»

«Só isso?»

«Só. Achas pouco? Mas mudando de assunto...»

Falou-se da chuva e do bom tempo. E do menino que era um amor. «Não é por ser meu neto.»

Não era por ser neto dela.

AS TECELÃS

Aranhas tecendo, infatigáveis, a sua teia. Nenhum homem as bate (a elas, frágeis, a elas, seres de segunda classe com poucas armas para lutar) nessa arte dificílima e ancestral, vinda do fundo dos tempos. Elas sabem lançar o fio invisível, puxá-lo, fazer as suaves malhas envolventes. Entretanto conversam disto e daquilo. São baças ou brilhantes à vista e ao ouvido. E as suas mãos lisas ou rugosas não parecem ameaçadoras. Não são ameaçadoras, só terríveis. A teia é de palavras aparentemente inócuas, convites à primeira vista amigos e só isso, opiniões de uma grande franqueza, atitudes de uma grande lisura. E por entre tudo aquilo uma frase elogiosa apontada ao alvo, uma concordância total (eu penso exatamente assim), um elogio (reticente na forma, não no conteúdo) da pessoa que convém afastar, um elogio subtil da pessoa que convém ajudar.

São extraordinárias e há-as em todas as classes sociais. Claro que o fio pode ser mais grosseiro, a teia menos requintada. Mas o gosto das gentes também difere. E geralmente resulta.

Talvez porque nasceram tecelãs (embora muitas vezes tenham recusado esse dote natural por falta de vocação ou por o considerarem inferior), as mulheres detetam facilmente as verdadeiras artistas no género. Os homens não, quase nunca. E quase sempre se deixam enredar.

Visto de fora, com objetividade, o trabalho de uma tecelã perfeita (que pretende a proteção de alguém para um marido, para um filho, para ela própria) é um espetáculo admirável. Ela e o seu fio invisível avançam, recuam, dão voltas sobre voltas, param para tornarem à carga num momento mais oportuno. E entretanto o seu rosto sorri e a sua voz sussurra, dá gargalhadas, diz coisas belas, fúteis ou profundas.

Mas ei-la atenta, à espera da ocasião propícia para a malha definitiva que a vai tornar a vencedora que todos ignoram, mesmo os que foram ajudados, mesmo os que foram assassinados.

VISLUMBRE

Não sabia se aquilo – aquilo? – significava liberdade total ou prisão. Nunca tinha pensado em tal coisa e agora, de repente... Estacara no meio da rua, no meio de um raio de sol, no meio do trânsito àquela hora, um perigo e tanto, porque de súbito a pergunta lhe surgira e ela não sabia que resposta dar. Liberdade ou prisão? Recomeçara a andar, mas lentamente, solta – solta? – naquela atualidade inesperada.

De repente – porquê?, porquê? – vira as coisas à sua volta, as coisas de sempre, que, com o tempo, tinha deixado de ver. Porque estava presa a elas? Porque fazia parte delas? Ou porque o seu mundo era, pelo contrário, outro, paralelo, ou ela possuía o seu pequeno radar pessoal, que impedia os choques, que impedia mesmo o mínimo contacto físico com aquilo que a rodeava?

Na janela daquele rés do chão por onde passava todos os dias – tinha de ser, era o seu único caminho –, estava um gato ao sol. Um gatinho preto, de olhos de ouro. E ela sorriu-lhe ao de leve, maquinalmente, que estupidez sorrir a um gato, porque o conhecia muito bem sem nunca o ter visto. Um gato – casa – rua – pedra –

vidraça, um grão desprezível de cidade, daquela cidade onde nascera e morava sem nunca a ter amado. Porque era uma cidade sem lagos, sem árvores, sem céu azul de dia, sem estrelas à noite, com casas na sua maioria desbotadas, estragadas, algumas moribundas, assassinadas, reconstruídas, feias, sem grande futuro. Sem grande futuro como ela própria, ali, a passar, sorrindo a um gato.

Liberdade ou prisão?

Mas todos seguiam, apressados, cegos, mudos, voltados do avesso, e os ombros dos que caminhavam na sua direção ou na contrária não a tocavam porque todos tinham também o seu radar ou moravam no seu mundo paralelo. E ninguém viu o gato preto lambendo atentamente a patinha direita. E ninguém a viu a ela.

Foi andando, foi andando. E a vida foi tomando posse do seu corpo e da sua alma, e quando chegou a casa já tinha coisas mais importantes em que pensar. Coisas na verdade muito mais importantes.

No dia seguinte não viu o gato à janela. Nunca mais, de resto, o viu. Fora um simples vislumbre.

NÃO PODE SER

Frases antigas, da minha infância, ouvidas e tornadas a ouvir, naturais e tão indiscutíveis, até porque tinham perdido – quando? – o seu significado. Mas, vendo bem, tê-lo-iam tido algum dia? Escutava-as – escutava-as? – mas nunca as repeti, disso tenho a certeza. Aquela então... Talvez no fundo de mim algo que eu ignorava estivesse alerta, perigosamente debruçado sobre um abismo qualquer, e, se eu pronunciasse as palavras, elas provocassem a queda e a morte, ou, pior ainda, o súbito e inevitável remorso. Por isso eu me calava, mas sem indignação. Não podia indignar-me perante o que não sabia.

Um dia soube, e já não me lembro porquê. Teria crescido desde a véspera? Ter-se-ia aberto mais uma janela no meu coração? Só sei que, de repente, dei comigo parada, especada em plena rua. Sem lágrimas nem amargura mas imobilizada pelo espanto.

«Não pode ser», dissera a alguém, de mão estendida e voz pequenina, quem nesse dia – todos os dias – me acompanhava. «Tenha paciência.»

Eu acreditava que não pudesse ser. Melhor, sabia-o. Estávamos quase no fim do mês, e, se mesmo no princípio o dinheiro nunca era muito, no fim, então, tinha de ser bem contado. «Para o mês que vem», diziam-me, «compram-se os lápis de cores. Agora não há dinheiro, estamos no fim do mês.» Eu sabia portanto que não podia ser, mas aquilo de terem que ter paciência é que eu, de repente, ouvia como que pela primeira vez. As pessoas tinham ou não tinham paciência para mim, mas isso era diferente. Às vezes, naquela voz amiga, havia uma pequena gota de cansaço: «Está calada, já não tenho paciência para te ouvir. Porque não vais fazer os deveres para amanhã?» Mas logo a seguir as palavras eram outra vez doces. Eu, porém, não tinha fome, nem frio, nem era velha, nem estendia a mão com a palma em concha e a voz envergonhada.

Tenha paciência, diziam pois as pessoas, muitas pessoas, eu sabia, eu lembrava-me agora. Quando estavam como nós no fim do mês, ou quando tinham pressa de chegar a qualquer lado, ou quando levavam muitos embrulhos e abrir a mala era um problema. Ou quando não lhes apetecia, quando muito simplesmente não lhes apetecia abrir a mala ou tirar do bolso o porta-moedas.

Então diziam sem se deter, sem olhar, sem baixar a voz – até porque a frase talvez fosse para eles sem significado (nada lhes abrira janelas no coração, embora tivessem, havia muito, crescido o que havia a crescer) –, então diziam: «Tenha paciência.» E falavam com à-vontade, como se se tratasse da chuva e do bom tempo. Paciência com quê? Com a recusa pura e simples daquele pequeno auxílio? Com a indiferença dos outros? Com a fome e o frio e a solidão total?, pensei mais tarde.

Naquele dia, porém, a voz amiga chamou-me: «Então? Que foi? Que te aconteceu?»

Eu disse, devo ter dito: «Nada.» E pus-me a caminho.

LIÇÃO DE VIDA

O rapazinho entrou na sua linda casa, com um ar preocupado. Vinha da escola e carregava consigo um grande problema, grande como os problemas podem ser quando se tem seis anos. A mãe, que também era linda como a casa, e o carro, e a vida que lhe coubera em sorte, e até aquele menino de pele de seda e cabelos de oiro, estendeu-lhe os braços.

«Que aconteceu?», quis saber. «Anda, diz lá.» Desejava ajudá-lo, naturalmente. Era uma boa mãe, uma boa educadora, uma mulher completa.

O rapazinho hesitou. Abriu a boca, fechou-a. Não sabia como começar, por isso começou mal, acontece. E perguntou: «Quantos cobertores há cá em casa?»

A mãe esperava tudo menos aquilo. Quantos cobertores? «Queres saber quantos cobertores... Ora deixa lá ver. Há aqueles dois, muito grossos, tão quentinhos, dois na tua cama, dois na nossa... Quatro, portanto. A empregada deve ter cinco, são menos quentes... Cinco e quatro, nove. Nove cobertores, portanto.»

«Não há mais?»

«Claro que há, na arca. Às vezes vem a avó...»

«Já não vem.»

«Vinha dantes, quando tinha mais saúde. Uns seis cobertores. E o edredão. E a manta inglesa que o pai trouxe... Dezassete? Dezoito?»

A vozinha branda falou. «Então a mãe é fascista. Porque há gente, eu sei, sem cobertores para pôr na cama. E a mãe devia dar, devia dar...»

Contaram-me, não vi. Mas contaram-me. A linda mãe disse a alguém, que, por sua vez... Indignada, a mãe. Positivamente indignada. Ainda o estava no dia seguinte quando se referiu ao caso. «Porque isto agora é assim e são coisas destas que se ensinam nas escolas, e aonde iremos nós parar.» Não soube ver o grande problema do seu filho e dar-lhe guarida nem que fosse com palavras, a modéstia de uma pequena dádiva. Indignou-se. E disse-lhe que primeiro repartisse ele os brinquedos que tinha recebido na semana passada, quando fizera anos. Depois veria.

A lição estava dada. Uma boa lição, pelos vistos. E o rapazinho, que tinha seis anos, não falou mais naquilo dos cobertores e mergulhou em pleno pecado. A mãe achou muita graça ao seu silêncio e contou o caso a este e àquela. Era linda e muito graciosa.

As pessoas riram.

UMA MULHER

Tinha nesse tempo, contou, sete ou oito anos. Uma pessoazinha calada, metida consigo, sempre em quarto lugar porque havia três irmãos que seriam homens um dia, e que eram, por isso mesmo, muito mais importantes, é normal. Os pais, gente do povo, ainda não se tinham lembrado – lembrar-se-iam algum dia? – de a mandar à escola. Coisas que acontecem quando há muito trabalho, pouco dinheiro e certa ignorância. Ela, porém, aos sete – ou oito – anos, já sabia o que queria, qual o caminho a tomar. Não o mais fácil nem o mais divertido, o mais inteligente. E uma manhã de outubro arranjou-se, vestiu-se e, sem dizer nada em casa, ei-la à porta da escola. Perguntaram-lhe ao que vinha, respondeu que queria estudar.

Se estava matriculada. Não estava. Acharam-lhe graça, decerto, disseram-lhe que as coisas não se faziam assim e que era preciso levar a cédula pessoal e não sei que mais. A mãe que aparecesse. Ela respondeu logo que a mãe não podia aparecer, tinha muito trabalho, e depois foi a correr buscar a cédula e não sei que mais. Enfim, aos sete, oito anos, matriculou-se. E não foi um gesto irrefletido de criança, logo esquecido no dia seguinte. Fez a quarta classe e com a melhor classificação. Não lhe compraram os livros, mas uma das professoras, que era católica, achava-lhe graça e conversava às vezes com ela. Soube assim que não era batizada. Batizou-se, pois, e a professora foi sua madrinha. Foi ela quem a convidou. Essa madrinha ajudou-a muito dando-lhe os livros, uns novos, outros em segunda mão. Mas serviam e ela foi sempre a melhor da aula. Quando chegava a casa tinha de ajudar a mãe, mas depois agarrava-se aos livros e aos cadernos com entusiasmo.

Feito o exame nem se lhe pôs a hipótese de continuar, como poderia ser? Havia ali por perto uma costureira e ela foi oferecer-se para ajudar. Mas com um certo amargo de boca. Mais tarde casou, enviuvou, teve dificuldades, grandes dificuldades.

Às vezes, vendo-a trabalhar, ouvindo-a falar, penso que talvez de futuro as pessoas possam ser aquilo que valem e não aquilo que vale o cofre ou o ordenado dos pais. E que um homem, seja qual for o seu valor pessoal, não seja sempre mais importante do que uma mulher.

O TRABALHO E A IDADE

Precisa-se de datilógrafa com curso comercial ou equivalente e idade entre trinta e dois e trinta e sete anos; precisa-se de guarda-livros, informar idade; relações públicas para *pub* londrino, idade entre os dezanove e os vinte e três anos; promotor(a) de vendas com idade compreendida entre vinte e cinco e trinta e cinco anos; empregado de escritório procura-se, jovem; empregadas com curso comercial, bons conhecimentos de datilografia, vinte a trinta anos; ainda no capítulo empregadas, de quinze a dezasseis anos, com fiador, para balcão; outra de dezasseis a vinte anos para mercearia; outra ainda para laboratório, indicar idade; empregado de mesa para restaurante dos vinte e dois aos trinta anos; de café, dezoito anos; ajudante de mecânico de automóveis, com alguma prática, dos catorze aos dezassete anos; finalmente, maravilha das maravilhas, precisa-se de uma datilógrafa para escritório de advogado, entre os trinta e os quarenta anos.

Gosto de ler os anúncios de jornal. Encontram-se neles muitas e variadas coisas humanas-desumanas. Esta das idades, por exemplo. Um anúncio em que se põe o limite dos quarenta anos, caso raro, ao tempo que não via tal número.

Dizia-me, há meses, uma mulher de mais de cinquenta anos, empregada de escritório numa casa que fechou e cujos donos se preocuparam muito com eles próprios e nada com quem para eles trabalhou (mais de trinta anos aquela mulher a quem me refiro): «Eu não procuro outro emprego. Com a minha idade até tenho vergonha. Trabalhei a vida inteira, custa-me ficar em casa. Mas não vou procurar, para quê?»

Aquela mulher é casada. Outras, porém, são mulheres sós. E os homens? Esta escolha dos empregados por idades é uma das coisas mais terríveis que se encontram nos anúncios de jornal. Porque, e depois? O que fazem as pessoas que precisam de ganhar a vida ou que foram habituadas a trabalhar?

UNS OLHOS ENTREABERTOS

Mesmo ali na Rua do Carmo, em manhã de sol, quase ao pé do elevador. Um homem ainda novo, sentado no chão, quase deitado, dormia. O rapazinho ao seu colo dormia também. Aos pés do homem, uma caixa de cartão com ranhura para as moedas que quisessem dar-lhe, e umas palavras que não consegui ler. Mas tratava-se, claro está, de um pedido urgente de ajuda. Paradas ou prestes a parar, várias pessoas. Bem vestidas, mal vestidas e assim-assim. Novas, velhas e assim-assim. Algumas tinham-se detido – ou iam deter-se – porque o quadro era, de certo modo, insólito. Outras estavam já a abrir a mala ou o porta-moedas. Mas de súbito...

Eis que o rapazinho pequeno, ao colo do homem, entreabriu os olhos ensonados, e logo as mãos interromperam os gestos esboçados, ou até recuaram apressadas. O fecho de uma mala estalou com força ao fechar-se e alguém disse a alguém que aquilo era muito esquisito porque o miúdo estava acordado e a fingir que... Ora se o miúdo... Outra voz tentou com moleza desculpar os olhos entreabertos dizendo que talvez ele tivesse acordado agora mesmo, mas outra ainda não acreditava, e logo surgiram mais incredulidades indignadas, ali, na Rua do Carmo. O grupo dispersou-se e as pessoas seguiram viagem.

E depois? Depois mais nada. Mas é esquisito isto de as criaturas precisarem na verdade de certezas absolutas quando dão a sua preciosa pequena moeda. E o pobre tem mesmo que ser miserável, e o velho incapaz, e o cego não ver absolutamente nada, nem um vislumbre. E a criança adormecida também tem – teve, pelo menos nessa manhã – de dormir a sono solto. Porque uns olhos subitamente entreabertos podem causar grande desconfiança às boas gentes caridosas, que logo recuam e partem com a sua moeda bem guardada, e intacta aquela sua necessidade de não serem enganadas.

Porque quem parara, quem ia parar, ia dar a sua esmola a dois seres adormecidos pelo cansaço, pela fome, pelo sofrimento, em suma. Olhos entreabertos eram exteriores ao caso, logo ameaçadores, enganadores. Portanto...

QUEM-É-QUEM

Quem-é-quem caminha sem receio, não sabe o que é andar em bicos de pés ou simplesmente ao de leve para não incomodar os outros, quem são os outros? Segue a direito e sem hesitar. Pertence-lhe o chão que pisa, o ar que respira. Também fala alto, do alto. Tem uma voz grande, ampla, definitiva, saudável. Nas suas palavras não há nenhuma sugestão, por mais breve, de incerteza, nenhum receio de discordância. Ao longo dos dias faz afirmações indiscutidas (não indiscutíveis), traz a Verdade, ouve aplausos reais ou silenciosos. Concede aos outros o seu saber, melhor, exige dos outros que aprendam consigo. É um dos donos da vida. Era-o há meses em voz bem alta, continua a sê-lo em voz um pouco mais discreta.

Recordo-me de um homem, de um patrão. Doutor, está bem de ver. Um dos empregados tinha um curso superior, acontece, e alguém se lhe referiu um dia, perante o senhor da empresa, dizendo o dr. Fulano.

O que foi fazer! A voz, já alta por natureza, explodiu como uma bomba. Porque doutor só havia um naquela casa, e era ele. O homem até estava vermelho de indignação. Aquele doutor, ali, surgia-lhe talvez como uma ameaça, algo de subversivo, que ele, patrão, não podia consentir. Isto passou-se há dois, ou há três anos, já não sei. No tempo da outra senhora, em todo o caso.

Quem-é-quem, porque nasceu rico ou fez fortuna, não podia compreender – já o poderá? – incursões como estas e outras, incursões a seu ver perfeitamente anormais. Agora... Senhor, as neuroses benignas e não só que para aí deve haver! Pois se até há quem diga que os mais capazes é que devem estudar, seja qual for o seu estrato social!

UM HOMEM

Ensinaram-me a resolver muitos problemas, disse o velho, mas não os problemas da vida. Ensinaram-me todos os caminhos de ferro de Portugal e colónias (depois províncias ultramarinas), mas não a trilhar os caminhos desta existência que me foi dada. Ensinaram-me muitas coisas, um nunca acabar de coisas, e fiquei de mãos vazias. De nada me serviu a Botânica, se para mim tudo são árvores, flores de florista e plantas verdes. De nada a Astronomia, se não posso ver as estrelas, que as luzes da cidade apagam. De nada a Doutrina e a Religião, se procuro em volta e não vejo – e mal vejo – quem a pratique como Deus quer. De nada tanta coisa! Às vezes sofro, continuou o homem, só de pensar como aproveitei mal este momento – porque é, foi?, um momento – em que me foi dado viver. Houve circunstâncias, eu sei. Proibiram-me de pensar, de agir, de conhecer, de escolher. Proibiram-me de saber o que era bom e o que era mau. E agora estou quase no fim do momento que me foi dado. Olho para o passado e não distingo grande coisa. Uma amálgama de tempo cinzento, de vozes em surdina (não fosse alguém ouvir), de frases feitas, de grandes palavras. De nada valer a pena, de nada valer, na verdade, a pena. Sinto-me cansado e doente, à beira do precipício, quando irei tombar? Um velho só, que não pode recuar porque isso é proibido, nem avançar, porque isso é interdito. Um homem perdido num mundo que já não é seu, tão estranho. Porque o que vê, o que ouve, já não lhe diz respeito.

Isto disse aquele homem. Um homem velho, já disse.

GENTE RICA NOS SEUS PALÁCIOS

A mulher disse que via todas as noites televisão e ouvia, também todas as noites, mais tarde, rádio. Jornais não lia, claro, não fora habituada, e comprá-los parecia-lhe dinheiro deitado à rua. Até era, vendo bem. Porque a mulher em questão lê com dificuldade, aprendeu tarde e mal, esqueceu cedo. É coisa vulgar na gente do povo para quem a leitura não é essencial, antes uma atividade lúdica. Nas mulheres então...

Disse pois que a política. Isto e aquilo. Coisas de quem comeu à pressa, engoliu sem mastigar demasiados alimentos desconhecidos e os digeriu mal. Mas, enfim, ela até achava que o que diziam era justo, que não devia haver gente na miséria, que não devia haver isto e aquilo. Só uma coisa...

O quê? Quiseram saber. Só uma?

Pois. Só uma. Segundo ela, aquela mulher há anos transplantada da sua aldeia do Norte para a cidade capital, só uma. O que a preocupava era, pelos vistos, que deixasse de haver gente rica nos seus palácios, porque era muito bonito haver gente rica nos seus palácios.

Quem a ouvia julgou sonhar. Porque onde e quando vira ela gente rica nos seus palácios? Trocadas as coisas por miúdos, concluiu que ela não precisava de ver o que se chama ver. Bastava-lhe o som do rádio e a imagem do *écran*.

A rainha de Inglaterra, vejam só, a Soraya, uma família do Norte em casa de quem a irmã tinha trabalhado em tempos, certa figura de uma novela radiofónica, pouco mais.

Quando a ouviu dizer a tal frase «porque pobres e ricos sempre os houve», quem a ouvia perdeu a cabeça. Porque aquela mulher era pobre. A verdade, porém, é que não o sabia. Nunca chegara à fronteira da fome e do frio, portanto ignorava a sua pobreza. E precisava de histórias de fadas. Como todos os que não saíram totalmente da infância. E que, já agora, nunca sairão. Porque aquela mulher tem setenta anos.

EDUCAÇÃO INFANTIL

Depois do jantar. Uma espécie de passeio dos tristes. Porque ali, naquela praia, há uma só rua à beira-mar, longa rua de casas, de hotéis, de pousadas e pensões, e o passeio não pode ser outro. À frente, e caminhando ao mesmo ritmo, a mãe e uma filha pequena. A voz da senhora era muito característica, a voz alta e definitiva, sem hesitações, de uma classe até há pouco tempo privilegiada, privilegiada ainda, ora pois não.

Dizia a menina pequena:

– Não calcula como ela explica bem as coisas, é tão inteligente. Diz o que é bom, o que é mau, a gente percebe logo, até fica espantada como não pensou antes em tudo aquilo.

– Ela diz o que pensa que é bom e mau – interrompeu a mãe. – Ora o que ela pensa...

– Claro. Mas quando a ouvimos achamos que ela tem mesmo razão e que não devia haver tantas diferenças. Há pessoas que ainda passam fome, sabe? Eu não sabia. Há pessoas que passam fome e morrem de fome, e isso é mal feito, não acha? Porque as pessoas...

– Sempre houve diferenças e sempre as haverá. Claro que é mal feito e talvez não devesse ser assim. Mas quem somos nós para... Somos todos iguais, porventura? A menina é loira como o seu pai, eu sou morena.

– Pois. Mas o que eu quero dizer, enfim, o que ela diz... Explica tão bem. Nem parece que tem a minha idade.

– Ensinam-lhe essas coisas em casa, está bem de ver.

– Não, não, ela é mesmo assim. Nas aulas e tudo. Sabe muitas coisas importantes, lê muito. A gente ouve-a e fica logo convencida. É que devia ser mesmo como ela diz.

Mas houve um silêncio pesado – perigoso? – e então a menina disse, talvez porque já era uma pessoazinha também sabedora, embora os seus conhecimentos fossem de um tipo diferente dos da colega:

– Claro. Se o que ela diz fosse verdade, era muito bom. Mas não é, mãe, pois não?

– Não – respondeu a mãe com um suspiro de cansaço, ou de triunfo. – A menina deve habituar-se a distinguir a mentira da verdade. E tudo isso que a sua colega lhe mete na cabeça são palavras, mais nada. Haverá sempre pobres e ricos e ninguém pode fazer nada contra isso.

A voz da criança baixou, ficou pequenina, e ela ainda disse:

– É pena. A Tucha, por exemplo...

Mas logo a seguir perdeu o fio à meada, até porque devia ter oito anos, e comunicou que no dia seguinte ia passear no barco da Tucha. Porque a Tucha tinha um barco formidável, uma beleza, andava a uma velocidade...

A senhora, contente, aplaudiu a ideia.

OS AMÁVEIS JARDINEIROS

Numa das suas histórias, Carlos Drummond conta de uma velha senhora, longe como tudo das más intenções deste mundo, e que morava sozinha numa casa com jardim. Mas os jardineiros escasseavam, e o jardim, dantes tão cuidado, estava uma lástima. Foi quando surgiu o homem da hortaliça com a sua carrocinha que não sabia onde guardar. Se a senhora não se importasse, ele, em troca, cuidava-lhe do jardim... A senhora concordou. Depois da carrocinha guardada e do jardim tão bem arranjado, um brinco, surgiu o caso do chá. Em conversa. Porque era doido por chá, o homem da hortaliça, mas, caro como estava, quem podia comprá-lo? Se a senhora não se importasse, ele plantava ali uns pezinhos de chá... A senhora não se importou. E tudo correu às mil maravilhas até ao dia em que o filho da senhora, que andara pela Europa, regressou ao Brasil, foi visitar a mãe e lhe disse num grande espanto que aquilo ali não era chá mas maconha.

Soube há dias pelos jornais que aqui perto de Coimbra um vizinho amável se ofereceu à sua vizinha, senhora de um quintal, para lhe arranjar umas plantas altas e bonitas, que dessem sombra, e ele próprio procedeu à plantação. Vizinho amável, aquele. A vizinha ficou decerto encantada com a gentileza e só quando a polícia lá apareceu para a colheita soube que se tratava de liamba.

O que prova, entre muitas outras coisas, que a realidade e a ficção nunca estão muito longe uma da outra, que não há nada de novo no mundo, e ainda que, nestes tempos que correm, quem tem jardim e não sabe grande coisa de botânica tem de ser extremamente cuidadoso com os atenciosos jardineiros voluntários.

AS PALAVRAS EM PAPEL DE SEDA

Podem ser assustadoras, as palavras. Podem magoar, ferir, matar até. Podem encher-nos de vergonha. Por isso o medo, o pavor que delas têm os nossos coraçõezinhos de pomba. E eis que as envolvemos em delicados papéis de seda e, de repente, é como se não existissem. É estranho, mas as coisas que significam, as terríveis coisas que significam, não nos assustam tanto. Porque são a vida, o inevitável, aquilo que sempre houve, nada a fazer. Agora elas, as palavras... Preferimos pois os doces eufemismos tranquilizadores. Estamos, de resto, preparados para tal atitude. Somos um povo eufemístico, hospitaleiro e de brandos costumes. Entre muitas outras coisas.

Basta ler jornais, ouvir rádio, ver-ouvir televisão. A quantidade de palavras lindamente embrulhadas no papel de seda chamado eufemismo... Claro que isto não é só nosso, chega-nos de muitos outros países. Países que lutam pela paz (fazendo guerras cuja origem é silenciada), Ministérios de Defesa (que são de ataque), gente de cor (em terra onde, diz-se, não há racismo), sei lá. Mas entre nós. E aqui estão os economicamente débeis, os culturalmente desfavorecidos, os subdesenvolvidos, quem vai chamar-lhes pobres de pedir ou ignorantes de tudo ou abandonados na vida? E os deficientes físicos e os invisuais e os que sofrem com os problemas da terceira idade? E os que morrem (falecem às vezes, são mesmo chamados à divina presença de Deus) vitimados pela doença-que-não-perdoa? Quantas vezes vemos uma família a quem acaba de morrer um ente querido, uma família que sofreu diariamente com essa morte lenta, e, com coragem, tropeçar de súbito, hesitar, baixar a voz ou recusar-se mesmo a dizer a palavra terrível que queima os lábios?

É, pelos vistos, muito mais fácil enfrentar a realidade do que as palavras. E se uma pessoa vier falar-nos de cancerosos, pobres, aleijados, cegos e velhos na miséria, arrisca-se a que fiquemos a pensar, quando se for embora, que é, na verdade, uma pessoa muito insensível. Enfim, arrisca-se a deixar-nos uma péssima impressão.

ARDINA

Aquele rapazinho que todas as tardes, ao fim da tarde, anda a vender jornais por entre carros que estão quase a parar, que estão quase a arrancar, na faixa central da Avenida, não repara que a morte lhe passa tangentes constantes. É decerto um rapazinho que ainda não conhece nada da morte, nem mesmo quer saber se ela existe. Sabe-se leve e rápido, sabe que tem bons reflexos. Por isso arrisca. Ao menino e ao borracho, diz o povo. Mas eu lembro-me, sempre que o vejo, sempre que por uma ou por outra razão subo a Avenida dentro de um dos traçadores de tangentes (não quero pensar em secantes), de um conto que li em tempos, porque ai esta nossa cultura livresca... Não sabíamos nada, ainda pouco sabemos, das pessoas vivas, de como elas vivem e lutam, mesmo só aqui, nesta nossa cidade, grande e confusa cabeça do corpo frágil que é Portugal, e vamos recordar um ardina de papel, um rapazinho pequeno encontrado há muitos anos num livro, brasileiro ainda por cima. Era também, salvo erro, um rapazinho numa cidade grande, um menino da periferia, do morro, talvez. Ao que me lembro vendia jornais e pendurava-se nos elétricos para chegar mais depressa ou talvez por aventura, sim, creio que era por aventura, que o fazia. Até ao dia em que caiu e a aventura terminou. Recordo esse ardina dentro de um livro, ao olhar para este, dentro da vida, e a brincar – a brincar? – com a morte, ziguezagueando por entre ela, enquanto apregoa os jornais da tarde.

Cuidado, menino, estou quase a gritar. Mas nunca vou a tempo. Porque a luz está, de súbito, verde, e ele está, de súbito, longe. Dir-se-á que andam à mesma velocidade, ele e a luz.

ESCREVER NO VENTO

«Já não sei ao certo o que pesou mais na balança», disse. Talvez não o tenha sabido nunca. Mas lembro-me perfeitamente de que houve deslumbramento e também, porque não hei de confessá-lo?, inveja. Uns dias dominava o primeiro, outros a segunda. Se ela o soubesse, havia de ficar contente. Mas não o terá sabido, suspeitado, desejado? E talvez não, vendo bem. Vendo bem, talvez ela só tenha querido comunicar.

Era rica, sem dúvida. Há várias maneiras de uma pessoa ser rica, mas nesse tempo eu ignorava-o. Ela também, como vais ver. E então amontoava e exibia tesouros. Era incrível o que possuía. Ela, o pai, a mãe. Misturando tudo – e vou esquecer a maioria das coisas –, ela tinha em dias alternados *ballet* e equitação; viagens frequentes nas férias; uma mãe muito bela, com casacos de peles variadas, joias de alto preço e retrato do Malta na sala azul (havia uma sala azul muito referida); pai sempre em viagem (e os presentes que lhe trazia, Senhor!); *boyfriend*; festas, sei lá, sei lá.

Nós escutávamo-la, já to disse, com deslumbramento e inveja. Se ao menos fosse feia, desengraçada, antipática, estúpida, má aluna. Mas qual! Era bonitinha, graciosa, simpática, inteligente, boa menina. E rica de todas aquelas riquezas que possuía ou que sabia, pelo menos, exibir para nós, público fiel e crente.

Ela chegava e dizia: «Sabem onde estive ontem? Sabem com quem estive há bocado a falar?» Os olhos de água brilhavam-lhe, e nós adivinhávamos logo que eram histórias de maravilha, mas ela morava no país das fadas, e elas eram visitas lá de casa. E escutávamo-la com paixão. Só às vezes é que eu me revoltava.

Porque nessa altura não sabia. Olhava Olga (chamava-se Olga, vê lá tu), ouvia-a e não lhe dava o devido valor. Imaginava que tudo aquilo existia mesmo e que ela não escrevia muito simplesmente em voz alta as suas histórias de ficção. Só mais tarde vim a saber, por acaso, que ela fora uma rapariguinha como todas nós, mas ao mesmo tempo soube que não mentia, ou melhor, mentia como todos os contadores de histórias, escritores ou não, mentem. Porque ela nunca pedia a ninguém que a acreditasse. Escrevia no ar soturno da escola, escrevia no vento durante os recreios. Mas nunca por nunca ser pedia que acreditassem no que escrevia.

Mitómana, dizes tu? Não me parece. O que sei é que ela é a única figura de luz no grupo cinzento das meninas daquele colégio, meninas que esqueci totalmente. Só ela sobreviveu. Que era mais rica do que as outras, a quem nem sequer fora dada a possibilidade de sonhar e transmitir o sonho? Sim, sem dúvida. As outras eram muito pobres.

O que será feito dela?, penso às vezes. Dela com os seus cabelos lisos, o seu nome único (não conheci mais nenhuma Olga), a sua fantasia? Será atriz? Bailarina? Escritora? Dona de casa? Simples empregada de escritório? Tudo é possível. Mas, se ela passa, por exemplo, os seus dias a escrever à máquina, a lidar com computadores ou a arrumar e a desarrumar velhos livros poeirentos, acho isso muito feio da parte do destino.

ALÉM DO QUADRO

ALÉM DO QUADRO

Enquanto faz tempo para que o motor aqueça um pouco – é um bom motor fiel mas lento, acaba sempre por se pôr em marcha mas com as suas hesitações reticentes, os seus longos, cautelosos vagares, não há nada a fazer senão ter paciência –, o homem olha para cima, mais precisamente para a terceira janela a contar da esquerda. Olha maquinalmente e sem esperança. Olha por olhar.

É uma janela alta e estreita de casarão sem época definida mas já bastante danificada pelo tempo e pelas ventanias de altitude, uma janela igual às outras da mesma fila e até às das outras filas superior e inferior, todas elas com varandins, o seu tradicional rebordo de pedra picada, os seus vidros retangulares, o cortinado interior que não se vê com nitidez porque está um pouco recuado, solto na face interior da espessa parede mestra, mas cuja existência é possível, se não reconhecer, pelo menos recordar. O homem olha para aquela janela e, na verdade, não sabe o que espera, se espera por outra coisa que não seja que o motor se decida. Não aparece, de facto, nenhum rosto junto à vidraça, nenhuma forma incerta para além da cortina, que se mantém quieta e despovoada. O homem suspira fundo e rende-se à evidência sem qualquer luta. Procura em todo o caso Damiana para além da realidade imediata e encontra-a, pois claro, enrolada no *maple* azul e cinzento (leques cinzentos sobre leques azuis ou vice-versa), agressivamente enrolada sobre si mesma, incluindo pernas e pés, e de ouvidos tapados, esmagados com as mãos transparentes – búzio ao mesmo tempo bicho e concha –, para ter a certeza não só de não ser vista mas também de o não ver a ele, de não o ouvir, de não ouvir sequer a voz do carro arrancando, o que é o mesmo.

«Gostava de levar isto até ao fim com uma certa naturalidade», ainda ontem lhe disse interrompendo um daqueles súbitos silêncios difíceis que ultimamente durante as visitas – quase de cerimónia – tombam entre eles como pesados estores isoladores, deixando um de cada lado, perdido e só, por vezes aflito. «Aqui, em todo o caso, não é tão duro», acrescentou depois, pensativa.

Lançava sempre as palavras como pesos ou como pombos. Servia-se delas com prazer discreto ou fúria serena, não isenta desse mesmo prazer, e juntava-as em combinações e arranjos variados, de uma certa elevação. No fundo era sobrinha-neta do velho Ricardo Severo, quem pode libertar-se de um tal nome? Quem pode libertar-se, ainda por cima, do nome da sua doce heroína, imposto à neta, coitada. Quem? Ela, naturalmente, mais forte que a outra, mais dura, mais viva. Mas mais viva?

Talvez que, no fundo, ela só as utilizasse, às palavras, para não se sentir asfixiar, como um preso incomunicável, fechado na sua exígua cela por crime de pensamento, mas nem por isso elas eram menos eficazes e deixavam de atingir o objetivo em vista. E nunca consentia, nunca, que a arrastassem consigo, como em geral sucede. Falava, de resto, com um à-vontade que parecia negar tudo o que dizia. Tinha uma voz forte e oleosa, quase masculina, quase alegre, apesar de nela boiarem sempre algumas gotas de vinagre, uma voz em todo o caso saudável, não era estranho?

«Vamos evoluindo por dentro», prosseguiu. «E quando digo por dentro é isso mesmo que quero dizer, embora por fora nos oponhamos com determinação... Com determinação?» Mostrou-se hesitante. «Enfim, tudo é natural, já não se fala em tal coisa. Ninguém faz projetos para o próximo verão, e os que os fazem – até porque podem fazê-los – guardam muito bem o seu tesouro, com receio de desencadear a ira dos deuses. Ou simplesmente de ofender com o seu luxo os pobres de pedir.» Encolheu os ombros, e aquele olhar, que de cada vez que ele a visita é maior e mais brilhante, fogo líquido a alastrar, a secar-lhe a pele do rosto, a pôr-lhe nas faces aquelas duas manchas rosadas, tão quentes, pousou longe, algures, para além do que quer que fosse, para além dele em todo o caso. «Olha, um exemplo. Aquele anel de esmeralda com que sonhei a vida inteira, se bem que, no fundo, detestasse esse sonho pequeno-burguês e luxuoso, compreendes? Creio que já o herdei, ao sonho, naturalmente, da minha mãe que era mesmo burguesa, pobre mulher, embora o-anel-que-ela-nunca-teve não fosse de esmeralda. Mas eu... ou esmeralda ou nada. Ia sempre comprá-lo para o ano – já nos ríamos, lembras-te? "Para o ano é que compro o anel se..." Havia sempre um se, houve-o sempre –, pois, olha, deixou de fazer parte dos meus sonhos, até porque deixei de ter sonhos. Não digo que não me façam falta, sobretudo à noite quando não posso dormir. Dou voltas e mais voltas, não consigo encontrar um motivo de interesse em que me fixe, nem que seja por vinte minutos, meia hora, o tempo de me preparar para a viagem. Nada. O vazio. Compreendes?»

«Bem...», objetou ele com ar hesitante.

«Não, não compreendes», afirmou convicta. Encolheu outra vez os ombros, era um tique recente, confessou: «Fizeram-me uma falta louca, porque terão desaparecido? Porquê... ora, porquê! Fecho os olhos e estou com a boca de encontro a um muro frio. Não há nada para ver, absolutamente nada. Sonhar o quê? Esperar o quê? O muro deve estar húmido da minha respiração. Às vezes tenho medo de me deitar, sabes o que é uma pessoa ter medo de se deitar?» Deixou tombar os braços de ambos os lados do *maple* e as mãos exangues varreram a carpeta gasta aqui e além por muitos e variados passos perdidos. «Não, também não podes saber. É demasiado subjetivo. Subjetivo não, experimental.» Riu um pouco, acrescentou:

«É aborrecido nunca me ter preocupado com a vida dos outros. Sempre ajudava. As falhas da minha cultura... Há por aqui uns amores clandestinos, platónicos, julgo eu, mas que a falta de tempo deve tornar, torna com certeza, exaltantes...» Riu divertida, parecia, como era estranho, divertida. Depois ficou de súbito em silêncio e o homem lia-lhe os pensamentos, que deviam ser, tal como as palavras, rebuscados, inspirados talvez, involuntariamente, na prosa do tio-avô. *Na verdade,* dizia o seu olhar subitamente vago e distante, *a tua presença não me conforta. Porque vens, porque insistes em vir? Ontem, porque vieste? Hoje, porque te demoras? Que tenho eu a ver com Londres amanhã, com viagens de negócios ou outras, com* Boeings, *com o passaporte que trazes na carteira, que verificaste agora mesmo se trazias na carteira porque a tua cabeça, tanto em que pensar, tanto que fazer... Tão importante a viagem para a tua carreira... Gostava que compreendesses sem que fosse necessário dizer-to, sugerir-to. É difícil, não vês? É doloroso. Sempre que chegas trazes-me, com essa caridade que recuso (não quero ser, por nada deste mundo, uma obra pia), recordações que faço ativamente por esquecer. Tu, eu, o jardim com rosas amarelas, naquele verão, em Sintra, a viagem só viagem, sem trabalho, sem horas certas, sem itinerário pré-organizado (e às tantas horas tenho que estar em tal sítio, e no dia tal temos que estar de volta...), a viagem puramente turística que íamos fazer um dia destes, um destes meses, um destes anos... Aonde era, afinal de contas? Creio que falávamos ambos no caso sem acreditar muito nele, não? Um pouco como o anel, embora...*

Creio que sim.

À Grécia? À Córsega? À Madeira patrioticamente? À Armona com modéstia? Em todo o caso às Berlengas nem pensar nisso, tratava-se de ilhas ou terras com ilhas, mas mar sereno. O mar sereno era fundamental, nunca gostaste de ondas, e a primavera, a estação escolhida. Primavera ou morte... Agora nada de sonhos, nada de paraísos terrestres. Nada de paraísos celestes também. Nem passado nem futuro. Um presente breve, resvaladiço. Somos tão importantes e ao mesmo tempo de uma fragilidade... O egoísmo em estado puro. Nós. Eu. Ainda sou dos mais felizes. Graças ao meu pai, a vergonha da família, a ovelha ronhosa, «esse traste», como diziam os bem-pensantes (que gente aborrecida, os bem-pensantes! Vais tornar-te um bem-pensante, flor?), não tenho preocupações graves com a alma. Mas isso, no fundo, ajudar-me-á? Sempre o julguei, mas agora... Nem alma tenho, que pobreza a minha, que vexatória pobreza a minha. Ele continuava a observá-la sem ela se dar conta. Ou talvez não fosse bem assim, não ligasse simplesmente importância a tal pormenor. E o homem hesitava, já sem saber se algum dia, num passado próximo, lhe ouviu aquelas palavras, ou se as tinha sonhado, ou se eram mera suposição.

Um vago sorriso no seu rosto tão magro que era quase inquietante, um devastador tilintar de pulseiras, escravas chamava-lhes ela, e gostava de dizer, dantes pelo menos, que tinham sido da tia Branca Severo. «Sabes aqueles sonhos – desta vez sonhos a sério, a dormir, quero dizer – com pessoas em quem nunca mais pensámos, quase nunca mais, enfim, há muito tempo, quero dizer, pessoas próximas em dada altura, mas superadas pela atualidade? Tem-me acontecido qualquer coisa desse género nos últimos tempos, e não a dormir, bem acordada. De dia, quero dizer. Estou só e eles aparecem. Talvez porque a atualidade aqui, agora...»

«Eles, quem?»

«Os meus avós, vê lá. Eles porquê? Não parece incrível?» *Voltam, falam como dantes, desfiam o longo rosário das frases ditas e reditas, dão-me conselhos sensatos, censuram-me um pouco, com medida, com a quase cerimónia que sempre lhes foi habitual. «A menina não devia talvez ter feito isto, ter dito aquilo. No fundo, o seu pai é que tem a culpa.» A menina, vê lá. Da doença nem palavra. Falam como se eu tivesse um belo futuro cheio de possibilidades.*

De súbito, regressou e apressadamente. No seu rosto um leve sobressalto, como quem acorda a meio de uma conferência aborrecida a que tivesse de assistir por dever social, e olha para os lados, preocupada, com receio de ter dado espetáculo. «Desculpa, estava a pensar… mas em que diabo estava eu a pensar?»

O carro dá a volta lentamente, mete pela estrada da serra – Fiais 3 km –, enquanto o homem olha uma vez mais para o ecrã vazio do quarto dela. Recomeça a chover, já ontem chovia, quando chegou. Há oito longos dias que ali chove, com pequenas abertas pelo meio, disseram-lhe. A de hoje é uma chuva mansa e igual, fatigada. Sem interesse em tombar, fazendo-o maquinalmente, como quem executa um trabalho monótono, que com o tempo se tornou cansativo. O olhar do homem liberta-se do minúsculo retângulo de vidraça, procura com um suspiro o seu norte, que é afinal o sul, embora de momento ele se dirija muito simplesmente para baixo, em espiral mais ou menos cónica. Esforça-se por fixar a atenção na estrada que a chuva tornou luzidia, na ribanceira à direita, de um negrume promissor de terra-terra sem veleidades de areia ou barro, salpicada de pedras brancas, lavadas. Continua, porém, a pensar em Damiana, magra e descolorida às vezes, de boca amarga e olhos ora escaldantes ora frios, ardentemente gelados, fechados em todo o caso ao mundo exterior – «Tem chovido?», perguntou-lhe pela manhã com um ar vagamente espantado –, em Damiana quase ectoplasma, quase não matéria viva, em Damiana, de quem gosta muito ou por quem sente uma infinita piedade ou… E dantes?, pensou. Como foi, dantes? Terá tido o nome dela alguma influência? Não se lembra bem, não sabe. Não é muito boa a memória daquele homem. Dos homens em geral. Das mulheres em geral. Damiana é uma exceção, sempre o foi, sem nada de comum com as mulheres em geral. E isso, admirável de início, tornou-se com o tempo, com a perspetiva mais real e modesta da vida em comum, cansativo, até por exigir uma vigilância contínua.

Agora o homem vai-se afastando, a 40, a 50 quilómetros à hora. Não pode ir mais depressa porque a estrada está escorregadia e é muito inclinada. Mas vai-se afastando, embora não totalmente. Embora algo de si fique junto de Damiana ou algo dela o acompanhe. Em todo o caso os lábios movem-se-lhe ao de leve e ele assobia ao de leve também uma canção qualquer. Como se fosse de novo criança e saísse da escola escura, repleta de perigos, para uma rua larga e simples, inundada de sol. Embora o sol naquele dia se chame chuva, mas isso é sem importância.

* * *

A mulher desce a ribanceira do lado esquerdo, decerto para encurtar caminho. Ali está a criatura prevista. O passado faz com que o seu aparecimento seja, por assim dizer, normal. Há sempre, quase sempre, alguém. Mulher fatigada, estrangeiro de mochila às costas, velho trôpego mas limpinho a arrastar-se pelas estradas. Aquela mulher, ali, só espera o sinal para se manifestar ou materializar. Traz vestido um casaco branco, atado, melhor, amarrado na cintura e que abre um pouco as asas quando ela dá, contra o vento, passos largos ou curtos, em todo o caso precários, de galinha tonta, de capoeira, desabituada de campo livre, sem rede a delimitá-lo. Às vezes mete o sapato dentro de uma poça de água ou sobre uma camada mais permeável, e onde o pé decerto se lhe afunda quase até ao tornozelo, porque ela se detém para o puxar e o tira cá para fora nu como a verdade e como ela um pouco sujo, é normal, talvez desagradável à vista de quem estivesse por perto, depois mergulha-o em plena lama por ter perdido o equilíbrio ao mesmo tempo que o sapato, e tudo aquilo deve ser extremamente aborrecido até porque está frio. O homem sente um arrepio e liga o aquecimento.

O carro desce lentamente, está quase parado. A mulher chega à estrada e limpa os pés a alguns punhados de erva que vai arrancando.

Já não é uma galinha, mas uma cegonha em repouso. De se curvar, os cabelos tombam-lhe de ambos os lados do rosto em duas grossas madeixas por onde a água decerto escorre. «Ela tem razão», pensa. «Hei de ser sempre o bom samaritano.» «Tens o Céu ganho, flor», diz-lhe, disse-o pelo menos uma vez, antes da partida, durante o jantar, como sempre *aux chandelles* (havia coisas por assim dizer atávicas, de que por nada deste mundo abdicaria, e essa era uma delas. Entre outras, a empregada de avental pregueado, o chá-canasta aos sábados em casa desta e daquela, a cinco tostões o ponto para não causar grandes estragos nos orçamentos respetivos). «Tens o Céu ganho e a liberdade, claro, pois *lá* não me vais ter ao pé de ti. A verdade é que *cá*... Em todo o caso, não me safo sem uns bons séculos de Purgatório e olha que isto na melhor das hipóteses. Nunca fiz nada por ninguém. Por não vir a talhe de foice, por não valer a pena, por não querer, por não encontrar a pessoa adequada, por não a reconhecer? Sei lá. O certo é que vais ter umas férias merecidas e por assim dizer eternas (eternas?). Não tenho uma noção capaz de eternidade e até pensar em "séculos" me faz uma destas impressões... Os números grandes também. Sou uma pessoa modesta e sem aspirações. O próprio anel... Levaste a vida a atravessar cegos na rua, os que encontras no teu caminho, claro, um por mês, um de três em três meses..., a dar um bolo de arroz a uma criança esfomeada quando a pastelaria está ao lado e tens trocos e não estás com muita pressa e o miúdo é engraçado, e... e... a ser cuidadosamente, caridosamente infiel, ao menos isso. No fundo, creio que a tua bondade se resume a uma simples deficiência. Há pessoas que não podem ver sangue, outras a quem a simples palavra cobra torna histéricas. Tu, quando tens tempo para pensar nisso, não podes *ver* sofrer. *Ver*, nota bem. Achas que se vai para o céu por tão pouco? Estava superlotado se assim fosse. Hã? Que dizes?» Ele não disse nada, que havia de lhe dizer? Ouviu-a, esforçou-se por prestar atenção, e ela prosseguiu. Falou de infidelidade, que grande palavra, fez mesmo uma pequena charla sobre o assunto. «Nunca fui ciumenta, bem sabes, só o necessário, atenta se preferes – até parecia mal se o não fosse, que haviam de dizer, que havias tu de dizer? –, mas agora tudo isso me parece absolutamente ridículo e mesquinho. No fundo, as pessoas devem aproveitar a vida o melhor possível e sem se sacrificarem demasiado. De resto, para quê esse sacrifício, qual a sua utilidade próxima? Espero que...» Olhou-o, teve aquele sorriso apertado, afetado, dos últimos tempos... «Que, enfim, te tenhas servido dele judiciosamente, embora com cuidado. Não me perdoaria se... Então, não respondes?» Por fim encolheu os ombros. «De resto é sem importância. Tens agora o tempo todo à tua frente, por tua conta. Ter tempo, já pensaste como é importante? Já pensaste que coisa extraordinária?»

Damiana foi sempre dada a solilóquios mais ou menos longos (preferia-os de longe ao comum dize tu direi eu, ouve cá que eu já te respondo). Não se abria, porém, diante de qualquer. Antes da doença, em Lisboa, elegera seu auditório uma velha prima que já não saía de casa. Morava longe, mas isso era sem importância. Para se contar em ambiente reservado, Damiana iria até ao fim do mundo. Se fosse católica, seria uma confessada entusiástica. O pai tirara-lhe, porém, essa possibilidade. Geralmente metia-se no metropolitano, num táxi em dias piores, de maior urgência, subia depois um quarto andar sem elevador. Falava então, decerto, contava coisas que já não eram novas nem para ela nem para quem a escutava. Coisas antigas, e ela no centro, sempre no centro do seu mundo. Casos, momentos, histórias. A pontuá-las, golinhos de chá numa chávena de *Sèvres* (a prima também era, obviamente, de boas famílias) e bolos de amêndoa com uma cereja em cima. A intransmissível viagem, apesar de tão repetida, nunca se repetia totalmente. Agora, porém, Damiana não tem prima para a ouvir. Terá algum benévolo companheiro de infortúnio (nisso conserva-se, apesar do poeta, muito calada) ou guardará os seus monólogos para ele? Esses monólogos fixaram-se, de resto, ultimamente, no assunto morte, suas origens, derivados e consequências a longo e a curto prazo. A consequência mais imediata, vendo bem, é a terra para onde deseja (ou consente) ir. «Armários e gavetas não, sempre os detestei, bem sabes.» Se sabe! As roupas por cima das mesas e das cadeiras e da cómoda, em monte, em pilha. Tirava-se uma peça de baixo e a torre inclinava-se mais, tombava por vezes, era reedificada no mesmo lugar com a roupa já um pouco suja do chão por onde havia quase sempre cinza de cigarro e um ou outro frasco de água-de-colónia, vazio e sem tampa, que também tombava, vertia a sua última gota, e tudo aquilo estava em completo desacordo com os jantares *aux chandelles* e o retrato do tio-avô por pintor desconhecido, ela preferia dizer «por um artista de época» (presente de casamento dos descendentes diretos que não sabiam que fazer daquilo), e o avental delicado da criada. «As coisas que podem ficar esquecidas, anos e anos, no fundo de uma gaveta. Nunca a puxamos totalmente, já reparaste? Fica sempre coisa de um palmo lá para o fundo… Esquecidas e de certo modo resguardadas. De certo modo, nota. Não, não, seria horrível. Na terra sempre há uma esperança.» Que esperança? Não disse grande coisa a tal respeito, mas ele soube logo que Damiana preferia ajudar uma erva daninha a vir à superfície a ser simplesmente inútil repasto de quem de direito. Aqui deteve-se a divagar um pouco. «O que lhes acontecerá quando não houver mais nada? Quando o manjar acabar, quero dizer? Comem-se uns aos outros, morrem de inanição, procuram outro manjar por perto? Não sabes, flor? Pois, olha, é um assunto de interesse geral. E de que maneira! Não haverá bibliografia sobre o caso? Os coca-bichinhos que por aí há e achas que nenhum…?»

No fundo sempre teve um espírito doentio, pensa ele. Já dantes gastava horas e horas a folhear velhos álbuns cheios de fotografias de gente seca e picada com o seu alfinete na página respetiva. Gente amarela, sem gota de sangue. Os avós, com quem sonhava agora, a mãe que morreu antes de terem casado, o irmão que vive há mais de vinte anos no Canadá, o tio-avô, claro, e os filhos e os netos dele, as amigas de outro tempo (as atuais são simples conhecidas, de famílias um pouco boas mas bastante arruinadas). Naquilo tudo só o pai, estilo velho gaiteiro, segunda mulher nova e filhos pequenos, tem um ar voluntário e teimosamente vivo. Um homem inútil mas simpático, que não acredita em nada, em si próprio para começar, diz que o tio era um safado que escreveu livros moralizantes e deixa-se viver trabalhando o menos possível e bebendo o mais que pode. O contrário do pai dele, que, quando o reformaram, lamentou com tristeza essa morte burocrática que o impedia doravante de sonhar com o impossível: ser um dia chefe de secção ou mesmo de repartição. Mas o pai dele era outra coisa. Bom homem de origem rural, limitado mesmo nas suas ambições. Era isso, bom homem. «O meu sogro, que é uma excelente pessoa», dizia às vezes Damiana, em sociedade. E ele sentia, sem saber bem porquê, vontade de lhe bater ou de se meter pelo chão abaixo.

Ela olhava para os álbuns, sorria um pouco às suas borboletas noturnas e crepusculares, a ele que também lá estava, fília das Índias, folha viva a fingir aquilo que não era, para evitar problemas de maior. O sorriso de Damiana era o sorriso errado de quem quebrou um jarrão da China de inestimável valor em casa de pessoas de cerimónia. Um sorriso que se desculpava de sorrir ou que ignorava a própria existência. *Que maçada. Lamento muito.* Mas que lamentava ela, afinal de contas?

O carro pôs-se de novo em movimento. Tinha parado, há quanto tempo? De súbito a imagem de Damiana desfez-se e o homem está só naquela estrada escorregadia e difícil. A rapariga. Lembra-se outra vez dela, agora que esqueceu as palavras da mulher, e para de novo, e espera. Quanto tempo espera por ela? De súbito avista-a, surgindo da curva, de mãos nos bolsos, com uma grande mala a tiracolo. Tem uma expressão ressentida, ou parece-lhe a ele, assim de longe, que a expressão dela deve ser ressentida. Os sapatos amoleceram decerto completamente porque ela perde um pouco o equilíbrio ao andar, como quem calça dois números acima. Aproxima-se, continua a aproximar-se, e ele então inclina-se um pouco para fora.

«Se quiser levo-a até Fiais», oferece.

Ela detém-se, fita-o como se só naquele instante desse pelo automóvel ali parado. Tem uma cara pequena e oval e olhos antigos, um pouco à flor da pele. Tem também uma idade súbita e definida, como em geral acontece com as pessoas que vemos pela primeira vez e que nem sequer foram anunciadas. Vinte e seis anos, nem mais nem menos. Diz que «pois sim, obrigada» com um ar sereno, sem exagero de sorriso, só o necessário para agradecer um favor não muito grande, uma gentileza, enfim, e depois de o ter observado em silêncio durante um instante, com um olhar quieto. «Vou molhar-lhe o carro todo, estou encharcada», previne-o antes de sair do seu lugar à chuva.

«Não tem importância.»

Ela atravessa a estrada, senta-se ao lado do homem, liberta-se da mala, depois dos sapatos, reduzidos a duas coisas informes, enlameadas, com saltos oscilantes, despeja-os com cuidado, sacode-os antes de fechar a porta, de os calçar de novo. O carro recomeça a andar e os cabelos da rapariga continuam a vazar-se como rios lentos, escorrem pela gabardina – é uma gabardina –, tombam no estofo verde do carro.

«Onde quer que a deixe?»

Ela diz que na estação. Ou no largo da Câmara, crê que se chama assim, se lhe der mais jeito. Enfim, onde quiser, conclui.

«Como é que se meteu a caminho com um tempo destes e sem chapéu? Há uma camioneta de carreira, não é verdade, entre Fiais e o Sanatório?»

Ignora a segunda pergunta, fixa-se na primeira. «Esqueci-me dele lá em cima. Só dei por isso quando estava longe e começou outra vez a chover. A verdade é que passo a vida a perder chapéus e a voltar atrás a procurá-los. Desde sempre.» *Quero recordar uma época qualquer, do passado, e aí ando eu à procura de um chapéu. Foi aqui? Não, não foi. Foi ali? Ainda não foi ali. É uma sensação desagradável, a de nos soltarmos do tempo presente e corrermos pelo passado fora até onde está um chapéu de chuva à nossa espera.* «Desta vez não estive para isso.»

«Toda a gente.»

«Toda a gente o quê?»

«Perde chapéus.» *Enfim, toda a gente que não tenha pensamentos tão sedentários que possam ser parasitas de um chapéu.*

«Creio que vou ficar constipada. Vou a um café tomar uma bebida quente e duas aspirinas. Deve haver um café, em Fiais...»

Não há razão para que não haja.

Fiais está ali, inesperadamente branca naquela região de casas escuras. Uma pequena vila arrebicada, corada pelo sol de quando houve sol. A chuva torna-a, porém, brilhante e melancólica, clara e triste, com os seus plátanos decepados e as suas estreitas ruas desertas. O carro para junto à estação, que, como todas as estações do mundo, fica num largo. Os limpa-para-brisas detêm-se e o mundo desaparece sob o dilúvio, porque a chuva aumentou de intensidade.

«Se quer, levo-a até Lisboa», diz o homem olhando para o relógio. «São cinco horas. Aí pelas oito, oito e meia, o máximo, estamos lá. De resto, tenho onde estar às nove horas. Amanhã parto para o estrangeiro.»

Que tem ela com isso? Arrepende-se mal acabou de falar. Porque disse aquilo? E porque lhe ofereceu a boleia até Lisboa, que ela aceitou agora mesmo, pois claro, não havia de aceitar, com um tempo daqueles? «Se não é muito incómodo, agradeço.» «O bom samaritano», pensa enquanto ela limpa com a sua pequena mão o vidro embaciado, olha para o tempo lá de fora. *Aceito?,* talvez pense. Já aceitou mas talvez ainda encare a possibilidade de voltar atrás. *Ensinaram-me que não se deve aceitar este tipo de oferecimentos, que há sempre qualquer coisa por detrás deles, que os homens... O meu pai costumava dizer...*

O carro arranca de novo, dá meia-volta à praça, vai parar junto a um café. «Vamos?», propõe ele.

* * *

Ela atravessa a correr o passeio, o homem segue-a de perto, nem fecha o carro, não vale a pena. EMPURRE POR FAVOR, diz a porta em letra garrafal. A sala é fria e escura, quase vazia, com velhos calendários de publicidade ao sol e à brandura dos costumes e até à alegria de um povo, em forma de vira melancólico ou maquinal, em todo o caso sem alma, pensa o homem. No balcão dois ou três pratos com bolos, decerto esquecidos na antevéspera, que foi sábado. Um homenzinho velho e mirrado levanta os olhos com aborrecimento de um jornal desportivo que estava a ler. «Que desejam?», grita com voz de arara. «Estou cheio de imagens aladas», pensa o homem olhando vagamente em redor.

«Dois brandies e um café bem quente», diz. Senta-se logo que ela se senta. A rapariga abriu a bolsa, pôs-se à procura sem encontrar. «Falta-lhe alguma coisa?»

«As aspirinas», diz assoando-se. «Julguei que tinha aspirinas, tenho sempre. Enfim, paciência.»

Mas ele procura nos bolsos e tira um comprimido que coloca sobre o tampo escuro da mesa. A rapariga olha-o com nítida reprovação. É talvez uma destas pessoas a quem a simples suspeita de micróbios aterroriza, há gente assim. Como se arranjará com o marido talvez – usa aliança – que tem lá em cima? *Devo tomá-lo? Tenho de tomá-lo? Quem terá posto as mãos nesta mesa e os cotovelos sebentos? E o pano sujo com que aquele criado decerto mistura cuidadosamente as várias sujidades, que é a sua maneira de limpar, basta olhar para ele, não pode ser outra. Não conheço este homem, não sei quem é, nunca mais o verei, decerto, mas tenho que tomar a aspirina, para não o ofender. As pessoas ofendem-se tão facilmente com coisas tão insignificantes como um comprimido esquecido num café – no café – de Fiais.*

É quase com ansiedade, com um certo prazer pelo menos, que a vê pegar lentamente na aspirina, limpá-la à socapa, esfregando-a um pouco na gabardina, metê-la na boca, ao de leve como se comungasse, beber um gole de café amargo, sem açúcar, tocar ao de leve no copo de limpeza duvidosa onde o criado começou a deitar o *brandy*, que é decerto 1920 e viva o velho. Bebeu em golinhos conscienciosos, ele também. Quis pagar a sua parte mas o homem não consentiu.

«Vamos?», sugere logo que ela acaba.

«Creio que já me sinto melhor», assegura a rapariga amavelmente.

«Ainda bem.»

Lá fora continua a chover.

* * *

A aliança fininha. A carteira de plástico a imitar crocodilo. O impermeável de plástico a imitar cabedal. Imitará ela alguém, alguma coisa? O que fará na vida? Costureira não é, tem demasiado à-vontade e dedos perfeitos. Datilógrafa? Não é possível. Tem unhas duras e compridas. O que se pode descobrir numas mãos. Dona de casa, talvez, mas das que não dispensam luvas de borracha. O que terá ido fazer lá acima? Ver o marido, o pai, o irmão, uma amiga? Mas porque desceu a pé, atravessando as terras? Cá estou eu a imaginar. A Damiana dizia… O imperfeito arrepia-o um pouco, e ele emenda o pensamento apressadamente. A Damiana diz que esse é outro dos meus caminhos para a bem-aventurança: pensar nas criaturas e tentar convencer Deus de que não sou egoísta. Tentar isso à custa delas. «À custa delas, flor», especifica com o sorriso implacável das descobertas sensacionais, que usa ultimamente. «Na realidade dispersas-te. Em vez de te concentrares em três ou quatro pessoas, ocupas-te vagamente de uma carta que tiras ao acaso do baralho.»

* * *

Dezassete anos, dezoito? Qualquer coisa à volta disso. Um rapaz dessa idade foi assistir a um desafio de futebol. O seu clube – nesse tempo, o rapaz tinha um clube, era mesmo a coisa mais importante que possuía e nada no mundo lhe parecia tão digno de atenção –, o seu clube, pois, perdeu, e por isso ele caminhava melancolicamente por uma rua esburacada. Obras importantes de uma empresa qualquer que ali ia instalar-se. Um grupo alegre, que decerto festejava a vitória do outro, do que não prestava, do clube que tivera uma sorte danada, passou por ele e empurrou-o. O rapaz caiu dentro de uma cova. Não era funda mas caiu mal, ou talvez estivesse descalcificado, descalcificava-se muito nesse tempo. Em todo o caso partiu uma perna. Foi o seu primeiro contacto com a vida. Aos dezassete, dezoito anos, é tarde. Ou é cedo? Foi assim no entanto. As pessoas riam ou conversavam, discutiam com calor, defendiam pontos de vista que pareciam infantis, vistos agora, à distância, passavam sem o ver. Havia olhares em movimento que lhe tocavam um instante mas logo continuavam o seu trajeto. Sem pararem mais do que o estritamente necessário para notarem – vagamente – uma imagem insólita na paisagem. Talvez pensassem que ele bebera um pouco, ou que estava a fazer uma farsa porque o seu clube perdera ou ganhara, talvez não pensassem absolutamente nada por falta de espaço para novos pensamentos. Depois, um homem gordo, em mangas de camisa, parou, estendeu-lhe a mão forte. «Que foi isso, pá?» Assim mesmo. «Que foi isso, pá?»

«Creio que parti uma perna, não me posso mexer.»

«Diabo! E eu que estou com uma destas pressas... Bem, agarra--te com força. Com força, pá, mas dá uma ajudazinha, senão também vou lá para dentro e olha que comigo em cima não ficas muito bem tratado.»

Agora já havia algumas pessoas paradas a ver a cena e a dar sugestões. O que as pessoas gostam de dar sugestões, paradas e de braços cruzados, quando já estão certas de não ser necessárias e de não lhes ser, portanto, exigido nenhum esforço físico! A fuga ao trabalho manual, a preferência pela intelectualidade condutora dos povos! O gordo conseguiu tirá-lo do buraco, e ele estava todo sujo, infeliz e cheio de dores. Encostado ao homem, quase vertical mas sem saber que fazer da sua verticalidade tão ameaçada.

«Compreendes ao menos?», perguntou a Damiana, um dia, anos depois, quando a encontrou. Achou a sua quase fealdade extremamente sedutora, a sua quase agressividade cheia de encanto, e descobriu que ela era a mulher da sua vida, o seu único amor, a sua razão de ser. Damiana estudava vagamente Biológicas e fazia, mais vagamente ainda, cerâmica. Mas às vezes não cozia os pratos porque a Viúva Lamego ficava longe, era complicado. Tudo era complicado, nada valia a pena.

«Compreendes, ao menos?», perguntou-lhe.

Ela não sorriu propriamente, dantes não sorria tanto, pelo menos como agora, abrindo o sorriso e espremendo-o logo depois, tirando-lhe todo o suco, duas ou três gotas muito adstringentes. Mas já lhe chamava flor. «Claro que sim, flor. Mas acho pobre. Todos têm no passado ou no presente, ou hão de ter no futuro, o buraco onde caíram ou cairão. Sozinhos, flor, e sem homem gordo para ajudar. Desculpa», e, então sim, riu um pouco. «Isto até parece filosofia americana. Cinematográfica, quero dizer. Juro que não era minha intenção e prometo não repetir.»

Estavam sentados num banco de jardim. Ela vestia uma saia plissada, branca, e uma blusa amarela. Tinha espessos cabelos castanhos e aqueles olhos pretos que nesse tempo ainda não ardiam, eram simples olhos pretos. Bonitos olhos pretos um pouco oblíquos, egípcios, desenhados a traço grosso pela natureza, que lhe concedera – uma das suas raras concessões – fartas pestanas. Ainda não usava óculos nesse tempo. As suas mãos, grandes, estavam pousadas sobre cadernos cinzentos.

«A mãe está perdida», disse de súbito.

«Nunca me disseste que ela estava doente.» Acabou de falar e logo pensou que a eternidade onde esse «nunca» se situava era uma curta eternidade de dois meses e dez dias. Ela, de resto, não aceitou tal eternidade de mão beijada. Aceitar não era com ela.

«Nunca?», perguntou.

«Enfim, porque não me disseste logo? Tenho estado para aqui a contar-te parvoíces...»

«Porque havia de to dizer, logo?»

«Acho... que era natural. Se gostamos um do outro, não é assim?»

«Não é assim?», repetiu o eco da voz dela.

«Gostava de te ajudar...»

«Era ótimo. Mas como podes tu ajudar-me? De resto não preciso de ajuda. De resto, se alguém precisa dela, não sou eu, pois não?»

Com Damiana nunca houve aquele período um pouco piegas de todos os princípios, em que a parte masculina se sente espantosamente forte e protetora, porque a outra parte se compraz mostrando uma fragilidade e uma urgência de ser apoiada e protegida que nem sempre são reais. Com ela nada disso, e, consequentemente, também não com ele.

«E o teu pai?», perguntou.

«O pai?», repetiu como se não tivesse compreendido a pergunta. Depois compreendeu e disse: «O pai, ótimo. Continua vivo e eu também. Eu gosto de ti, não é? Ele gosta da Luz. Logo que a mãe morra fica livre de ditos e mexericos e até pode casar com ela. Até deve casar com ela. Seria indecente se o não fizesse. No fundo, a Luz é boa rapariga e sacrificou-lhe a sua mocidade, não é assim que se diz? Tem vivido na sombra, enfim, nunca criou problemas à mãe, que pôde dar-se ao luxo de ignorar e manter o seu pequeno orgulho intacto. Até é isto tudo, não tem graça?», perguntou muito séria. E logo depois: «Eu já te tinha falado da Luz, não tinha?»

«Sim, vagamente, mas…»

«Sempre achei esquisito…»

«O quê?»

«Isso. Quero dizer, como as coisas piores para uns resultam sempre excelentes para outros. Sempre. Às vezes dão-lhes um banho de esperança, outras vezes resolvem-lhes mesmo a vida. A balança baixa de um lado e sobe logo do outro, um lado às vezes remoto, ninguém se lembra dele, ninguém o conhece. Mas sobe.»

«Sim, sim», disse o homem, rapaz nesse tempo, voltando à vaca fria. «A minha perna partida foi útil a um médico, a uma farmácia, a alguns laboratórios (em grau reduzido, mas no entanto…), ao homem gordo que tinha pressa mas sempre me levou ao hospital e se foi com uma boa gorjeta. Por causa da minha perna partida, o clube proprietário do campo, que nem sequer era o meu clube mas o seu rival desse dia, pôs um processo à empresa responsável pelas obras e creio que o ganhou. Falou-se de prejuízos morais e materiais, de pessoas que já receavam ir aos jogos, etc.»

«É um escândalo, não vês, não achas? Todo este jogo? Sentimo-nos ínfimos, ou pelo menos é assim que me sinto, tu não? Pedras no tabuleiro, uma recua para a outra avançar. Onde está a mão que as move, que critério segue para as mover? Haverá um critério sequer?»

«Talvez o jogo seja de azar e não de raciocínio.»

«És tu que dizes isso? E as tuas crenças profundas?»

Um silêncio e ele disse: «Não sabia dessa história.»

«Qual?»

«Essa Luz. Tinhas-me falado nela, sim, mas não sabia que o teu pai...»

«É uma história velha como o mundo. O meu, claro, os outros não me interessam. O meu mundo particular. A mãe nunca soube, felizmente. Ou não quis saber? Ou recusou-se terminantemente a tomar conhecimento? Não tenho a certeza. Creio que a mãe se converteu à vida a que foi condenada pelas circunstâncias – chamemos-lhes circunstâncias – com o entusiasmo gelado com que certas mulheres abraçam a religião ou a caridade organizada. Com um olhar de banda para Deus, a ver se também Ele estará a observá-las. Mas talvez, no fundo, nunca tenha dado por nada. É uma mulher ingénua e pouco esperta. Uma senhora burguesa que viveu sempre em adoração perante o pai e o palavreado dele e a inteligência dele, que venerava sem a compreender, embora...»

«Embora?»

«Bem, creio que a inteligência do pai não é enorme. Uma inteligência normal, como a minha. Mas, claro, tudo é relativo. A mãe, como já disse... Uma pobre senhora que nunca incomodou ninguém e que por fim se retira de cena para que todos possam ser felizes. Creio que sempre se considerou a mais.»

«Olhas para toda a gente com essa objetividade toda? Eu não consigo...»

«Olho. Cada um é como é. Sempre fui muito objetiva, que fazer?»

Nessa altura, porém, ele só soube ver a sua dor escondida e pôs a mão sobre as suas delicadas, brancas mãos, dizendo com calor: «Querida!»

Ela, porém, respondeu com secura, embora sem agressividade, levantando-se: «Não sou eu quem vai morrer, flor.»

* * *

A rapariga corta o silêncio, tão pesado?, para perguntar como quem sente muito: «É a sua mulher?»

«Sim, é a minha mulher. Sempre que venho vê-la sinto-me, como hei de dizer…»

«Não há esperança?»

«Esperança? Claro que há sempre esperança, mas esperança em quê? O problema é esse», diz o homem, e subitamente detém-se, porque julga ouvir palavras de Damiana. É dela também a entonação áspera, como que zangada. Cai então em si, diz que não, que não há esperança, que um dia destes terá que a levar para casa, deram-lho ontem a entender, e que isso vai ser terrível porque ela é uma pessoa…

«Compreendo.»

Não, não pode compreender, ninguém o pode senão ele. Ninguém, nem mesmo o pai dela nem a madrasta que se chama Luz e que continua a ser uma excelente rapariga. «E você?», pergunta por perguntar.

«O meu marido.» O seu sorriso é largo. Para além dele nada de suspeito, tudo alegres transparências. «Falei há bocado com o médico. Eu já sabia, mas precisava de o ouvir dizer. Como dantes, com os exames. Só quando via a pauta, com estes olhos, é que acreditava e enchia completamente os pulmões de ar. Se me batesse o vento, ia por aí fora.»

«O vento bateu-lhe pelos vistos. Você vinha por ali fora.»

Riu-se. «É verdade. Vinha mesmo.»

«Solte todas as palavras com *asas* que traz consigo.»

«Não o maço?»

«Até me ajuda. Foi bom encontrá-la.»

Ela não hesita e diz-lhe que estavam casados há dois anos e meio e que tudo foi extremamente difícil. Perdeu o emprego e isso foi catastrófico. E o bebé tão pequeno… «Uma vizinha toma conta dele durante o dia, tem que ser assim. É boa mulher, mas… Eu tinha qualquer coisa, foi o que valeu. Vendi tudo e eles têm sido ambos bem tratados. Ficámos… estamos sem nada. O que temos no corpo, por assim dizer. Uns papéis de crédito e umas joiazitas que a minha madrinha me deixou, móveis, tudo foi indo. Tenho uma grande casa vazia, de renda antiga. (Ri um pouco.) Quando me ocorreu que podia alugar um ou dois quartos, reparei que tinha vendido as mobílias na véspera.» O sorriso estende-se, lento e melancólico, o olhar não o acompanha. Ele vê-lhe o lado esquerdo da boca contrair-se um pouco, mais nada. Os olhos, esses, mantêm-se quietos e sérios, nem uma centelha de riso neles. Olhos profundos e pensativos.

Olhos flamengos, pensa aquele homem que gosta de situar histórica ou geograficamente, ou até segundo um critério artístico--livresco, mais livresco do que artístico, os olhos das mulheres. Aqueles são flamengos, os de Damiana egípcios (em tempos, claro está), os de Bárbara lindos olhos de porcelana, quebráveis, portanto, exigindo certos cuidados na manipulação.

«É tão agradável recomeçar. É, como direi, criador. Senti-me apavorada quando pensei que podia ficar outra vez só. E com o bebé tão pequeno… Às vezes sentia-me louca.»

«Sim», diz ele. «Sim.» E pensa que ela está a pensar, porque o olha de certo modo: *Qual será a mulher dele? A alta, ruiva, que lê romances policiais? Aquela tão nova e bonita, de cabelos loiros? A de ar duro e lentes grossas de quem ninguém gosta? A outra, que sorri a toda a gente, mas a uma pessoa de cada vez, como se atravessasse devagar uma sala cheia de convidados, de convidados seus, entenda-se? A mulher vegetal, que parece um tronco, uma daquelas árvores das histórias para crianças, com olhos, nariz e boca levemente esboçados? Outra qualquer que eu não vi, em quem não reparei? Talvez já nem saia do quarto? Pobre, pobre homem.* Pensa decerto isto e fala ao mesmo tempo com pequenas paragens aqui e além para se recompor, para não se perder em todo o caso, para não misturar o que pensa com o que diz. «Um medo horrível», repete a certa altura. Hesita de novo, acaba por dizer em voz baixa: «Passei a infância num asilo, está a ver? A minha madrinha era a senhora que tomou conta de mim porque era viúva e sem família. Deixou-me o que tinha em paga de doze anos de companhia. Deixou-me portanto a vida deles, foi enorme. Não falando em todo o resto, claro.» *Aposto que é a de cara fechada, com pulseiras que fazem barulho. Tem a mania de que é superior, dizem. Fala caro. A ruiva também pode ser. Se lhe perguntasse? Mas que pensará ele se lho perguntar, e como poderei fazê-lo? A sua mulher usa pulseiras? Não, é impossível.* «Às vezes, parecia-me horrível preocupar-me tanto comigo e com o medo de ficar só, tanto comigo e tão pouco com ele. Não estou a explicar-me bem. Eu não me preocupava pouco com ele, pensava era pouco nele, parecia-me. Depois um dia – uma noite – percebi que estava certo.»

«O quê?», pergunta o homem com suavidade, ao mesmo tempo que faz parar os limpa-para-brisas porque deixou de chover.

«Que todo o resto é literatura e frases bonitas para gente desocupada. Não se estar só, mais nada. Não se estar só e escolhermos determinada pessoa ou aceitarmo-la, a essa pessoa, e não outra qualquer, para isso. Suponho que muitas pessoas chegaram a essa conclusão antes de mim…»

«Muitas», diz ele docemente.

«Há quatro anos ainda não o conhecia e tinha estado sempre sozinha, exceto, claro, durante os anos em que vivi com a madrinha. Já nasci assim. Apareci neste mundo e a minha mãe morreu. Há um fenómeno…»

«Cissiparidade.»

«É isso. Acontece com os bichos. Com alguns, em todo o caso. Eu fui como um desses bichos. Do meu pai nunca se falou nem isso foi problema, no asilo estávamos quase todas nas mesmas condições. Estou a ver-me no dia… Mas desculpe, estou com certeza a maçá-lo. Que lhe interessa a minha vida?»

«Vá contando.»

«No dia em que aquela senhora que nesse tempo me parecia velha apareceu para me levar. A mim ou a qualquer outra, está bem de ver. Fui eu a escolhida. Eu tinha uns pés enormes. Não cresceram mais mas eram enormes. Afligiam-me, tão definitivos. Tão comovedoramente grandes. Note que o advérbio era dela. Pés de mulher, porquê? Olhava-os sempre um pouco envergonhada, como se fosse indecente usá-los. E depois a senhora olhou para mim e disse: tu, a dos pezinhos grandes, vem cá. Queres ser minha filha? Pezinhos, nunca mais esqueci.»

Fica um instante pensativa, depois diz: «Não pense que eu era uma garota triste, metida no meu canto.»

«Complexada.»

«Isso. Não era.» *O isolamento a que me referi era mais voluntário do que outra coisa. Suponho que pretendia ser interessante aos meus próprios olhos, diferente das outras. No entanto, brincava com elas e ainda hoje me dou com algumas.*

«Ainda se dá com as antigas colegas?»

«Não, veja lá. A vida, não é? Separa as pessoas.»

O homem está muito atento à estrada, que tem ali muitas curvas e muitas lombas. «E depois?»

«Depois?» *Muito bem, houve uma época (já eu tinha catorze ou quinze anos) em que me pus em busca do impossível. Tinha a minha madrinha-mãe, a minha casa, estava a tirar o curso do liceu, e de repente dei por falta de qualquer coisa muito importante, vital, enfim. Foi a época em que me pus a observar, de um modo talvez exagerado e que até podia ser sujeito a más interpretações, os homens de certa idade que encontrava no meu caminho. Quem sabe se é este?*

Podia sempre ser, não é verdade? Sempre. Eu ignorava tudo a seu respeito, até o seu nome de batismo. Seria uma pessoa de boas famílias, boa gente como se diz? Boa gente, que ridículo. Um operário? Um homem casado, porque não? Seria alto? Baixo?

Belo? Vulgar? Nem uma ideia, por mais vaga. É curioso, mas a minha mãe não me preocupava. Tinha morrido, não é? Trabalhava numa fábrica, não é? Um colega? O patrão? O que eu precisava era do mistério do meu pai.

Soube alguma vez?

Nunca. Mas com o tempo deixou de me interessar.

Creio que, se o encontrasse agora, se ele me procurasse, não o olharia como a um pai mas como a um velho conhecido da minha mãe. E eu estou-me nas tintas para os velhos conhecidos dela. Ser pai por acidente tem, no fundo, tão pouca importância. Uma simples paragem no percurso e seguiu-se em frente sem preocupações. O sangue... Qual sangue! A única família que tive foi a minha madrinha. Perdi mesmo o costume de pensar que tinha, como toda a gente que se preza, um pai. «Depois?»

«Conheceu alguma vez o seu pai?»

Ri-se. «Que ideia! Habituei-me à incógnita personagem de todos os documentos oficiais que tinha que preencher e que nunca ali esteve. Mas deixemos isso. Ia dizer-lhe que falei com o médico e que então fiz uma coisa louca. Desatei a correr e...» Suspira ao de leve. «Mas já lhe falei nisso há pouco.»

«Já falou. Corria como... como se dançasse. E eu interrompi-a.»

«Não, não. Começava a sentir-me ensopada de mais e a lamentar a minha precipitação e sobretudo o chapéu, lá em cima. Na verdade...»

Ela fala, talvez fale, mas ele não a ouve. De repente não está ali mas lá em cima também, junto de Damiana no *fauteuil* azul e cinza, com aquele sorriso breve, um pouco superior, um pouco perseguido, tão leve que ninguém o vê senão ele, e também um brilho no olhar ou uma ausência de brilho que o torna por vezes aflitivamente baço, como se tivesse tocado em mata-borrão. «Sim, flor? Tens a certeza?» A certeza de quê? De qualquer coisa, sabia lá? Ela não, ela sabia sempre, e isso estava mesmo implícito na pergunta feita com ar displicente. Falava, falava, sempre falou, falou… De livros, de ideias gerais ou particulares (particulares quase sempre), da última peça de teatro que viu ou que leu, do que gostou ou do que achou execrável. Para ela nunca houve grandes dúvidas. Parecia estar sempre acima delas, dominando-as, varrendo-as com um dos seus olhares e um dos seus gestos tilintantes de pulseiras. Havia também as suas descobertas. Descobria um quadro, um livro, um autor, e tinha a satisfação um pouco vaidosa do perito que entre milhares de telas pesca um Vincent ignorado, do crítico que anuncia um grande autor a quem ainda o não conhece. Na noite, por exemplo, em que viu aquela peça, como se chamava, de Arrabal. Como se tivesse jurado a si própria tornar Arrabal conhecido e, à falta de uma tribuna, houvesse resolvido ensiná-lo em família.

Uma criatura sem medo. Da própria doença, quando ela veio. A aparente serenidade com que naquela tarde se sentou, ajeitou a saia, afivelou o sorriso-máscara. «Vais precisar de muita coragem. E daí…» Ficou pensativa, mordendo a unha do indicador. «Precisarás mesmo dela? Não será vaidade da minha parte? Ou excesso de confiança? Enfim, não entremos em grandes pormenores, é melhor para ambos.»

«Que queres dizer com isso?»

«Nada, na verdade. No fundo, há tão poucas coisas que queiramos dizer. Sou obrigada a isso, é diferente. Tenho que falar. E até é preferível que o saibas por mim.» Riu um pouco, ficou logo séria.

«Não compreendo, Damiana. Explica-te melhor.»

«Claro que não compreendes, flor, nem eu esperava… És tão pouco observador.» O seu sorriso afetado, apertado. «Cheguei a recear…»

«O quê?»

«Que me perguntasses, neste início de conversa, ou melhor, de confissão da minha parte, se eu estava apaixonada por alguém. Cheguei a recear. Era cómodo, não era? Era… fácil. Ao tempo que eu podia ou devia tê-lo feito. As mulheres não compreendem como às vezes simplificavam assim a vida dos homens, tirando-lhes todo o complexo de culpa. Podia, flor. Olhar de repente para outro homem qualquer – qualquer é um modo de dizer, claro – e ir atrás dele para o fim do mundo. Mas não, não. Infelizmente para ambos não é isso.»

«Diz lá.»

«Espera.» Com o seu tempo. Nunca foi pessoa para se precipitar, mesmo que o que tivesse a dizer fosse muito, muito importante e qualquer outra pessoa perdesse a cabeça e se lavasse em lágrimas. Com o seu tempo, claro. «Não penses que não segui sempre, embora com reduzido entusiasmo, as tuas carreiras marginais. Posso citar-te alguns nomes… Não? Não queres? Pronto, já aqui não está quem falou.» Ficou pensativa, depois voltou à mesma. «Devia tê-lo feito, sem dúvida, mas, como sabes, nunca procurei caminhos fáceis, nem para mim nem para facilitar a vida dos outros. Vendo bem, nunca procurei mesmo caminhos nenhuns, limitei-me a aceitar os que se me deparavam. Vou deixar-te, sim, flor, mas de outro modo. Já olhaste bem para mim? Não, claro que não olhaste. Estou doente, Rui.»

«Sentes-te mal? Já foste ao médico?»

«Tenho-me dado bastante com eles ultimamente. Médicos, especialistas, radiologistas, analistas, sei lá. Uma vida social intensíssima. O meu primo Gil tem-me ajudado e gastei pouco dinheiro.»

«Meu Deus!»

«Nos intervalos fico de cama. Claro que tu não estás em casa a essa hora.»

«Estou a trabalhar.»

«Não digo o contrário. Embora nem sempre estejas a trabalhar.»

«Mas o que tens tu?»

«Um dos pulmões muito afetado e o outro a caminho. Tenho de ir para um sanatório. O Gil falou com o diretor do de Fiais. Vou para a semana. Nada disto vai ser fácil, flor, até porque, não sei se te lembras, sou alérgica aos antibióticos. Nada fácil se bem que… Quero dizer… A felicidade teve sempre para mim um caráter provisório, nunca pertenci, por assim dizer, ao quadro, nem me senti com direito a reforma um dia. Talvez por isso não esteja muito espantada. Não estou muito revoltada também. Só um pouco, enfim. Quem sempre me espantou foram as pessoas bem instaladas na sua felicidade talhada por medida para a vida inteira e com um ar tão sereno e confortável, absolutamente nada receoso do futuro. Encostadas e de perna traçada a dar ao pé, tão confiantes, flor. Como se nada as ameaçasse. Como se o emprego fosse vitalício.»

Nessa altura, nesse dia, ele disse «Querida!» e agarrou-lhe as mãos, apertou-as muito nas suas e tinha na garganta, preso, quieto, um soluço. Damiana não respondeu: «Não sou eu quem vai morrer, flor.» E aquele sorriso estático, de súbito no seu rosto, era uma espécie de maquilhagem. Manteve-a, de resto, cuidadosamente, até ao dia em que ele a conduziu a Fiais. Só agora é que reage às vezes agressivamente quando ele aparece. Como se vê-lo lhe provocasse uma alergia semelhante à dos antibióticos, embora a borbulhagem seja invisível.

Anteontem, quando ele chegou, soltou uma risada sem sentido, porque ria ela? Depois propôs: «Vamos falar de coisas sérias?»

«De quê?»

«De uma mulher chamada Bárbara, por exemplo.»

«Não percebo», espantou-se com esforço.

«Flor! Não vamos camuflar mais as coisas, está bem? Sei perfeitamente que ela tem um ano de idade na tua vida e que é manequim. Uma das chamadas novas profissões, não é? Olha, tenho pensado que as histórias às vezes se repetem. Vais casar com ela? Pronto, não quero ferir a tua suscetibilidade. Pronto. De resto, não era propriamente dela que queria falar-te.»

Claro que era, claro que era. Se não totalmente, pelo menos em parte. Não queria ser a boa senhora que se vai discretamente embora. Tudo menos isso. Tudo menos dar-se ao luxo de ignorar.

«O mais importante, para mim, claro, é o que se segue», disse. «Estou interessada num homem. Não olhes para mim com esses olhos. Não podes perceber. Tu vais daqui a dois dias para Paris, sozinho ou acompanhado, os teus pulmões estão perfeitamente saudáveis e a tua fórmula leucocitária e a tua velocidade de sedimentação são excelentes. Queria dizer-te isto para não passares todo o tempo – parte dele, enfim – preocupado, ou pelo menos com um sentimento de culpa a torturar-te. De qualquer modo estás livre daqui a pouco tempo. Se por um acaso extraordinário – não acredito em milagres – me curasse, queria divorciar-me.»

Se se curar, disse. Mas no dia seguinte voltou atrás e declarou então que gostava de levar aquilo até ao fim com uma certa naturalidade e que ali não era tão duro porque iam evoluindo lentamente por dentro. E que ninguém fazia projetos para o próximo verão.

«Gostas então de...», perguntou por perguntar, até porque seria estranho ficar calado.

«Eu disse que estava interessada.»

«É o mesmo.»

«Não é, bem sabes.»

«É importante para ti?»

«Bastante. Admira muito a obra do tio-avô e temos longas conversas. É... poeta.»

«Conheço?»

«Nunca publicou nada.» Riu. Pôs-se a falar velozmente. Uma boa atriz até ao fim? «Mas eu acho um crime. Tem poemas belíssimos. Gostava até de saber a tua opinião.» Trazia no bolso um papelinho dobrado, que lhe meteu à força na mão.

«Bem sabes que eu e a poesia... A minha opinião é nada...»

Ela tapou o olhar apressadamente, mordeu com força o lábio esbranquiçado.

* * *

«De que marca é o seu carro?», pergunta a rapariga desviando-lhe o curso dos pensamentos. «Não percebo bem...»

«*Ghiotti 1300.*»

«Não sei nada de automóveis», diz ela. «Perguntei por perguntar. Para mim são tudo automóveis, exceto talvez os *Volkswagen*, que têm uma cara engraçada, alguns com nariz e tudo. Como as árvores são árvores e os pássaros são pássaros. Dos *Ghiotti* então nunca ouvi falar. *Ghiotti*, não é? Italiano, não é?»

«Sim, 1300. Sim, italiano», diz o homem. «Não é uma marca muito conhecida, mas está a provar bem.» E pensa: Nunca teve carro e viveu sempre na cidade. No asilo, pobre pequena. Florinha da rua? Nem isso. Florinha de dentro de casa, sem muita luz e sem muita clorofila. Casa grande, sem conforto. Depois a da madrinha. Grande também, pelo menos agora que vendeu tudo. Conhece pinheiros talvez, oliveiras quando muito, pombos de estátua, pardais da Avenida e *Volkswagen*. De vista. À distância. «É um bom automóvel», assegura. «Vamos a subir e repare que não perde a velocidade. Comprei-o há dois anos e nunca me criou problemas mecânicos.»

Como se chama a sua mulher?

Damiana.

Ei-la que talvez pense: *Pronto, já sei. É a tal com ar importante. Ouvi chamarem-lhe Damiana.*

É bonito, Damiana. E ela?

Ela o quê?

Se é bonita.

Nunca foi bonita. Era atraente. Tinha personalidade... Ainda hoje não se deixa ir abaixo. Ontem, por exemplo, inventou um caso. Deus sabe porquê.

«A sua mulher guia?»

Está-lhe grato pelo tempo presente. «Muito bem.»

«Há duas coisas que eu gostava de aprender mas não creio que o consiga», diz ela com um arzinho melancólico. «Guiar um carro e nadar.»

«Nenhuma é difícil.»

«Decerto. Mas é necessária, como direi, uma disponibilidade que não tenho. Tempo, dinheiro, disposição… Falta sempre qualquer das coisas.»

«Sabes?», disse-lhe Damiana durante uma das primeiras visitas. «Às vezes penso… Não é bem isso, na verdade, até faço por não pensar em nada que crie mais problemas, faço por me limitar à minha vida atual, que não tem grandes surpresas. Talvez possa dizer que algo pensa em mim, sem eu me dar conta, algo completamente independente.» *Acreditas? Não acredites em tudo, flor. Sabes que eu... Sabes que eu, não é verdade?* «Há os que morrem e há os que se curam. De qualquer modo, vão-se embora, ou por seu pé ou às costas de alguém. Às vezes também lhes pedem que se vão, a tempo. Para não sujarem a casa, por assim dizer. Mas às vezes… Talvez seja a falta de assunto que me leva a pensar no passado, e olha que inadvertidamente. As ideias e as imagens vêm, instalam-se, é como os meus avós, que hei de fazer senão suportá-los? Sabes lá a série de coisas que não fiz e gostava loucamente – agora – de ter feito. Nunca tive pena, dantes. Mas agora… Uma pena louca, queres crer?»

«Que coisas?» Nessa altura ainda não sabia, como é óbvio, do poeta. Só nesta última visita tomou conhecimento da sua existência, se existência havia, apesar do poema ali no seu bolso, amarrotado. Que coisas?

«Usar lentes de contacto, por exemplo. Aprender chinês. Outras coisas. Olha, ter sabido viver.»

* * *

Agora a estrada é direita, deserta e sem mistério. De um dos lados há um espesso pinhal verde-escuro, do outro um pinhalzinho verde novo, muito aberto. Chove menos. O céu, no entanto, parece mover-se devagar, sem sair do mesmo sítio, é como se as nuvens fervessem ao de leve, numa ebulição fria.

«Que idade tem?», perguntou ele, e o espírito com que faz a pergunta é o mesmo que há pouco a levou a ela a querer saber qual era a marca do carro e também se a mulher dele guiava.

«Vinte e cinco anos.»

O seu rosto é jovem mas marcado, o rosto de alguém que chorou. «Chorou muito?», pergunta.

Ela tem um leve sobressalto, espanta-se um pouco. «Se chorei...» Pensa, e é com atenção que pensa, como quem está a fazer um exame oral e quer responder certo. Concentra-se, recolhe-se. «Não, creio que não», diz por fim. *Tinha ficado outra vez só, compreende? Sem espectadores para que havemos de chorar? Não me refiro a espectadores do nosso rosto desfeito pelas lágrimas, dos nossos olhos inchados, dos óculos escuros com que os tapamos. Não me refiro sequer a esses. É que não havia ninguém. As minhas amigas moram longe e têm todas elas a sua vida. A família do meu marido... São da província. Não têm grandes possibilidades de se meter no comboio, está a vê-los a ir até Lisboa dizer-me bonitas palavras e lamentar-me? Luxos.*

Sabe muito, pensa ele olhando-a com atenção.

Sei, concorda. *Coisas assim. Superficiais. Aprendemo-las à nossa custa... Quando choramos acho que estamos sempre à espera de que nos ouçam, de que nos lamentem, de que nos ajudem. Mas quando não há ninguém... No asilo, por exemplo. Quem ia reparar nas minhas lágrimas? Creio que foi lá que perdi o hábito de chorar. Já não chorava aos nove anos, quando de lá saí. Por mais que as companheiras piores me beliscassem e as vigilantes me pusessem de castigo. Isso, de resto, foi-me útil. Não era com lágrimas que eu ia aguentar a estadia lá em cima, a vizinha que fica com o bebé. Respirei fundo e avancei.*

Uma povoação qualquer, reta e molhada, cuja luz se apagou porque a noite vai, daí a pouco, cair. Não há ninguém nas ruas. O homem pára para meter gasolina e verificar o óleo, mas a bomba também está deserta, e ele tem que seguir viagem. A cortina celeste rasgou-se ou dissolveu-se, e a Lua, ainda pálida, surge no céu, suspensa como um balão extremamente frágil.

«Há outras coisas que lamento não ter feito», prosseguiu Damiana no dia em que falou do chinês e das lentes de contacto. Foi um dia agitado, aquele. Na véspera telefonara-lhe, pela manhã, ainda estava deitado, e também lhe explicou a razão urgente do telefonema, que o arrancara a um sonho qualquer, suave, onde Bárbara também estava presente. Para se certificar de que ele continuava a existir. Era importante as pessoas certificarem-se de coisas assim. Na véspera, às dez e dezoito minutos precisos, sentira essa necessidade urgente, mas àquela hora era difícil telefonar. De resto, talvez não o apanhasse em casa, não é verdade? Uma necessidade urgente. Ele existia ou era um mito? Ou era simplesmente uma recordação?

«Mas, querida...»

«Não te rales, a culpa é minha. Não sou uma boa senhora que se retira sem espalhafato, como a minha mãe. Eu quebro os vidros. Os meus vidros, entenda-se, não quero magoar ninguém. Mas sinto-me estilhaçada.»

Ele baixou a cabeça e continuou a ouvi-la, embora Damiana já tivesse desligado o telefone. Mas falava, mesmo assim, de móveis a que criara amor, de loiças, do anel, quem sabe?

Mas não, isso foi no outro dia, em Fiais. «Criei-lhes amor, compreendes? Não é horrível ter-lhes criado amor? E não me venhas falar das mulheres. Não sei como dizer, como explicar. É que nunca tive nada de comum ou muito pouco, só exteriormente, enfim, com as mulheres a que ontem te referiste. Acho-as horríveis. Sempre lhes detestei a radiosa mocidade, o desabrochar, o envelhecer reticente, contrariado, mascarado. Há em tudo isso uma falta de naturalidade, um retraimento ou um exibicionismo... Nunca consegui conversar com mulheres e por isso nunca tive amigas. Às vezes penso que algumas se apaixonam e se casam e têm filhos só para conseguirem um inesgotável assunto de conversa. Os pretendentes (há as que aos sessenta anos e mais ainda recordam em público, sem a mínima noção do ridículo, os pretendentes que tiveram), o noivo rico (ou bonito ou conhecido), os partos (ah, os partos, com todos os pormenores), as doenças dos filhos (todas, dos filhos todos, pondo em relevo, naturalmente, a extraordinária – rara – dedicação delas), as notas dos filhos também, os triunfos deles, os professores que os detestam, que os invejam e que por isso lhes dão más notas.»

A certa altura começou a chorar como só ela sabia. Em silêncio e quieta. Como uma estátua com o dom de criar lágrimas e de as verter pelos seus olhos de pedra. Porque também os seus olhos pareciam de repente sem pupilas, nem íris nem olhar. As lágrimas, grandes e redondas, escorriam sem se desmanchar pelas magras faces, como se não aderissem à sua epiderme, como se esta as repelisse, iam tombar sobre o camisolão azul, de gola alta, dentro do qual o corpo lhe andava perdido.

«Para que havemos de chorar sem espectadores?», disse há pouco a rapariga ao seu lado, disse ou pensou, ou quem pensou foi ele, já não sabia bem. De resto não interessa. Ele foi durante algum tempo, bastante, o público semiausente, sempre aplaudidor ou, pelo menos, complacente, de Damiana, em Fiais. Não tão perfeito como a velha prima, mas em todo o caso... Ela chorava, chorou dessa vez com o elevado nível de sempre, ainda mais aperfeiçoado pela doença. O seu estilo era, por assim dizer, clássico, mas sem nenhum exagero e por isso mesmo mais impressionante. Quis mal a si próprio, lembra-se, por estar a olhar para ela daquele modo – «Em que estás a pensar?» – tão a frio, tão objetiva e cientificamente, mas de coração silencioso. A minha pobre Damiana que vai morrer. Mas essas palavras souberam-lhe, de súbito, mal, pensou-as e logo as renegou. Ela não era, para já, a sua pobre Damiana. Sua? Era, sim, uma pedra solta na ribanceira íngreme. Um único caminho e só um fim a atingir, e a dor de não poder deter-se, a pena de não se ter detido um pouco mais, ali e além. De não ter feito o que quer que fosse como falar uma língua estranha, usar lentes de contacto, viver.

«As mulheres», dissera-lhe ele um dia, antes desse em que ela monologara acerca das mulheres. «As mulheres são incríveis. Calcula que o teu pai apareceu ontem lá em casa a saber de ti. Disse-me que a Luz cortou relações com a irmã por um motivo absolutamente fútil. Creio que se tratava de uma discussão entre os respetivos filhos. Não cabe na cabeça de ninguém com um pouco de senso...»

Ela levantara-se, tinha ido até à janela, limitara-se a dizer: «Que Luz é essa? E os filhos e os sobrinhos da Luz, quem são? Não me lembro de Luz nenhuma.»

Ele próprio, seu marido, não deve ser muito real às vezes, por isso aquele telefonema, uma manhã. «Estás? Sou eu, a Damiana, nada de importância. Só queria saber... Ouve... Existes ou és um mito? Ou uma recordação?»

«Mas, querida...»

«Não te rales, a culpa é minha. Não sou uma boa senhora que se retira sem espalhafato.»

Não, não deve ser muito real. Reais são os médicos, as enfermeiras, as criadas, a mulher tronco, a mulher ruiva, o poeta, pois claro. Tira um papel do bolso, espreita a assinatura: Ramiro Tourém.

«Já ouviu falar num Ramiro Tourém, que está lá em cima?»

«Não, porquê?»

«Por nada. Pura curiosidade. É poeta, parece.»

«O meu marido não fala de muita gente. É pouco sociável. Dá-se com duas ou três pessoas.»

«Ah.»

Guarda de novo o papel e procura Damiana conversando com um homem sem rosto e sem voz porque está de costas para a objetiva. *Você é modesto mas tem muito valor, pode crer. Sempre li muita poesia, os clássicos, claro; mas sobretudo os modernos. Em casa do tio-avô conheci gente inesquecível. Depois ainda às vezes encontro um ou outro. Numa estreia de teatro, numa assinatura de autógrafos. Leu algum dos livros de poemas da Leonor? Da Leonor Lapa, claro. Admirável, não é? Simplesmente admirável. E tão simpática, tão simples, não calcula.*

Você, sem se dar conta, é um discípulo do Jorge Vieira, mas um discípulo original e criador, compreende? Conheci muito bem o Jorge Vieira, em casa do tio Severo, claro. Eu nesse tempo era uma rapariguinha sem problemas. Relativamente tudo. Sem excessos. Um equilíbrio por assim dizer decente.

Não, não é nada disso que eu queria dizer. Mas a minha mãe ensinou-me a não dar nas vistas. Morreu quando eu tinha, ora deixa ver... Vinte, vinte e um anos... Pode viver dois anos ou dois meses, dizia o médico. Foi dois anos. O meu pai voltou a casar. A Luz, uma ótima rapariga. Sempre achei esquisito como as coisas piores para uns...

Os faróis varrem a estrada-espelho. As árvores das bermas, que a escuridão reduz a troncos, absorvendo-lhes as ramadas, transformando-lhes a folhagem em noite um pouco mais escura do que a outra, circundante, parecem altos fantasmas eretos e atentos, de largos cinturões brancos.

«Gosta de guiar?», pergunta a rapariga.

«Gosto. É calmante. Há uma parte de mim ligada ao carro.»

«Compreendo. Como se fosse o seu cavalo.»

«Talvez. Nunca andei a cavalo, não sei. Mas talvez seja isso.»

«Como disse que se chamava? Ele, o carro?»

«*Ghiotti 1300*.»

«É um lindo nome.»

«*Ghiotti?*»

«*Ghiotti*. É um nome, como direi, alegre.»

«Sim? Nunca tinha pensado nisso.»

«Nitidamente alegre.»

Atravessam uma aldeia onde ele consegue meter gasolina, depois outra, de arrabalde, e uma pequena cidade onde uma rainha foi em tempos recuados passar algumas temporadas, porque as águas dali eram salutares. «Se jantássemos?», propõe ele depois de ver as horas.

«Não tenho fome. Posso ficar no carro, se não se importa.»

«Claro que importo. E se você foge com ele?»

Ela não percebe logo, atrapalha-se um pouco. «Mas se nem sei guiar...»

«Era uma brincadeira, às vezes acontece-me, quando venho de Fiais. Quando vou, nunca. Então, vamos?»

«Não tenho fome. É verdade...»

«Faça-me companhia então.»

Acaba por a convencer a comer um bife. A comida não é formidável, mas o ambiente é agradável.

«Qual é o seu trabalho?», pergunta o homem enquanto esperam pelo inevitável pudim flan. «Disse-me que estava empregada, não disse?»

«Não sei, mas, de facto, estou empregada. Como havia de ser se não trabalhasse? Sou secretária. Um emprego que arranjei antes ainda de me casar. A madrinha queria que eu não dependesse de ninguém. Fiz o liceu e estudei línguas. Li muito. Ainda agora, quando apanho algum livro...»

«As secretárias ganham bem.»

«Eu ganho mal, devo ser uma má secretária.»

«Onde está empregada?»

«No A. P. Lopez, Ld.ª, conhece?»

«Muito bem.»

«Sério?»

«Sério.»

«Mesmo o Lopez?»

«Mesmo ele. É um velho pândego.»

«Talvez. Não o conheço sob esse aspeto. Lá no escritório é um patrão muito tradicional.»

Há um silêncio, e o homem volta a pensar no passaporte, e maquinalmente abre a carteira para verificar uma vez mais se o traz consigo. Vai dizer que amanhã segue para Paris, mas não sabe se já o disse e limita-se a sorrir, a explicar: «Viagem profissional. Sou engenheiro e há um congresso...»

«Deve ser interessante o seu trabalho.»

«Às vezes, sim, sem dúvida. Mas em geral é de uma monotonia... Então lamento muitas vezes não ter sido jornalista ou oficial da marinha mercante ou aviador. Enfim, creio que ninguém está satisfeito com a sua sorte, todos desejariam ter sido outra coisa.»

Acabam de beber o café, e ele oferece-lhe cigarros, que ela recusa porque se deixou disso quando soou a hora de fazer economias. O homem acende o *SG*, aspira-o, olha durante algum tempo, com exagerada atenção, a sua ponta incandescente. A certa altura diz como quem finalmente se lembra de uma coisa à volta da qual anda há um bom bocado: «Pomba.» E logo a seguir, pergunta: «Posso chamar-lhe Pomba?»

Espanta-se. «Pomba porquê? Pomba, que ideia! Chamo-me Marta.»

«Pomba debaixo de chuva, com a branca gabardina das suas asas», prossegue ele. «E eu que pensei numa galinha, quando a vi, numa cegonha. Era uma pomba, afinal.»

«Não percebo», diz ela de testa franzida, esforçando-se. «Não percebo mesmo nada.»

«Não ligue. Estava a pensar...» *O Lopez falou-me de si, Pomba.*

De mim, Pomba? Isto é uma aldeia, afinal. Todos se conhecem. Damos um passo, esbarramos com um conhecido ou, pelo menos, com um conhecido de um conhecido. Às vezes andamos para a direita e para a esquerda, a fugir ao choque, mas não vale de nada, ele é inevitável. Esbarramos mesmo, não é? Nem uma possibilidade de escapar. E, no entanto, quanto terreno vago em redor! Eu meti pelo campo, cheguei à estrada precisamente quando o seu carro passou, não foi?

Nem isso. Esperei por si.

Veja lá! Provavelmente mais ninguém...

Provavelmente mais ninguém.

Ou não fizesse perguntas.

Ou isso.

Em geral as pessoas preocupam-se tão pouco com os outros...

Eu não sou assim. Há quem diga que sou um bom samaritano. Em ar de troça, claro.

Têm um objetivo a alcançar, todas elas.

Quase todas. Ou um receio. «Creio que não devia ter-lhe chamado Pomba, desculpe», diz o homem em voz alta. «Foi uma ideia louca. Pensei que podia ajudá-la de qualquer modo e...»

«Ajudar-me, como?»

«Não sei. Era um caso a pensar. Um lugar onde ganhasse mais...»

Ela olha para o relógio lentamente, com indiscrição, para que o homem veja o gesto, repare que está a fazer-se tarde. Ele está, porém, absorto.

Pomba...

Sabia que ia ferir-me, não sabia?

Sabia.

Mas não o pôde evitar.

Não pude. Quanto a ajudá-la... Que diria do tal emprego? Não disse nada, não respondeu. Então? Ela acena negativamente, embora a sua pequena cabeça se mantenha quieta. *Não?*

Não. Disse-lhe há pouco que corria à chuva como se dançasse. Era mentira. Vinha a fugir e a chorar.

Uma rapariga como você... E o Lopez...

Pois não é? O pior é que ele gosta de mim. Sempre tive uma necessidade louca de que gostassem de mim. E estava tão só naquela altura.

Um pai...

Será? Freud e por aí fora? Talvez. Preocupava-se com o meu parecer e com os meus olhos vermelhos. Era mentira o que lhe disse. Arranjei um público. Pensei...

O quê?

Não sei bem. Talvez que era um caso passageiro e que quando eu quisesse lhe punha ponto final. Um caso condenado à morte. Ninguém sabe, julguei eu, pelo menos. Quem lhe disse que ele me chama Pomba?

Ele próprio. Mas devo dizer em sua defesa que estava embriagado.

Ignorava esse pormenor. Que se embriagava, quero dizer. No entanto, você passa no seu carro. Ghiotti, *não é?*

Sim, Ghiotti. *Que pensa fazer?*

Devo pensar qualquer coisa?

É costume as pessoas pensarem...

É, de facto. Um silêncio e logo a sua voz agora dobrada, quebrada. *Desejava...*

O quê?

Vai pensar mal de mim se lho disser.

Nunca penso mal das pessoas. Faço por descobrir razões boas ou, pelo menos, possíveis. De resto, que lhe interessa o que eu posso pensar de si?

Desejava que ele lá em cima... Gosto dele, mas desejava que isso acontecesse. Quando as pessoas começam a morrer...

Sim?

Devem ir até ao fim do percurso. Os outros foram-se preparando para isso com esforço, com lágrimas até. Houve um processo de habituação e de avanço no tempo, uma incerteza... Onde iremos pousar? Voltar atrás é, por assim dizer, um roubo. Mesmo sem querer, damos connosco a pensar que quando tudo tiver acabado faremos isto e aquilo. Ou até que não faremos nada. Nada, compreende?

Teremos serenidade. Terei se-re-ni-da-de. Posso refazer a vida, mudar de emprego, nunca mais ver o Lopez... Posso tantas coisas. Ele, no entanto, vai curar-se, vai sair daqui por duas ou três semanas, e eu devia estar satisfeita. A verdade é que não sei o que me espera. O Lopez...

Sim...

É capaz de tudo se eu o deixar. Já mo disse.

Ah! Compreendo.

Se a Damiana se curasse, pensa o homem. Se a alergia acabasse ou se descobrisse um novo medicamento ou Deus fizesse o milagre... Mas a quem faria Deus o milagre? A Damiana, que não acredita, a mim, que, bem no fundo, não quero que ela se salve? Sim, sim, que o não quero porque houve um processo de habituação, como pensou ou talvez tenha pensado esta rapariga. Ela? Ela? Ela, Senhor?

«Não se sente bem?»

«Sinto, porquê?»

«Estava com um ar esquisito. Sempre a sua mulher?»

«Sim, de certo modo.»

«Deve ser terrível. Não há nada a dizer, pois não?»

Não, nada, pensa ele. São tão enervantes, tão vazias de sentido as frases de circunstância que gastamos às dúzias durante o dia. Como está? Estimo as melhoras. Lamento muito. Sentidos pêsames. É preciso coragem. Os meus parabéns. Muitas felicidades. Muitos cumprimentos. Bom dia. Boa tarde. Boa noite.

«Boa noite», diz um homem que passa e que ele conhece vagamente.

«Boa noite», responde-lhe.

O criado traz a conta. A rapariga quer pagar a sua parte, abre a carteira, tira uma nota amarrotada. Ele opõe-se, porém, terminantemente, é um «cavalheiro». Depois voltam para o carro, que leva tempo a pegar, e seguem viagem, silenciosos.

* * *

A autoestrada é longa e negra. Os candeeiros estão, por qualquer motivo, apagados, e só os feixes luminosos dos faróis banham o negrume da noite ainda solitária mas já, por assim dizer, ameaçadora, à beira da cidade grande.

«É triste, Lisboa», diz ela. «Triste quando chegamos, sempre que chegamos. É, como direi, perigosa. Triste e perigosa. Detesto Lisboa sempre que venho de qualquer lado. Receio-a. Acho-a desumana. Depois habituo-me, é normal. É a minha terra, ainda por cima. Mas há sempre um momento de pânico. É como se houvesse ainda hoje a ameaça, o perigo, enfim, de ser outra vez metida num asilo por alguma funcionária zelosa e cumpridora.»

«Porque fala tanto de asilo? É um complexo, não?»

A rapariga ri um pouco, franze a testa, fica séria. «Não, não creio que seja um complexo. É a minha infância. Gosto de falar da minha infância, é tudo. Você não fala às vezes da sua infância? É tão importante.»

O homem pensa nela, na sua infância, mas não encontra de momento nada de interesse. A sua vida começou, a bem dizer, na cova onde caiu naquela tarde em que regressava de um desafio de futebol.

«Um dia caminhava eu por uma rua toda esburacada. Um grupo passou por mim e empurrou-me sem querer. Caí dentro de uma cova e parti uma perna. Acho que estava descalcificado. Foi o meu primeiro contacto com a vida. Aos dezoito anos é tarde, não é?»

«Foi esse o seu primeiro problema?»

«Que me lembre.»

«Ou tem má memória ou é um homem feliz, apesar de tudo.»

«Creio que nunca tive infância. Não aconteceu, pelo menos, nada de notável. Nem em bom nem em mau. Os meus pais eram excelentes pessoas, sem imaginação. Tive amigos sem interesse que perdi pelo caminho. Nunca vi ninguém à morte – em criança, quero dizer –, bem, nada de especial, como disse.»

«Há sempre qualquer coisa. Um castigo que não merecíamos, um bolo que nos levaram num domingo de chuva, um passeio ao sol…»

«Talvez, é possível. Esqueci-me.»

Um silêncio e ela volta a dizer que Lisboa… «Acha normal não gostarmos da nossa terra?»

«Pode acontecer. Mas quando se conhece outra mais agradável. Conhece outra?»

«Não. Enfim, mal.»

Tudo é triste e tudo é alegre e todos têm os seus problemas. O mais urgente, agora, está à minha espera no living *amarelo e castanho, com coisas verdes. Bárbara não muito inteligente talvez, mas bela e tranquilizadora. Viva. Não luta contra mim. Ainda não lhe tinha falado dela, creio.*

Era então mentira tudo o que disse?

Mas o que disse eu?

Não sei mas julguei perceber…

Julgou mal. De resto, eu não lhe disse nada de importante. Quem julga que eu sou para assim me confessar à primeira pessoa que encontro? Não lhe disse, por exemplo, que ela se apaixonou. In extremis, *pobre Damiana. O seu ar convicto ao falar de um ele que talvez – quem sabe – nem existe. Para eu não ter pena dela. Sente-se diminuída. Não quer, por nada deste mundo, ser uma das minhas obras pias, disse não sei quando. Disse? Terá mesmo dito? Sei lá!*

«Ocorreu-me agora», diz ela. «Como é a sua mulher fisicamente?»

«É alta e muito magra. Usa óculos.»

«De repente lembrei-me. Creio que a vi, na sala, a conversar com um homem. Talvez fosse o tal poeta.»

«Talvez...», diz ele, concede ele. «Talvez», repete como quem duvida.

«Ele estava a ler qualquer coisa.»

«Como se lembrou disso tudo agora?»

«O subconsciente, não?»

«Talvez. O subconsciente.»

As primeiras casas de Lisboa e o homem pergunta-lhe quase precipitadamente onde quer que a deixe.

«Ao pé do primeiro táxi, por favor. Posso ir de táxi, ainda ganhei o dia. E estou em cuidado com o bebé. Agradeço-lhe muitíssimo.»

Veste a gabardina devagar, aperta bem o cinto. «Ainda chove», diz melancólica. «Quando deixará de chover?»

«Amanhã. Para a semana. Para o mês que vem. Um dia.»

A luzinha verde aproxima-se e ela desce o vidro, faz sinal. «E mais uma vez obrigada.» Hesita, quer dizer qualquer coisa e ele sabe o que ela quer dizer e não diz. Suspeita pelo menos. Apertam a mão em silêncio.

«Felicidades.»

Não é felicidades que eu lhe desejo, Pomba. Ouviu? É felicidade. Não vê como é diferente, Pomba, isto que lhe desejo?

Ela atravessou a rua a esvoaçar, não se volta para trás porque receia perder o táxi. O homem também não pode demorar-se muito, já está atrasado e tem pressa de chegar à casa onde uma mulher suave está à sua espera.

* * *

Suave é como ele a vê. Como ela é, portanto. Bela, doce, apaziguadora. Junto de Bárbara apetece – apetece-lhe – dormir e depois acordar para ver que ela é verdade, e falar de coisas simples e interessar-se por factos de todos os dias, e achá-los importantes porque junto dela verifica que eles, de facto, o são.

Ei-la, e mesmo em casa, vestida de qualquer maneira, é um espetáculo. Com uma blusa vulgar e umas calças, está encostada à ombreira da porta naquela posição descontraída mas sofisticada que o Gary vivamente aconselhava e deve continuar a aconselhar aos seus manequins. Tornou-se conhecida em desfiles, neste e naquele hotel. E as cronistas de moda ainda há pouco falavam dela como se se referissem a uma vedeta cujo nome sem apelido é o bastante. *Bárbara cada vez melhor apresentou uma* combinaison *de Saint Laurent.* Ou *Bárbara, cuja presença se tornou obrigatória, com um casaco de Féraud...* Ou *uma nota alta para Bárbara.* Coisas assim. Mas agora… Enfim, já não é tão jovem como nessa altura e a idade…

«Vens tarde amor, Amor.» Não amor, Amor. Amor nome. Amor como José ou João, se ele se chamasse José ou João. Amor como Rui. Amor simplesmente. «Vens tarde, Amor. Já estava preocupada.»

O homem, ele, Amor, portanto, ainda não sabe que aquele é o dia 365 e que ela, que adora comemorações, tem lá dentro um bolo, e no frigorífico uma garrafa de *champagne*, genuíno, pois claro. Por enquanto, porém, conta coisas. Lentamente, porque não se esquece por um instante que seja do seu rosto e das rugas que chegam quando ela está distraída, e mais ainda se se deixar arrastar pelas emoções. O que não será o caso, porque está atenta.

Tem uma voz líquida e melodiosa como um canto de ave ao retardador. «És tão inteligente», diz às vezes. «Era capaz de passar horas a ouvir-te quando falas das tuas plantas e das ideias que tens. Tens tantas ideias!» Ele nem sempre acredita, embora acredite na maior parte das vezes. Melhor, embora se dê ao luxo agradável de acreditar. No que ele crê sempre, e isso sim, de chofre, sem reticências, é na beleza dela.

«A tua mulher?», pergunta atenciosa.

«Pior.»

«Sim? Coitada...»

Parece que sofre. E porque não? É tão boa rapariga, tão sensível!

«Pior em todos os sentidos. Num estado de espírito horrível, não calculas. Como se todos tivessem a culpa.» *Mas, se não fosse a doença, não se sentiria Damiana igualmente frustrada? Há uma idade de que felizmente ainda estás longe, Ba (mas... tão longe como isso?), uma idade em que as mulheres, quase todas, a maioria delas, pelo menos, fazem a sua autocrítica ou o seu exame de consciência, conforme as convicções que têm, e verificam então que os seus sonhos não se realizaram e já não vão realizar-se.*

Sente-se frustrada, ela? Mas como, se viveu sempre contigo?

Sabe que vai morrer, Ba.

Todos sabemos, não?

Sim, mas não acreditamos. Ela tem todas as provas na mão.

Mesmo assim, terá a certeza? Não haverá ainda uma esperança qualquer? Parece que há sempre, até ao fim, dizem.

São pessoas que não querem acreditar, que fogem. Mas ela nunca fugiu aos problemas. Não é uma mulher cobarde. Já então...

Então?

Falemos de outra coisa.

Sim, sim, de outra coisa. «Lembras-te de que dia é hoje? Quer dizer, que dia foi exatamente há um ano?»

«Ba!» Esqueceu-se, como é possível? Levanta-se, aperta-a contra si e tem, de súbito, a impressão de estar a representar. «Ba, um esquecimento assim! Com a ida lá acima, a partida amanhã...»

«Tens uma vida horrível, não pode ser. Trabalhas de mais, farto-me de te dizer. Não podes continuar assim, não podes.»

«Meu Deus, nem uma flor. Querida, estou desolado.»

«Um momento», diz ela libertando-se. E ei-la que sai, que regressa com a mesa volante, as duas taças, o *champagne*, o bolo.

«Ba!»

«Amor!»

Amor está relativamente emocionado, grato, por aí fora. Vinha doente de mar alto e entrava no porto de abrigo. Um porto bom? Um porto possível onde descansava das vagas mortíferas da tempestade, da morte iminente. É certo que no dia seguinte ia partir, mas que importância? De momento é quase feliz. A pobre Damiana, a querida Ba, ele, ali, entre a morte e a vida. Uma pomba acompanhara-o no percurso. Dá consigo a sorrir.

«Apanhei uma mulher na enxurrada. Creio que era a Pomba do Lopez.»

Franze ao de leve as sobrancelhas lindamente depiladas, acende um cigarro, só depois pergunta: «Que pomba? Que Lopez?»

«Aquele amigo dos Spencer, lembras-te?»

«Ah, sim. Mas a pomba? Não estou a perceber.»

Não vê a mulher, assim lançada inesperadamente pelo homem, Amor. É impossível vê-la. A pomba? A unha branco-baça do indicador toca nos dentes branco-brilhantes, dá-lhes pancadinhas compassadas, pensativas, enquanto o espírito lhe vagueia lentamente pelos ares, pelas nuvens, em busca da pomba que ele, pelos vistos, salvou das águas. De súbito, o dedo detém-se, a boca sorri, os olhos ficam líquidos, cheios de riso também. «Não me digas! A Pomba!»

«Ela mesmo, parece-me.»

«Parece-te?»

«Bem, não me disse claramente: Sou a Pomba do Lopez, muito gosto em conhecê-lo.»

Bárbara ri alto, saudavelmente. Fala baixo, sussurra, pipila, mas ri alto quando é urgente mostrar entusiasmo. «Que grande bebedeira, não foi? Mas eu conheço a Pomba em questão, não te disse?»

«Conheces?»

«É uma loirinha deslavada, sabes o género, com cabelos fininhos e frisadinhos, uma farta cabeleira toda fininha e frisadinha, e coisinhas cor-de-rosa na cara.»

«Tens a certeza?»

«Absoluta. A irmã trabalhou de costura lá no *atelier*. Depois o Gary despediu-a, porque era ordinária de mais. A Pomba apareceu lá umas vezes. Levava um casaco de coelho, não calculas.»

«Era outra pomba então», diz ele nitidamente desconsolado, retirando-lhe a maiúscula. «Enfim, é sem importância de maior.» Um silêncio e pergunta: «E tu, o que fizeste?»

O que fez? Já lho disse. Ou não terá dito?

Ba...

O quê?

O que é a vida para ti?

A vida?... Sei lá! É uma coisa que temos que tomar pelo lado bom. Até hoje... bem, não me posso queixar da vida. Tem sido, de certo modo, agradável. Verdade seja que eu coopero na medida das minhas forças. Há pessoas que vivem em eterno clima de cerco, não é, Amor? Ou de ajuste de contas. Pelo que me tens dito, a tua mulher, por exemplo...

«O que é a vida para ti, Ba?», pergunta ele de súbito.

«Vais fazer-me o questionário de Proust? Sei lá, nunca pensei em tal coisa. Achas importante? Achas que devia ter pensado? A vida...»

A voz de Damiana aos seus ouvidos. A vida é uma merda! E ele estremece, agita-se indisposto porque Damiana nunca disse aquilo, ia jurar, nunca a ouviu dizer tal coisa, e no entanto... no entanto...

Quanto tempo de vida terá a outra? Dois meses, seis meses, mais? De qualquer modo, vale a pena esperar com paciência. O fruto está podre, não vai demorar muito a cair. É a altura de amparar este homem, de o acompanhar, de me tornar importante, indispensável. Isto aqui não é Londres nem Paris nem Roma, e os anos passam. O homem medita nisto tudo e de súbito apetece-lhe sair, mas é difícil. Estão ali duas taças, uma garrafa à espera de que ele a abra, um bolo de pastelaria com uma vela quase ardida. Fica, pois, mas há em si, no seu corpo, um leve sobressalto que ela capta, que a põe em guarda.

«Que tens, que foi?», preocupa-se, terá feito uma *gaffe?* «Sentes-te mal? Estás cansado, claro. Devem ser terríveis para ti estes dias. Quando não há possibilidade de cura, é quase uma crueldade... Para a pessoa e para a família.»

«Ainda ontem ela me disse...»

«O quê?»

«Não sei, passou-me de ideia.» Já não sabe, na verdade, qual foi a imagem ou a réstia de imagem que vislumbrou. Ela já está perdida num passado recente mas intangível. Tratava-se simplesmente de si próprio porque o amor é não estarmos sós, e ele está só só só?

«Vou sentir a tua falta estes dias.»

«Três dias, Ba. Quatro, no máximo.»

«Em todo o caso. Já passaste *lá* estes dois dias.»

«Tinha que ser.»

«Claro, claro, Amor.»

Não fala, arrulha. É uma coisinha fofa, uma criança desamparada – aparentemente –, um cachorrinho na multidão. Diz mais coisas, isto e aquilo. Ele, porém, não a ouve. Flutua, partícula imóvel num tornado veloz. Não existe. Não está. Pensa vagamente, suspeita... E ele? E a sua vida? Plantas sem interesse, construções que parecem caixotes, tudo serviço encomendado, funcional, meia-tigela. E mais? E mais, agora que Damiana e a sua imagem e a sua razão, tudo aquilo diminui com o seu corpo (ou, pelo contrário, aumenta um pouco, episodicamente, também acontece)?

«Posso ajudar-te, Amor? Posso fazer qualquer coisa por ti?»

É a voz de Bárbara. E ele sorri, acha-se a sorrir, como podia ela... De resto, a própria ideia o assusta e ele estremece ao de leve. Não, não, Bárbara não pode ajudá-lo nem ele quer. Bárbara é o momento presente, só no momento presente está certa, e ele olha para o relógio ao pensar assim. Bárbara vive, morre como toda a gente mas logo renasce. Sacode levemente as próprias cinzas, agita os seus lindos cabelos de mel e sorri à vida. Durante quanto tempo sorrirá, ali, junto dele?

O homem, sorri também, embora com um certo esforço. Cheio, no entanto, de boa vontade. Como sempre.

AEROPORTO

Ela corria como louca naquele imenso chão brilhante onde os outros corriam também, em todos os sentidos, a caminho de todas as portas encantadas que abriam os seus braços de vidro às criaturas, a caminho de todos os corredores. As pessoas levavam malas, grossos casacos no braço, óculos escuros, empurravam velozes carrinhos metálicos. Um homem escorregou, caiu, ninguém teve tempo de o ajudar a levantar-se. Porque todos obedeciam à voz divina, enorme, aterrorizadora, ininteligível também, como todas as vozes divinas, que devem ser religiosamente escutadas, ainda que não entendidas pelos mortais, interpretadas depois, mais tarde, porque aquilo que dizem é sempre sujeito a interpretações várias. Sabia-se, porém, ela sabia, e os outros, que correr era necessário e que a voz divina os incitava a fazê-lo. Por isso, também não se deteve quando o homem deslizou em todo aquele brilho, caiu, para ali ficou entornado, um homem tão alto e forte, que podia, de resto, fazer por ele?

A minúscula máquina de tempo, no seu pulso, parara numa altura qualquer, não sabia quando, era costume acontecerem-lhe coisas assim. Com todas as máquinas. As lâmpadas fundiam-se, as resistências estalavam, partiam-se. Mas o que fazia aos relógios?, perguntavam-lhe. Nada. Enfim, sabia lá o que fazia aos relógios. Eles é que... Era como se a recusassem, se o contacto com ela lhes desagradasse e pusessem os joelhos à boca, teimosos de silêncio.

Por isso andava tantas vezes atrasada, e agora, também, e então corria, arfava, doíam-lhe as pernas, tinha medo de escorregar como o homem lá atrás a quem ninguém, ela, por exemplo, ligara importância. Todos iam partir, depois chegar a um lugar qualquer onde eram (ou não eram) esperados. A pressa, porém, era a mesma.

O chão estreitou, levava-a só a ela. Havia um corrimão que seria possível tocar se alguma das suas mãos estivesse livre, o que não era o caso. Sentia as pernas a tremer. O seu elemento era a terra firme, quieta e protetora sob os seus pés. O tapete rolante inquietava-a, era um prenúncio de asas, uma ameaça daquilo de perder a responsabilidade de si própria, de ter de se entregar por inteiro, corpos e bens (recusando-se ao mesmo tempo), a alguém que não conhecia, que não podia ver, e também a uma máquina capaz, de um momento para o outro, de a rejeitar, como as outras máquinas do seu dia a dia.

O tapete terminou e ela achou-se de novo a correr – como lhe era possível – por aquele solo sumptuoso de mármore rosa, que refletia as luzes quase solares e também as grossas sombras das colunas do templo. Havia letreiros que a guiavam, e ela seguia-os sem parar, sem hesitar, e tinha o coração grande, cada vez maior e mais inquieto, era como se o visse, naquela gravura a cores, no liceu, azul do lado esquerdo, bem vermelho do lado direito. «Meninas, vamos à circulação! Se-o-ma-ra!» Ela levantava-se devagar, com esforço, melhor, com relutância, dizia baixinho que a pequena circulação em que o sangue venoso... que a grande circulação em que o sangue arterial...

Lá longe, no alto, a voz divina trazia de novo a verdade aos mortais, indicava-lhes o percurso, sugeria-lhes a velocidade, marcava-lhes o objetivo a atingir. Agora, porém, entre as divinas palavras, algo de conhecido mas inesperado chegou aos seus ouvidos, e era Bo-go-tá. Ela então parou, perdida, indecisa, porque não tinha nada a ver com Bogotá, e a dúvida instalou-se de chofre no seu espírito crente. Seria afinal outro o seu caminho?

Era aquele, o seu tempo é que estava errado, tinha parado com o relógio. A jovem azul-celeste e ouro das informações, oiro o cabelo, os botões e as asas, azul a roupagem, azuis os olhos, disse que o avião, o dela, já tinha partido havia um quarto de hora. Assim, sem comentários. Mas depois outras duas jovens iguais àquela, três gotas de água, surgiram, as três segredaram coisas, disseram meu Deus, tinham olhares dramáticos. E ela ouviu – viu? –, por entre a amálgama das palavras, a palavra «acidente». Logo depois, seis olhos de água (ou de céu) fitaram-na como quem dá, silenciosamente, parabéns. Como quem se espanta com a sorte de certas criaturas.

De súbito tem os pés assentes na terra. Como lhe convém. Porque possui, segundo o seu signo, sangue-frio, reage com inteligência e a sua atitude é definida pela lógica e pela razão. Leu-o ali e além, sempre. Findas as vozes e a urgência de correr, deixou-se cair no primeiro banco que encontrou, um simples banco. Incapaz de raciocinar. Incapaz disso. Porque era como se tivesse, lá em cima, sobre as nuvens, explodido, e os pedaços de si andassem aqui e além a esvoaçar. Quanto à alma, se alma havia, ainda não tinha, pelos vistos, achado abrigo, e ela, por mais que fizesse, não a encontrava. Era um corpo mole, uma casca, para ali.

Um homem alto e gordo, coxeando, sentou-se na outra ponta do banco, olhou para ela.

«Também não chegou a tempo?», perguntou numa voz incerta, aos altos e baixos.

Ela disse: «Também não.»

O homem não sabia. E estava irado. O motorista do táxi tinha tido a culpa, dera uma volta enorme. O trânsito tinha tido a culpa. Depois escorregara, caíra, ninguém o tinha ajudado, uma corja. «Ninguém pensa em ajudar ninguém, estão-se nas tintas, este governo. E o transtorno que me fez, tinha um encontro de negócios logo à chegada. O meu neto faz anos. Enfim, há outro avião daqui por duas horas», suspirou.

Ela não lhe disse o que sabia, até porque, de repente, não tinha forças para dizer coisa nenhuma. Correra tanto… Correra? Estava perplexa. Disse ao homem: «É uma maçada, eu também…» Mas estava a pensar noutra coisa. Não, não correra, não podia correr. Andara, isso sim, demasiado depressa para o seu pobre coração doente. Que tinha que ter muito cuidado, diziam-lhe há anos, dissera-lhe ontem aquele médico que viera consultar porque amava a vida, era feliz e desejava prolongar o mais possível a sua estada neste mundo. Que tinha que ter muito cuidado, que tinha, enfim, que viver o mais ao de leve possível. «Nem cá nem lá, doutor?» O médico sorrira: «Compreendeu perfeitamente. Isso mesmo. Nem cá nem lá.»

O homem gordo levantara-se, andava como um leão na jaula. Não sabia, ainda não, que era um sobrevivente. Logo, quando soubesse, ia sentir-se feliz, ia dizer aos do encontro de negócios, ia dizer ao neto que fazia anos…

Sentada no seu último lugar deste mundo, ela, cada vez mais invertebrada e esquecida, pensou Samarcanda. Mas não refletiu sobre o caso, não havia tempo a perder com coisas tão desnecessárias e soltas, tão sem cor, tão sem significado. Que queria dizer Samarcanda? Depois disse – ou pensou – António, mas também não insistiu. Era um nome longe, longe, e ela sentia-se extraordinariamente cansada. O mais ao de leve possível, nem cá nem lá…

A COLEGA DE CARTEIRA

A voz surgiu ali toda inteira, na pessoa daquela mulher um pouco gorda, de feições como que diluídas numa face branca e lunar, de cabelos fininhos e arruivados, totalmente estranha antes de ter falado. A voz, porém, a essa, conhecia-a quem a escutou, tinha-a arrumada nos armários da memória. Ou talvez arrumada não fosse a palavra exata e metida lá dentro fosse mais certo. Porque era uma voz grande e, por qualquer razão, nunca compreendida, incómoda. Mas, tal como acontecia com certos objetos inúteis que ocupavam espaço lá em casa, fora impossível deitá-la fora. Talvez por estar ligada a algo de muito importante da sua vida chamado infância ou juventude, chamado fim da primeira e princípio da segunda.

De facto, tinham sido novinhas na mesma altura. Próximas no tempo e no espaço. Porque haviam nascido no mesmo mês do mesmo ano e tinham morado durante o curto espaço de dois trimestres na mesma carteira da mesma aula. Fora isso, nada que as aproximasse. Mas, durante esse tempo em que o acaso as colocara ao lado uma da outra, tinham sido obrigadas a comunicar, seria estranho que o não fizessem. E embora uma delas, a do armário e da voz lá dentro, não fosse de grandes confissões, a outra, a ruiva, era bastante faladora e gostava de pintar, de esculpir, de construir, de criar, enfim, o futuro que desejava, e de o contar em voz alta.

Antes de mais queria ser atriz. «Atriz, já pensaste? Tenho boa memória, tenho boa voz, não sou acanhada... Imagina-me a interpretar a Antígona!» A Antígona era a sua obsessão e andava com o Sófocles ou com o Anouilh, ou até com os dois, na mala. Mas claro que ser atriz não era o seu único ideal de vida. Também queria encontrar o amor, mas então inteiro, sem concessões. Claro que gostaria de casar, mas só se encontrasse um homem com quem formasse um bloco. Um companheiro, em suma. Os pais davam-se mal e ela não queria cair nos mesmos erros. «E tu, o que queres fazer?», perguntava, perguntou, em todo o caso, uma vez. Mas a outra encolheu os ombros. Sabia lá! Era demasiado sensata ou demasiado vazia naquele tempo, ou tímida, talvez fosse isso, tímida, para sonhar com o futuro. De resto, desejar parecia-lhe perigoso, suscetível de desencadear a ira dos deuses. Por isso encolhia os ombros. «Sei lá!» Sabia lá. Na verdade, sabia lá. Mas ouvia com atenção a outra sonhando de olhos brilhantes, ouvia a sua voz forte mas contida, cheia de tonalidades diferentes, tão rica.

Depois a ruiva começou a andar esquisita, pensativa, e um dia deixou de aparecer e nunca mais houve notícias dela. Até o seu nome caiu no esquecimento, como se chamava? Dela só a voz que, tantos anos depois, seria reconhecida no corpo daquela mulher, num *foyer* de cinema em tarde de sábado.

«Ao tempo!»

«É verdade. Julguei que já não te lembrasses de mim. Ainda hesitei, sabes? E se ela não se lembra mesmo? Depois disse de mim para comigo: Avança, Joana!»

Era Joana. Joana Marques, ou Martins ou Mendes, um apelido assim, começado por um M.

«Ao tempo, Joana!», repetiu.

Na verdade não sabia que lhe dizer. Porque era um pouco como se ela tivesse morrido e ressuscitado e lhe fosse perguntar o que havia do lado de lá. Depois, que interesse podia ter para ela a vida de uma rapariguinha ruiva que durante meses morara ao seu lado, que queria ser atriz e que um dia desaparecera sem dizer água vai?

«Então que tens feito?», acabou por perguntar, aflita. «Querias ser atriz, não era? Durante algum tempo procurei o teu nome nos jornais mas logo pensei... O que queremos ser e aquilo que somos...»

«Trabalho há muitos anos em França. Só cá estou de passagem.»

«Em teatro? Não me digas...»

«Em teatro, claro.»

«Ah, mas que bom. E eu a dizer...»

«Naquela altura matriculei-me no conservatório. Um dia fui com os meus pais a Paris e tive a sorte de encontrar uma pessoa com muitos conhecimentos e que me facilitou a entrada numa companhia, é certo que modesta. Mas foi o primeiro degrau...»

«Que bom!», repetiu.

«Chamo-me Jeanne Martin. Se algum dia passares por lá, vai-me ver. Isto foram umas férias tiradas à força porque a minha mãe está doente...»

«Em suma, realizaste-te.»

«Creio que sim. Acho que, de facto, me realizei.»

«Casada?»

«Casada.»

«O bloco? O companheiro?»

«Ainda te lembras! Sim, o companheiro.»

«Ator?»

«Não. Mas, de certo modo...»

A campainha tocou e despediram-se.

* * *

Dias depois alguém lhe disse: «Vi-te há dias no cinema. Estavas a falar com a Joana, que ainda é vagamente minha prima, mas como não estamos em muito bons termos por causa do marido...

Não sabia que se conheciam. Coitada da Joana. Casada com um tipo daqueles… O filho droga-se…»

«Sonhava ser atriz.»

«Nunca foi coisa nenhuma. Até porque não teve tempo. Aos dezassete anos já estava casada com aquele indivíduo e aos dezoito tinha o filho. Mais valia ter ficado solteira, com o garoto. Ao menos era dona da sua vida.»

«Foi alguma vez a Paris?»

«A Paris? Não me parece provável. Nunca tiveram dinheiro para viagens e coisas assim. Ela até faz uns vestidos para fora.»

«Não lhe fales de mim, por favor.»

«Já te disse que praticamente não nos falamos. Mas porque não havia de lhe falar de ti?»

«Prometes?»

Durante o resto do dia conseguiu, embora com esforço, continuar a viver.

AQUI EM PARTE NENHUMA

Não posso afirmar que tenha começado naquele momento e não em qualquer outro, antes ou depois. Começar implica um determinado, embora breve, espaço vazio e logo em seguida um princípio, um ponto de partida, um movimento ou um esboço de movimento. Ora não houve princípio nem ponto de partida e por mais que faça não me lembro de nenhum espaço vazio. Um chegar traiçoeiro? Nem isso. Antes um *ter chegado* traiçoeiro, secreto e rastejante, inexorável, de cobra, a caminho da vítima adormecida. Não começou, prosseguiu ainda invisível por detrás de espessas cortinas negras, foi avançando com o tempo, quando dei por ela, já ali estava. Ela? Hesito. Bem, a coisa, de princípio era assim que a pensava. Essa coisa de que não podia falar a ninguém porque era um homem adulto, responsável, e a minha profissão não se compadece com doenças, sejam elas do corpo ou do espírito: sou aviador comercial.

Claro que podia pedir umas férias, no fim de contas até era possível que estivesse simplesmente cansado, ou que também o estivesse. As muitas horas de voo, a tensão a que elas me obrigavam, podiam estar na origem da coisa ou podiam aumentá-la. As pessoas reagem de maneiras tão estranhas, tão difíceis de conceber pelos outros. A verdade é que era um homem ativo e custava-me encarar a hipótese de me ir meter um ou dois meses numa casa de saúde ou mesmo num hotel. Depois havia os curiosos, as perguntas, quem sabe se a desconfiança não iria infiltrar-se naqueles de quem, no fundo, dependia, e não me obrigariam a novos testes? Tal ideia não me agradava. O que poderiam sugerir, provar até, os testes que eu fizesse em tal estado de espírito? Preferi encarar o caso de frente e aguentar. Por minha conta e risco comprei uns calmantes, que, de resto, se mostraram totalmente ineficazes.

Sou um homem do meu tempo, sei que tudo tem uma explicação, mesmo o que à primeira vista se nos afigura irreal. Passei tardes e tardes (as que tinha livres) nas bibliotecas das cidades aonde o meu trabalho me levava. Insisti numa determinada especialidade. Um desses livros falava de um caso no qual vi um certo paralelismo com o meu. Procurei saber onde vivia o autor do livro e verifiquei que era naquela mesma cidade onde me encontrava. Consegui obter a morada dele e fui bater-lhe à porta: tinha morrido meses antes. A minha dúvida principal era se a coisa seria verdadeira, isto é, se me acontecera a mim como podia ter acontecido a qualquer outro, ou se seria consequência de qualquer afeção mental desconhecida. Era, porém, impossível chegar sozinho a uma conclusão definitiva, e eu só podia animar-me recordando as pessoas da minha família, que tinham sido, todas elas, saudáveis e sem problemas.

A minha mulher também possuía um espírito são, todo voltado para as coisas próximas. É advogada, conhece de cor vários códigos e arranja sempre uma porta para o seu constituinte sair ileso, ou uma fenda no muro por onde atacar o inimigo. É totalmente destituída de imaginação e considera sem interesse todas as coisas que não compreende nem se esforça por compreender. Diz «Sem interesse», encolhe os ombros e sorri. Tem um bonito sorriso implacável. Como poderia eu falar-lhe da coisa? É certo que ultimamente ela andava preocupada, perguntava-me o que tinha, achava-me mau parecer, distraído, mas explicava imediatamente esse meu estado de espírito dizendo que eu trabalhava de mais e devia pedir umas férias. Eu ouvia-a sem a escutar, depois caía de repente em mim como uma pesada massa esmagadora, exagerava presença e atenção, exagerava tudo, salpicava mesmo de presença quem estava perto. Fui sempre pouco hábil a lidar com as pessoas, mas essa falta de jeito aumentara bastante nos últimos tempos. A minha mulher observava-me com atenção, em silêncio, e eu sentia que essa atenção podia vir a ser perigosa.

Mas voltemos à coisa. Depois, o singular mostrar-se-ia pobre e eu teria de arranjar outra designação mais compatível com o caso em si, *eles*, nada de muito original, como veem. Naquela altura, porém, a coisa. *Um ter chegado,* disse eu. Era isso. Quando dei por mim, ou por ela – por *eles* é melhor, vendo bem –, já deslizavam completos (enfim, como era possível), de cá para lá e vice-versa, no meu quarto, e eu, especado, de boca entreaberta, a olhá-los num grande espanto. Quando chegavam à parede passavam-na sem hesitação, sem o menor esforço, como se a parede muito simplesmente não existisse, e eu ia a correr encontrá-los na sala de jantar, que fica ao lado. Havia mesmo um que gostava de se encostar como uma hipotenusa a um cateto-parede que não existia mas para além do qual nenhum passava. Só se moviam de um dos lados do quarto, de um dos lados da sala de jantar. E outra coisa, não andavam rente ao chão mas a um palmo de distância dele. No entanto não flutuavam, nada disso. O chão deles ficava muito simplesmente mais acima. Gostava de encontrar uma designação que lhes conviesse. Imagens, sombras, é pobre e é errada. Formas talvez, levemente mais opacas do que o ar, embora transparentes, como se o ar de que eram feitas tivesse uma constituição diferente da do nosso. Incolores, sem contorno bem definido, como que esfumado. Nada, porém, de fantasmagórico, nada que provocasse medo ou angústia. Passavam, detinham-se umas junto das outras como quem conversa, duas enlaçaram-se e eu quase podia jurar que se amavam e estavam a beijar-se. Algumas atravessavam para o outro lado da cómoda como se também a cómoda não existisse.

Tudo começou uma tarde e não parou nunca mais. Às vezes eu ia pela rua e sabia que uma dessas formas atravessava o meu corpo. Sabia-o porque a via caminhar direita a mim, sem hesitação, não que sentisse o que quer que fosse ao ser atravessado. Tratava-se de formas humanas, sem dúvida. Homens, mulheres, crianças. Passeavam, corriam, dançavam. À noite dormiam, pelo menos não as via quando acendia a luz ou quando chegava tarde a casa. Deviam deitar-se cedo, no mundo deles.

Outro mundo, sem dúvida, não o outro mundo. Não se tratava de ectoplasmas, mas de gente como nós, fazendo a sua vida de todos os dias, os seus gestos habituais ou necessários. Eu não os via por completo, a esses seres, porque a coisa não me acontecera totalmente, ficara a meio, a menos de meio? E uma certeza eu tinha, a de que eles não davam pela minha existência, por isso corriam na minha direção, atravessavam o meu corpo, continuavam o seu caminho para além de mim, podia vê-los se me voltasse. Às vezes procurava um lugar tranquilo e sentava-me a pensar. Aquilo *chegara*; só depois, já o disse, me tinha dado conta. Que podia ter provocado tal chegada? O que teria eu feito para que de repente, sem o sentir... Por que razão eu, eu e não qualquer outra pessoa... Já não duvidava de que eles existiam, sempre tinham existido, só que ninguém os via, ninguém a não ser eu. Porque eu dera um passo em frente? Porque rasgara, sem dar por isso, um véu qualquer? Porque levantara uma pequena ponta desse véu? Porque na minha perceção algo acontecera de estranho e eu passara, sem o saber, determinado limiar de porta, cujo acesso era interdito a todos os homens? Mas nessas condições fora eu a resvalar para dentro do mistério e não a coisa, a tal, a *ter chegado*...

Só lá em cima, no avião, eu conseguia reencontrar uma certa, desconhecida tranquilidade. Não voavam, pelo menos não os encontrava nas minhas rotas. Dentro do aparelho só gente como eu, gente visível, palpável, gente que ria, que falava...

Depois, um dia, aquilo. Era um domingo à tarde e eu regressava de longe. De súbito, o aeroporto cheio deles. Soube que eram eles, embora pela primeira vez estivessem nítidos e fossem opacos. Verifiquei também que o facto de o avião avançar não os preocupava. Corriam de um lado para o outro, riam, cantavam. E então, como se não soubesse que eles eram intangíveis, quis poupá-los e comecei a contornar o campo, dirigindo o aparelho para o lado onde não se via ninguém. Antes de me apear fui até junto dos passageiros, embora já receasse não ver nenhum. O avião estava, de facto, deserto.

Sei que o meu corpo desapareceu e que isso será um mistério insolúvel. O avião sem comandante, que belo título para os jornais! Sei tudo isso porque estou aqui, com a minha farda azul, de asas metálicas, e as pessoas rodeiam-me, perguntam-me de onde vim. São criaturas como eu, mas vestem-se e falam de uma maneira estranha. Antiquada? Evoluída? Não sei ainda. Uma rapariga bonita, corada de tanto dançar, perguntou-me se eu era estrangeiro. Pensei em lhe explicar tudo mas recuei a tempo, e ela, alegre e risonha, convidou-me para ir jantar a sua casa com os pais e os irmãos.

Não pode ser.

Vejo formas virem contra mim, atravessarem-me. São formas levemente mais opacas do que o ar, transparentes e translúcidas, sem contornos definidos, sem cor. Esfumadas nos seus limites. Estou sentado em casa de Ana (a rapariga chama-se Ana) e vejo-as atravessar as paredes como se as paredes não existissem.

Porque não hei de estar totalmente em parte nenhuma?

LEANDRO

Era a meio das longas noites sem sono que Leandro entreabria a porta aos seus fantasmas, aceitando-os sem luta, sem palavras de desconfiança que, mesmo silenciosas, pudessem intercetar, deteriorar o encontro. Ultimamente recebia-os mesmo com certo entusiasmo. Aquela fora durante muito tempo – continuava a sê-lo – a hora perfeita. A seu lado a mulher dormia, mas nem a sua respiração o incomodava, porque tinha sono pesado e um respirar pequenino, modesto ou talvez insignificante como ela, e às vezes parecia morta.

Leandro era um homem de meia-idade, baixo e magro, seco, um pouco ridículo. Os colegas de escola e de liceu, lá longe, e depois os de trabalho sempre tinham troçado mais ou menos dele, e a mulher, única família que possuía, acusava-o, e cada vez mais intensamente, com maior desespero ou com maior amargura, conforme os dias, de muitos e variados crimes, os maiores dos quais, os mais imperdoáveis, eram consequência de não ter – nunca ter tido – ambições e ser incapaz para a vida. Aquilo da sua incapacidade deixara-o, até certa altura, pensativo e sem resposta, porque ela falava como se não soubesse, como se nunca tivesse sabido, que, como todas as vidas, a sua fora, era, seria uma espécie de selva perigosa, e ele não nascera para caçador. A mulher não aceitara, porém, essa falta de vocação, mesmo agora que estavam casados há quase trinta anos. Porque ela, pobre mulher, teria gostado de se encostar ao ombro do guerreiro – ou do caçador – e também de ser o seu repouso, não era exigir muito. Com Leandro, porém, nada a fazer. Leandro fora sempre, seria sempre – sempre? – a vítima. Apanhado pela arma ou pela rede, e levado para a jaula ou para o circo. As crianças, pensava às vezes, têm uma notável perceção das coisas e haviam compreendido logo, tão cedo, no tempo da escola primária, que ele pertencia a uma minoria e era diferente. A mulher não, coitada, e ainda hoje se recusava a aceitá-lo como ele era. Batia então com a cabeça nas paredes, sem se dar conta de que era ela quem se magoava.

Na repartição riam de Leandro, era maquinal. Ele sabia que era assim. Avistavam-no, ouviam-lhe os passos macios e logo as bocas se moviam, se torciam em sorrisos mais ou menos discretos. Troçavam das suas gravatas, dos seus fatos largos, de corte antiquado, da sua maneira também um pouco antiquada de falar e de pensar, do facto de todos lhe passarem à frente, troçavam de tudo e de nada. Coitados, coitados, que podiam fazer?

A mulher... Deviam ser extraordinariamente grandes, pensava, os dias de uma mulher sozinha em casa, às voltas com as roupas e com a comida, e a vida sempre mais cara, e o rosto sempre mais velho, e o transístor e a televisão anunciando coisas que já não lhe diziam respeito, e ela sem filhos que a prolongassem e tão frustrada, a pobre. De vez em quando talvez estacasse a meio do dia, porque era senhora dos dias, e começasse a falar sozinha e perguntasse a si própria por que razão limparia todos os dias o pó sem mesmo verificar se havia pó para ser limpo. E porque arrumaria a louça no armário e os talheres na gaveta antes de voltar a pô-los na mesa, daí a pouco? Porque giraria de um lado para o outro como um *robot* que ela própria programara – ela ou a mãe ou qualquer outra mulher, séculos atrás?

Então, nos últimos anos, houvera o estalar brutal da agressividade. Porque ele, o homem, era o responsável por tudo o que não havia ou havia de mais, por todas as ausências, em suma, e também por todas as presenças indesejadas. Que era um imbecil, que todos passavam à sua frente, que nunca havia de ser «alguém», dissera-lhe dias antes. E ele, estupefacto. Porque, claro que não ia ser «alguém». Se o não fora até então, como era possível… Não compreenderia ela que se sentia quase velho e um pouco doente, que os seus insultos de nada serviam? E depois, que seria isso de se ser alguém?

«Mas eu não me importo de que passem à minha frente. Porque havia de me importar? Sinto-me bem assim…»

«Ganhavas um pouco mais… Precisas dum fato, esse está no fio. E eu de um casaco. A máquina de lavar tem de ser consertada. A mulher a dias pediu aumento, acho que tenho que ficar sem ela.»

Claro, a mulher a dias que o olhava de través com o desdém dos inferiores (inferiores?) pelos superiores (superiores?) que não souberam distanciar-se muito. O casaco. E a máquina, claro. Também adoecem, as máquinas, também morrem. Coisas graves, sem dúvida. Essas e muitas outras. Coitada, pobre mulher.

Não sabia, ele nunca lhe tinha falado no caso. Até porque não iria compreender, talvez se risse com aquele riso desagradável dos últimos tempos, talvez, pior ainda, o encarasse com perplexidade, como se pensasse que ele estava a enlouquecer. Vendo bem, teria razão. E Leandro não se sentia capaz de a convencer, de lhe explicar que só aquilo, aquela sua certeza, é que fazia com que não se sentisse como uma criança perdida na multidão, como um náufrago lançado pelo mar na praia de uma ilha sem regresso.

A mulher dormia e Leandro, quieto, pensava ou deixava-se pensar. Teria encontrado na vida alguém como ele? A mãe, decerto, o pai… Mas depois, na escola, no liceu, na repartição… Os amigos, as amigas… Antes de casar tinha havido uma rapariga, Bia. Tão boa menina, Bia, tão perfeita, tão diferente de todas… Mas emigrara com a família e ele deixara-a partir, talvez por não gostar dela o bastante para a deter. De vez em quando chegavam-lhe breves cartas, bilhetes postais ilustrados a que ele retirava os selos para a coleção. Um dia,

Bia telefonara-lhe, e Leandro então compreendera que não tinha nada para lhe dizer. Cortara-se uma espécie de cordão umbilical, frágil, e ela tinha acabado por se perder no grande mundo. Talvez mesmo a sua voz se houvesse afogado em todo aquele mar que os separava, quem sabe se não fora devorada pelos peixes? Depois tinha havido outra e outra ainda, e por fim casara com Amélia e haviam sido dois longos monólogos pensados e ditos no decorrer dos dias por surdos incuráveis e ignorantes do seu mal. Aquela mulher, que fora no seu tempo uma jovem quase bonita e quase alegre, casara com o amor sonhado, mas também, ou principalmente, com a imaginada segurança, a tranquilidade desejada. Porque ela era uma dona de casa por vocação e nunca sequer lhe ocorrera a ideia de arranjar um trabalho lá fora. Ele, por sua vez, casara com a fuga à solidão, embora também com um pouco de amor, com uma voz que preenchesse todo aquele silêncio que eram os seus dias. E ambos se tinham enganado. Porque o amor, que não era muito, se gastara rapidamente, embora eles não se tivessem dado logo conta disso. Só ficara a indignação, de um lado, e do outro a incompreensão e a tristeza. E a amizade, sim, e a amizade de Leandro.

E um dia então, uma noite, a ideia surgira, fora surgindo, e ele começara a compreender tudo. E de súbito soubera que «aqui» onde lhe fora dado viver, não esta cidade ou este país mas este mundo, era, fora, uma colónia penal do universo, e que dantes «os outros» tinham para cá mandado os seus criminosos e também alguns inocentes, sempre houve enganos, é dos livros, bastava ler os jornais para compreender, como era possível que só agora… O ser humano… O que era o ser humano?

Nessa noite de descoberta levantara-se devagar, coberto de suores, com cuidado para não acordar a mulher, e fora até ao telefone e pedira uma ligação para o outro lado do mar, onde Bia, que era inocente como ele, morava. Mas o telefone retinira numa casa qualquer, vazia ou adormecida, e Leandro tinha voltado a deitar-se, e daí em diante todas as noites esperava pelos seus fantasmas e recebia-os sem luta, até por vezes com amizade. Por fim com alegria. Eram as horas em que não se sentia tão só, em que compreendia finalmente as coisas e as pessoas que sempre o tinham rodeado, a mulher, por exemplo, pobre criatura, que havia ela de fazer, como podia agir de outro modo?

De vez em quando falava com ela, sim, e longamente, mas só durante a noite quando não estava presente e só o seu corpo para ali ficara abandonado. Falava baixo para não a acordar. E dizia: «Tem que haver governos, compreendes? Para não deixar que as pessoas se pisem demasiado, se matem umas às outras, se torturem. O pior é quando são os governos que matam e torturam e mandam os seus homens para guerras que até são desnecessárias. Isso então é o fim. Depois há o egoísmo, ninguém quer saber de ninguém. Olha, li há dias uma notícia pequenina, uma amostra sem valor. Uma curiosidade. Um homem velho, que vivia só, morreu. Pois só um mês depois é que lhe arrombaram a porta. E sabes porque lá foram? Porque não tinha pago a renda da casa e o senhorio chamou a polícia. Claro que ficou radiante. Ia alugar aquele andar pelo dobro ou pelo triplo, uma maravilha. À noite comemorou. Compreendes aonde quero chegar? Compreendes, Amélia? Tantas coisas... tantas coisas... Mesmo lá no emprego... Nunca te falei nisso para não te ralar, e depois, ainda ias julgar que era eu quem tinha a culpa, porque nunca fui promovido, mas o que aquela gente faz, o que aquela gente é capaz de fazer para conseguir isso a que tu chamas com unção subir na vida. Meu Deus, meu Deus... E querem lá saber se pisam alguém, se destroem a vida de alguém... Estão-se marimbando. Não, não, eu nunca seria capaz. A Bia também não, ia jurar. A Bia...»

Depois, na manhã seguinte, levantava-se, vestia o seu velho fato de condenado inocente e dava um beijo breve à mulher antes de sair para os trabalhos forçados. Ela ficava a resmungar censuras e rancores.

A NOITE INDIGNA

Alguém sorria com um sorriso sem luz, sem vontade nenhuma de sorrir, desenhado, pintado, esquecido por quem o sorrira, o ia sorrindo. Alguém que queria ajudar, sem dúvida. E a sua linguagem era aquela: sorrir sem vontade, sem fim, em silêncio.

Alguém falava sem sorrir. Alguém sério, consciente, definitivo. Alguém que não duvidava nem isto do que dizia, há gente assim. E oferecia – exibia – palavras duras, cuidadosamente esculpidas, superperfeitas, nem uma simples falha no seu fabrico. *Tinha* que reagir, *tinha* em absoluto que reagir, pois não via, pois não compreendia? Se não olhasse por si, quem olhava? *Não queria* vê-la assim, *não queria.* Era preciso olhar as coisas de frente.

Que coisas? Reagir porquê, para quê?, pensou, ainda ao de leve, porque os seus pensamentos deviam boiar, alguns, outros ter-se-iam mesmo afogado nas lágrimas que há dias chorava. Porque tinha ela que reagir, e em absoluto? Em todo o caso conseguiu arranjar uma expressão de boa vontade e limpou mesmo os olhos pequeninos, inchados. A blusa estava molhada, a pele, por baixo da blusa, estava molhada também. Mas isso…

Outra voz disse que o tempo, minha querida Tina. Agora, claro, era normal que tudo lhe parecesse irremediável. Mas o tempo. Era preciso confiar nele. Claro que não estava a pensar em esquecimento, claro que não, quem podia esquecer coisas assim? Pensava era no tempo-bálsamo. Entretanto, que lhe havia de dizer? «Olha, conta comigo. Qualquer coisa de que precises, diz. Venho logo. A qualquer hora, ouviste?» Um olhar em volta, uma explicação a fim de ninguém se sentir culpado por não ter dito o mesmo: «Moro aqui perto. Somos quase vizinhas.»

Outras vozes, muitas outras. Vozes-longe, frias, e até geladas, cumpridoras, burocráticas, comovidas também, vozes sem palavras que jeito tivessem, estupefactas, incrédulas – podia lá ser, um rapaz tão novo, tão cheio de vida! –, vozes que já estavam à espera de uma coisa assim. E ela ouviu dizer «a loucura das velocidades».

Estava enterrada no *maple* desbotado, desde que chegara do cemitério, toda negra da cabeça aos pés. Só o rosto era uma vaga mancha clara, rosada e de repente velha, porque tinha chorado muito e envelhecido muito desde a antevéspera quando pegara no telefone e soubera. À sua volta as pessoas bichanavam, talvez lamentassem quem partira, o seu filho, talvez falassem de outras coisas mais importantes porque eram coisas das suas vidas. A mulher de negro sentia-se numa ilha deserta ao cair da noite, e toda aquela gente era o mar, e as suas palavras, a voz aterradora e vazia do mar.

As pessoas foram saindo, deixando uma vez mais os seus sentimentos e os seus préstimos. Algumas prometeram voltar. Poucas. Às outras, mal as conhecia ou não as conhecia mesmo, eram amigos do filho, colegas dele. Por causa dela quase ninguém. Ah, sim, Ester por exemplo. Ester que lhe dissera que podia recorrer a ela. Era sua amiga dos tempos em que fora casada, melhor, era a mulher de um amigo do marido. A mulher do Reis durante muito tempo, só depois se tornara Ester. Dera-se muito, nessa altura, com as mulheres dos amigos do marido. Depois, todas tinham desaparecido porque não eram, na verdade, senão isso. Mulheres dos amigos dele. Ficara Ester, que morava ali perto. Por morar ali perto?

A senhora Júlia, que vinha uma vez por semana limpar a casa e se oferecera para ficar durante aquela noite, apareceu no limiar da porta, perguntou-lhe se queria um caldinho. Agradeceu mas não quis, precisava de ficar só. Disse-lhe que comesse e depois se fosse deitar. «Na minha cama, senhora Júlia. Eu fico aqui, não posso pensar em dormir.»

«Compreendo. Quer que lhe ponha um cobertor nas pernas? Está a ficar frio.»

Ela quis.

Foi uma longa e perigosa noite em que os seus pensamentos, já a seco, vaguearam por estradas e carreiros insuspeitados. Porque, por estranho que parecesse, por estranho que lhe parecesse, dera-se como que uma transposição e era em si que ela pensava, por si que recomeçou a chorar lágrimas quentes, que já não afogavam os pensamentos, que, pelo contrário, os limpavam, os mostravam bem claros. Como se a morte do seu filho único, do seu único amor, lhe tivesse trazido o tempo que nunca tivera para pensar em si, para se ver, para se ver e se pensar sem a impressão de estar a roubar um tempo necessário a qualquer outra coisa. E, de súbito, ela estava ali, em frente de si mesma, e perguntava: o que vou fazer aos cinquenta anos? O que posso fazer? Como vou ocupar o tempo que ainda me falta? Como gastei, sem dar por isso, a vida? A quem fui útil? O que tenho dentro das mãos?

O pai queria que ela fizesse um curso qualquer – uma arma para a vida, dizia – mas ela tinha uma pressa louca de casar, e o Manuel também. O Manuel tinha um ideal que ela achava excelente. Uma casa acolhedora, uma mulher perfeita, tudo nos seus lugares, boa comida, roupa bem cuidada, tinha sido educado assim. Ela também seguia as pisadas da mãe. A grande felicidade, em suma. E quando, anos depois, ele um dia partiu, começou a trabalhar de costura não só para educar o filho, mas para que não lhe faltasse nada. Enquanto estudava, quando depois se empregou. E ele zangava-se às vezes, gritava se os sapatos não estavam bem engraxados, se as calças não estavam bem vincadas. «A mãe não percebe que isto não pode ser assim? A mãe não percebe que eu não posso comer arroz todos os dias? A mãe não percebe...?»

Entre a partida do marido e a morte, anteontem, do filho, encontrara um dia o amor e voltara-lhe as costas. Porque, o que havia o filho de pensar, o que havia ele de sentir se alguém lhe dissesse, se ela própria tivesse de lhe dizer... A ele, Senhor, não!

Ali, enterrada no velho *fauteuil*, embrulhada num cobertor, soube pela primeira vez que fora durante trinta anos criada grátis de dois homens e suportada por ambos. O primeiro vivera com ela até isso o interessar, o segundo porque isso lhe convinha, e beijava-a na testa, quando chegava a casa, antes do jantar. Beijava-a de passagem, na testa não, no ar, e logo perguntava: «O que há para comer?» Agora morrera. Era seu filho, uma parte do seu coração, mas dera-lhe tão pouco. Que lhe dera, no fundo, mais do que esse quase beijo ritual? E não encontrava nada, nada...

As lágrimas banhavam-lhe o rosto. Estava numa ilha, abandonada pelos nativos, e não sabia construir um barco, nem sequer uma jangada. De resto, valeria a pena? Talvez já nem houvesse tempo para construções. Gostaria de pedir que a ajudassem mas não estava a ver como. O mundo estava vazio, mesmo para além dos mares. Houvera decerto dilúvio ou explosão.

As lágrimas continuavam a correr. Lágrimas sentidas que ela chorava por uma mulher.

Acabou por adormecer. Quando na manhã seguinte renasceu daquela noite indigna, chorou o filho como qualquer mãe.

A ESTRELA, COITADA

Havia duas ou três «realizadas» entre as amigas e conhecidas de longa data. Quanto a ela, estava perto era da frustração, embora guardasse cuidadosamente o facto para si. Quando as ouvia falar, melhor, quando acabava de as ouvir, ficava sempre com um resto de sorriso colado aos lábios. Realizadas por terem conseguido conquistar os pequenos e frágeis castelos dos seus modestos sonhos? Sim, por isso. Trabalhavam, ganhavam a vida, eram independentes, uma ou outra tinha-se mesmo formado, aí estava depois do casamento – sempre em primeiro lugar –, o grande objetivo em causa. Para além disso, o deserto. Não tinham uma religião nem um partido. Ora, e encolhiam os ombros, vegetando de olhar em seta e queixo levantado. O seu deus, o seu ideal era, no fundo, o ordenado, a segurança e, às vezes, também, ou principalmente, um pequeno dr.ª antes do nome. Quantos milhões de anos, pensava Estrela, para se atingir a perfeição daqueles seres, entre os quais, naturalmente, se incluía, transitórios hóspedes do mundo, superficiais, convictos da sua importância, pobres bichos, pobres formigas. Quanto tempo duraria uma formiga?, pensava então, sorrindo vagamente, esquecidamente.

Duas ou três não eram propriamente «realizadas», e, daí, não o seriam mesmo? Tinham casado e eram esposas, mães e donas de casa entusiásticas. No fundo, fora essa a sua ambição de sempre, alimentada desde a infância pelas mães, com bonecas, bebés chorões e jantarinhos. Estrela, Júlia e Margarida tinham ficado solteiras. Mas, embora trabalhassem, não se sentiam felizes. O que Júlia sentia era uma indignação que não conseguia esconder e também uma esperança intermitente. Quanto a Margarida, encarava a vida com uma perplexidade que a levava a estudar os outros – as outras – cuspindo algum veneno. Estrela, essa, aparentava uma certa aceitação dos factos. Até porque sabia – mas talvez fosse uma simples suspeita – que algo havia de surgir. Nas épocas, breves é certo, em que Júlia esperava, Estrela sentia-se quase enojada e nem sorria. Porque Júlia era uma criatura sem idade, e a esperança tornava-a um pouco ridícula e até assustadora. Como se estivesse drogada ou sentisse que se estava a afogar. Agarrava-se então a quem calhava, era como se lhe tivessem crescido garras.

Júlia e Margarida viviam na mesma casa e várias vezes tinham proposto a Estrela que fosse morar com elas. Estrela, porém, hesitava. Não queria deixar os pais. Um dia, porém, resolveu ir viver só. «E se adoeces?», disse a mãe. «Bem sabes que não posso deixar o teu pai.» «Não vou adoecer, mãe», afirmou, e a sua voz era definitiva.

A voz de Estrela. Era uma voz estranha, a de Estrela, e às vezes num restaurante ou no *foyer* de um cinema as pessoas voltavam a cabeça de repente, olhavam-na com espanto. Porque era uma voz sem nada de comum com o seu rosto grosseiro, que tinha algo de inacabado. Uma voz que, a falar disto e daquilo, de coisas, enfim, simples como a vida, sorria às vezes, chorava, era verde, vermelha ou azul, negra ou luminosa, mas nunca por nunca ser cinzenta. Não era uma voz musical mas dramática, isso sim. Sem nunca transbordar do invisível leito por onde, vagarosa, deslizava, sabia transmitir esperança e desespero, entusiasmo e cansaço, serenidade e exaustão. Era uma voz baixa mas rica, de uma matéria suave que podia subir um pouco, sem exagero, e então era como se as palavras que usava fossem muito vivas e mais verdadeiras que as das outras pessoas.

Olhavam-na, às vezes, como se ela fosse um boneco e devesse haver um ventríloquo qualquer ali por perto. Que tinha uma linda voz, única, tinham-lhe dito algumas vezes, mas uma delas fora a pior de todas porque a pessoa que falara era, para ela, importante. A declaração fora sempre desagradável porque trazia agarrado um resto de frase não dita mas pensada. «Tens uma voz muito linda MAS ÉS TÃO FEIA.»

Saiu portanto de casa, um dia. Todos se despediram como se ela fosse atravessar um oceano encapelado. Na verdade só ia atravessar a rua um pouco em diagonal. Quando Estrela dissera aos pais que ia sair de casa, a mãe ficara preocupada porque não lhe ocorria nenhuma explicação capaz para fornecer aos conhecidos e aos parentes, que, naturalmente, iam pensar que ela tinha dado um mau passo. O que Estrela rira com o mau passo! Mas, enfim, a proximidade apagava, por assim dizer, o receio dos mexericos. Depois, Estrela ia jantar todos os dias com os pais. Mas, mal acabava de jantar, logo partia. Tinham que compreender. Passava o dia a trabalhar, almoçava fora, se não tinha cuidado acabava por só estar em casa durante as horas do sono. Depois, tinha que pôr umas coisas em ordem.

As noites de Estrela, enfim, os seus serões. Suspeitados num momento-longe do deserto de dias mesmo cheios de acontecimentos, sugeridos talvez por uma frase solta no espaço por alguém, e que se lhe alojara no subconsciente, depois encontrada havia meses, assim, de chofre. Mas porque não, vendo bem? Não era tão estranho como isso. Bastava...

Uma casa, naturalmente. Depois sentava-se no *maple*. Era como se o corpo se lhe diluísse na matéria de que ele era feito. Marcava então os cinco números, pegava no auscultador. E a sua voz logo nascia, como se fosse o princípio do mundo. Foi o início da idade telefónica de Estrela. Durante o dia o que dominava tudo era o seu rosto ingrato, feio mesmo, o seu corpo deselegante. À noite, porém, a sua voz era enorme e destruidora, e rosto e corpo dissolviam-se por completo, deixavam mesmo de existir e ela era puro espírito. Além-fio alguém de cuja existência tomara conhecimento no ministério onde trabalhava, através das amigas e conhecidas, realizadas ou não. Homens disponíveis, todos eles. Divorciados, separados, solteiros. Inventava-se bela, loira às vezes, outras morena. Dizia-se alta e magra, de negros cabelos. Loira, de olhos verdes. Chamava-se Estela porque o nome era a única coisa de acordo com a voz. Estela, portanto. Mas também Vega e Alfa e por aí fora. Queriam encontrar-se com ela no dia seguinte ou dias depois. Queriam sempre encontrar-se com ela. Mas amanhã nunca podia ser, nunca, nunca. Para a semana, talvez. E para a semana combinava finalmente o encontro que nunca iria realizar-se e esquecia aquele número. Na noite seguinte recomeçava.

As pessoas eram aborrecidas, queriam ver-se, queriam vê-la e olhá-la nos olhos, que não eram verdes nem negros, que eram quase incolores, quase inexistentes para além das grossas lentes bifocais.

Agora, quando se encontrava com Margarida ou com Júlia, olhava-as com uma certa condescendência divertida.

Só não se sentia realizada porque tinha que guardar o segredo bem guardado. Se alguma arara o soubesse, nunca mais se calaria. E à sua volta, no emprego, havia muitas e variadas araras contadoras de casos, bichanadoras, trocistas. Até agora tinham-na poupado. Porque a Estrela, coitada…

OS INOCENTES

O seu vestido amplo era uma bandeira, e a sua voz uma serpentina vermelha, tão rápida e tão forte, tão bem lançada, que podia decerto cortar o vento e serrar a chuva, que poderia, em todo o caso, calar com a sua presença as outras vozes, ali no escritório, cinco minutos antes da saída. Ela, porém, ignorava isso tudo. Porque em tal hora desse mesmo dia sentira-se feliz e continuava a sê-lo nesse instante. Por isso os seus olhos, geralmente tão abertos, de olhar tão grande e incómodo, tão ardente ou tão ressequido, eram olhos doces, e a alegria fizera-os florir num azul novo.

Chegara havia pouco e trazia uma coisa para contar. Não lhe fora possível esperar por segunda-feira, quando retomasse o trabalho e houvesse um pouco de tempo para contar coisas. Talvez tivesse saído de casa a correr, a voar, com aqueles seus pés que às vezes mal tocavam o chão, só para isso. Porque a coisa em questão era demasiado importante para que a conservasse sábado e domingo fechada no seu coração e precisava de a oferecer aos amigos.

Eles ainda não tinham percebido bem, mas estavam contentes. Porque ela, pobre pequena, bem precisava de uma coisa assim, e a mulher gorda, de óculos espessos, levantou-se, contornou a secretária onde há quase trinta anos morava e foi pegar-lhe nas mãos, que ela tinha abertas, de palmas voltadas para o teto, ou para o céu, como que à espera de que a sua descoberta se materializasse e todos pudessem vê-la. «Não tens estigmas, pois não?», riu a mulher gorda, que continuava a pegar-lhe nas mãos pequenas e duras, nuas, nem um anel, só a marca de uma aliança perdida sabe-se lá onde.

Um rapaz que parecia um inseto tirou da máquina a última folha desse dia e depois quis saber como fora aquilo: «Anda, conta lá, mas de maneira que se entenda, está bem? Passaste pela loja das tintas...»

Ela contou. Outra vez. Sentou-se no tampo de uma secretária, ficou com as longas pernas magras a baloiçar enquanto contava. Tentava agarrar as palavras, segurá-las, porque as palavras eram demasiado rápidas, também voavam, melhor, fugiam-lhe, acabava por as perder de vista. «Pois estava em casa, chateada como tudo. O raio dos remédios dão-me um destes sonos... Agora já parei com um, a coisa vai melhor. Uns comprimidozinhos verdes, pareciam contas de um colar, lindos... Mas estava em casa, devia parecer uma alma penada a passear de ali para além, a cair de sono na cama. Claro que tinha que ser, antes de ir ao médico, o que eu sofria... Estas minhas insónias, vocês sabem...»

«Sabemos. Mas queremos ouvir a história.»

«Pois, a história.» Uma tarde tinha saído, fora anteontem, pois, anteontem, e por acaso passara pela loja das tintas. Então dera-lhe para ali, comprara uns tubos de óleo, poucos, não levava muito dinheiro, uns pincéis, dois cartões. E, pronto, pusera-se a pintar. Fora assim. E a verdade é que aquilo que pintava lhe parecia... Era estranho como tudo, as suas mãos tão parvas até então, mãos que só sabiam escrever à máquina, poderem fazer coisas assim. Bonitas, parecia-lhe. «Gostava que vocês vissem, que me dissessem francamente... Porque não vão lá agora tomar uma bebida? Não tenho grande coisa, mas umas cervejas...»

Iam lá a casa, pois claro. Mas hoje a mulher gorda tinha uns primos a jantar e ainda precisava de ir ao supermercado, e o rapaz-inseto também não podia por causa de uma reunião já combinada há uns dias. Amanhã, estava bem?

Um homem pequenino entrou, e depois outro, alto e magro, que parecia não ter sangue dentro do corpo. Vinham da sala ao lado, eram da sala ao lado. Ela voltou a contar, e o primeiro disse logo que ia ver, sim senhora, dois minutos e estava às ordens. O outro encolheu os ombros altos e estreitos, de cabide, limitou-se a perguntar – a declarar – como quem já está a pensar noutra coisa:

«Coisas abstratas, claro?»

Ficou subitamente séria, um pouco perdida, ou prisioneira, dentro do campo ainda há pouco delimitado, mas ajardinado, da sua alegria, e que, de súbito, lhe lembrara a ainda recente floresta perigosa por onde andara perdida. Claro, porquê? «Abstratas, sim», disse. «Mas claro, porquê?»

O homem, porém, não a ouviu. Estava a recomendar o que quer que fosse à mulher gorda. E uma carta muito importante devia seguir amanhã mesmo, sem falta, para Londres. Depois saiu e na sala ao lado, onde mandava, houve palavras soltas, uma aqui outra além. Aquele *não,* por exemplo, e *tenho,* e um espaço em branco e depois um sussurro e mais três palavras, murmuradas, mas que a aragem de uma janela entreaberta trouxe até aos ouvidos dela e lá abandonou: *paciência para taradas.*

O rapaz-insecto mergulhou o rosto na máquina já deserta, e a mulher gorda, sempre pouco à-vontade fora da sua secretária, agitou-se pela sala remexendo em *dossiers* desnecessários.

«Vamos então?», propôs o colega que há pouco aceitara acompanhá-la e que não tinha ouvido nada, porque era distraído.

Ela, porém, lembrara-se de repente, disse, que não podia. Sim, amanhã, talvez. Deu as boas-tardes em redor, mas sem fixar ninguém, e o seu olhar azul estava, de repente, tão seco como se um mata-borrão lhe houvesse retirado todo o brilho ou como se todas as flores de há pouco tivessem murchado.

E a bandeira e a serpentina eram agora um simples vestido e uma voz incerta.

Quando no dia seguinte souberam, no escritório, que ela fora levada para o hospital por ter de novo procurado a morte, o seu quase-assassino não perdeu a tranquilidade. Era uma daquelas criaturas de consciência discreta ou quase muda ou obediente. Enfim, de consciência boazinha, incapaz de criar problemas ao seu possuidor. E ela, consciência, disse-lhe simplesmente que, se uma pessoa tenta suicidar-se por ter ouvido palavras tão inócuas – se é que as ouvira –, essa pessoa é mesmo tarada e não se pensa mais nisso.

ADÍLIA E AS VOZES

Às vezes, quando não ouvia, reverente, as vozes, Adília baloiçava-se ao de leve, melhor, abandonava o corpo que ainda tinha àquela cadeira-barco que ao longo dos dias realizava a sua viagem de circum-navegação num mar ondulado. Mas era tão leve, Adília, e tão obediente a cadeira, que o movimento se fazia sem esforço, e ela nem se dava conta de que o comandava. Nessas alturas, era visitada por rostos longe, que ao longo da sua longa vida tinham estado ali com maior ou menor demora e depois se haviam, voluntária ou involuntariamente, ausentado. O que até era normal porque Adília tinha oitenta anos.

Claro que muitos desses rostos estavam meio perdidos na amálgama das suas confusões ou então tinham ganho uma dimensão diferente, desmaterializando-se, se assim se podia dizer, e tornando-se com o tempo ectoplásmicos. Essas aparições tão vagas faziam-na duvidar muitas vezes da sua realidade e pensava mesmo que talvez as tivesse sonhado ou encontrado num livro, em tempos de ler livros. Um dia, por qualquer razão ou por nenhuma – aconteciam-lhe visitas inesperadas, sem convite nem anúncio prévio –, lembrou-se de uma tal Luísa, que conhecera muito e bem e que tinha um amante e uma criada perigosa chamada, mas como diabo se chamaria? E logo hesitou porque, de súbito, não tinha a certeza de Luísa e o amante e a criada terem possuído corpos reais, vozes de se ouvir. E essas imagens, literárias, recordar-se-ia depois, seriam afinal de contas tão fortes como a do pai, da mãe, do marido, se não conservasse os retratos, a coleção de cachimbos, minuciosos *napperons* bordados e outros objetos de culto a marcar-lhes uma presença viva, ali, um dia, na casa onde agora, sozinha, morava.

Uma vizinha que lhe fazia as compras por ter pena dela dizia que Adília parecia cada dia mais seca e que era como se estivesse a tornar-se pó antes de tempo. Que um dia de vento, ao abrir a janela, talvez se desfizesse no ar. Mas ela raramente abria a janela. O que se passava na rua não lhe dizia respeito. Fazia a sua sopa para sobreviver (a vizinha trazia-lhe às vezes um pedacinho de carne, um bolo), lavava o prato, a colher e a panela, e voltava para a cadeira de baloiço que em tempos fora do pai e mais tarde do marido porque era a mais confortável da «sala» e eles eram os homens. Só a velhice e a solidão lhe haviam conferido a dignidade da sua posse. Depois, quando as vozes chegavam, entrava no porto de águas tranquilas e deixava de baloiçar.

Não lhe diziam coisas importantes, as vozes, mas eram-lhe imprescindíveis. Ouvia-as e logo a sua cabeça se esvaziava por completo e havia na sua boca um sorriso de quase êxtase. Elas eram Deus e os seus santos, a família que partira, toda a gente, o mundo. A própria vizinha não se lhe afigurava tão importante. Às vezes, depois de se terem despedido, «prometemos voltar amanhã, se Deus quiser», Adília tentava recordar o que lhe tinham dito, o que lhe tinham recomendado. Mas não sabia. Houvera uma espécie de conselhos, de frases importantes, de palavras difíceis de compreender, com um sentido religioso, quem sabe?

«Mesmo com risco de a reflexão provocar o remorso», repetiu uma vez baixinho. Que quereria dizer mesmo com risco de a reflexão provocar o re-mor… A palavra quebrara-se ali, o resto escorrera em sorriso esquecido. E ela ficara quieta, ouvindo as palavras-música da sua solidão.

Uma tarde de dezembro o luminoso ponto verde apagou-se e as vozes não disseram mais as suas palavras difíceis, as frases sem sentido que lhe faziam companhia. Sentiu-se completamente só e talvez tão aterrorizada como num dia muito distante, já esquecido, em que tivera cinco anos e se perdera da mãe. Mal podia falar quando, depois de ter descido muito devagarinho a escada, agarrando-se ao corrimão, tocou à porta da vizinha.

«Estou muito aflita», disse. «Ele… ele não… funciona. Ele… ele parou.» E a sua vozinha quase gritava, escaqueirada.

A vizinha chamou o filho pequeno e pediu-lhe que fosse lá acima buscar o rádio da dona Adília e que o levasse à loja. Que ficasse à espera a ver se tinha conserto.

«Se tem… conserto? Se…»

«É que é tão velho, dona Adília, já foi consertado tantas vezes. Da última, não se lembra?, disseram que já não aguentava mais. Depois há umas peças que já nem se fazem. Agora vá para casa, eu vou acompanhá-la. O pequeno, logo que saiba alguma coisa, vai lá dizer-lhe.»

Levou vidas a subir a escada, depois a vizinha desceu e ela ficou muito direita e atenta à espera. Quando o rapazinho chegou, com o rádio debaixo do braço, sorriu contente: «Está bom?»

«Qual bom! O homem da loja diz que não há nada a fazer. Quinou.» Depois pôs o aparelho no lugar habitual e foi-se embora.

Qual bom!, dissera o rapazinho. Era simples para ele, para o homem da loja, até para a vizinha. Para Adília, porém, não era nada simples. Porque ela estava, de repente, num deserto e nem vivalma nas imediações. As vozes falavam com ela, ali, na sala, diziam-lhe que… Falavam-lhe talvez como a mãe, quando ela nascera, quando ela tinha meses e sorria às suas palavras. Falavam-lhe de eletrodomésticos e sabonetes e eleições e guerras e concurso de qualquer coisa e como-tratar-as-doenças e desafios e espuma para a barba e muitas outras coisas. E ela sorria, feliz, reconfortada, acompanhada. Agora… E o Natal que se aproximava… E o Natal…

Continuava muito direita, esquecida de que a cadeira era um barco. Tinha a cabeça completamente deserta mas o coração batia-lhe apressadamente dentro do peito, e ela quase não podia respirar. Nunca mais iam voltar, as vozes. Haviam partido, era tudo. Não voltariam mais, era tudo. Tinham-na abandonado para sempre.

A cabecinha branca, ainda há pouco tão direita, tombou então, de repente. E as mãos, que tinham tentado agarrar um coração agitado, caíram também, como folhas definitivamente mortas.

A RIQUEZA

Ia-se encaminhando para a usura com a lentidão implacável dos ponteiros do tempo. Na juventude fora alegre e saudável e bela, diziam as fotografias, fora mesmo rica, pelo menos de esperança e de amor à vida. Sorrisos brancos esqueciam-se-lhe no rosto liso, e ela olhava com intensidade verde para as coisas (transitórias) que possuía e para as pessoas (não menos transitórias), a quem amava, a quem mais ou menos amava, e o seu olhar demorava-se nelas como se quisesse percebê-las bem, segurá-las, guardá-las depois em si, para um dia. Eram esses, de resto, os únicos bens que sabia guardar. Dinheiro e coisas assim, não lhe diziam nada, as suas mãos sempre tinham vivido abertas, e ela era incapaz de fazer contas. Tudo se há de arranjar, pensava, dizia. E, em geral, tudo se arranjava. Às vezes riam dela porque amava e simpatizava sem ver a quem, porque acreditava nas criaturas, sem espírito crítico e de um modo que aos outros se afigurava o cúmulo da insensatez. Era, de resto, uma mulher insensata. Por isso houvera na sua vida, de vez em quando, meses e até simples semanas, mesmo dias, em que toda a gente desaparecia como que por encanto, ou se escaqueirava com tal violência que nenhum conserto era possível. Um dia-longe, por exemplo, tinham desaparecido o-seu-grande-amor e uma rapariga formidável que ia muito lá a casa e escrevia uns livros sensacionais. Mas tinha havido, ao longo da sua existência, muitos outros hiatos, desaparecimentos misteriosos e caqueirada que era preciso varrer. O casal espanhol que lhe pedira dinheiro emprestado e nunca mais aparecera, a Joaninha Qualquer Coisa que se instalara no quarto de hóspedes e ao mesmo tempo dizia mal dela a meio mundo (ao meio mundo da Joaninha Qualquer Coisa, naturalmente), a mãe da afilhada, que um dia viera buscar a miúda porque «a senhora, desculpe, não é para ofender, mas disseram ao meu marido que a senhora não é casada como Deus quer, e ele é um homem muito sério, sem desfazer…»

O grande-amor-dessa-altura, não o da escritora, outro, morrera a rir. «É para que saibas. Andas para aí a apanhar gatos vadios e depois queixas-te.»

Não o acompanhara no riso porque também ele era, de certo modo, um gato vadio, mais ainda do que a afilhada, cujo pai, «muito sério» se embriagava todos os sábados e sovava conscienciosamente a mulher. Sim, também ele era um gato vadio que não ficaria ali muito tempo, o que, de resto, não lhe causava, a ela, nenhuma preocupação. Havia no grande-amor-dessa-altura o que quer que fosse de marinheiro de longo curso que, por qualquer razão, ficara em terra. Ou talvez de pirata fatigado. E ainda, pois claro, de gato vadio. Nunca tivera grande sorte com as pessoas que escolhia. Porque passavam ao seu alcance? Porque faziam incursões na sua vida? Com elas nada de seguro, de forte. Eram sempre incertas, frágeis e vagantes, atraentes, pois claro, mas um dia aqui, outro além. Risadas, palavras graciosas, superficiais, mas com um certo brilho, um tilintar de copos, aquele ambiente agradável, fora da vida, criado por umas bebidas, risos, frases à superfície, beijos no ar, à despedida, para não estragar os lábios nem as faces. O grande amor de então, o tal, o gato vadio, o pirata sem barco, ficava entre uma última bebida e um disco, porque era muito musical, melómano, dizia. No dia em que se fora embora, ela tinha respirado fundo, lembrava-se, porque havia já algum tempo que estava à espera daquele momento, receado ou desejado, e finalmente sentia-se tranquila. Ou intranquila? De qualquer modo, não havia nenhuma sensação de morte no que sentia, antes de nascimento. Nascera de novo e isso era admirável. Adorava nascer de novo.

Em toda a sua vida só um amor firme, de sempre e para sempre, Manuel, seu filho, um filho que nascera cedo, de um casamento quase esquecido. Às vezes olhava-o e ficava perplexa.

«Porquê esse olhar, mãe? Parece que nunca me viste», dissera ele um dia.

Pusera-se a rir. «É que às vezes não me lembro de te ter feito, dir-se-ia que já vinhas comigo quando cheguei ao mundo e que um dia resolveste, muito simplesmente, nascer. É verdade. Foi um casamento tão infantil, durou tão pouco. Se quisesse lembrar-me da cara do teu pai, da voz dele...»

«Chamava-se Paulo.»

«É. Chamava-se Paulo. Havia para aí uma fotografia...»

«Tenho-a guardada.»

«Tens?» Espantara-se como perante um gesto maravilhoso. «Nunca liguei muito a fotografias, sabes? Acho-as... deprimentes. Olha como eu era, coisas assim. Guardo as coisas mas a meu modo. E algumas, naturalmente, desaparecem. O teu pai...»

«... Desaparcccu.»

«Mas então totalmente. Olha, do que melhor me lembro é de uma porta a bater. Ia-a partindo.»

«Contigo nada dura muito, pois não?»

«Nada. A culpa é toda minha, deve ser.» Tinha ficado pensativa. Nunca cortara relações com ninguém, nunca pusera fim a um casamento (casara duas vezes), nem a uma ligação nem a uma amizade. Nunca. Mas um dia qualquer, as pessoas iam-se embora e algumas nunca mais apareciam. «É como se se tivessem dissolvido no vento ou houvessem sido raptadas por extraterrestres», tinha dito com um sorriso forçado.

«Acreditas em extraterrestres, tu?»

«Sim, não, não sei... *Às vezes* apetece acreditar em qualquer coisa e como não tenho nada contra eles... Porque não hei de acreditar, às vezes, em extraterrestres?»

«Sim. Porque não, às vezes?»

«Tenho ficado só, mas não triste, compreendes? Em expectativa. O que irá acontecer? O primeiro foi o teu pai. Depois...»

«Eu sei, claro.»

«Sempre soubeste, nunca te escondi nada. Fiz bem, fiz mal?»

«Fizeste bem, mãe.»

«Esperava que um dia me dissesses isso. Precisava tanto da tua aprovação.»

Depois, um dia, também ele partira. Que tinha uma coisa para lhe dizer. Que ia ser difícil, ele sabia. Tinha que ser compreensiva.

«Vais-te embora.» Não tinha sido uma pergunta mas uma afirmação. «Vais-te embora.»

Que não era propriamente isso. Ia passar dois anos à Alemanha. Fazer uma especialização. A verdade mesmo é que o mandavam. «De resto, o que são dois anos?»

A frase ficou inteira quando ele saiu. E ela, pela primeira vez na vida, pensou com medo nesses dois anos, até porque ia fazer quarenta e cinco e começava a sentir-se cansada, a não ver o mundo como até então o vira. Havia algum tempo que as pessoas eram um tanto fluidas, como se houvesse uma cortina, e não sabia bem de que cor eram os olhos delas.

«Tens de arranjar óculos, é tudo», dissera-lhe o filho algumas vezes. «Porque não vais ao médico? Não és uma criança, pois não?»

Mas não seria mesmo, de certo modo, uma criança vítima de envelhecimento precoce, dessas que acabam por morrer mirradas sem atingir a idade adulta?

Depois, sem o filho, a casa tinha ficado vazia, até porque fora uma das tais épocas de desaparecimentos misteriosos. Vazia não só do filho, portanto, mas também de outras figuras com importância relativa. Embora de olhos cansados, levava os dias a ler, enrolada num velho *fauteuil* de veludo. Depois, uma manhã, acordara contente e a cantar – um vagido?, pensou –, e entrou de novo na vida. Daí a pouco tempo havia outra vez amigos sinceros, tinha, pelo menos, a impressão de que eram amigos sinceros. E ela entrava no jogo, embora com o tempo, sempre tinha aprendido alguma coisa, acabasse por suspeitar de que se tratava de um jogo.

O filho acabou por ficar no estrangeiro e só vinha passar as férias. Da última vez foi esperá-lo de óculos, o que era, disse, o início da sua robotização, estava contente? Daí a algum tempo seria a dentadura postiça e talvez, quem sabe, um aparelho para ouvir melhor, isto na melhor das hipóteses. Tinha qualquer coisa de coração – já agora, fizera um exame geral – e quem sabe se o *pacemaker* não estaria à sua espera um dia?

«Que loucura, mãe. Estás magríssima, pareces mais nova e vens com toda essa lengalenga.»

A lengalenga, porém, continuou em casa. Às vezes tirava os óculos, disse. Não aguentava. «Vais vê-los logo à noite. Claro que não me refiro ao José, mas aos outros. Vais vê-los. Sem óculos são perfeitamente suportáveis, há um véu... Lembras-te das fotografias do Hamilton? Mas, quando ponho os óculos, meu querido Manuel... É impossível. Não me agrada, mas então nada, esta gente tão colorida, tão feia por dentro e por fora. Já não falo de mim, das minhas conversas com o espelho. Mas eles... Os seus olhares terríveis quando falam de dinheiro e de boas situações, e as suas bocas geladas, quase sem lábios, de repente quase sem lábios...»

«Afasta-te deles ou afasta-os de ti. Se te desagradam tanto...»

«Sim, claro. Mas o pior é que dei comigo a pensar que talvez todos tenham sido assim. Achas possível? Achas possível que os meus maridos e os meus amantes e os meus amigos pudessem ser tão feios?»

Ele ria enquanto ela falava disto e daquilo.

«Mas o José. Fala-me do José.»

Perante um assunto sério, ficou séria. «O José é perfeito», disse. «Creio que estou pela primeira vez apaixonada. Quase aos cinquenta anos, achas possível? Não é muito ridículo?»

«E ele, que idade tem?»

«Oh, não tenhas medo. Nunca hei de gostar de rapazinhos. Tem exatamente a minha idade. É médico. Procurei-o porque o meu coração andava um tanto esquisito e, vê lá tu…»

Nessa noite Manuel e José conheceram-se. E José chamou Manuel de parte para lhe dizer que ela, sua mãe, teria poucos meses de vida. Não, nada a ver com o coração. Leucemia. Não, não suspeitava de nada.

AQUELE AZUL

O homem foi resvalando cada vez mais depressa, de mistura com pedras, terra, plantas secas – ressequidas – e muito pó, pelos quase degraus inventados pelo tempo, pensou ele antes de cair lá em baixo, num lugar qualquer mas amplo porque respirou com facilidade e as suas mãos magoadas, esvoaçando, não encontraram nenhum obstáculo por perto. Procurou então a lâmpada, embora sem grande esperança – era natural que a tivesse perdido na fuga ou na queda –, mas afinal encontrou-a, que felicidade, era o único objeto precioso que herdara, e carregou na mola, ao de leve, receoso daquilo que podia ver, daquilo por quem podia ser visto. A luz, muito intensa, mostrou-lhe um grande espaço, como que uma enorme sala de paredes verticais, de teto perigosamente arredondado, pareceu-lhe, e chão irregular. Sabia de grutas assim, por ouvir contar, e imobilizou a luz, procurando coisas como estalactites, mas não viu nada disso. O chão é que era, de certo modo, estranho. Porque no centro havia uma espécie de vala ou de leito seco de rio como tantos à superfície, secos para todo o sempre. Só que aquele era subterrâneo. Teve medo por qualquer razão e aproximou-se da parede e lançou-lhe a luz, quase dura de tão intensa, da lâmpada. E então foi como se uma onda de êxtase o houvesse banhado, ou a sua alma imortal pairasse. Sentiu-se tão leve como se tivesse perdido o corpo, o tivesse despido, ali, naquele chão tão estranho onde havia uma boa mão-travessa de poeira. Pó, cinza e nada, pensou – era uma frase que lhe haviam ensinado –, enquanto flutuava e era feliz. Deviam sentir-se assim os puros eremitas a quem os santos de Deus apareciam no deserto. Era como se levitasse, como se não soubesse (não sabia, claro) o que era gravidade. Como se… Nunca sentira uma coisa assim e teve a certeza de que nunca mais a sentiria, era impossível tal repetição numa vida humana, sempre tão curta e ameaçada.

A luz que ele agora brandia atentamente, com cuidado, como quem começa a trabalhar com afinco, pôs-se a tornar mais nítidas as manchas, mais definidos os contornos, que os havia às vezes, na grande pintura mural que o tempo (os séculos, os milénios?) tinha tornado quase inteligível. Havia um azul… O homem buscou na memória um azul semelhante, mas não conseguiu encontrar nenhum, porque o céu do seu mundo era acinzentado, as águas – raras – eram opacas, e nunca vira flores. Tudo tinha ficado assim desde a guerra, a última, a guerra enorme, quando os homens tinham morrido em tão grande número e as cidades haviam sido destruídas. No tempo do avô do seu avô, talvez. Ou mais longe.

Aquele azul: Era uma mancha informe, mas de uma beleza… A beleza do impossível, deu consigo a pensar. A beleza do que não pode existir, do que tem por força que ser mentira.

Mas aquilo não era mentira, e a mão do homem subiu e tocou-lhe ao de leve, como um crente tocaria a medo uma imagem miraculosa e também como um poeta tocaria uma estrela. O homem, porém, não era crente nem poeta, ou talvez fosse ambas as coisas e o ignorasse. Aquele azul, porém… A mão tateou ao de leve, ajudada pelo pincel de luz, e ele recuou, foi recuando, e quase no buraco por onde entrara, esquecido do perigo lá de fora, olhou sem bater as pálpebras. E surgiram outras cores, também diluídas, embora a mais intensa, a mais bela também, continuasse a ser aquele azul. E traços, muito leves alguns, mas sobretudo manchas. Uma delas, rosada, pareceu-lhe um rosto. Olhou-a largamente e era, de facto, um rosto.

Ou não seria? Porque fechou os olhos e voltou a abri-los, e já não era rosto mas mancha como antes, onde estariam os olhos que há pouco julgara ver e se haviam dissipado, talvez para sempre?

O homem tomara de novo posse do seu corpo terreno. Caíra em si. Ouvira falar a alguém muito velho e sabedor, ao avô talvez, de grutas antiquíssimas pintadas por homens do princípio do mundo, do outro mundo de muito antes da catástrofe, e eis que ele entrara numa dessas grutas e descobrira maravilhas que todos julgavam perdidas, melhor, que todos julgavam inventadas, nas quais ninguém acreditava, até porque não valia a pena acreditar nelas. Que interesse tinha para os homens e para as mulheres esse passado de quando o mundo fora novo e saudável e azul?

O homem sentou-se sobre os calcanhares, como quem se sente incapaz de suportar o peso de tantas maravilhas, levantou-se outra vez, foi-se habituando à luz, melhor, à ausência de luz. Apagara a lâmpada e, quase às escuras, já era capaz de dar alguns passos sem o perigo de cair na vala que cortava a gruta em duas partes iguais – desiguais? – e se prolongava pelo negrume lá do fundo. Gostaria de saber se do outro lado também haveria pinturas murais, mas não se atrevia a passar para o outro lado, receava descer e faltar-lhe o chão, ou não ser, por qualquer razão, capaz de subir de novo, ou, o que era pior que tudo, perder-se e não conseguir voltar à entrada da gruta. Deixou-se, pois, ficar daquele lado e de novo procurou ver, com toda a força do seu olhar, aquilo que alguém do princípio do mundo pintara. Despiu a túnica e, ao de leve, limpou a poeira mais superficial. Mesmo assim, grande parte dela já fazia parte da rocha e não saía. Por isso era difícil compreender as imagens, só afastando-se, olhando com força, podia ver qualquer coisa. Um rosto de perfil, aquela mão com um tubozinho branco entre os dedos, mais adiante a taça, e ao lado umas letras misteriosas: w, h, i, um espaço em branco, um y. Era estranho. Voltou atrás devagar, espantou-se com aquelas letras, que alguém, já culto, escrevera. E viu um rosto meio apagado e um vestido, afinal, azul. Aquele azul que há pouco fora uma simples, embora belíssima, mancha.

Aquele homem que nunca tivera nada, até porque no seu tempo já quase nada havia para possuir, sentiu-se, de súbito, rico. E resolveu que construiria uma barraca ali perto, para morar; depois iria buscar a mulher e os filhos onde os tinha deixado, do outro lado da colina. Mas primeiro construiria a barraca, tinha medo de perder aquela maravilha. E depois todos os dias desceria os degraus talhados pelo tempo – ou por outros homens? – e isso seria...

Quando saiu, trepando até à superfície, afastou as plantas ressequidas que camuflavam a entrada da gruta e pôs-se à procura de algo que pudesse servir-lhe de ponto de referência, já que o Sol estava a pôr-se e só no dia seguinte podia começar a trabalhar. Meteu os braços por entre as ramadas e encontrou algo duro. Era uma placa metálica em que estavam gravadas trezes letras cabalísticas, cabalísticas porque o número treze, ele sabia, tinham-lhe contado... METROPOLITANO: Que quereria dizer metropolitano?

Espetou a placa no solo e afastou-se devagar como um bicho, de novo atento aos ruídos e ao perigo que podia vir a atacá-lo, como há horas acontecera.

CORRESPONDÊNCIA URGENTE

Era de novo como ontem, como há quase um mês, uma pessoazinha descolorida, e não pudera, uma vez mais não pudera, agitar-se. Debatera-se, quando muito. Em silêncio. De resto, nunca tivera uma voz cooperante, em momentos graves faltava-lhe mesmo, mas então por inteiro. Tinha querido dizer, ontem, há quase trinta dias, há meses, vou-me embora, vou-me imediatamente embora, não insistam, não vale a pena insistirem, mas nem um som. De resto, estava como que imobilizada por fios invisíveis mas firmes e todos os dias pronta a ser devorada. Cheia de resignação. Um levíssimo suspiro e nada mais. Ali estava.

Muito direita, sentada naquela cadeira incómoda, vinda não sabia de onde (naquela casa tão luxuosa parecia simplesmente inventada), àquela pesada mesa retangular onde alguém colocara uma máquina de escrever portátil. Tinha as mãos quietas sobre a madeira escura, esquecidas e moles como estrelas-do-mar condenadas à morte nas praias.

A voz rebentou como a sétima onda numas rochas quaisquer, invadiu o quarto, gritou ela não soube o quê porque não estava totalmente ali e ainda tinha, pegados ao corpo ou à alma, vestígios de umas férias antigas, em São Torpes. Estivera longe, perdida nessa praia sem pegadas, praia de princípio do mundo, que se preparava para atravessar. Como, porém, não lho consentiram, estremeceu, as mãos saltaram-lhe para as teclas, estava, de súbito, atenta, embora não total nem perfeitamente, porque sabia, tinham-na prevenido no escritório. Porque sabia, em suma, o que estava a não fazer ali.

Lá adiante, no amplo, luxuoso *fauteuil* de cabedal macio, o homem gordo e flácido, de um desagradável tom esbranquiçado, parecia de novo adormecido. Gritara, trouxera-a da praia por onde, tranquila, passeava, logo a tinha abandonado à sua sorte, ali, sentada na cadeira dura de mãos preparadas para o *sprint*. O homem dormitava, e os lábios grossos moviam-se-lhe ao ritmo da respiração, quase colados, quase descolados. Lá dentro abriu-se uma porta, vozes sussurraram, bichanaram, disseram coisas decerto importantes, isto e aquilo, e ouviu-se um suspiro de exaustão. Depois as vozes aproximaram-se, detiveram-se junto àquela porta que foi entreaberta, e alguém espreitou ao de leve, tão ao de leve que ela só pôde vislumbrar uma estreita e breve secção de rosto, de roupa cor de malva, e logo a porta se fechou, e de novo as vozes foram morrendo.

O bastante para o homem acordar do seu frágil sono. «Então, então?», disse naquela voz difícil, pedregosa, agressiva como dantes, como sempre. Nunca a ouvira diferente desde que trabalhava – há tantos anos – para ele. Agora, porém, a voz era, ainda por cima, indignada. Suspeitaria de que ia morrer? De que os outros – ela, por exemplo – ainda iam ficar sabe-se lá quanto tempo? Era homem para reagir mal a uma coisa dessas. Enfim, fora-o. «Então, então», disse pois. «O que está aí a fazer? Já escreveu o que eu lhe ditei? Já traduziu? Já emendou as asneiras que, com certeza, fez, é costume?»

«Já sim, senhor doutor. Está tudo passado a limpo.»

«Muito bem, havemos de ver. Passado a limpo, hã? Tempo perdido, aposto. Aposto que tem que fazer tudo outra vez.»

«Está tudo bem, senhor doutor.»

«Deixe ver...»

Ela levantou-se, foi até onde ele estava. Estendeu-lhe as folhas datilografadas. O homem gordo mal as olhou, fez com elas uma bola, atirou-a ao chão. «Está tudo errado!», gritou. «Tem que refazer desde o princípio. Tudo, tudo. Mas primeiro vamos tratar da carta para a firma Gordon e Harris. Vá sentar-se, ande, não esteja a perder tempo. Não esteja a perder o *meu* tempo.» Ela sentou-se e ficou à espera. «Amigos e senhores», disse o homem gordo. «Vamos, depressa. Amigos e senhores. Depois traduza para eu assinar. Tem que seguir hoje, veja lá. Amigos e senhores. Agradecemos a vossa encomenda de 12 de outubro e temos a honra de comunicar que as mercadorias foram embarcadas… hoje… mesmo… no vapor… *Nautilus*… que…» A voz fora-se apagando a pouco e pouco e o homem adormecera de novo, melhor, dormitava outra vez, mexendo ainda os lábios. Ela acabou a carta o melhor que pôde, sabia que ele ao acordar já se teria decerto esquecido de que a deixara a meio, retirou a folha, meteu outra. *Dear sirs*, escreveu. *In accordance of your*...

Quando ele regressou, assustado como sempre, e zangado, levantou-se, estendeu-lhe a carta e a caneta. Assinou sem ler, um simples rabisco indecifrável, repetiu-lhe que tinha que seguir hoje mesmo, que mesmo doente tinha que estar atento, porque todos eram uma cambada de incompetentes a começar pelo sobrinho. «Ou me roubam ou se estão nas tintas e fazem-me perder dinheiro, é a mesma coisa.»

«Não precisa de mais nada, senhor doutor?», perguntou na sua voz quebrada. «Se não precisa, vou ao correio. Quer que siga ainda hoje, não é verdade?»

O homem, porém, pôs-se aos gritos. «Tem muito tempo, tem muito tempo. Sente-se. Preciso de escrever mais cartas. E também têm que seguir hoje, ouviu? Ouviu? Sente-se imediatamente. I-me-di-a-ta-men-te.»

Ela olhou com ansiedade para a porta e então a porta abriu-se e a enfermeira surgiu com o seu passo largo, a sua voz eficiente, definitiva e sem espanto de mulher capaz em tempo de vida e em tempo de morte. «São horas da injeção. Já hoje trabalhou muito. Até amanhã, dona Joana.» Palavras que não precisavam de discussão nem sequer de resposta.

A secretária pegou apressadamente na carteira e na pasta. «Até amanhã», disse. Mas ninguém lhe deu resposta, até porque o homem gordo estava todo compenetrado no grave problema da injeção que lhe iam dar, que a enfermeira lhe ia dar. «Não me faça doer, ouviu? Não me faça doer...» E a enfermeira já avançava de seringa na mão.

* * *

Até amanhã estava livre da teia em que se deixara enredar. Na manhã seguinte iria ao escritório e entregaria aquela carta ao sobrinho do patrão doente para destruição imediata. O sobrinho era um bom homem e por isso rasgava sempre as cartas com unção, como se pedisse perdão a Deus por aquele ato de iconoclasta a que as circunstâncias o forçavam. O homem gordo tinha sido alguém de muito importante na casa – o fundador – e sê-lo-ia até ao último suspiro, teria depois de morto, com certeza, retrato na parede. Mas as cartas que ele ditava, que ele assinava com um rabisco, eram consequência do caos que havia atualmente no seu espírito. E os senhores Gordon e Harris, por exemplo, tinham falido havia muitos anos, e o barco *Nautilus*, por exemplo, tinha, havia muitos anos, naufragado. Ela, porém, ia todas as tardes – há quanto tempo, durante quanto tempo? – a casa do homem gordo escrever cartas sem sentido a gente morta, chamada à atualidade, à vida, ali, naquele quarto. Aguentaria? No escritório lamentavam-na, mas, quem sabe, talvez se rissem um pouco dela pelas costas. Porque fora ela, entre todos, a pessoa que não soubera arranjar uma desculpa, fugir.

Nunca soubera. Nunca havia de saber. Os outros tinham em si a sabedoria que a maioria dos humanos, geralmente os pobres, trazem do berço. Ela, porém, não.